왕의 무사 귀인별

| 일러두기 |

* 이 글은 『조선왕조실록』과 야사에 등장하는 인물과 기록을 모티프로 하였으나
  작가의 상상력을 더하여 창작한 소설입니다.

* 이 소설은 '카카오페이지 장르소설 공모전'에서 우수상을 받고
  카카오페이지에 연재된 「귀인별」의 개정판입니다.

이은소 장편소설

왕의 무사
귀인별

2

공주님
이엔티

왕의 무사
귀인별 2

1쇄 발행 2022년 5월 9일

지은이 이은소
펴낸이 배선아
편 집 강지형
디자인 엄인경
펴낸곳 (주)고즈넉이엔티

출판등록 2017년 3월 13일 제2021-000008호
주소 서울특별시 중구 청계천로 40, 1203호
대표전화 02-6269-8166 **팩스** 02-6166-9199
이메일 gozknockent@gozknock.com
홈페이지 www.gozknock.com
블로그 blog.naver.com/gozknock
페이스북 www.facebook.com/gozknock
인스타그램 www.instagram.com/gozknock

ⓒ 이은소, 2022
ISBN 979-11-6316-305-3   04810
      979-11-6316-303-9   (세트)

표지/내지이미지 Designed by Getty Images Bank, Freepik

차
례

· 가 계 도 ·

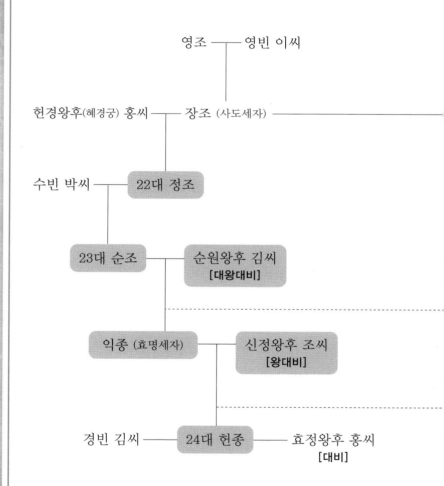

영조 ─── 영빈 이씨

헌경왕후 (혜경궁) 홍씨 ─── 장조 (사도세자) ──────

수빈 박씨 ─── 22대 정조

23대 순조 ─── 순원왕후 김씨
[대왕대비]

익종 (효명세자) ─── 신정왕후 조씨
[왕대비]

경빈 김씨 ─── 24대 헌종 ─── 효정왕후 홍씨
[대비]

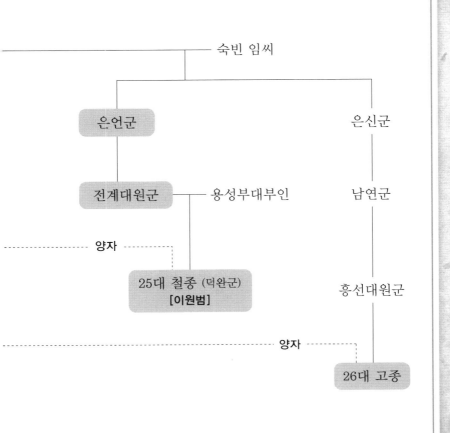

숙빈 임씨

은언군   은신군

전계대원군 ── 용성부대부인   남연군

양자

25대 철종 (덕완군)
[이원범]   흥선대원군

양자

26대 고종

그믐밤의 습격

대왕대비를 만나기 전, 별이는 책을 읽고 있었다. 원범이 내준 숙제였다. 원범은 별이가 대궐에서 저만 바라보며 저만 기다리며 살아가기를 원하지 않았다. 제가 없을 때에도 무료하지 않게 시간을 보내기를 바랐다. 원범은 은규를 통해 별이에게 소설책을 구해다주었다. 한문 소설은 은규가 언문으로 번역해주었다. 별이는 짬이 날 때마다 소설을 읽고, 밤이 되면 원범에게 제가 읽은 이야기를 들려주었다. 별이가 이야기에 푹 빠져 있을 때, 노 상궁이 들어왔다.

"전하께서 오시었소?"

"자성 전하의 명이시옵니다. 지금 당장 수강재로 드시랍니다."

별이가 어두운 얼굴로 노 상궁을 바라보았다.

"꼭 가야 하겠지요?"

"물론입니다."

"같이 가주겠지요?"

"아니요. 혼자 가셔야 하옵니다."

별이는 입술을 깨물었다. 노 상궁이 별이를 재촉했다. 별이는 어두운 얼굴로 일어나 나인을 따라나섰다.

별이의 모습이 사라지자 노 상궁은 법도도 잊은 채 대전을 향해 달렸다. 육중한 몸에서 땀이 비 오듯 쏟아졌다. 다른 내관이나 나인은 믿을 수 없었다. 제가 직접 임금에게 전해야 했다.

"바, 바, 박 상궁, 자, 자성전……."

노 상궁이 숨을 거칠게 몰아 쉬며 자리에 주저앉았다. 곧 쓰러질 듯이 헐떡거리며 손가락으로 수강재 쪽을 가리켰다. 원범이 금방 알아듣고 일어났다. 원범 역시 체통도 법도도 잊은 채 수강재로 달렸다.

원범이 수강재 뜰 안으로 들어섰다. 방 안에서는 대왕대비가 별이에게 탕제를 권하고 있었다. 원범이 발걸음을 멈추었다.

"아니 들어가보시옵니까?"

민 상궁이 물었다.

"항상 과인이 나타나 해결해줄 수는 없는 법. 우선은 제 스스로 헤쳐나가야 하네. 별이를 믿고, 일단 두고 보세."

대왕대비는 탕약 사발을 든 별이를 바라보았다. 별이가 숨을 한 번 가다듬고는 약사발을 내려놓았다.

"그럼 신첩, 대궐의 법도에 따라 약을 들겠사옵니다."

별이가 제 품에서 은장도를 꺼냈다.

"그 흉측한 물건은 무엇이냐?"

"은장도이옵니다."

"누가 몰라서 묻느냐? 은장도로 무얼 하려고?"

예상치 못한 행동에 대왕대비가 당황했다. 약사발을 앞에 두고 은장도를 꺼내는 이는 처음 보았다.

"대궐에서는 음식을 먹기 전에 이 은장도로 독의 여부를 시험하는 것이 법도라 들었사옵니다."

"뭐라?"

대왕대비의 얼굴이 일그러졌다.

"박 상궁."

김 상궁이 소리쳤다.

"김 상궁 마마님께서는 자성 전하와 소첩의 대화를 방해하지 마시오. 이는 웃전의 일이옵니다. 아니 그렇사옵니까? 자성 전하."

별이가 말했다.

대왕대비가 이마를 짚었다.

"내 대궐에서 50년을 넘게 살았지만 그런 해괴한 법도는 처음 들어보았다. 네 감히 내가 이 탕약에 독을 탔다고 의심하느냐?"

대왕대비가 서안을 내리치며 소리 질렀다. 별이가 곧바로 머리를 조아리며 대답했다.

"의심이라니요? 당치도 않사옵니다. 자성 전하, 신첩 그저 이리하는 것이 대궐의 법도라 들었을 뿐이옵니다."

"대궐의 법도라. 이 대궐에 그딴 법도가 어디 있단 말이냐?"

"자성 전하, 황공하옵니다. 신첩의 배움이 잘못되었다면 가르침을 주소서."

"누가, 누가 그따위 해괴망측한 소리를 지껄였단 말이냐?"

"소자이옵니다."

원범이 들어섰다.

"주상."

"자전마마, 어찌 이리 노하셨사옵니까?"

대왕대비가 원범을 보고 목소리를 누그러뜨리며 하소연하듯 말했다.

"주상! 박 상궁이 은장도로 이 어미가 내려준 탕약을 시험하겠다 하지 않겠습니까? 이 무슨 해괴망측한 짓이랍니까?"

"자전마마, 송구하옵니다. 소자의 불찰이오니 부디 고정하소서."

"박 상궁의 허물입니다. 어찌 주상의 탓이라 하십니까?"

"마마, 소자가 박 상궁에게 은장도를 선물하면서 혹여 박 상궁이 사내의 그릇이 작다 여길 것을 염려하여 부러 핑계를 대었사옵니다."

세 사람 사이에 잠시 침묵이 흘렀다. 대왕대비가 침묵을 깨고 웃음을 터뜨렸다.

"하하하. 조심해서 나쁠 건 없지요. 그래야 대궐에서 살아남을 터이니!"

대왕대비가 엎드린 별이를 보았다.

"박 상궁, 매양 지금처럼 조심조심 지내시게."

"성은이 망극하옵니다, 자성 전하."

"김 상궁, 자네가 기미를 보아라."

김 상궁이 다가와서 기미를 보았다.

"장차 용종을 품을 몸인데 마땅히 그 앞에서 기미를 보고 약을 들게 하는 것이 옳거늘. 내가 잠시 잊었습니다, 주상."

김 상궁이 기미를 보고, 별이가 탕약을 마셨다.

"앞으로 탕약은 김 상궁이 직접 보경당으로 갖고 갈 터이니 김 상궁이 꼭 기미를 보아라."

"자전마마, 그저 탕약만 보내소서."

원범이 김 상궁을 보면서 말했다.

"아닙니다, 주상. 대왕대비전 김 상궁이 직접 기미를 봐야 더욱 더 안심하지 않겠습니까? 우리 박 상궁, 주상에게는 가장 귀한 사람인데 매사에 불여튼튼 대비를 해야지요."

"성은이 망극하옵니다."

별이가 고개를 숙였다.

"박 상궁, 꼭 아들을 낳으시게. 이왕이면 자네의 기상과 주상의 영민함을 닮은 아들이면 더 좋겠네."

대왕대비가 서늘한 미소를 지었다.

원범과 함께 대왕대비전을 나가는 별이를 보면서 김 상궁이 물었다.

"대왕대비마마, 어찌 박 상궁에게 최고가의 약재를 내리셨사옵니까?"

"주상이 머리를 쓰니 나 또한 머리를 쓸 수밖에. 하나 제 지모에 제가 속아 넘어간 게지. 주상은 몰라. 대궐에서 살아남으려면 지모가 아니라 사도(邪道)를 써야 하는 것을. 우선 살아남아야 정도(正道)든 사도든 어느 길로든 갈 것이 아닌가."

대왕대비가 창밖을 내다보았다. 빛 한 줄기 없는 그믐밤이 마음에 들었다.

"김 상궁, 아는가? 대궐에서는 그믐밤에 많은 이야기가 탄생하지."

대왕대비가 웃었다.

수강재를 벗어난 별이가 몸을 휘청거렸다. 다리에 힘이 풀려서 서 있기가 힘들었다. 원범이 얼른 별이를 부축했다. 별이가 원범에게 매달렸다. 원범이 별이를 양팔로 꼭 안아주었다. 후유, 별이가 길고 깊은 한숨을 내쉬었다.

"잘했다."

원범이 별이의 등을 토닥여주었다.

"어찌했느냐?"

"소식을 듣고 오시지 않았습니까?"

"무슨 소식? 나야 문후를 들러 왔지. 오니 네가 먼저 와 있더구나."

아, 그랬구나. 별이가 잠시 생각하다가 원범의 품을 빠져나왔다.

"제 힘으로 했지요."

별이의 표정이 밝아졌다. 원범이 웃으며 별이의 손을 잡았다. 두 사람이 나란히 걸었다. 별이는 여전히 손을 떨었다.

"힘이 드느냐? 업어주랴?"

"아니옵니다. 오늘은 제 힘으로, 저 홀로 대왕대비전을 상대한 역사적인 날이옵니다. 이 무력감, 피로함, 떨림, 휘청임 모두 간직하겠사옵니다."

"별이야, 괜찮으냐? 무슨 헛소리를 하느냐?"

"이 헛소리마저도 기억해주소서."

별이의 눈빛이 또렷했다.

"그래, 내 다 기억한다. 너에 대해서는 모든 바를 다 기억하느니라."

원범은 별이의 손을 주물러주었다.

"독약이 아니었으니 다행이지. 진짜 독약이었으면 어찌할 뻔했느냐? 네 참으로 위기를 잘 넘겼구나. 그래, 어떻게 하였느냐?"

"물론 신첩에게는 검이나 도를 쓰지 않고도 사람을 움직일 수 있는 힘이 있지만 자성 전하께서 워낙 강적이시라 오늘은 제 전문 분야를 조금 활용했사옵니다."

"전문 분야라……."

은장도를 꺼낸 별이가 생각나 원범은 웃었다.

"작은 칼의 도움을 조금 받았지요."

별이는 대왕대비전에서 있던 일을 원범에게 들려주었다.

"네 참말 은장도를 대궐의 법도라 믿었느냐?"

원범이 물었다. 영리한 별이가 그럴 리 없다 싶었다.

"신첩 대궐의 법도에 정통한 시어머니 한 분을 모시고 있사옵니다. 그럴 리가 있겠사옵니까?"

"기지를 발휘하였구나. 잘했다. 한데 내가 오지 않으면 어찌할 셈이었느냐?"

"대전을 향해서 소리를 지르지요. '전하'라고요. 전하께서 뜀박질은 좀 하시지 않사옵니까?"

원범과 별이가 마주 보며 웃었다.

"그래. 오늘은 무사히 넘어갔다만 앞으로도 조심해야 한다. 내 말하였지? 대왕대비는 절대 만만한 사람이 아니라고."

"신첩도 당하고만 있을 사람이옵니까? 성려 놓으소서."

원범이 별이의 손을 잡고, 보경당 반대편 길로 이끌었다.

"이쪽이다."

"전하, 어디로 가시옵니까?"

"달빛이 좋으니 후원을 거닐자꾸나."

"그믐밤인데도 달빛이 보이시옵니까?"

원범이 밤하늘을 올려다보았다. 달은 어디에도 없었다.

"달이 여기 있지 않느냐?"

원범이 별이의 얼굴을 가리켰다.

"예? 한 번은 농이나 두 번은 어찌 진심인 듯하옵니다."

별이가 제 얼굴을 두 손으로 감쌌다.

"군자는 허언을 하지 않느니라. 저번은 농으로 들었느냐?"

별이가 볼을 홀쭉하게 만들고서 대답했다.

"신첩, 내일부터 낮것상은 받지 않겠사옵니다."

별이가 양손을 들고, 제 볼을 두드리면서 말했다. 원범이 별이의 손을 잡아 모으고, 양볼에 입을 맞추었다. 별이가 뒤따르는 수행원을 보며 눈을 흘겼다. 원범이 심규만 남게 한 뒤 주위를 물렸다. 심규가 몇 보 뒤에서 두 사람을 따랐다.

"별이야. 요즈음 해가 지고, 어둠이 깔리고, 달이 보이지 않아도 내 세상은 찬연히 빛나고 있구나."

"설마 네가 내 별이고 달이다, 라고 말씀하시려는 건 아니시지요? 전하."

별이가 생글생글 웃으며 원범을 바라보았다.

"그리 말하려고 했다."

원범이 진지하게 대답했다. 별이도 장난기 머금은 웃음을 거두고 눈빛을 반짝였다.

"내가 지금 네게 고백하느니라. 네가 와서 내가 얼마나 기쁜지를, 네가 내게 얼마나 귀한 사람인지를, 내가 너를 얼마나 사랑하는지를 말하고 있느니라."

별이의 눈가가 촉촉해졌다. 물먹은 별이의 눈동자가 반짝거렸다.

"왜 울려고 하느냐?"

"모르겠사옵니다. 그냥 눈물이 나려 하옵니다. 너무 행복해서겠지요."

"앞으로 우리가 행복할 날이 얼마나 많이 남았는데 그때마다 눈물을 흘리려느냐?"

"아니요."

그러면서도 별이의 눈에서는 여전히 눈물이 흘러내렸다.

"울지 마라."

원범이 손으로 별이의 눈물을 닦아주었다. 별이가 코를 훌쩍이며 미소를 지었다.

원범이 별이의 손을 잡고 다시 걷기 시작했다. 싱그러운 후원의 여름 향기가 두 사람의 가슴속까지 은은하게 퍼져 왔다. 두 사람은 도란도란 이야기를 나누며 연경당에 당도했다. 반가움과 설렘에 별이가 먼저 알은척을 했다. 연경당. 이름만 들어도 그날 밤의 행복한 추억이 새록새록 돋아나 가슴이 두근거렸다.

"이곳은 연경당이지요?"

"그래, 우리가 혼례를 올린 곳이다."

"예. 전하와 함께 이곳에 꼭 다시 오고 싶었사옵니다."

"창덕궁의 수많은 전각 중에서 왜 이곳을 우리의 혼례 장소로 택했는지 짐작하겠느냐?"

"글쎄요, 신첩 거기까지는 알지 못하겠사옵니다. 다만 전하께서 좋아하는 곳이라 생각했을 뿐이옵니다."

"좋아하는 곳이다. 이곳에 오면 늘 네 생각을 하곤 했다. 연경당은 궁궐 안에 지은 민가이다. 지아비가 기거하는 사랑채가 있고, 지어미가 기거하는 안채가 있다. 대궐 안에 있긴 하지만 이곳에서는 왕이 아니라 지아비로, 승은 상궁이 아니라 지어미로, 평범한 부부답게 살 수 있지 않은가 생각했다."

원범이 대문을 가리켰다. 신선이 산다는 장락궁에서 그 이름을 따온 장락문이었다. 문턱을 넘어서면 모든 걱정과 근심을 잊고 신선처럼 살라는 바람이 담긴 문이었다.

"자, 부인. 모든 걱정과 근심은 내려놓고 안으로 드시지요."

원범과 별이가 연경당 안으로 들어섰다.

"원래는 먼 훗날, 우리 아들에게 보위를 물려주고 이곳에서 너와 여생을 함께 지낼 생각이었다. 하나 마음이 바뀌었다. 내일부터 우리 이곳에서 함께 살자꾸나. 평범한 부부처럼 말이다."

"그래도 되옵니까?"

원범이 환하게 웃으며 고개를 끄덕였다.

"한데 이 집은 특이한 점이 있사옵니다. 사랑채와 안채가 마루로 연결되어 있사옵니다."

"하여 내가 네게로 가는 길이, 네가 내게로 오는 길이 더 가깝고 쉽지 않겠느냐?"

깜깜한 어둠 속에서도 별이의 미소가 환하게 드러났다.

"아침이면 나는 등청하듯이 편전으로 가고, 저녁이면 퇴청하듯이 집으로 돌아오고, 너는 여느 부인네처럼 나를 보내고, 기다리고, 맞이하고, 또 내가 집에 있을 때는 안뜰을 흘깃하면서 사랑채 마당을 거닐고, 내 생각을 하며 사랑채를 바라보고. 아, 그리고 봄에는 후원 논에 나가 모도 심자꾸나. 청의정에서 새참도 먹고. 여름이면 옥류천에서 탁족도 하자. 또 가을에는…… 별이야!"

원범이 소리쳤다. 심규가 검을 빼 들고 원범을 엄호했다. 심규의 명을 받고 숨어서 뒤를 따르던 내금위 두 명이 급히 움직였다.

"별이야."

"전하."

별이가 희미하게 미소를 지으며 휘청거렸다.

"별이야."

"전하, 이것이 꽂혔습니다."

별이가 편전 하나를 들어 보이며 아무렇지도 않은 듯 말했다. 별이의 가슴에는 여전히 편전 두 개가 꽂혀 있었다. 별이의 저고리 위로 피가 꽃물처럼 번져 나왔다.

"전하, 신첩을 저 방에 데려다주세요."

"그래, 별이야."

"소신이 모시겠사옵니다."

"아니다. 과인이 하겠다."

원범이 양팔로 별이를 안아 올렸다.

"신첩, 저 방에서 전하와 쉬고 싶습니다. 평범한 지아비와 지어 미처럼요."

"그래, 별이야. 알겠다. 하니 더는 말하지 마라."

별이를 안은 원범이 안채를 향해 달렸다.

"별이야, 괜찮으냐? 쉬고 나면 괜찮아지는 게지? 괜찮은 게지?"

"예, 전하."

말이 끝나자마자 별이의 팔이 아래로 축 늘어졌다.

"별이야!"

원범의 눈에서 눈물이 떨어졌다. 별이가 눈을 감았다. 그믐밤 은 적막했다.

2

까만 밤, 스물여덟 번 인경(조선 시대에 통행금지를 알리거나 해제하 기 위하여 치던 종)이 울렸다. 도성의 진짜 밤이 시작되었다. 사람 들은 걸음을 서둘러 지붕 아래로 스며들었다. 밤을 지키는 순라

군의 딱따기 소리만 울릴 뿐, 그믐밤은 깊고 고요했다.

창덕궁 서북쪽 요금문이 열렸다. 시구문(시체를 내가는 문)으로 사용되는 문이었다. 한 대의 수레가 궁문을 빠져나갔다. 흑립을 쓰고 흰 비단 도포를 걸친 사내 둘이 수레를 따랐다. 둘 다 얼이 나간 듯, 표정이 없었다.

돌부리에 걸린 수레가 덜컹대면서 시신을 덮은 거적 밖으로 차가운 손이 떨어졌다. 여인의 손이었다. 작금의 임금이 사랑한 단 하나의 여인, 박 상궁의 시신이 아무도 모르게 대궐을 빠져나갔다.

먼발치서 검은 그림자가 여인의 시체를 실은 수레를 쫓으며 눈초리를 번득였다.

궁문 위에서는 검은 옷을 입은 사내가 어둠에 몸을 숨겼다. 그의 손에는 편전이 들려 있었다. 사내의 피부는 매끄러웠고, 수염이 없었다. 숲에서 부엉이가 울었다.

나합은 서둘러 안방 문을 닫았다. 방 안에서는 솔개가 김좌근에게 그날 밤 사건에 대해 은밀히 보고하고 있었다. 사안이 워낙 중대한지라 삼복더위에 방문을 다 잠그고도 더위를 느끼지 못했다.

"부엉이는 무탈하다고 연락이 왔습니다."

"강화 도령은?"

"환궁한 뒤로 호위 무관과 상선, 지밀상궁 외에는 모두 다 물리고 연경당에 칩거하고 있습니다."

"병운은?"

"작은 서방님께서는 장례까지 함께 치르시고 환궁하여 전하의 곁을 지키십니다."

"이번에는 틀림없으렷다?"

"예. 소인이 요금문에서 박 상궁의 시체를 실은 수레가 나오는 것을 확인하였습니다. 밤새 주상과 심규가 빈소를 지켰고, 이튿날 작은 서방님과 친구분이 와서 장례를 마무리하였습니다."

김좌근의 얼굴에 만족스러운 미소가 피어올랐다. 박 상궁을 제거하였으니 이제 몇십 년 전의 '그 일'은 완전히 묻혔다.

솔개가 나가고, 김좌근이 나합에게 물었다.

"그 아이는 잘 준비하고 있느냐?"

"소첩이 누굽니까? 일인지상 만인지하 대감을 사로잡은 이가 아닙니까?"

"일인지하 만인지상이겠지. 긴 문자는 쓰지 말아라."

"호호호. 농입니다, 농!"

나합이 눈웃음을 지으며 쇠붙이마저 녹일 듯한 목소리로 말했다.

"그 아이를 들이거라. 내 한번 보고 싶구나."

잠시 후, 젊은 처자 하나가 안방으로 들어와 김좌근에게 큰절을 올렸다.

"소녀, 일인지상 만인지하 영상 대감께 인사 올리옵니다."

김좌근이 나합과 처자를 번갈아 보며 눈살을 찌푸렸다.

"이 사람에게 배운 문자는 다 잊거라."

"예, 대감."

처자가 생글거리며 대답했다.

김좌근이 처자를 꼼꼼히 살펴보았다. 한눈에 봐도 미인이었다.

눈빛에 깃든 천기와 색기도 마음에 들었다. 김좌근이 만족스러운 웃음을 지었다.

"앞으로는 날 아버님이라 부르거라. 내 너를 양녀로 맞이할 터이니."

"예, 아버님! 호호호."

처자가 애교 섞인 콧소리로 답했다.

"잘 웃는구나. 아무렴 아무리 칼을 품은 강화 도령이라도 웃는 얼굴에 침 뱉기는 어려운 법이지."

"호호호."

처자는 또 웃음을 터뜨렸다. 웃을 때마다 드러나는 보조개가 매혹적이었다.

"우리 가문의 흥망이 이제 네 치마폭에 담겼구나. 하하하."

기분이 좋은 김좌근의 웃음소리가 안방 너머로 흘러나왔다.

대왕대비는 수강재에 든 낯선 처자를 찬찬히 살펴보았다. 대왕대비가 처자를 물리고 미간에 주름을 모았다.

"미색은 출중하나 총기는 없어 보입니다. 박 상궁을 보면 주상이 미색에 흔들리는 사내는 아닙니다."

"박 상궁은 철없는 시절 동무로 만나 정이 들지 않았사옵니까? 어린아이가 미색을 알겠습니까? 지금은 주상이 장성했으니 다를 것이옵니다."

"또 하나 걸리는 점은, 출신이 너무 미천합니다. 천한 것을 후궁으로 들여도 될지……."

"하여 들여야 하옵니다. 주상이 천하게 자라서 천한 것들하고 잘 어울리지 않사옵니까?"

실없이 웃는 김좌근을 보며 대왕대비의 눈초리가 가늘어졌다. 김좌근이 웃음을 멈추고 표정을 가다듬었다.

"주상의 동태는 살펴보셨사옵니까? 이번 일로 최측근인 심규도 좌천시키고, 홀로 연경당에 틀어박혀 있다고 하는데······."

"모르겠습니다. 요즈음은 문후도 들지 않습니다."

"아니, 효자로 소문나 있는 주상이 아니옵니까? 어찌 문후도 들지 않는단 말이옵니까?"

"어찌 문후도 들지 않는지 모르시겠습니까?"

대왕대비의 반문에 김좌근이 잠시 망설이다 입을 열었다.

"혹시 주상이 그 일에 대해서 알고 있사옵니까?"

"주상이 바보인 줄 아십니까?"

대왕대비가 버럭 소리를 질렀다. 수십, 수백 명의 생사를 쥐락펴락할 수 있는 김좌근이었지만 그도 대왕대비 앞에서는 눈치를 살피고 몸을 사리느라 진땀을 뺐다. 더군다나 큰일을 도모한 후라 김좌근은 더 안절부절못했다.

"하나 걱정 마세요. 알든 모르든 주상이 할 수 있는 일은 아무것도 없습니다."

대왕대비가 다시 목소리를 낮추었다.

"그럼요, 마마. 무슨 증좌가 있어 감히 대왕대비전을 의심하겠사옵니까?"

"증좌가 있으면, 내가 무슨 의심받을 만한 짓이라도 했습니까?"

"아니옵니다, 마마."

"애쓰셨습니다. 그만 물러가보세요."

웃는 대왕대비의 얼굴에 안도하면서 김좌근이 대왕대비전을 나왔다.

"마마의 화증과 울증은 어떠하신가?"

김좌근이 목소리를 낮추어 김 상궁에게 물었다.

"점점 더 심해지시옵니다."

김좌근이 대왕대비전을 보면서 한숨을 쉬었다.

원범은 좁은 방에 홀로 앉아 있었다. 이틀 동안 빈소를 지키고 장례를 치르면서 먹지도, 자지도 않아 얼굴이 까칠했다. 지친 몸과 마음은 휴식을 간절히 원했지만 원범은 생각을 멈추지 않았다.

"전하, 소신 심규이옵니다."

심규와 내금위 한 명이 방 안으로 들어왔다.

"대궐의 일은 잘 처리했는가?"

"예, 전하. 성려 놓으소서."

"자객에 대해서는 알아낸 바가 있는가?"

"내금위 두 명과 내관들이 쫓아갔사온데 자객의 행방이 묘연했다 하옵니다. 순식간에 흔적도 없이 사라진 것으로 보아 후원의 지리를 익히 알고 있는 자이고, 한 번에 편전 세 개를 쏘아 가슴에 내리꽂은 것으로 보아 솜씨가 보통이 아니라는 것만 짐작할 뿐이옵니다. 송구하옵니다, 전하."

"자네도 수고가 많았네."

원범이 내금위를 보며 말했다. 변복한 은규였다.

"아니옵니다. 전하께 누추한 의복을 입으시게 하여 송구하옵니다."

원범은 은규의 낡은 도포를 입고 있었다.

장례를 마치고 원범은 별이가 입궁 전에 머물렀던 초가로 왔다. 대신 원범으로 변장한 은규, 상궁으로 변장한 강하, 병운, 심규가 대궐로 들어갔다. 미행을 따돌리기 위해서였다. 이들은 대전에 들르지 않고 곧장 연경당으로 갔다. 대전에서 대기하고 있을 간자의 시선을 피하기 위해서였다. 원범으로 변장한 은규는 내금위 복장으로 옷을 갈아입은 다음 심규와 함께 다시 출궁했다. 대궐에서는 병운과 상궁 차림새를 한 강하와 상선이 연경당을 지켰다.

"전하, 옥체를 돌보소서. 전하의 옥체마저 상하실까 저어되옵니다."

"예, 전하. 이제 휴식을 좀 취하소서."

심규와 은규가 눈이 벌게진 원범에게 간곡히 청했다. 하지만 원범에게는 이들의 말이 들리지 않았다.

"저들이 왜 별이마저 죽였겠느냐? 별이는 안김에게 위협이 되는 존재도 아니다. 심지어 별이를 입궁케 하면 지난날의 과오도 다 덮겠다고 했거늘. 도대체 왜 별이마저 죽였겠느냐?"

심규와 은규가 원범을 바라보았다. 지난 이틀간 제 몸을 돌보지 않고 생각에만 골몰했을 주상을 생각하니 측은하고 안타까웠다.

"별이를 죽여 무엇을 도모하고자 함인가. 별이를 죽여 무엇을

은폐하고자 함인가. 박시명과 윤연심, 별이…… 익종, 헌종, 독
살……. 하나 이것은 증좌가 없지 않은가?"

"전하!"

원범은 심규의 목소리도 듣지 못한 듯했다.

"하나 만약, 증좌가 있다면? 그래, 별이! 박시명과 윤연심이 증
좌를 가지고 있다면 별이에게 넘겼으리라 생각하는 것이다. 하여
별이마저……."

"전하의 말씀이 옳은 듯하옵니다."

은규가 눈빛을 반짝였다.

"한데 한 처사, 별이에겐 그 증좌가 없다. 증좌가 있다면 과인
에게 넘겼을 테지."

"확실히 없사옵니까? 혹 전하께서 염려하실까 숨긴 건 아니옵
니까? 박 상궁의 성정이라면 그럴 가능성도 충분히 있사옵니다."

"어찌 별이가 과인에게 그리 엄청난 것을 숨겼겠느냐? 아닐 것
이다. 아니다."

원범이 고개를 저었다. 이들의 대화를 듣던 심규가 허리를 굽
히고 머리를 숙였다.

"소신, 전하께 선대왕의 유명을 전하옵니다."

원범이 퀭한 눈을 동그랗게 뜨고 심규를 바라보았다.

내금위 두 명이 원범이 머무는 초가를 호위했다. 심규가 방에
서 나와 초가 주변을 둘러보았다.

"수상한 움직임은 없었는가?"

"예, 없었사옵니다."

"목숨을 걸고 이곳을 지켜내야 하네. 그것이 박 상궁을 지키지 못한 죄를 조금이라도 씻는 길이네."

"예, 나리!"

두 무관이 고개를 숙여 심규의 명을 받들었다. 늘 원범과 심규를 그림자처럼 따르는 인수와 준호였다.

원범은 은규와 함께 방 안에 틀어박혀 있었다. 은규가 자리에서 일어나 방구석에 놓여 있던 장을 치웠다. 누추한 민가에 어울리지 않는 고급 화초장이었다. 원범은 장 아래로 난 계단을 따라 내려갔다. 계단 아래에는 작은 방이 하나 있었다. 강하가 이 집을 구입한 이후, 재미 삼아 따로 만들어둔 밀실이라고 했다. 지하 방에서는 민 상궁이 퉁퉁 부은 얼굴로 원범을 맞이했다.

"아직인가?"

"예, 전하."

민 상궁이 울먹이며 대꾸했다. 원범이 걱정스러운 눈빛으로 방 아랫목을 보았다. 별이가 핏기없는 얼굴로 그곳에 누워 있었다.

3

이틀 전 그믐밤, 연경당에서는 별이의 심장을 향해 세 개의 편전이 날아들었다. 별이는 화살을 맞고 쓰러졌지만 심장의 정중앙을 노린 화살은 튕겨 나갔다. 가슴에 품고 있던 은장도 덕분이었다. 별이는 곧바로 연경당 안채로 옮겨졌다. 심규는 민 상궁과 노 상궁, 상선, 내금위 인수와 준호만 남기고 모두 연경당 밖으로 물렸다. 내관과 궁녀, 별감은 모두 연경당 장락문 밖에서 대기했다.

심규가 별이의 가슴에 박힌 화살 두 개를 제거하고 원범이 지혈을 했다. 원범과 심규는 노 상궁을 싣고 거적을 덮은 수레를 끌고 요금문으로 대궐을 빠져나갔다. 검은 그림자가 장락문에서 요금문까지 이들을 쫓고 돌아갔다. 요금문을 빠져나와서 노 상궁이 거적 밖으로 손을 떨어뜨렸다. 요금문 밖에서부터 이들을 쫓는 또 하나의 검은 그림자, 솔개가 이를 보고 미소를 지었다. 원범과 심규는 가짜 시신을 실은 수레를 끌고 사찰로 왔다. 빈소가 차려졌다. 곧 강하와 병운, 은규가 합류해 장례를 치렀다.

한편, 원범이 나간 뒤에 상선은 연경당 주변까지 개미 새끼 한 마리도 드나들지 못하도록 했다. 아랫것들에게는 오늘 일을 함구하고, 전원 대전에서 대기하라는 지시를 내렸다. 연경당이 빈 뒤, 인수와 준호는 민 상궁과 함께 목숨이 붙어 있는 별이를 데리고 이 초가로 왔다. 민 상궁은 이틀 동안 별이를 간병했다. 약재는 강하가 대주었다. 별이야, 제발 견뎌야 한다. 제발 이겨야 한다. 원범이 찬물에 적신 수건으로 별이의 몸을 닦아주었다. 고통스러운 듯 별이의 입에서 신음이 터져 나왔다. 별이의 얼굴에 열꽃이 무더기로 피어났다. 별이의 온몸이 열로 끓었다.

원범이 잡고 있던 별이의 손에 힘이 들어왔다. 원범이 순식간에 눈을 떴다. 저도 모르게 쓰러지듯 잠이 들었다. 별이가 반달 같은 눈을 반짝이며 저를 바라보고 있었다. 별이의 입가에 여린 미소가 번져갔다. 다행이다. 참으로 다행이다. 원범은 눈시울이 뜨거워졌다. 안도의 숨을 깊게 내쉬었다.

"전하."

별이가 깊은 숨을 토하듯 원범을 불렀다.

"별이야."

원범이 별이를 보며 미소를 지었다.

"잘 잤느냐?"

"예, 아주 곤히 잤습니다."

"좋은 꿈을 꾸었고?"

"예, 아주 좋은 꿈을 꾸었습니다."

"어떤 꿈이더냐?"

"강화 집에서 아버지와 전하, 신첩이 함께 밥을 먹었사옵니다. 함께 웃고 떠들고 즐거워했사옵니다."

"그래, 별이야. 우리도 이제 환궁하면 매일매일 함께 밥을 먹자꾸나. 웃고 떠들고 즐거워하면서."

별이가 미소를 지었다.

"전하, 아직 밤이옵니까?"

원범이 주위를 둘러보았다. 깜깜한 어둠 속에서 촛불이 희미하게 흔들렸다.

"글쎄. 이곳은 지하라 햇빛도 달빛도 들지 않으니 시간을 가늠하기 어렵구나."

"지하요? 제가 들려드린 이야기 속에 나오는, 그 지하입니까? 큰 괴물이 공주를 납치해 가서 숨겨놓은 지하 말이어요."

"그래. 그런 지하이니라. 하지만 여기는 안전하다. 괴물은 없느니라."

"전하께서 괴물을 물리치고 공주를 구하신 장수이옵니까?"

별이가 웃었다.

"아니. 입구에는 방자가 있고 밖에는 내금위 무관이 있기 때문이다."

별이와 원범이 서로 마주보며 웃었다.

"너와 마주보며 웃는 일이 참으로 좋구나. 별이야, 네가 깨어나니 이 캄캄한 지하에서도 내 시간이 가고, 내 세상에는 다시 빛이 비치는구나. 고맙다, 별이야. 깨어나줘서, 살아줘서, 날 떠나지 않아줘서 고맙다."

원범이 눈시울을 붉혔다.

"그럼, 신첩의 청을 들어주시겠사옵니까?"

"무엇이냐? 무엇이든지 말해보아라. 내 다 들어주리라."

"배가 고프옵니다. 전하, 음식을 먹게 해주십시오."

"그래. 네 정말 살았구나. 밥 찾는 별이로 돌아온 걸 보니 네 정말 살았다. 살았어."

원범이 고개를 들어 천장을 바라보았다.

"민 상궁."

죽상이 들어오고, 원범의 도움을 받아 별이가 죽을 맛나게 먹었다. 상을 물린 별이가 원범에게 말했다.

"전하, 신첩 청이 한 가지 더 있사옵니다. 들어주시겠사옵니까?"

"그래. 내 앞으로 네 청은 뭐든지 다 들어주겠다. 말해보아라."

잠시 원범을 바라보던 별이가 입을 열었다.

"이제 밖으로 나가고 싶사옵니다. 이곳은 너무 캄캄하고 답답하옵니다."

"잠시만 기다리거라. 장수가 괴물을 물리칠 때까지는 시간이 필요하구나."

"신첩으로 인해 전하가 지하에 계시게 할 수는 없사옵니다. 이곳을 나가 전하는 전하의 세상으로 가십시오. 저는 제가 있어야 할 세상에 있겠사옵니다."

"네가 있어야 할 세상이 내가 있을 곳이다. 다시는 너와 떨어지지 않을 게야."

"아니요. 전하, 이제 신첩은 전하와 떨어지겠사옵니다."

원범이 입을 벌린 채 말을 잇지 못했다. 별이의 어의를 가늠하고 있었다. 별이의 표정이 담담하고 차분했다. 원범의 눈동자가 흔들리기 시작했다.

"무슨 뜻이냐?"

"신첩, 전하의 눈에서 멀어지겠사옵니다."

"네 지금 이별을 말하고 있느냐?"

별이가 고개를 저었다.

"이별이 아니옵니다. 전하께서는 눈에 보이지 않아도 늘 제 곁에 계신다고 하셨지요? 신첩 또한 전하의 눈에 보이지 않아도 늘 전하의 곁에 있사옵니다."

"안 된다. 내 실언을 하였구나. 곁에 있는데 어찌 눈에 보이지 않을까. 곁에 없으니 눈에 보이지 않은 것이다."

"전하, 신첩이 대왕대비전에 들었을 때 사실은 신첩을 도우러 오셨지요? 노 상궁을 움직인 것도 전하이시고요. 전하께서는 편전과 대전에 계시면서도 보경당에서 신첩이 어찌 지내는지 다 보고 계셨지요. 눈에 보이지 않아도 늘 신첩의 곁에 계셨고, 곁에 머무르지 않아도 늘 신첩을 보고 계셨지요. 신첩을 사랑하시니까요."

"그건 네가 대궐에 있기 때문이었다."

"제가 대궐 안에 있든 대궐 밖에 있든 전하는 여전히 신첩을 사랑하시지요?"

"물론이다."

"그럼 전하께서 제 곁에 계시는 것이옵니다. 저 또한 대궐 안에 있든, 대궐 밖에 있든 전하에 대한 사랑은 변치 않을 것이옵니다. 신첩 늘 전하의 곁에 있을 것이옵니다. 하니 박 상궁을, 별이를 보내주십시오."

"아니 된다."

원범의 말투는 여전히 단호했다.

"전하도, 저도 살길이옵니다. 저들이 있는 한, 신첩이 전하의 곁에 있으면 또다시 전하를 떠나게 만들 것이옵니다. 신첩이 죽는 것은 두렵지 않사오나 자책하며 홀로 남으실 전하를 두고 볼 수는 없사옵니다."

"너는 죽지 않는다. 내가 널 지키리라."

"전하마저 위험해지시면 어찌하옵니까? 저들이 신첩을 없애려 하는 마당에 전하 또한 안전하다고 장담할 수 있사옵니까?"

"그래도 이별은 아니 된다."

"이별이지만 이별이 아니옵니다. 단지 눈에서만 멀어지는 것뿐이옵니다."

"듣기 싫다. 아무 말도 하지 말아라."

원범이 고개를 돌려 별이의 얼굴을 외면했다. 별이가 원범의 손을 잡았다. 원범이 다시 별이를 바라보았다.

"미운 것. 다시는 그 입에 이별을 담지 말거라."

"전하를 사랑하옵니다."

"미운 것. 날 떠날 생각을 하면서……."

"전하를 사랑하옵니다."

"미운 것. 사랑한다 말하지도 말거라."

"그래도 전하를 사랑하옵니다."

원범의 눈에서 눈물이 한 방울 떨어졌다. 별이의 말이 다 옳았다. 별이를 지키기 위해 제 곁에 두었지만 결국 별이는 또 죽을 고비를 넘겼다. 별이는 제 곁에서도 안전하지 않았다. 하지만 별이를 보낼 수는 없었다. 원범이 고개를 돌렸다. 눈물이 멈추지 않았다.

두 사람 사이에 침묵의 시간이 흐르고, 별이가 다시 입을 열었다.

"원범아!"

별이가 나직이 사랑하는 이의 이름을 불렀다. 참으로 오랜만에 불러보는 이름이었다. 원범의 가슴이 이슬을 맞은 것처럼 촉촉이 젖어들었다. 오랜만에 들어보는 이름이었다. 사랑하는 이가 불러주는 이름이었다. 세상에서 가장 다정하고, 다감한 음성이었다.

"별이야!"

"그리하자. 그리하게 해다오."

"별이야!"

원범의 눈에서 또다시 눈물이 흘러내렸다. 별이가 손으로 원범의 눈물을 닦아주었다.

"전하!"

"그 입에 아무 말도 담지 말거라. 아무 말도 하지 말거라. 네 뜻을 따를 터이니 넌 그저 웃으며 떠나거라."

마침내 원범이 별이의 청을 들어주었다. 촉촉해진 눈가를 문지르면서 고개를 돌렸다.

별이가 머리에 꽂은 비녀를 뽑아 원범의 손에 쥐여주었다. 쪽댕기를 풀어 머리를 내렸다. 별이가 빗질을 하기 시작했다. 원범이 별이의 손에서 빗을 앗았다. 별이의 머릿결을 한 번 쓰다듬은 다음, 제 손으로 별이의 머리를 빗겨주었다. 가는 빗이 별이의 머리카락을 쓸고 내려올 때마다 제 마음이 쓸리는 것 같았다. 가는 빗살이 제 가슴에 생채기를 내고 지나갔다. 소리 없이 피가 흘러내렸다. 피가 멎을 때까지 쓸고 또 쓸었다. 별이의 머리카락을 빗기고 또 빗겼다.

제 마음을 다 쓸어내린 원범은 별이의 머리카락을 정수리로 끌어 올려 천천히 틀어 감았다. 부부의 연을 맺었지만 제 손으로 별이의 머리를 올려준 것은 이번이 처음이었다.

"다 되었다."

별이가 머리를 올린 채, 원범을 향해 돌아앉았다. 별이의 머리 모양을 본 원범의 눈에서 또다시 눈물이 흘러나왔다. 뺨을 타고 흘러내린 눈물을 머금고 원범이 별이에게 입을 맞추었다. 짧고도 긴 입맞춤이었다. 별이의 눈에서도 눈물이 흘러내렸다.

한낮 창덕궁 후원에는 빛 푸른 여름 나무가 진한 향기와 그늘을 드리웠다. 후원 연못 관람지 곁에는 정자 관람정이 부채꼴 모양으로 연못을 내려다보았다. 오늘 원범이 대왕대비에게 뵙기를 청한 곳이었다.

민 상궁이 얼음으로 식힌 차를 대왕대비와 원범에게 올렸다.

"이 얼마나 감사한 일입니까? 이 무더운 여름에 얼음이라니 여염에서는 상상도 할 수 없는 일이지요. 이 어미, 얼음을 대할 때마다 매양 백성들에게 미안해집니다."

대왕대비가 진정이라는 듯 이마를 찡그리고 차를 들었다.

"참으로 시원하고 감미롭군요. 모두가 주상의 은덕입니다."

원범의 입가에 속내를 알 수 없는 미소가 살짝 얹혔다.

"아니 그렇습니까? 주상."

"아니옵니다. 모두가……."

원범이 몇 마디를 떼고는 말을 멈추었다. 민 상궁이 찻잔을 원범의 앞으로 더 바짝 당겨 놓았다.

"이 모든 것이…… 자전마마의 성은이옵니다."

"호호호."

원범의 대답이 만족스러운지 대왕대비가 곱게 웃었다.

"마마가 아니 계셨다면, 소자가 어찌 감히 대궐에서 자성 전하를 마주하며 차를 들 수 있겠사옵니까? 한낱 촌무지렁이에 불과

36

한 소자가 말이지요. 역도의 후손인 소자가 말이지요. 아, 안김 일문에서는 소자를 강화 도령이라 한다지요?"

대왕대비가 찻잔을 내려놓았다. 얼굴에서 웃음기가 사라졌다. 민 상궁에게 물러가라 눈짓했다. 민 상궁과 함께 정자 밖에 대기하던 내관과 여관도 함께 물러났다.

"호호호. 주상, 어찌 옛날이야기를 꺼내십니까?"

"그럼 지금 이야기를 드리지요."

원범이 찻잔을 내려놓았다.

"어찌 그리하셨사옵니까?

"무엇을 말입니까?"

"그 무엇이, 무엇인지 잘 알고 계시지 않사옵니까?"

"설마 박 상궁의 일을 말씀하십니까? 박 상궁의 일에 이 어미가 관여했다고 의심하십니까, 주상?"

"아니십니까?"

원범이 찻잔을 입가로 가져갔다.

"주상께서 살뜰히 은애하시는 여인이 그리 변을 당했으니 그 어심이 얼마나 상하셨겠습니까?

대왕대비는 안타깝다는 듯이 미간을 찡그렸다.

"네, 다 털어내세요. 다 토해내세요. 다 쏟아내세요. 이 어미가 아니면 누가 주상의 마음을 헤아리겠습니까?"

"마마께서 도모하신 일이라는 것을 알고 있사옵니다."

대왕대비의 눈매가 가늘게 올라갔다.

"도모하다니요? 무엇을요? 지금 주상의 승은 상궁을 이 어미가 어찌했단 말입니까?"

"소자, 마마만은 지켜드리려 했습니다. 모자 간의 정을 생각하여 마마의 죄는 다 덮고 가려 했사옵니다. 한데 연유가 무엇이옵니까?"

"주상! 이 무슨 무도한 언사입니까? 아무리 주상이라 해도 이 어미를 의심하는 것은 용납할 수 없습니다."

"용납할 수 없다면, 소자도 죽이시렵니까? 예! 친자이신 익종도, 친손이신 헌종도 죽이신 분이 피 한 방울 안 섞인 소자 하나 죽이는 일이 무에 그리 어렵겠사옵니까?"

원범이 차분한 표정과 냉정한 목소리로 되받아쳤다.

"주상!"

대왕대비가 소리를 높였다.

"소자 그저, 항간에 떠도는 풍문을 아뢰었사온데 그리 노하시니 진짜인 것 같사옵니다, 마마."

대왕대비가 손에 든 찻잔이 흔들렸다. 시종일관 냉소를 띤 원범의 얼굴에서 냉소마저 걷혔다.

"어찌 그리하셨사옵니까? 이 하늘 아래, 마마의 뜻대로 움직이지 않은 사람이 한 사람도 없사옵고, 마마의 의지대로 되지 않는 일이 하나도 없사온데, 어찌 그리 무도한 짓을 저지르셨사옵니까?"

"그래요, 내 뜻대로 주상의 가문과 신원을 회복하고, 내 의지대로 주상을 그 자리에 앉혔습니다. 하니 주상은 내 뜻대로, 내 의지대로만 움직이세요. 내가 주상을 처음 본 날, 말하지 않았습니까? 주상은 아무것도 하지 않으셔도 됩니다. 이 어미가 다 알아서

하겠다고요. 익종도, 헌종도 죽었다 했습니까? 죽인 것이 아니라, 지키지 못한 것입니다. 충신의 편도 천명이오, 역적의 편도 천명이라 했습니다. 때로는 대의를 지키기 위해서 사정(私情)을 끊어내는 것도 군주가 받들어야 할 천명입니다."

"아니요, 지킬 것입니다. 내 사람 하나 지킬 수 없는 천명이라면, 소자 받들지 않겠사옵니다. 대의라 하셨습니까? 천명이라 하셨습니까? 대의가 아니라 마마 일문의 야욕이겠지요. 천명이 아니라 일문의 야욕을 채워주기 위한 마마의 명이겠지요."

"하하하."

대왕대비가 웃음을 터트렸다.

"지키겠다고요? 어떻게요? 주상에게 무엇이 있어서요? 지키고자 하면 지킬 힘이 있어야지요. 따르는 일문도, 따를 야욕도 없는 분이 어디서 힘이 나온단 말입니까?"

"사람을 죽이는 힘 따위는 필요치 않습니다. 사람을 살리는 왕도로 지키겠습니다. 다시는 마마 때문에 내 사람들을 잃지 않겠습니다. 지키겠습니다. 마마로부터 내 사람들을 지켜내겠습니다."

원범이 자리에서 일어나 돌아섰다.

"친자도, 친손도 죽였는데, 양자 하나 못 죽이겠습니까?"

원범의 등에 대고 대왕대비가 반문했다. 원범이 걸음을 멈추고 대왕대비를 돌아보았다.

"이 사람이 이 나라 조선의 여군입니다. 이 사람이 곧 천명입니다. 부도, 권력도, 모두 김씨 왕조에서 갖습니다."

대왕대비가 목청을 높이며 일어났다.

"하니 이씨는 용상에 앉아만 있으라. 용상에 앉아서 한 마디도 하지 말고, 한 걸음도 떼지 말라."

원범이 피식, 냉소를 지었다.

"사람을 죽이는 천명이라……. 한데 어찌합니까? 소자, 이제 그 명을 받들지 않기로 하였는데 말입니다."

대왕대비의 얼굴이 일그러졌다.

"아, 그렇다고 가만히 앉아서 죽을 날만을 기다리고 있지는 않겠습니다, 대왕대비마마."

원범이 고개를 까딱거리고는 정자를 떠났다. 대왕대비는 원범이 사라진 곳을 응시했다. 분노로 온몸이 떨려 왔다.

두 달 후, 강화 유수부는 인산인해를 이루었다. 오래전 강화를 떠났다가 돌아온 임금을 보기 위해서였다. 임금은 노인잔치를 열어 제가 먹는 음식과 똑같은 음식을 대접했다. 노인을 공경하고, 백성을 사랑하는 임금님이셔, 사람들은 저마다 임금의 덕을 칭송했다.

그리고…….

과인이 심도에 대해 늘 한번 뜻을 보이려고 하였으나 실천하지 못했다. 이제 유생과 무사의 응제(임금의 특명으로 임시로 치르던 과거)를 시행하도록 하라.

왕명에 따라 강화에서는 특별 과거가 시행되었으니, 문과 장원 급제자로 한은규, 무과 장원 급제자로 박소성이 그 이름을 올렸다.

무관 박소성

↑

깊은 밤 대조전 동온돌, 원범의 그림자가 문창지 위로 어른거렸다. 원범은 용포를 벗은 백색 침의 차림이었다. 잠자리에 들지는 않았다. 서안 앞에 앉아 조용히 책장을 넘겼다.

소성은 원범의 그림자를 보며 얕은 숨을 토했다. 강화 특별 과거 무과에 장원 급제한 소성은 원범의 곁을 지키는 호위 무관이 되어 입궐했다. 지금은 침전 곁방에서 숙위를 서고 있었다.

두 달 전, 원범은 제 손으로 별이의 머리카락을 쓸어 올려 정수리 위에 틀어 감았다. 완성된 별이의 머리 모양을 보고 눈물을 흘릴 수밖에 없었다. 제가 올려준 머리 모양은 여인의 쪽진 머리가 아니라 사내의 상투머리였다.

원범은 별이를 제 여인으로서 곁에 두고 지키고자 하였지만 실패하고 말았다. 별이는 죽을 고비를 넘기고 제 여인이 되기를 포기했다. 아예 여인으로서의 삶 자체를 포기했다. 저를 위해서라는 걸 알기에 원범은 더 슬펐다.

별이는 명경을 보고서 웃었다. 제 머리를 매만지고 다시 웃었다. 원범에게 지필묵을 건네주면서 또 웃었다. 망설이는 원범을 재촉했다. 원범이 붓을 들어 별이에게 '박소성'이라는 이름을 하사했다. 별이가 원범에게 큰절을 올렸다. 상투머리가 제법 잘 어울렸다. 그 사실이 원범을 더 서럽게 했다.

'신 박소성, 이제 전하의 신하이옵니다. 전하께서 내리신 이름과 전하께서 올려주신 머리를 받잡고, 성심을 다해 전하를 보필하겠사옵니다. 전하의 무관으로서 목숨을 바쳐 전하를 지키겠사옵니다.'

소성은 원범에게 신하로서 충성을 맹세하고 강화로 떠났다. 두 달 동안 신분을 바꾸고 과거 준비를 끝낸 소성은 전립과 군복, 수염으로 위장하고, 원범의 최측근 호위 무관이 되어 다시 돌아왔다.

심규가 곁방으로 들어왔다. 좌천을 위장하여 강화에 있던 심규는 금군별장으로 승진했다. 원범이 박 상궁의 일을 덮고 얻어낸 결과였다. 이 인사를 군관과 군졸은 환영했다. 심규는 강직하고 공정한 성정으로 하급 무관에게 신임과 존경을 받고 있었다.

"오늘 밤은 내가 대전을 지키겠다. 그만 퇴청하거라."

"아닙니다, 영감."

"네가 여기 있으면 전하께서 편히 주무시겠느냐?"

소성이 나가고, 원범이 나직이 심규를 불렀다.

"경은 이제부터 과인이 아니라 저 아이를 지켜주시게."

"신은 전하를 지키기 위해 이 자리에 있사옵니다."

"저 아이를 지키는 일이 과인을 지키는 길일세."

"하오나 소신에게는 전하의 안위가 최우선이옵니다."

"이제부터는 아니네."

"전하!"

"경은 저 아이가 또 잘못된다면 과인이 살아갈 수 있다고 보는가?"

심규는 잠시 대답이 없었다. 원범의 말도 옳았다.

"어명이네. 자네는 과인이 아니라 저 아이의 안위를 최우선으로 여겨야 하네."

"예, 전하. 소신, 어명을 받잡겠나이다."

"약조해주시게."

"예, 전하. 소신, 무관으로서 제 신념과 명예를 걸고 약조하겠사옵니다."

고개를 숙이는 심규의 그림자를 보고 원범은 안도했다. 심규라면, 이 약속을 반드시 지키리라. 그리고 원범은 자신에게도 약속했다. 내 반드시 저들을 발본색원하고 별이를 살리리라. 별이를 다시 살려내고 말리라. 원범은 깊은 숨을 내쉬었다. 장차 치러야 할 길고 긴 싸움의 무게가 결코 가볍지 않아서였다.

날이 밝고, 소성은 다시 무관으로 호위를 섰다. 오늘 소성의 위치는 연경당이었다. 사랑 밖에서 대기하라는 명이었다. 소성은 사랑을 흘끔거리며 댓돌 위를 서성거렸다. 하늘은 높고 푸르고, 담장 가까이 돌배나무와 감나무에선 무르익은 열매가 수확을 기다렸다. 감나무를 보며 소성이 미소 지었다.

'내 홍시보다 더 좋아하는 것이 있으니 박씨니라.'

박 상궁으로 있던 시절, 저 감나무를 뚫을 듯한 시선으로 노려보던 제게 원범이 말했다.

'박씨를 어찌 먹사옵니까?'

'박씨의 껍질을 조심조심 벗겨 먹으면 얼마나 고소한지 아느냐? 그러고 보니 내 박을 가장 좋아하는구나. 박고지, 박나물, 박속, 바가지?'

결국 별이가 웃음을 터뜨렸더랬다.

'내년 봄에는 대궐에도 박을 심어야겠구나.'

소성은 원범의 목소리를 떠올리며 쓸쓸하게 미소 지었다. 원범과 박 상궁, 별이에게는 박씨를 심을 내년 봄은 오지 않으리라.

소성은 다시 댓돌 위를 왔다 갔다 걷기 시작했다. 사랑을 힐끔거리다가 문 가까이 다가갔다. 방문에 얼굴을 붙이고 귀를 종긋 세웠다.

연경당 안에서는 원범과 심규, 강하, 병운, 은규가 머리를 맞대고 있었다. 병운은 사헌부 지평 자리에 있었고, 강하는 사간원 헌납으로, 은규는 홍문관 수찬에 제수되었다. 이로써 원범은 삼사에 제 측근들을 다 심어놓은 셈이었다. 삼사는 언론을 담당하였으며 상소를 통해 국정에 적극적으로 참여할 수 있었다. 사헌부는 백관을 감찰하고 탄핵할 수 있으며 사간원, 홍문관에서는 백관을 탄핵하고 국정 운영 전반에 대해 간쟁할 수 있었다.

"저들이 박시명과 윤연심, 박별이를 죽여 은폐하려는 것을 밝히다보면 저들을 축출할 근거가 나오겠지."

지난밤, 원범은 병운과 술잔을 기울였다. 원범과 병운은 술이 잘 맞지 않는 체질이었다. 그러나 원범과 병운은 독대의 핑계가 필요했다. 원범은 병운에게 장차 도모하고자 하는 바를 허심탄회하게 밝혔다. 그의 검은 안김 가문을 향해 있고, 그 검의 끝에는 김좌근이 있었기에 병운은 미리 알아야 했다.

병운도 알고 있었다. 주상이 바로 서고 백성이 살기 위해서는 원범이 제 가문과 전쟁을 치르고, 그 전쟁에서 승리해야 한다는 것을. 그래서 병운은 원범의 편에 섰다. 원범이 제 벗이라서가 아니라 원범이 하려는 일이 옳은 일이고, 원범이 가려는 길이 바른 길이기 때문이었다.

지난밤 병운의 뜻을 헤아린 원범은 명을 내렸다.

"우선 김 지평과 조 헌납은 저들의 비리를 감찰하고, 상주하게. 한 수찬은 윤연심과 박시명의 살인 사건에 대해 은밀히 알아보라. 무엇보다……."

"소신도 함께하겠사옵니다, 전하."

모두의 시선이 문으로 모였다. 소성이 문을 빼꼼히 열고 고개를 내밀었다.

"안 된다."

원범이 소성의 얼굴을 보고, 단호히 말했다.

"소신도 한 수찬을 돕게 해주소서, 전하."

"안 된다."

"저도 전하의 신하이옵니다. 전하를 위해 일하게 해주소서."

"너는 내 곁을 지키면 된다. 그것이 과인을 위하는 일이다."

"물론 전하를 호위하는 일도 게을리하지 않겠사옵니다."

"하니 네 본연의 임무에 충실하거라."

소성은 작전을 바꾸었다. 얼굴을 시무룩하게 만들고 목소리를 낮추었다.

"전하, 아시지 않사옵니까? 전 죽어도 궁금한 건 못 넘기옵니다. 제 그물에 걸려든 의혹은 반드시 제 손으로 풀어내야 하옵니다. 궁금증으로 소신 매일 밤 잠들지 못하고, 먹지도 못하고, 사는 게 사는 것 같지도 않사옵니다."

네가? 하는 눈빛으로 은규가 소성을 바라보았다.

"그래. 조금만 기다리거라. 그 일은 과인과 이들이 기필코 밝혀내리라."

원범은 소성의 호소에도 전혀 동요하지 않았다. 소성이 버럭, 소리를 높였다.

"전하! 김 형, 조 형, 한 처사도 하는데 제가 빠질 수는 없사옵니다."

"뭐라? 김 형, 조 형?"

원범은 기가 막힌다는 듯, 소성과 병운, 강하를 번갈아 바라보았다. 병운이 멋쩍은 웃음을 지었다.

"전하, 신들이 강화에서 훈련 중이던 박 형을 찾아갔을 때 서로 호형호제하기로 했사옵니다."

강하의 말에 원범이 기가 찬다는 듯이 되물었다.

"박, 형?"

46

"스승님! 제가 이 임무의 가장 적임자가 아니겠습니까? 한 말씀 해주십시오."

"스, 승, 님?"

소성이 심규에게 부탁하자 원범은 더욱더 기가 막혔다.

"전하, 박 무관은 두 달 동안 소신이 직접 특훈을 시킨 인재이옵니다. 누구보다 비밀 임무에 적합한 자라 여기옵니다."

"예, 전하. 박 무관은 과거에서 장원 급제까지 한 훌륭한 무관이옵니다. 우리에겐 박 무관이 꼭 필요하옵니다."

"전하, 박 형 저 친구가 솔직히 싸움도 저희보다 몇 배나 잘하옵고, 힘도 몇 배나 세옵니다. 일당백은 못 되더라도 일당열은, 아니 오십은 충분히 해치울 것이옵니다."

"전하, 소성을 염려하시는 전하의 성심은 잘 헤아리겠사오나 소성이라면 제 한 몸은 잘 지켜낼 것이옵니다."

"시끄럽다!"

심규와 병운, 강하, 은규까지 차례로 나서서 소성을 거들자 원범이 소리쳤다.

소성이 목소리를 무겁게 내리깔았다.

"전하, 소신에게 중요한 증좌가 있사옵니다."

일동이 소성을 주목했다. 소성이 품에서 '김씨옥수기' 소설책을 꺼내놓자 모두가 시선을 책으로 옮겼다. 소성의 눈빛과 음성이 한층 더 은밀하고 진지해졌다.

"이 책은 해원 스님이 남긴 책이옵니다."

별이야, 내게는 스승님이 남기신 책과 익종 전하의 비망록이 있느니라. 원범이 소성을 바라보며 헌종의 유명을 전하던 심규의 목소리를 떠올렸다. 별이가 연경당에서 습격을 당하고 초가에서 요양할 때 심규가 박시명의 유품을 전했다.

'전하, 이것은 선대왕의 명으로 박시명의 집에 갔을 때 찾아낸 것이옵니다. '김씨옥수기'라는 소설책과 익종 대왕의 비망록이옵니다. 이 비망록에는 박시명이 기록한 내용도 있사옵니다. 박시명도 전하께서 품으신 의문에 대해 조사를 한 것 같사옵니다.'

원범은 그 증좌를 떠올리며 대수롭지 않다는 듯이 소성에게 물었다.

"그래서?"

소성이 목소리를 더 내리깔고 말을 이었다.

"하온데 아버지, 아니 박시명도 이 책을 좋아했사옵니다."

"그렇게 중요한 사실이!"

강하가 바닥을 치며 소성을 거들었다.

"박시명이 해원 승려를 좋아했구나."

"아니옵니다."

소성이 원범의 말을 강하게 부인했다.

"이 책은 '김씨옥수기' 5권인데 익종 대왕께서 승하하신 후에 소실 처리되었사옵니다. 바로 소실된 그 책이 해원 스님이 가지고 있던, 이 책이옵니다."

"아이고! 이렇게 중요한 사실을 박 형이 알아냈는가?"

강하가 책을 집어 들며 호들갑을 떨었다.

"예, 그리고 중요한 사실이 더 있사옵니다."

소성이 몸을 낮추고 사람들에게 모이라는 신호를 했다. 원범을 제외한 사람들이 소성의 곁으로 모여들었다.

"익종 대왕께서 이 책을 왕실 서고에서 훔친 것 같습니다."

"왕세자께서 굳이 책을 훔칠 필요가 있으신가?"

병운이 고개를 갸웃거리며 소성에게 반문했다.

"이 책은 해원 스님이 익종 전하께 하사받았다고 했습니다. 한데 자성 전하의 명으로 대출이 금지되어 있었죠. 하니 익종 대왕께서 훔쳐서 주셨겠지요."

"왕세자 신분으로 어찌 책을 훔치셨을까?"

강하도 반문하였으나 소성은 제 할 말을 계속했다.

"그리고 왕실 서고엔 '김씨옥수기' 책이 더 있습니다. 현재 자성전의 명으로 대출은 불가합니다. 자성 전하께서 좋아하시는 책이라 아무도 못 가져가게 하셨답니다. 여기까지가 제가……."

소성이 은규를 보고서는 말을 이었다.

"한 수찬의 도움으로 알아낸 사실이옵니다."

일동의 시선이 은규에게 옮아갔다. 소성이 손가락을 치켜세우고 그들의 시선을 가로막았다.

"하나 이 책을 처음 발견한 이는 저이옵니다. 그리고 한 수찬에게 알아봐달라 부탁한 이도 저이옵니다."

"사대부들도 즐겨 읽는다는 진서 소설이구나. 익종 대왕께서도, 박시명도, 윤연심도, 대왕대비전도 즐길 수 있는 책이다. 이것이 무슨 증좌가 된단 말이냐?"

원범은 책장을 펼쳐보며 태연하게 말했다. 그러나 원범의 가슴은 뛰고 있었다. 저들이 굳이 별이를 해친 이유는 별이에게 익종 독살에 관한 증좌가 있기 때문이라고 추리한 원범이었다. 그럼 이 책이 정말 중요한 증좌일지도 몰랐다.

"예? 무언가 엄청나고 중요한 책이라는 감이 안 오십니까?"

"아니 온다. 어쨌든 이 책과 한 수찬이 알아낸 사실에 대해서는 우리끼리 숙고해보겠으니 넌 이만 물러가거라."

원범이 책을 서안에 내려놓으며 말했다.

"이 책은 소신의 것이온데요?"

"네 말대로 익종 대왕께서 훔친 거라면 왕실의 책이다."

"소신이 찾았사온데요?"

"그래, 고맙게 생각한다. 그럼, 물러가보거라."

"전하, 이 일은 제 아비와 관련된 일이옵니다. 또 해원 스님은 제게 어머니와 같은 분이시옵니다."

원범의 표정이 굳었다.

"박 무관은 말을 삼가라. 박시명의 딸은 이미 죽었거늘, 누굴 네 아비라 칭하느냐?"

원범이 언성을 높였다. 모두 놀라 원범을 바라보았다. 오랜 시간 가까이에서 모셨지만 원범이 역정을 내는 모습은 본 적이 없었다. 그러나 소성은 움츠러들지 않았다.

"예! 박시명의 딸은 죽었사옵니다. 하온데 전하께서는 어찌 소신을 이들과 동등한 신하로 보시지 않사옵니까? 어찌 소신을 전하께서 등용하신 무관으로 대하지 않사옵니까?"

침묵이 흘렀다. 소성의 말이 옳았다. 소성은 이제 제 여인 별이가 아니라 무관 박소성이었다. 원범의 고뇌를 누구보다 잘 헤아리고 있는 심규가 나섰다.

"전하, 소신이 드린 물건이 있지 않사옵니까? 박시명이 오랫동안 간직해온 것이옵니다. 이제 그 물건은 소성에게 가는 것이 마땅한 줄로 아뢰옵니다. 부디 소성을 믿고 이번 임무를 맡겨주소서."

원범이 심규를 바라보았다. 심규가 고개를 끄덕였다.

'전하, 소신을 믿어주십시오. 신, 전하와의 약조를 반드시 지키겠나이다.'

원범이 심규의 마음을 읽었다.

"박 무관은 한 수찬과 함께 사건의 비밀을 밝히라."

원범의 입에서 윤허가 떨어졌다.

2

귀뚜리가 구슬프게 울었다. 대궐 후원은 완연한 가을이었다. 숲에서는 녹색 내음이 아니라 붉고 노란 내음이 났다. 원범은 연경당에서 회합을 끝내고 대전으로 돌아가고 있었다. 소성이 그 뒤를 따랐고, 몇 걸음 뒤에서 수행원들이 쫓아왔다.

"점점 더 복잡해지는구나."

원범이 혼잣말처럼 중얼거렸다.

원범과 5인방은 오늘 회합에서 박시명과 윤연심 사건에 관한 흩어진 조각들을 모아 짜 맞추었다.

일. 익종은 안김을 견제했다. 그래서 안김은 익종의 독살 음모를 꾸몄다.

이. 동궁전, 대왕대비전 나인이었던 윤연심은 익종을 연모했다.

삼. 익종은 윤연심에게 '김씨옥수기' 5권을 하사했다.

사. 박시명은 '김씨옥수기' 4권과 익종의 비망록을 가지고 있었다.

오. 박시명과 윤연심은 익종의 명으로 출궁했고, 그날 이후 그들은 자취를 감추었다.

'자객의 습격을 받고 박시명은 변을 당하였고, 윤연심은 피신하여 산사에 은거했죠. 자객의 배후는……'

소성이 왕대비에게 들은 내용을 전하며 말끝을 흐렸다. 병운이 있어서였다.

육. 그 후 익종은 당시 빈궁이던 왕대비에게 박시명과 연심의 행방을 부탁하고서 갑자기 승하했다.

'결국 독살이라고 봐야지.'

원범이 덧붙였다.

칠. 박시명과 연심은 익종께서 승하하신 후, 신분을 숨기고 각각 강화와 산사에 살았다. 훗날 박시명과 윤연심은 민 상궁을 통해 왕대비에게만 소식을 전했다.

팔. 헌종께서도 익종의 승하에 독살 의혹을 품으시고, 심 영감에게 이를 밝히라는 유명을 남기셨다.

'그리고 영감께서 박시명을 찾아 강화로 오셨지요?'

소성이 물었다.

'박시명은 강화에서도 진상을 캐기 위해 조사를 계속한 것 같네. 비망록에 수사를 한 기록이 있었네.'

'한데 왜 1권도 아니고, 4권과 5권일까? 이 소설책은 몇 권까지 있지?'

강하가 의문을 제기했다.

'이 책은 12권까지 있네. 김씨 가문 세 아들의 출장입상(出將入相)과 집안 내 처첩 간의 갈등, 애정 문제를 다룬 가문 소설이야. 워낙 인기가 많은 소설이라 내 강화에 있을 때 많이 필사하였네.'

> 구. 박시명과 윤연심을 찾은 저들은 박시명과 윤연심을 죽였다. 박시
> 명과 윤연심의 죽음은 단순히 익종의 독살을 은폐하기 위해서인 줄
> 알았는데, 저들은 박별이도 죽이려 했다. 박별이에게 중요한 증좌가
> 있다고 믿었기 때문이다.

'그 증좌라고 할 수 있는 것이, 흔한 소설책 두 권과 비망록이옵니다.'

소성이 말했다.

'비망록에서도 중요한 단서들은 발견하지 못했사옵니다. 그저 선대왕의 휘와 승하하신 일자가 기록되어 있을 뿐이옵니다.'

비망록을 맨 처음 손에 넣은 심규가 말했다.

'누구누구지?'

원범이 물었다.

'소현 세자, 경종, 정종 이렇게 세 분이옵니다.'

'혹 익종 대왕께서도 이 세 분의 독살을 의심하고 조사하지 않으셨을까요?'

은규의 질문에 원범이 다시 비망록을 살펴보았다.

'여기 이것은 무엇인가?'

원범이 비망록을 넘기다가 글자들을 보고 물었다.

'사람의 이름인 듯한데 누군지 처음 들어본 자들이옵니다.'

강하가 대답했다.

'자네들도 들은 적이 없는가?'

병운과 은규도 기억에 없는 이름이었다.

'익종 대왕과 박시명만이 이 이름에 대해 알겠군.'

'그럼, 십. '익종과 박시명은 저들이 은폐하고자 하는 것을 거의 알고 있었다.'가 되겠군요.'

병운이 정리했다.

'그럼 저들은 박시명이 알고 있는 것을 박별이도 알고 있다고 판단하였는가?'

'우선 박시명이 알고 있던 것을 알아내야 하옵니다.'

'수사 기록에는 날짜와 장소가 있었사옵니다. 아마 박시명이 누군가를 추적한 듯한데 더 이상 별다른 단서가 없었사옵니다.'

'그럼 이 사람 중 하나를 추적했겠는가?'

'그런 것 같사옵니다.'

원범이 비망록에 쓰인 이름들을 손으로 쓸어내리면서 명했다.

'우선 박시명과 윤연심이 남긴 소설책에서 시작해보세. 비망록에 적힌 이름에 대해서도 더 알아보고.'

회합에서 오고 간 대화를 떠올리며 원범이 한숨을 내쉬었다. 귀뚜리가 원범의 마음을 안다는 듯이 울어댔다.

"전하, 저희가 누구이옵니까? 총명하고 용감하기로는 빠지지 않는 조선국 최고의 사내들이 아니옵니까?"

소성이 엄지를 세우며 말했다.

"정말 그리 생각하느냐?"

"예, 물론이옵니다. 곧 사건의 전모가 드러날 것이옵니다. 너무 심려치 마소서."

원범은 내가 심려하는 것은 너의 안위이니라, 라는 말을 하려다가 멈추었다. 주변으로 시선을 옮겼다. 밤이라 잘 보이지는 않았지만 낮에 본 대로 나뭇잎들은 노랗고, 발갛게 물들어 있으리라.

"이제 곧 낙엽이 지겠구나."

원범이 또 한숨을 내쉬었다. 연경당에서 자객이 별이의 심장에 화살을 날리던 밤, 원범은 가을이 오면 함께 낙엽을 밟고 태우자, 라는 말을 하려던 참이었다. 하나 원범은 이제 그 말을 내뱉을 수 없었다. 요사이 원범의 가슴속에는 못다 한 말이 부치지 못한 서간처럼 차곡차곡 쌓여갔다. 언제쯤 이 말을 다 풀어낼 수 있을까. 원범이 다시 소성을 바라보았다.

"전하, 그래도 김 형과 조 형이 안김 일당 관리의 비리를 소상히 밝혀 다행이옵니다."

"그래, 이제 늦어도 이틀 후면 삼사에서 그들을 탄핵하는 상소가 올라오리라. 그럼 저들을 상당수 축출할 수 있다. 이제……."

원범이 말을 멈추었다. 사건의 전모가 밝혀지면 김좌근을 몰아내고 대왕대비전의 손과 발을 묶고 널 다시 별이로 살려낼 수 있다, 라는 말 또한 하지 못했다. 대신 소성에게 바짝 다가갔다.

"한데 너, 네가 언제부터 형이 있었느냐? 김 형, 조 형, 심지어 그들은 너보다 나이도 어리다. 자꾸 그리 친밀하게 부를 테냐?"

"김 형을 김 형이라 부르지 못하고, 조 형을 조 형이라 부르지 못하면 무엇이라 불러야 하옵니까? 전하."

소성이 뒷걸음치며 반문했다.

"그럼 이제 과인도 아예 '이 형'이라 부르지 그러느냐?"

원범이 소성에게 더 바짝 다가가며 소성을 몰아세웠다. 미처 뒷걸음치지 못하고 몸을 젖혀 원범을 피하려던 소성이 뒤로 넘어질 듯 휘청거렸다. 원범이 손을 들어 잡아주려는 순간, 소성이 재빨리 균형을 잡고 몸을 바로 세웠다. 번쩍 든 제 손을 바라보며 머쓱해 하던 원범은 손을 내리다가 다시 올렸다. 그러고는 소성의 어깨를 잡았다.

"결코 위험에 처해서는 아니 된다."

"예, 전하."

"알겠느냐? 어떠한 경우에라도 널 위험하게 해서는 아니 된다."

"예, 전하."

소성이 웃으면서 자신 있게 대답했다.

"어명이다."

원범이 서글픈 표정으로 앞장섰다. 소성이 말없이 뒤따랐다.

앞장선 원범은 대전을 향해 가다 말고 느릿느릿 빙글빙글 후원을 돌았다. 민 상궁이 소성에게 눈짓했다. 소성이 원범에게 다가갔다.

"전하, 어서 동온돌로 납시어 침수 드소서."

"잠이 오지 않는구나."

"고단하지 않으시옵니까?"

"고단하지 않다. 가을밤 정취가 좋구나."

원범이 숲을 둘러보며 딴청을 피웠다. 소성이 민 상궁을 보며 고개를 저었다. 궁인들이 얕은 숨을 내쉬었다.

"전하, 소신 퇴청 시간이 지났사옵니다."

"그래서?"

원범이 서운한 눈빛으로 소성을 내려다보았다. 전립을 쓰고 군복을 입은 소성이 아직도 어색했다. 수염도 영 못마땅했다.

"그래, 가자."

원범이 한숨을 쉬며 대조전으로 발길을 돌렸다. 그러나 원범의 걸음이 멈춘 곳은 보경당이었다. 주인 잃은 보경당에는 장독만이 나란히 들어앉아 자리를 지키고 있었다.

"이곳은……."

"보경당이구나."

원범이 보경당을 둘러보았다. 원범의 눈가가 그리움으로 아련히 잦아들었다.

"이곳은 과인을 무척 사모하던 여인의 처소였다."

"그 여인만 전하를 사모하였답니까?"

"뭐, 과인도 조금. 그 여인만큼 많이는 아니고."

"그럴 리가……."

"어찌 그러느냐? 너도 아는 바가 있느냐?"

소성의 목소리가 높아지자 원범이 태연하게 되물었다.

"아니옵니다."

소성이 헛기침을 했다.

"왜 이곳을 그 사람의 처소로 정했는지 아느냐?"

"소신이 두 분의 일을 어찌 알겠사옵니까?"

소성이 한 번도 생각해보지 않은 문제였다. 그저 숙빈 최씨나 수빈 박씨 등 후궁이 기거했던 집이라고만 들었다.

"이곳이 바로 대전인 대조전과 가장 가까운 곳이지."

전하도 알고 계셨구나. 소성이 고개를 끄덕였다.

"그 사람을 대전과 먼 곳에 두고 싶지 않더구나. 멀리 두면 꼭 병이 날 것 같더구나."

"전하……."

소성이 아련히 원범을 바라보았다.

"왜 그러느냐?"

"아니옵니다."

소성이 정색하고 고개를 저었다.

"그래. 네가 그 여인을 어찌 알겠느냐? 너는 두 달 전 당당히 과거를 치르고 입궐한 과인의 신하인데. 김 지평, 조 헌납, 한 수 찬과 동등한 과인의 신하일 뿐인데……."

"예."

소성은 한눈에 보경당이 마음에 쏙 들었다. 하늘을 향해 한곳으로 모여 솟은 팔작지붕이 우아하면서도 신비로웠다. 서쪽엔 숲이 펼쳐져 있어 갑갑한 마음을 달래기에도 좋았다. 안뜰과 북쪽 뒤뜰에 놓인 장독도 친근했다. 무엇보다도 소성이 이곳을 좋아한 이유는 대전과 가까워서였다. 소성은 원범이 그리울 때마다 장독대 위에 올라서서 원범의 모습을 그리며 대조전을 살펴보곤 했다.

"그 여인이 과인을 얼마나 사랑하였는지 아느냐?"

"두 달 전에 입궁한 소신이 어찌 알겠사옵니까?"

"그 여인이 말이지, 과인이 얼마나 보고 싶었는지 밥 먹을 때를 제외하고는 매일 저 장독대 위에 올라가 대조전을 살피곤 했다."

"예? 아니 언제 소신이, 아니 그 여인이 밥 먹을 때를 제외하고 매일 대조전을 살펴보았겠사옵니까? 어쩌다 한 번, 이따금씩, 아주 잠깐씩 보았겠지요."

"그래, 본 건 맞나 보구나."

"예, 보았사옵니다. 아니, 보았겠지요. 그 여인이. 그러게 전하께서도 좀 더 자주 용안을 보여주지 그러셨사옵니까?"

원범이 침묵했다. 얼굴이 시무룩해졌다. 원범의 얼굴을 보니 소성은 미안해졌다.

"소신의 말은 그것이 아니오라……."

"후회한다."

"……."

"하여 후회한다."

"……."

"우리에게 새털처럼 많은 날이 남아 있을 줄 알았다. 이곳에서 우리의 시간이, 우리의 행복이 영원할 줄 알았다. 하나 세상에 영원한 건 없더구나. 시간도, 삶도, 행복도……. 추억도 언젠가는 희미해지겠지. 하여 후회한다. 좀 더 자주 보고, 자주 이야기하고, 자주 안아줄 것을……. 내 만기가 바쁘다는 핑계로 그러지 못했다. 하여 지금 후회한다."

소성이 헛기침을 했다. 눈을 크게 떴다. 그렇게 하지 않으면 눈속에 차오르는 물기가 뺨을 타고 흘러내릴 것만 같았다.

"소신, 퇴청 시간이 한참 지났사옵니다."

소성이 화제를 돌렸다.

"뭐라?"

"소신, 오늘은 야근 숙위 근무가 없는 날이옵니다."

"그래서 지금 퇴궐하고 싶다는 말이냐?"

"예, 소신. 한 달에 쌀 석 섬밖에 못 받는 말단 무관이옵니다. 퇴청 시간만이라도 칼같이 지켜야 덜 억울하지 않겠사옵니까?"

"알았느니라. 재촉하지 말거라."

원범은 그때를 떠올리면서 앞장섰다.

'날이 덥구나. 문을 열거라.'

대조전 동온돌에 든 원범이 명을 내렸다. 그리고 남서향으로 앉았다.

'그래도 덥구나. 징광루로 가자.'

징광루는 대조전 서쪽에 있는 2층 누각이었다. 징광루에서 원범은 남서쪽을 향해 앉았다. 내관들이 서안과 문서를 들고 와 원범의 앞에 놓았다. 원범은 부지런히 문서를 읽고 결재하고 비답을 내렸다. 그리고 틈틈이 고개를 들어 먼 곳을 응시했다. 만족스러웠다. 원범의 얼굴에 실없는 미소가 어렸다. 징광루에서는 보경당이 잘 보였다.

3

도승지 조형복이 상소를 한가득 들고 대전에 입시했다. 반가운 마음에 원범이 속히 상소문을 펼쳐보았다.

병운, 강하, 은규가 밤을 새워가며 안김 일파의 비리를 조사하고 감찰했다. 그 결과, 몇십 명의 비리와 부정부패를 적발했다. 우선 당하관 관리들을 탄핵하기 위한 상소를 올리기로 했다. 당하관을 탄핵하고 과거를 실시하여 새 관리를 뽑은 다음, 그들과 연대하여 당상관의 목을 죄어 탄핵할 예정이었다. 상소를 읽은 원범의 표정이 어두워졌다. 다른 상소를 재빨리 훑어보았다. 또하나, 또 하나 상소를 볼 때마다 원범의 안색이 어두워졌다. 병운과 강하, 은규가 뜻을 같이한, 삼사 관리를 동원하여 올린 상소는 흔적도 없이 사라졌다. 대신 다른 상소가 줄을 이었다. 편전에서도 상소와 같은 목소리가 터져 나왔다.

"전하! 권돈인과 김정희, 그 형제 김명희, 김상희를 율로써 다스리소서."

"전하! 권돈인과 김정희에게 해당하는 율을 쾌히 시행하소서."

"전하! 김정희처럼 흉악하고 요사한 자가 또 어디 있겠나이까?
부디 율을 시행하소서."

"그만하시오. 이런 억지가 어디 있소?"

주청을 올리던 대신을 향해 원범이 소리쳤다. 편전은 잠시 조
용해졌다. 그러나 곧 내관의 목소리가 편전의 침묵을 깨웠다.

"자성 전하 납시오."

대왕대비의 행차를 알리는 소식에 대신이 모두 일어났다. 문을
향해 고개를 돌리고 머리를 조아렸다. 희정당의 문이 열리고 대
왕대비가 용상을 향해 유유히 걸어왔다. 대신들은 뒤로 물러나
몸을 더 낮추었다.

원범은 제게서 등을 돌리고 대왕대비에게 고개를 숙이는 대신
들을 망연히 보았다. 이곳에 제 신하는 하나도 없었다.

'주상, 똑똑히 보셨소? 누가 이 나라의 주인인지?'

대왕대비가 미소를 지으며 원범을 응시했다. 원범의 눈에 시선을
고정하며 용상까지 걸어왔다. 원범을 지나쳐 옆자리에 좌정했다.

"자성 전하."

대신들이 대왕대비를 향하여 부복했다. 원범은 아무도 모르게
깊은 숨을 토했다.

"지켜낸다 하셨습니까? 주상의 사람들을 지키리라 하셨습니
까? 어디 한번 지켜보세요. 사람을 살린다는 그 왕도로 지켜보십
시오. 호호호."

대왕대비가 수강재에 든 원범을 보며 웃었다. 패배자에게 보이

는 승리의 웃음이었다. 원범이 잠자코 있었다. 대왕대비가 웃음기를 거두고 원범을 노려보았다.

"아시겠습니까? 이것이 주상의 처지입니다."

"살려……주십시오."

원범이 주먹을 꽉 움켜쥐었다.

"암! 살리지요. 내 아드님이 이리 부탁하시는데 살려주지요. 살려주고말고요."

"성은이 망극하옵니다, 자전마마."

낮아지는 원범의 고개 위로 단호한 대왕대비의 목소리가 떨어졌다.

"단! 대혼을 치르세요."

"마마!"

원범의 얼굴이 일그러졌다.

대왕대비가 일전에 수강재에 든 손님을 떠올리며 입꼬리를 올렸다. 김좌근이 제 연배의 사내를 데리고 대왕대비전에 들었다. 대왕대비가 절을 하는 손을 보며 활짝 웃었다.

'신 충훈부 도사 김문근, 자성 전하께 문후 여쭙사옵니다. 그간 강령하셨사옵니까?'

'덕분에 아주 좋습니다. 편히 앉으세요.'

대왕대비가 몸을 낮춘 김문근에게 자리를 권했다.

'이리 가까이 불러주시니 소신은 몸 둘 바를 모르겠사옵니다, 자성 전하.'

'아닙니다. 이 사람에게 큰 힘이 되어주신다니 내가 고맙습니다.'

'자성 전하의 은혜가 하해와 같사옵니다. 소신은 오늘 죽어도 여한이 없사옵니다, 전하.'

'죽다니요? 앞으로 나와 함께 큰일을 도모할 귀한 분인데 오래오래 사셔야지요. 호호호.'

'성은이 망극하옵니다, 자성 전하.'

'영상께서도 앞으로 김 도사를 많이 도와주세요.'

대왕대비가 떨떠름한 표정을 짓고 있는 김좌근에게 말했다.

'예, 영상 대감. 많이 이끌어주십시오.'

김문근도 고개를 숙이며 공손하게 말했다. 김좌근이 억지웃음을 지었다.

'그대를 영상처럼 내 친동기간으로 대하겠습니다. 이제 그대만 믿겠습니다, 부원군 대감.'

부원군 대감! 김문근은 놀라 눈을 동그랗게 떴다.

'뭘 그리 놀라십니까? 장차 이 나라의 국구가 되실 몸이니 부원군이라 불러 드려야지요. 호호호.'

'성은이 망극하옵니다. 소신, 자성 전하와 안동 김문을 위해 목숨을 바치겠사옵니다.'

김문근은 몇 번이나 머리를 조아리며 대왕대비에 대한 충성을 맹세했다.

생각을 마친 대왕대비가 원범에게 말했다.

"김문근의 여식을 중전으로 맞으세요. 그럼 권돈인이고, 김정희고 그 목숨은 살려주겠습니다."

"자전마마!"

"하나 더! 김좌근의 양녀는 후궁으로 맞으세요. 그럼 내 수렴청정도 거두겠습니다."

원범의 눈빛이 흔들렸다. 대왕대비가 미소를 지었다.

"주상께서도 친정을 하셔야 이 나라 이 강산, 이 백성을 위해 좀 더 많은 일을 하실 수 있지 않겠습니까? 이 어미, 주상의 치세에 대한 기대가 아주 큽니다. 하하하."

여군의 웃음소리가 터져 나왔다. 원범의 목 안에서 쓴 액체가 울컥, 치밀어 올랐다.

원범이 수강재를 나왔다. 수행원의 무리 속에서 소성이 저를 기다리고 있었다. 원범이 소성을 바라보았다. 소성이 원범을 향해 웃어 보였다.

원범이 연경당에 들었다. 날이 저물고 밤이 깊어 갔지만 저녁 수라도, 야식도 들지 않은 채 생각에 잠겨 있었다.

"전하."

곁방에 있는 소성이 원범을 불렀다. 소성은 원범의 고민을 짐작하고 있었다. 저 고민을 풀어줄 수 있는 사람은 저밖에 없다는 것도 알았다.

"전하."

소성이 다시 한번 원범을 불렀다.

"듣고 있다."

"전하, 감축드리옵니다."

소성이 부러 밝은 목소리로 말했다. 얼굴이 보이지 않아서 다행이었다. 목소리는 꾸며낼 수 있어도 표정은 숨길 수 없을 것 같왔다. 원범이 대답 없이 곁방 방문을 바라보았다. 소성의 그림자를 보자 마음이 더욱더 아파왔다.

"전하께오서 대혼을 올리고 중전마마를 맞으시는 일은 나라의 큰 경사이옵니다. 또 후궁까지 두어 후사를 공고히 하시는 것은 신민(臣民)의 복이옵니다. 군주로서 마땅히 해야 할 일로 고민하지 마소서."

"……."

"아뢰옵기 황공하오나 전하께오서는 여염의 필부(匹夫)가 아니시옵니다. 일국의 군주로서 종사의 대계를 먼저 생각하소서."

원범이 얕은 숨을 토했다. 소성의 말이 다 옳았다. 원범도 모르지 않았다. 그러나 소성을 저리 둔 채, 중궁과 후궁을 맞을 수는 없었다.

"전하, 아뢰옵기 황공하오나 인정에 매여 대사를 그르치지 마소서. 전하께서는 하루속히 친정에 임하여 저들의 폭정을 끝내셔야 하고, 왕권을 강화하셔야 하고, 백성을 돌보셔야 하옵니다. 대혼은 대업을 위한 과정이옵니다. 왜 박 상궁을 죽이고, 소신이 이 자리에 있는지 생각해보소서."

"별이야!"

"전하! 소신은 별이가 아니옵고 전하 또한 이원범이 아니옵니다. 시간도, 삶도, 행복도…… 이 세상에 영원한 것은 없다 하셨지요? 추억도 희미해진다 하셨지요? 하오나 그 자리엔 역사가 남아 있사옵니다. 이원범과 박별이의 시절은 지나갔지만 그들의 역사는 남아 있지요. 전하께서 대혼을 치르신다고 해서 그들의 역사가 사라지는 것이 아니옵니다. 역사가 살아있는 한 전하께서 그 여인을 잊으시는 것도 아니옵니다."

소성의 목소리가 단호했다.

"별이, 그 아이가 정말 그리 여겨주겠느냐? 혹여 쓸쓸해 하지 않겠느냐?"

"전하께서는 일국의 군주이시옵니다. 별이, 그 아이라면 신하를 위해, 백성을 위해, 나라를 위해 가시는 전하의 길을 응원할 것이옵니다."

문을 사이에 두고 군신 간의 짧은 대화와 연인 간의 긴 마음이 오고 갔다. 원범과 소성은 서로의 그림자를 바라보며 눈물을 삼켰다. 둘 다 사이에 닫힌 문이 있어 참 다행이라고 생각했다.

김문근의 여식이 중전으로, 김좌근의 양녀가 숙의로 간택되었다. 추사 김정희는 9년간의 제주 유배 생활을 끝내고 돌아온 지 2년 만에 북청으로 다시 유배되었다.

대궐 안팎은 대혼을 준비하느라 분주했다. 원범은 대례 절차를 간소히 하라고 명하였지만 대왕대비는 자신과 가문의 경사를 자축하며 내수사를 탕진했다. 이번 대혼으로 안김 가문은 세 명의 중전을 배출한, 명실상부 조선에서 가장 권세 높은 외척이자 벌열의 지위를 공고히 했다.

연경당으로 향하던 소성은 부용정에서 깔깔대고 있는 상궁 무리를 보았다. 그들의 중심에는 은규가 있었다. 은규는 상궁들에게 재미난 이야기를 들려주고 있었다. 소성을 본 은규가 자리에서 일어났다. 상궁들은 아쉬운 듯 은규를 붙잡았다. 은규가 넉살 좋게 상궁들을 달래고는 소성에게 왔다.

"상궁들과 어찌 친해진 게야? 한 처사의 이야기 솜씨는 여전한 가보구나."

소성이 은규에게 웃음을 지었다.

"그래, 웃거라. 너는 웃어야 더 사내답다. 어찌 이리 늠름한지."

"시끄럽고! 책에 대해서는 더 알아봤느냐?"

"별다른 진전이 없다. 그냥 인기 있는 소설이고, 세책가를 통해서 얼마든지 쉽게 구할 수 있는 책이다."

"응. 대전 정 나인도 일전에 읽더구나."

"내 일전에 서고에서 대전 내관이 읽는 것도 보았다. 내관은 승진을 위해 진서를 공부하였겠지만, 여인들은 읽기 힘들 텐데, 궁녀들은 진서에도 능한가 보구나. 우선은 각자 책을 살펴볼 수 있게 아버님과 스님이 갖고 계시던 책들을 필사하마. 그 다음에 한 권씩 나눠 갖고 책장이 뚫리도록 한번 파고들자고."

소성이 한숨을 쉬며 미간을 찌푸렸다. 기대와는 달리 수사에 별다른 진척이 없었다.

"아! 그 사내 참 못생겼다. 인상 쓰니 더하네, 더해. 그나마 전립이 얼굴을 가려주니 다행이다. 넌 그 전립 절대 벗지 마라. 가능한 많이 가리고 다녀라."

"야!"

"야아?"

소성이 은규에게 소리를 치자마자 익숙한 사내의 목소리가 이어졌다. 원범이 심규만 대동하고 지척에 와 있었다.

"너희 둘! 너무 친하지 않느냐? 소성, 너, 말해보라. 한 처사와 과인 두 사람 중에 누구랑 더 친하냐?"

소성이 웃음을 지었다.

"예, 전하. 조금 덜 친한 소신이 물러가옵니다."

은규가 인사를 하고 자리를 떴다.

"좀 걷겠느냐?"

원범과 소성은 연경당을 나와 후원 깊숙이 올라갔다. 후원 산자락은 높고 청명한 하늘 아래, 가을 물이 곱게 들어 있었다. 두 사람은 숲 여기저기에 시선을 두며 걸었다. 발밑으로 사각거리는 낙엽 소리가 듣기 좋았다. 한참을 걸었을 때, 물소리가 들렸다. 얼마 지나지 않아 옥류천이 그 모습을 드러냈다. 원범은 마치 처음 온 것처럼 옥류천 주변을 찬찬히 살펴보았다.

"전하, 무엇을 그리 유심히 보시옵니까?"

"내 옥류천을 자세히 보는 것은 오늘이 처음이다. 처음 입궐하여 대궐을 산책하다가 이곳을 발견한 날, 그리고 얼마 후 옥류천 바위에 널브러져 자고 있던 조 헌납을 찾은 날, 이곳에 와 설핏 보고는 이내 돌아갔느니라. 이곳에 오면 강화에서 별이와 봄, 여름, 가을, 겨울 할 것 없이 계곡에서 물고기를 잡으며 시간을 보내던 일이 그리워 견딜 수 없기 때문이었다."

"그런 사연이 있었사옵니까?"

"그러고 보니 저자에서 만난 소성과도 즐겁게 물고기를 잡았구나. 소성과 별이가 같은 사람이라는 걸 본능적으로 느끼고 있던 게야."

"그건 좀 아닌 것 같사옵니다."

소성이 그때 일을 생각하며 고개를 저었다.

"전하께서는 소성을 그저 야장으로만 알고 사랑에 빠지셨지요. 별이는 잊은 채요."

"빠지다니? 소성이라는 여인이 먼저 내게 추파를 던졌느니라. 아련한 눈빛으로 날 뚫어져라 바라봤지. 덕분에 온몸에 구멍이 나는 줄 알았다."

"예? 추파라니요? 전하께서 먼저 야장간에 오시고, 선물을 핑계 대며 저자로 이끄시고, 그러고 보니 장신구와 당혜도 소성에게 주려고 사셨사옵니까?"

"아니다. 그럴 리가."

원범이 고개를 저었다.

"그럼, 그 장신구와 당혜 어디 있사옵니까?"

"어머니께 드릴 선물이라 하지 않았느냐. 대왕대비전에 있겠지."

"참말이옵니까?"

"그래, 대왕대비전으로 가서 확인해보거라."

소성이 이마를 찡그렸다.

"어찌 너는 하루하루 더 못생겨지느냐? 이마까지 찡그리니 아주 더 못 봐주겠구나."

원범이 소성의 이마를 쓰다듬었다.

"예?"

소성이 더 찡그렸다. 원범이 다시 소성의 이마를 쓰다듬으면서 웃었다.

"우리 오늘도 물고기를 잡아서 먹자꾸나."

"예서요?"

"그래, 소성이라는 여인이 내게 반해 계곡으로 유인하던 때가 생각나는구나."

소성이 눈을 흘기며 웃었다.

"하온데, 여긴 물고기가 살기엔 너무 얕고 좁지 않사옵니까? 더구나 날도 차갑습니다."

"걱정 마라. 우리에겐 방자가 있느니!"

원범이 심규를 바라보았다. 심규가 원범의 시선을 회피하며 딴청을 피웠다. 소성이 웃으며 심규를 거들었다.

"전하, 저녁 수라에 생선을 올리라 하겠사옵니다."

"금군별장 자네 말고, 매복하고 있는 내금위는 나오라."

숲속에서 내금위 둘이 엉거주춤하게 나왔다. 그들을 보면서 심규가 물었다.

"알고 계셨사옵니까?"

"일당백의 무관과 일당오십의 무관이 과인을 지키거늘 또 사람을 붙였는가? 일단 왔으니 저들에게 일을 시키게."

원범과 소성이 사모 지붕을 덮은 네모난 정자, 소요정에 자리 잡았다. 옥류천과 소요암이 한눈에 들어왔다. 내금위들이 좁은 옥류천에서 서로 몸을 부딪쳐가며 물고기를 잡았다. 소성은 그 모습을 보면서 웃었다. 원범이 소성을 가만히 보다가 말을 꺼냈다.

"내일 호위는 서지 않아도 된다."

"아닙니다. 소신, 있어야 할 자리에서 임무를 다하겠사옵니다."

"내일은 특별히 휴가를 주겠다."

"전하."

소성이 원범을 바라보다가 말을 이었다.

"내일은 전하께 중요한 날이 아니옵니까? 꼭 전하 가까이에서 전하를 호위하고 싶사옵니다."

원범이 말을 하려다가 멈추었다. 소성은 이제 정말 무관이 되어 있었다. 소성을 말리는 일도 소용이 없을 듯했다.

"전하, 잊으셨사옵니까? 소신, 일당오십의 무관 박소성이옵니다. 그 누구보다 씩씩하고 늠름하게 전하의 곁을 지키겠사옵니다."

"잡았다!"

옥류천에서 물고기를 잡아 든 내금위의 목소리가 들렸다. 말없이 서로를 바라보던 원범과 소성이 옥류천으로 고개를 돌렸다. 심규가 다가와 어찌할지를 물었다.

"시간이 많이 늦었네. 물고기는 놓아주라 하게."

원범이 옥류천 일대를 다시 한번 찬찬히 둘러보았다. 저녁 어스름이 내리고 있었다. 잔바람에 낙엽이 몸을 떨었다.

"이제 한동안 이곳에는 못 오겠구나."

원범이 혼잣말처럼 중얼거리고는 앞장섰다. 저녁노을에 원범의 눈과 얼굴이 붉게 물들어갔다.

4

백성들이 엎드렸다. 임금이 별궁인 어의동 본궁에 행차하여 왕비를 모셔 오는 명사봉영 행렬이 지나가고 있었다. 원범은 붉은 곤룡포 대신에 검은 구장복을 입고, 둥근 익선관 대신에 사각형 면류관을 썼다. 면류관에 아래로 아홉 줄의 구슬이 눈물방울처럼 원범의 얼굴에 드리워졌다. 원범은 표정 없는 얼굴로 열여섯 명이 끄는 붉은색 연에 올라 있었다.

소성은 흑색 전립을 쓰고, 홍색 융복을 입고 행렬 가운데에 있었다. 행렬은 길고 길어 끝이 보이지 않았다. 소성은 제 자리가 어디 즈음인지 가늠하기도 어려웠다. 어가와 제 거리가 하늘과 땅 사이만큼 멀었다.

오늘 아침 어의동 본궁에서 얼핏 본 중전은 산처럼 높은 대수머리와 화려한 적의로 위엄을 드러냈지만, 얼굴이 앳되고 몸집이 작은 소녀였다. 표정이 잠잠하고 움직임이 고요하여 그림처럼 보였다. 소성은 슬쩍 돌아보았으나 왕비와 소성 사이에도 기나긴 행렬이 있었다. 왕비의 모습 역시 보이지 않았다.

중전은 왕비를 상징하는 교명문, 금보, 옥책, 명복 등을 실은 가마를 앞세우고 열두 명이 끄는 연에 올라 임금의 행렬을 뒤따르고 있었다. 중전이 탄 연은 사방이 막혀 있어 밖이 보이지 않았다. 다행이다 싶었다. 중전은 많은 사람들의 주목을 받기 싫었다.

'조심하고 공경하여 이른 아침부터 밤늦게까지 명령을 어기지 마소서.'

별궁을 나서기 전, 아버지 김문근은 의례적으로 이 말만 했지만 중전은 아버지의 생각을 잘 알았다. 아버지는 왕세자의 외조부가 되어 영상 김좌근의 권세를 뛰어넘으려는 야심을 갖고 있었다.

간택령이 시행되지도 않은 어느 밤, 아버지는 약주에 거나하게 취해서 중전을 불렀다. 자성 전하를 뵙고 오는 길이라고 했다. 기분이 너무 좋아 약주도 한잔 들었다고 했다. 아버지는 싱글벙글 웃어댔다.

'여식이라 쓸데없다 했거늘. 영인아, 네가 이 아비와 우리 집안의 광영이었구나. 이제 교동 세력은 가고 전동 세력이 열리리라.'

아버지는 육중한 몸을 일으켜 덩실덩실 춤을 추었다. 아버지의 얼굴이 기름기로 번들거렸다.

'영인아!'

어젯밤 어머니는 눈물을 보이며 마지막으로 중전의 이름을 불러주었다. 이제 '김영인'이라는 이름 세 글자는 잊어야 할 터. 국모로서 대왕대비, 왕대비, 대비까지 세 분의 웃전을 모시고, 주상을 받들고, 원자를 생산하는 데에만 소임을 다하면 되리라. 중전은 제 운명에 순응하기로 했다. 조용히 눈을 감았다. 숨을 들이쉬고 내쉬며 마음을 편히 가지려 애썼다. 아버지의 기대와 중전의 소임이 머리에 얹힌 가체의 무게만큼 제 가슴을 짓누르고 있었지만 담대히 마음먹으려 노력했다.

멀리서 행렬의 움직임을 주시하고 있는 또 한 명의 여인이 있었으니, 곧 입궁을 하게 될 숙의 김씨였다.

"흥! 부럽지 않아. 부럽지 않아. 부럽지 않아."

김 씨가 주문을 걸듯이 되뇌었다. 왕비의 행렬이 지나갈 때 부복한 사람들 사이로 고개를 빼꼼 들어 올렸다.

김 씨는 한미한 집안의 딸이었다. 친아비는 오래전에 집을 나갔는지 죽었는지 처음부터 없었다. 서소문 밖에서 어미와 동생들과 살았다. 동생들은 모두 아비가 달랐다. 삯바느질을 하는 어미의 심부름으로 기루를 드나들던 시절, 빼어난 용모 때문에 기생의 입에 오르내리다가 후궁을 물색 중인 나합에게 발탁되었다. 가진 것이라곤 미색밖에 없는 김 씨는 김좌근의 계획에 적격이었다. 권세를 탐할 오라비나 아비가 있으면 훗날 골칫거리가 될 수있었다. 김좌근은 김 씨를 양녀로 들이면서 당부했다.

'아들을 낳아야 한다. 네가 낳은 아들이 장차 보위를 이으면 중전이 부럽겠느냐, 대비가 부럽겠느냐? 무조건 용종을 잉태해야한다.'

김 씨는 양부 김좌근의 말을 떠올리면서 웃음을 지었다. 왕의어머니라. 호호호. 전하를 쏙 빼닮은, 잘생긴 아들을 낳겠어. 김씨는 꿈을 품으며 입궁을 차비하기 위해 일어섰다.

원범이 중전과 함께 환궁했다. 날이 저물었다. 소성은 대조전담벼락에 서 있었다. 담 너머로 환하게 불을 밝힌 대조전 서온돌이 보였다. 서온돌은 중전이 기거하게 될 처소였고, 그 맞은편 동온돌은 원범이 기거하는 처소였다. 창덕궁의 편전인 사정전을 빈전으로 사용하는 날이 잦았기 때문에 창덕궁의 대전인 희정당을편전으로 사용하였다. 하여 중궁전인 대조전을 대전으로 사용하

고 있었기 때문에 원범은 중전과 같은 전각을 써야 했다. 대조전
에서는 곧 동뢰를 치르리라. 동뢰는 대궐로 들어온 왕비가 그날
저녁에 임금과 함께 술과 음식을 나누어 먹는 의례였다. 동뢰가
끝나면 왕과 왕비는 대례복을 벗고 평상복으로 갈아입고 침전에
들 수 있었다.

대조전으로 온 원범은 대문 앞에 이르러 잠시 멈추었다. 이곳
에서 임금은 의장과 시위를 다 물려야 했다. 원범은 궁인만 거느
린 채 대조전으로 들어갔다. 오늘 시위를 선 소성은 문 안으로 사
라지는 원범의 뒷모습을 지켜보았다.

원범은 우선 대조전 서쪽에 있는 융경헌에 들었다. 예서 중전
을 기다려야 했다. 원범은 방에 앉아 소성과 별이를 생각했다.

'경하드리옵니다, 전하.'

새벽에 대전에 든 소성이 말했다. 표정도, 음성도 밝았다.

'네 축하는 받고 싶지 않구나.'

원범이 쓸쓸하게 대답했다.

'전하와 소신이 바라보는 곳이 다르지 않고, 전하와 소신이 가
는 길이 다르지 않사옵니다. 전하께오서는 이 나라 이 백성을 위
해 저들의 전횡을 끝내셔야 하옵고, 소신을 위해 제 아비와 해원
스님의 억울한 죽음을 밝히고 그 배후 세력을 벌하셔야 하옵니
다. 그리고 전하의 대업을 위해 소신은 심력을 다해 전하를 보필
하겠사옵니다.'

원범이 쓸쓸히 웃었다.

'너는 정녕 무관 박소성이 다 되었구나.'

'하오니 전하께서도 강건한 군주가 되어주소서.'

원범이 고개를 끄덕였다.

'국혼으로 전하께서는 얻으시는 것이 많사옵니다. 전하께서도 알고 계시지 않사옵니까?'

'그래.'

원범은 이제 김문근을 이용하여 김좌근을 견제할 수 있으리라. 대왕대비전에서 수렴청정을 거두었으니 종묘사직과 백성을 위해 할 수 있는 일이 많아졌다. 원범도 모르지 않았다.

'전하, 오늘이 그 시작이옵니다. 부디 기쁜 마음으로 국혼에 임해주소서.'

'네가 사내로 태어나 이 자리에 있어야 했구나.'

소성이 웃었다.

'그러게 말이옵니다. 다음 생애에는 임금으로 한번 태어나볼까요?'

'그럼 나는 무엇으로 태어나면 좋겠느냐?'

'무수리?'

넉살을 떨며 웃어대던 소성을 떠올리며 원범이 여린 미소를 지었다.

상궁이 중전의 도착을 알렸다. 원범은 미소를 싹 거두었다. 사내 이원범이 아니라 임금 이변의 얼굴이 되어 자리에서 일어났다.

원범은 대조전 대문에서 중전을 맞이했다. 두 사람은 중앙 계단을 지나 대청에 올라섰다. 대청에는 음식상이 차려져 있었다. 상궁이 중전과 임금에게 술잔을 올렸다. 원범이 술잔을 보며 피식, 웃었다. 박으로 쪼개 만든 잔이었다. 내년 봄에 결국 박씨를 못 심겠구나, 생각했다. 술 석 잔을 마신 후, 원범과 중전은 신방인 동온돌에 들었다.

야삼경(밤 11시~새벽 1시), 동온돌 가운데 방에는 동뢰를 마친 원범과 중전만 남았다. 좁은 방 안에는 초 다섯 개가 밝혀져 있었다. 도끼 무늬를 수놓은 병풍 아래에 잠자리가 마련되었다. 깔개를 겹겹이 깔아 여느 때보다 높았다. 곁방에서 세 명의 상궁이 불침번을 섰다.

원범도, 중전도 서로를 바라보지 않은 채 말없이 앉아 있었다. 임금이 아무리 무치(無恥)라 하여도 상궁 사이에서 합궁이라……. 원범은 이래서 선대왕들이 정궁보다 후궁을 더 찾지 않았을까, 하는 쓸데없는 생각을 하다가 다시 별이와의 추억에 이르렀다. 별이와의 밤은 언제나 정겹고 즐거웠다.

"오늘 하루 동안 고생이 많으셨소, 중전."

원범이 침묵을 깨고 입을 열었다. 중전은 말이 없었다. 움직임도 없었다.

"불을 끄겠소."

중전은 여전히 소리 내지도 미동하지도 않았다. 고개를 살포시 끄덕인 것 같기도 했다. 상궁들이 들어와 불을 끄고 다시 곁방으로 물러났다.

소성은 대조전 담벼락에 기대어 신방의 불이 꺼지는 것을 지켜보았다.

"전하, 오늘 하루 동안 잘하셨사옵니다."

소성이 동온돌을 향해 인사를 했다. 무관, 박소성의 소임이 끝났다. 소성이 고개를 돌렸다. 심규가 다가와 소성의 어깨를 두드렸다.

"박소성, 오늘 하루 고생이 많았다. 그만 들어가 쉬어라."

소성이 웃으며 돌아섰다. 그 순간, 소성의 가슴에 바윗덩이가 묵직하게 내려앉았다. 이상했다. 의연하게 원범의 대혼을 받아들였다고 생각했는데 마음속을 비추던 등불이 갑자기 꺼져버린 듯, 주위가 깜깜해졌다. 제 세상에 무겁고 고독한 어둠만이 내려앉은 것 같았다.

소성은 원범의 가례를 대범하게 받아들였다. 대사를 위해 당연히 거쳐야 할 과정이라고 생각했다. 고민하는 원범을 종용하며 제 자신이 대견스럽다고 생각했다. 멋있다고 생각했다. 비로소 무관 박소성이 되었다고 뿌듯해했다. 제 충심을 자랑스러워했다. 그런데 아니었다. 제게 아직 별이가 있었다. 아, 내 아직 다 내려놓지 못하였구나. 괜찮다 생각하였는데, 진정 괜찮다 믿었는데 아니었구나. 내 참으로 오만하였구나.

소성은 대조전을 뒤로한 채 무작정 걷기 시작했다. 길이 나 있는 대로 발을 내디뎠다. 비로소 가슴이 아파왔다. 마음이 허전하고 쓸쓸해져왔다. 이제 전하께서는 정녕 다른 여인의 지아비가 되었구나. 우리의 밤은 옛일이 되어 사라졌구나. 소성은 제 가슴을 쓰다듬고 또 쓰다듬었다.

정신을 차리고 보니 소성은 후원을 거닐고 있었다. 연경당 장락문이 눈에 들어왔다. 장락문 문턱을 넘어서니 사랑채로 통하는 장양문과 안채로 통하는 수인문이 나왔다. 소성은 수인문을 지나 안채로 들어섰다. 얼굴에 닿는 가을바람이 서늘했다. 소성은 마당 가장자리를 거닐기 시작했다. 삼천 번 절을 하듯이 한 바퀴, 두 바퀴 돌다보면 번뇌를 씻어내고, 다시 제 마음속에 등불을 밝힐 수 있으리라. 한 바퀴, 두 바퀴, 세 바퀴…… 소성은 마당을 돌았다.

"나는 무관 박소성이다."

소성이 생각했다. 무관 박소성으로서 진심으로 원범의 대혼을 축하해줄 수 있었다. 나는 전하를 지키는 무관 박소성이다. 나는 전하의 신하 무관 박소성이다. 한 바퀴를 돌 때마다 기도하듯 다짐했다. 나는 무관 박소성이다. 일천이백일곱 바퀴를 돌았을 때, 낯선 가락이 낯익은 목소리를 타고 들어왔다.

첫 새벽 이슬 내려 빛나는 언덕은
그대 함께 언약 맺은 내 사랑의 고향
참사랑의 언약 나 잊지 못하리
사랑하는 별이 내 맘속에 살겠네

강화를 떠난 지난 세월 동안 까마득히 잊은 노랫가락이었다. 소성이 걸음을 멈추었다. 서늘한 바람이 불어와 소성의 얼굴에 맺힌 땀을 식혀주었다. 소성은 노랫가락이 들려오는 곳을 찾았다. 담 너머 사랑채였다. 소성이 천천히 사랑채 쪽으로 걸음을 옮겼다. 원범이 노랫가락을 흥얼대며 사랑채 마당 가장자리를 거닐고 있었다.

대궐의 여인들

대조전에 어둠이 내려앉았다. 동온돌 곁방에 든 상궁들이 원범과 중전이 해야 할 일을 찬찬히 알려주었다. 원범은 문창지를 뚫고 들어오는 별빛을 응시하며 상궁의 임무가 끝나기를 기다렸다. 상궁의 음성이 잦아들었을 때 원범이 말을 꺼냈다.

"중전, 과인은 안동 김문의 세도 정치를 끝내야 하오. 하여 더이상 안김을 외척으로 만들 수 없소."

중전이 처음으로 고개를 들어 원범을 바라보았다. 어둠 속에서도 원범의 눈은 빛났다. 안김을 외척으로 만들 수 없다는 말은 안동 김씨인 제게서 후사를 보지 않겠다는 뜻이었다.

"전하의 뜻을 잘 알겠사옵니다."

중전이 공손히 대답했다. 원범에게 건네는 첫마디였다.

"그럼, 편히 쉬시오."

원범이 자리에서 일어났다. 중전은 문을 나서는 원범의 뒷모습을 보다 고개를 떨구었다.

대조전을 나온 원범은 무작정 걷기 시작했다. 심규만이 원범의 뒤를 따랐다. 밤바람을 맞으며 발길 가는 대호 한참을 걷고서 당도한 곳이 연경당이었다. 장락문을 지나 사랑채로 통하는 장양문으로 들어섰다.

사랑채 뜰에는 달빛이 은연하게 내리고 있었다. 달빛을 맞으며 원범은 마당 가장자리를 거닐기 시작했다. 밤바람이 불어와 원범의 번뇌를 씻겨주었다. 원범의 입에서 오랫동안 마음에 품고 있던 노랫가락이 흘러나왔다.

첫 새벽 이슬 내려 빛나는 언덕은
그대 함께 언약 맺은 내 사랑의 고향.
참사랑의 언약 나 잊지 못하리.
사랑하는 별이 내 맘속에 살겠네.

누군가 저를 지켜보고 있었다. 원범의 시선이 담장 너머에 있는 '누군가'를 향해 움직였다. 원범이 노래를 멈추었다. 소성이 있었다. 두 사람은 눈을 마주하며 서로를 응시했다. 소성이 먼저 입을 열었다.

"그 노래를 기억하고 계셨사옵니까?"

"기억하고 있었다."

"소신도 이미 오래전에 잊은 노래이온데, 어찌 전하께서……."

"내 너에 대한 모든 바를 기억하고 있다 하지 않았느냐?"

원범과 소성이 서로를 바라보며 슬픈 미소를 지었다.

잠시 후, 두 사람은 사랑채 마루로 자리를 옮겨 마주 앉았다.

"한데 너는 예서 뭐 하고 있었느냐?"

"그러는 전하께오서는요?"

"나는 연경당에 돌아다니는 귀신을 잡으러 왔느니라."

소성이 눈을 동그랗게 뜨고 물었다.

"전하께서도 벌써 그 소문을 들으셨사옵니까?"

"뭐냐? 참말인 게냐?"

"예, 장가 못 간 몽달귀신이 돌아다닌다 하더이다. 그것도 둘씩이나."

"둘?"

"예, 못생기고 늙은 귀신 하나, 잘생기고 젊은 귀신 하나."

소성이 심규와 저를 가리켰다. 심규가 소성을 보면서 헛기침을 했다.

"예, 예. 늙은 귀신도 자꾸 보면 잘생긴 데가 있더이다."

원범이 심규를 보면서 웃었다.

"그럼 오늘은 장가를 두 번이나 가게 된 내가 몽달귀신을 위로해줘야겠구나."

원범이 하늘을 바라보면서 말을 이었다.

"달과, 별과, 바람이 있는데 술이 빠져서야 되겠느냐?"

"술은 이미 드시지 않으셨사옵니까?"

"아니."

원범의 음성이 단호했다.

"내 동온돌에서 주는 술은 한 모금도 마시지 않았느니라."

원범이 손을 내저었다. 소성이 원범을 바라보았다.

"가까이서 확인해보거라."

원범이 소성의 얼굴 가까이 제 얼굴을 가져갔다. 두 사람의 시선이 부딪쳤다. 소성이 멈칫하며 뒤로 물러났다.

"아니, 조금은 마셨다. 동온돌에서는 아니고, 그 밖에서 아주 조금만 마셨다."

원범이 변명하듯이 말했다.

"전하, 왜 소신의 눈치를 살피시옵니까? 소신, 전하께서 정궁을 맞으시니 그지없이 기쁘옵니다. 진정으로 감축드리옵니다."

원범은 아무런 대답도 하지 못했다. 태연히 대혼을 축하해주는 소성을 보니 무어라 정의할 수 없이 마음 한구석이 덩그렇게 비워져가는 느낌이 들었다. 원범의 기분을 알아차렸는지 소성이 이내 밝은 표정과 목소리로 말했다.

"한데 갑자기 술이 어디 있사옵니까?"

"걱정 마라. 우리에겐 방자가 있지 않느냐?"

잠시 후, 원범과 소성이 술잔을 기울였다. 원범이 심규에게도 동석하기를 권했지만, 심규는 원범이 하사한 술병을 받아 들고서는 멀찍이 물러났다. 원범과 소성의 시간을 방해하고 싶지 않았다.

"전하께서 오셔서 그지없이 기쁘옵니다. 송구하옵니다. 이리 생각하면 아니 되는데……."

소성이 술을 다시 마셨다. 이미 취기가 오른 듯했다.

"아니다. 그리 생각해주니 오히려 고맙구나. 네 돌아가라 했다면 내 오히려 서운하였을 게야."

"소신, 오늘 하루 의연했다. 스스로 장하다 여겼는데 그게 아니었나 보옵니다. 실은 괜찮지 않았사옵니다."

소성이 다시 술잔을 들고 술을 마셨다.

"마음을 어찌 숨기겠느냐? 우리 지금은 비록 군신지간으로밖에 살 수 없지만⋯⋯."

마음을 숨기지는 말았으면 좋겠구나. 원범은 소성의 손에 들린 술잔을 바라보았다. 어느새 잔은 또 비워졌다. 원범은 소성의 잔을 채워주었다.

"나 역시 오늘 내내 마음이 편치 않았느니라. 아니, 오늘뿐만 아니라 대왕대비전에서 대혼 이야기가 나왔을 때부터 목에 돌덩이가 걸린 것처럼 불편했다."

"소신이 오만하였사옵니다. 소신이 오만하여 전하의 마음을 헤아리지 못하고 임금의 도리를 논하였사옵니다."

"오만이 아니라 믿음이다. 나에 대한 믿음이 있었기 때문이니라. 내가 중궁이 아니라 백 명의 후궁을 보아도 너는 지금과 다름없었을 게야."

"하하하. 백 명이래, 백 명."

소성이 소리 내어 웃었다.

"후궁 백 명은 좀 생각해봐야겠는데요?"

소성이 다시 술잔을 들었다. 단숨에 마셨다.

"그래. 네가 그리 말해주니 좋구나."

원범이 소성의 빈 잔에 술을 따르며 웃었다. 소성이 빠른 속도로 잔을 비워냈다.

"전하, 전하는 장가를 두 번이나 가시고, 부인을 세 명이나 보셨는데, 소신은 이대로 늙어 죽지는 않겠지요? 소신 심 별장 영감처럼 평생 총각으로 늙고 싶지는 않사옵니다."

그 말을 끝으로, 소성이 풀썩 쓰러졌다.

원범은 소성을 안고 방 안으로 들어갔다. 자리에 눕혔다. 소성의 신과 전립을 벗겼다. 머리 아래에 베개를 받치고, 이불을 덮어주었다. 술에 취한 소성은 곤히 잠에 빠져 있었다. 원범이 소성의 수염을 쓰다듬었다.

"미운 것. 수염까지 붙이니 더 못생겼구나."

원범이 소성의 곁에 모로 누웠다. 새근새근 얕은 숨을 뿜으며 자는 소성을 눈에 담았다. 원범이 속삭였다.

"박별이. 내게 여인은 너 하나. 정인은 너 하나. 사랑은 너 하나뿐이니라."

밖에서는 술을 한 잔도 아니 마신 심규가 권주가를 불렀다.

한 잔 먹세그려, 또 한 잔 먹세그려.

꽃 꺾어 놓고 셈하며 한없이 먹세그려.

이 몸 죽은 후에 지게 위에 거적 덮어 싸매어 가나

호화롭게 꾸민 상여에 만인이 울면서 따라가나

억새, 속새, 떡갈나무, 백양나무 숲에 가기만 하면

누런 해, 흰 달, 가랑비, 함박눈, 소소리바람 불 때 그 누가 한 잔 먹자고

하리오?

하물며 무덤 위에 원숭이 휘파람 불며 뛰어놀 때, 뉘우친들 어찌하리오?*

원범이 생각했다. 죽고 나서 뉘우친들 아무런 소용이 없다. 나는 살아남으리라. 살아남아서 소성의 슬픔을 걷어내고, 별이를 살려내리라. 그러기 위해선 앞으로 나아가야 한다. 일단 오늘 아침에는, 중전과 함께 대왕대비전에 아침 문후를 들어야 한다. 어젯밤을 행복하게 보낸 것처럼 웃으며 대왕대비와 차를 들고 덕담을 나누어야 한다. 원범이 자리에서 일어났다.

밖으로 나온 원범이 댓돌에 내려섰다. 하늘을 올려다보았다. 동쪽 하늘에 계명성이 반짝, 그 모습을 드러냈다. 동이 틀 때가 머지않았다. 원범은 새벽 공기를 깊게 들이쉬고 한 걸음, 한 걸음 앞으로 내디뎠다. 심규가 원범의 뒤를 따랐다.

2

"한 숨통, 두 숨통, 세 숨통, 네 숨통…… 후! 못 하겠다."

숨을 거듭 들이마시던 김 숙의가 모았던 숨을 내뱉으며 주저앉았다. 아들을 낳기 위해 보름달의 정기를 받아들이는, '달 힘 마시기'를 하던 중이었다.

"숙의마마님, 예서 멈추시면 아니 되옵니다. '달 힘 마시기'는

---

* 정철의 『장진주사』를 인용.

셋, 다섯, 일곱…… 양의 숫자에서 멈추셔야 하옵니다."

윤 상궁이 김 숙의를 일으키려 하며 말했다. 김 숙의가 몸에 힘을 주고 일어나지 않았다.

"못 하겠다. 달 힘만 처마시면 뭐 하느냐? 주상 전하는 코빼기도 볼 수 없는데……."

"마마, 말씀을 가려 하십시오."

윤 상궁이 주변을 살피며 김 숙의를 나무라듯 말했다.

열흘 전, 입궁한 김 숙의는 처음 이 석복헌에 자리 잡았을 때만 해도 곧 이곳의 전 주인이었던 순화궁 경빈 김씨만큼 넘치는 총애를 받으리라 기대했다. 하지만 총애는커녕 주상과 말 한 마디를 나누지 못하였고, 눈 한 번을 맞추지 못했다. 다만 먼발치서 대왕대비전에 문후를 오는 주상의 옆모습이나 후원을 걷는 뒷모습만 훔쳐볼 수 있었다.

'대전으로 가야겠네. 전하께서 아니 오시니 내가 갈 수밖에…….'

'마마님, 아니 되옵니다. 후궁은 전하께 뵙기를 청한 후, 처소에서 기다리는 것이 궁중의 법도이옵니다.'

'법도, 법도! 그 망할 법도를 지키느라 오늘도 독수공방하게 생긴 마당에 법도 따위가 무슨 소용이 있느냐?'

윤 상궁이 주위를 살피며 인상을 찌푸렸다. 김 숙의가 옷매무시를 가다듬으며 점잖게 말했다.

'윤 상궁은 아무 말 말고, 따르시게.'

김 숙의가 대전에 도착했을 때, 동온돌에서는 원범의 기분 좋은 웃음소리가 흘러나왔다. 민 상궁은 김 숙의의 갑작스러운 방문에 당황하여 말을 주저했으나 김 숙의는 아랑곳하지 않고 물었다.

'안에 누가 들어 계시는가?'

'선전관이 들었사옵니다.'

'선전관? 그건 뭐 하는 게냐, 아니 겐가?'

김 숙의는 말을 고쳐 물었다. 망할 법도! 대궐에서는 아래 것이라도 윗전이 부리는 사람에게는 함부로 대해서는 아니 된다고 했다.

'전하를 곁에서 호위하는 무관이옵니다.'

'어쨌든 전하께서 저리 웃으시는 걸 보니 기분이 좋으신가 보이. 고하시게.'

민 상궁은 잠시 머뭇거렸다. 김 숙의가 눈매를 찡그리며 민 상궁을 재촉했다.

김 숙의가 왔다는 소식에 원범은 얼굴이 굳었다. 소성이 차분히 말했다.

'소신은 이만 물러가겠사옵니다.'

원범이 소성을 만류하려던 찰나 김 숙의가 들어왔다. 김 숙의는 차분한 걸음걸이로 원범의 곁으로 다가왔다. 얌전히 절을 올리고 다소곳이 앉아 고개를 숙였다.

'그대로 있거라.'

원범이 소성에게 명했을 때, 김 숙의가 대답했다.

'신첩은 고개를 들어 전하의 용안을 뵙고 싶사옵니다.'

김 숙의는 대궐의 법도대로 원범에게 허락을 구한 자신이 대견스러웠다. 하지만 원범의 반응은 의외였다.

'김 숙의는 대궐의 법도를 모르는가?'

'예?'

음전하게 고개를 떨구고 미소를 품은 제 모습을 보고 원범이 반하리라 생각한 김 숙의는 차가운 목소리에 화들짝 놀라 고개를 들었다.

'후궁은 대전에 함부로 출입할 수 없거늘, 맞은 편에 있는 중궁도 동온돌에는 들지 않거늘, 숙의가 어찌 이곳에 있는가? 또 숙의를 들이라는 과인의 명도 떨어지지 않았거늘 어찌 이 방 문턱을 넘는가? 고개를 들어 과인을 봐도 좋다고 윤허하지 않았거늘 어찌 과인을 바로 쳐다보는가?'

'그것이…… 신첩은…….'

원범의 질책에 당황한 김 숙의는 말을 잇지 못했다.

'김 숙의가 영상의 양녀라고 하더니, 과연 하는 짓이 그 아비와 똑같이 무엄하구나. 네 아비가 그리 가르쳤더냐?'

'전하, 아니옵니다. 신첩은 그만 물러납니다. 물러가겠나이다.'

김 숙의는 벌떡 일어나 뛰듯이 방을 나갔다.

도망치듯 대전 뜰을 벗어난 김 숙의는 한숨을 돌렸다. 성상께서는 인자하시고 따뜻한 분이라 들었거늘, 개풀 다 헛소문이야. 하나 두고 보라지. 전하께선 분명 내게 반하실 테고, 난 필시 아들을 낳을 테야.

"후…… 후……."

김 숙의가 보름달을 올려다 보며 깊게 숨을 들이마셨다.

90

며칠이 지났다. 저녁 무렵 김 숙의는 후원 언덕에서 원범을 기다렸다. 대전에서 원범에게 혼이 난 이후, 김 숙의는 원범의 꿍무니를 몰래 쫓아 동선을 파악해두었다.

원범은 오전에는 편전에서 조회하고, 보고받고, 회의하고, 신료를 접견하는 등 바쁜 일정을 보냈다. 오후에도 관원과 자리를 함께하였는데 이는 주상과 신하들이 학문에 대해 토론하고 공부하는 주강이라고 했다. 그 후에는 신료를 접견하거나 궁터에 나가 무예를 단련하거나 독서를 했다. 그리고 저녁 수라 전에는 젊은 신하들과 연경당에서 석강이라는 저녁 공부를 하였는데 석강 후에 본 원범은 늘 기분이 좋아 보였다. 원범이 이 석강을 마치고 대전으로 돌아올 때가 김 숙의에게는 좋은 기회였다. 김 숙의는 원범이 지나가면 언덕을 내려가 이곳을 산책하듯 거닐다 원범에게 우연히 만난 듯 무심하게 인사를 할 작정이었다.

김 숙의의 예상대로 석강을 끝낸 원범이 가까이 오고 있었다. 하지만 원범의 얼굴이 선명히 보이자 김 숙의는 예정대로 움직일 수 없었다. 김 숙의가 기다리던 성상은 김 숙의가 알던 그 성상이 아니었다.

"어찌 주저하십니까?"

원범을 멍하니 바라보고 있는 김 숙의를 향해 윤 상궁이 물었다.

"전하께서 웃고 계시네."

"예, 전하께서는 미소가 아름다운 분이시옵니다."

윤 상궁이 대수롭지 않게 대답했다.

"전하께서 진짜 웃고 계시지 않은가?"

"골치 아픈 공부도 다 끝났고, 고리타분한 신료들을 볼 일도 없으니 기분이 좋을 수밖에 없다고 마마님께서 말씀하지 않으셨사옵니까?"

"그래, 그래서 이 시간에는 늘 웃고 계셨지."

"하온데 무엇이 이상하옵니까?"

"진짜 웃고 계셔. 그냥 웃는 게 아니라 진짜 웃고 계셔. 진짜 웃음. 사랑하는 이에게 보이는 사내의 웃음 말이야."

윤 상궁이 원범을 다시 보았으나 김 숙의의 말을 이해할 수 없었다.

"저기 저자 때문이야. 저자 때문에 전하께서 웃고 계셔."

윤 상궁은 김 숙의가 가리키는 곳을 슬쩍 보곤 답했다.

"아! 조 헌납 나리 아니옵니까? 우스갯소리를 잘 하시어 전하를 자주 웃겨드린다고 하옵니다."

"아니, 그자가 아니라 저자 때문에 웃고 계신다니까."

김 숙의는 며칠간 관찰한 원범의 모습을 떠올렸다. 늘 원범의 곁을 따르며 웃음 짓게 한 한 사람도 떠올렸다. 제 손끝이 가리키고 있는 자, 주상의 호위 무관, 박소성이었다.

김 숙의의 부름을 받고 석복헌으로 온 소성은 발을 사이에 두고 김 숙의와 대면했다. 후궁이 무엇 때문에 성상의 호위 무관을 부른단 말인가. 혹시, 김좌근의 양녀라더니 무언가 알아차렸나? 소성은 의아하기도 하고, 염려스럽기도 하면서 별의별 생각이 다 들었지만 겉보기에는 침착했다.

소성을 말없이 바라보던 김 숙의가 입을 열었다.

"전하께서 계시는 곳엔 항상 그대가 있고, 그대가 있는 곳엔 항상 전하께서 계시네."

"소신, 전하의 호위 무관이고, 전하의 최측근에서 전하를 호위하는 일이 임무이옵니다."

"한데 자네가 전하를 호위하는 그곳에서 전하께서는 항상 웃고 계시네. 그 연유를 아시는가?"

무어라 답해야 할지 소성이 망설이고 있을 때, 김 숙의가 답했다.

"그건 전하께서 그대를 사모하시기 때문이라네."

소성의 숨이 멎었다. 발 사이로 느껴지는 김 숙의의 시선이 따가웠다.

"이를 어째? 많이 놀라셨는가?"

소성의 침묵에 김 숙의가 물었다.

"하하하. 아니옵니다. 너무 뜻밖의 말씀이온지라……."

소성이 부러 씩씩하게 웃으며 김 숙의의 말을 부인했다.

"그래, 아무리 주상 전하라도 사내가 그대를 좋아한다는데 뜻밖이겠지. 한데 발은 왜 치는 게야? 답답하다. 윤 상궁, 발을 올리거라."

김 숙의가 손가락으로 발을 가리키며 신경질적으로 말했다.

"숙의마마님, 대궐의 법도가 그렇지 않사옵니다."

윤 상궁은 전하 외에 그 어떤 사내도 대면할 수 없다고 김 숙의를 설득하였지만 김 숙의는 제가 자성 전하의 조카이자, 영상 대감의 딸이며, 장차 왕세자의 어미라고 소리를 질러댔다. 윤 상궁은 김 숙의 말이 밖으로 새나갈까 두려워 소성을 가까이 데려왔다.

"법도, 법도, 법도! 발을 걷으면 내가 박 무관이랑 정분이라도 난다더냐? 어서 올려라."

더 민망한 말이 나올까, 윤 상궁은 얼른 발을 올렸다. 김 숙의는 소성의 모습을 찬찬히 살폈다. 주립 아래에 진 그늘 때문에 낯빛은 어두웠지만 피부가 매끈했다.

"이런, 그대의 용모가 여인처럼 곱지 않소?"

김 숙의의 말투가 갑자기 달라졌다.

"당치 않사옵니다."

소성은 고개를 숙였다.

"놀라긴, 이 사람. 이러니 전하께서 그대를 어여삐 보실밖에요."

"예, 숙의마마님. 전하께오서는 늘 아비와 같은 자애로움으로 젊은 신하들을 아끼시옵니다."

소성은 당연하다는 듯이 침착하게 응대했다.

"아비와 같은 자애로움이라니? 성질이 개같……."

"숙의마마님."

윤 상궁이 숙의를 말렸다. 얼굴이 잘생기면 뭐 하누? 성질이 개 같은데? 아니다. 전하는 개가 아니다. 미남자시다. 미남자면 뭐 하누? 성질이 개 같은데? 아니다. 전하는 개가 아니다. 전하는 귀여운 강아지시다. 나는 강아지처럼 귀여운 전하의 아들을 낳아야 한다. 아들을 낳아야 한다. 아들, 아들, 아들! 김 숙의가 일전에 대전에서 쫓겨난 후 늘 중얼대는 소리였다.

"호호호. 그대는 참으로 순진하오. 전하께서는 그대에게 아비

같은 자애로움을 베푸는 게 아니라, 남다른 감정을 품고 좋아하신다는 말이오."

소성이 말없이 눈을 깜빡였다.

"모르겠소? 남다른 감정! 전하께서 그대를 남다르게, 그러니까 그대를 보통 남정네가 여인을 좋아하듯 마음속 깊이 품고 좋아하고 계신단 말이오. 전하의 욕망이 이글이글 타는 눈빛, 욕정이 솟구치는 눈빛, 느낌이 이상야릇한 눈빛을 못 느끼셨소?"

"하하하! 그럴 리가 있겠사옵니까?"

소성은 과장되게 웃으며 김 숙의의 말을 부인했다. 김 숙의가 답답하다는 듯이 말했다.

"그럴 리가 없어야지. 한데 그대는 소문을 못 들었소?"

"무슨 소문 말이옵니까?"

"전하께서 죽은 첫 정인을 못 잊어서 다른 여인은 거들떠도 안 보신다오. 첫 여인의 망령이 쓰이신 게지. 여인의 망령이 쓰이셨으니 양 귀비라도 눈에 들어오실 턱이 있나? 대신 사내인 자네에게 마음을 주시는 게요."

"아니옵니다, 숙의마마님. 전하께서는 사내에겐 전혀 관심이 없으시옵니다."

소성이 손을 내저었다.

"이런 답답한 사람이 있나? 내가 똑똑히 보았소. 전하께서 그대를 앞에 두면 막 눈빛이 반짝반짝 빛나고, 광대뼈가 쑥쑥 올라가고, 앞니가 훤히 드러나도록 웃으신다오."

김 숙의가 제 얼굴을 매만지며 원범의 흉내를 냈다.

"그렇게까지는 아니옵니다."

"어쨌든 이 사실은 우리 둘만 아는 비밀이오. 하니 그대도 조심하시오."

"마마님의 오해시옵니다."

"참, 그대도 싸움은 잘한다더니 눈치는 젬병이구먼. 하기야 이건 보통 사람의 눈으로 짐작할 수 있는 일이 아니지. 어쨌든 그대, 앞으로는 전하와 눈도 마주치지 말고, 웃지도 마시오. 전하께 틈을 보여서는 안 되오. 그대의 소임이 있으니 어렵겠지만 가급적 전하를 피하고, 그대의 몸을 보존하시오. 부디."

"예, 마마님."

소성이 억지웃음을 지으며 고개를 끄덕였다.

3

연경당 사랑채에 원범의 사내 5인방이 모여 둘러앉았다. 은규는 필사한 '김씨옥수기'를 내밀며 오늘 회합의 시작을 열었다.

"책에 오자가 더러 있긴 했으나 이상한 점은 없었사옵니다."

"하면 비망록은?"

원범이 병운에게 물었다.

"소신이 알아본 바로는 이 세 사람은 익종 대왕을 모시던 어의와 궁녀, 내관의 이름이었고, 이 세 사람은 정종 대왕을 모시던 어의와 궁녀, 내관의 이름이었습니다. 이들도 마찬가지이옵니다.

여기 적힌 선대왕을 모시던 어의와 궁녀, 내관의 이름이옵니다."

"그럼 이들이 독살에 관여한 자들인가?"

"증좌가 없어 확신할 수 없습니다만 석연치 않은 점이 있사옵니다."

"뭔가?"

"선대왕께서 승하하시면 어의는 책임을 져야 하옵니다. 하오나 이들은 벌을 받기는커녕 파직도 당하지 않았사옵니다."

강하가 말했다.

"그럼 여기 적힌 내관과 궁인들은?"

"그들은 훗날 모두 늙고 병들어 출궁하였다고 기록되어 있사옵니다. 출궁 후 그들의 행적을 찾아보았으나 모두 자취를 감추었사옵니다. 대신 그들에게 사사 받은 대전 내관과 지밀나인이 있어 그들의 행방을 물어보았더니 모두 죽었다 하옵니다."

병운의 말을 듣고 원범은 비망록에 있는 다른 이름을 가리키며 물었다. 계, 살, 군 등 외자 이름이었다.

"그럼 여기 이자들은?"

"이들은 아직 알아내지 못하였사옵니다. 계속 알아보겠사옵니다."

"저……."

소성이 말을 꺼냈다.

"말해보라."

"사람을 의심해서는 아니 되지만 비망록에 궁인의 이름이 있다 하여 드리는 말씀이온데, 일전에 정 나인이 서고에서 '김씨옥수기'를 읽고 있는 것을 보았사옵니다."

소성은 말하면서도 정 나인은 관련자가 아니리라 생각했다.

"여인네가 좋아하는 소설이 아니냐?"

"하온데 상궁들에게 들은 바로는 정 나인은 진서를 모른다 하옵니다."

은규가 말했다.

"진서를 모르는 나인이 진서로 쓰인 책을 보았다?"

원범의 미간에 주름이 깊어졌다. 떠오르는 바가 있었다.

별이가 승은 상궁으로 입궁하기 전, 원범은 별이의 안전을 위해서 정 나인을 별이로 위장시켜 어의동 강하네 집으로 들여보냈다. 김좌근이 별이의 목숨을 노리고 있기 때문이었다. 하지만 정 나인을 태운 가마가 어의동 강하네 집으로 들어가기까지 아무 일이 없었다. 오히려 김좌근의 수하들은 밤에 은밀히 이동하는 별이를 습격했다. 강하네 집으로 들어간 자가 별이가 아니라는 사실을 알고 있다는 듯이. 그날 별이 대신 정 나인이 가마를 탔다는 사실은 원범과 심규, 강하, 민 상궁과 정 나인밖에 모르는 일이었다.

"출궁하여 자취를 감추었다는 상궁의 제자가 정 나인이옵니다. 정 나인에 대해 더 알아보겠사옵니다."

병운의 말에 원범이 고개를 끄덕였다.

연경당 하늘로 흰 연기가 피어올랐다. 낙엽 타는 냄새가 그윽했다. 군밤은 탁탁 소리를 내며 익어갔다. 원범과 소성은 회합을 마치고, 낙엽을 모아 피운 모닥불가에 앉았다. 원범은 소성을 바라보며 미소를 지었다. 원범의 미소가 저녁노을을 받아 고왔다.

"전하, 그리 웃지 마소서."

소성이 주위를 살피며 원범에게 말했다.

"전하를 위해서 말씀 올리옵니다."

원범은 소성의 말이 떨어지자 소성 곁으로 더 가까이 왔다. 더 활짝 웃어 보였다.

욕망이 이글이글 타는 눈빛, 욕정이 솟구치는 눈빛, 느낌이 이상야릇한 눈빛. 소성은 김 숙의의 말을 떠올리며 정색했다.

"전하, 소신을 보고 그리 웃으시면 아니 되옵니다."

"그리 웃는 게 어떻게 웃는 게냐?"

"그것이 아뢰옵기 황공하옵니다."

"그럴수록 아뢰어야지. 어서 말해보아라."

"그럼, 하문하시니 아뢰겠나이다. 전하께서 웃으실 때 그 눈빛은 욕망이 이글이글 타고, 욕정이 솟구치고, 느낌이 이상야릇하옵니다."

소성이 무릎에 고개를 파묻었다.

"뭐라? 하하하."

"송구하옵니다."

소성이 눈가를 찡그리며 고개를 살짝 들었다.

"웃음이 내 마음대로 되느냐? 그냥 자꾸 나오는데 어떡하느냐?"

"소신, 전하께서 혹여 절 좋아하신다는 소문이 날까 두렵사옵니다."

"소문이 아니라 사실이지 않느냐?"

"예? 전하, 잊으셨사옵니까? 소신은 사내이옵니다."

소성이 주변을 살피며 목소리를 낮추었다.

"사내는 좋아하면 안 되느냐? 내 요사이 사내가 좋다. 아니, 사랑하는데 사내든 여인이든 뭐가 중요하겠느냐?"

"예?"

소성이 얼굴을 더 찌푸렸다.

"박 무관, 내 곁에 미인은 없고 미남자만 있으니 어찌 마음이 동하지 않겠는가? 자네가 이해해주시게."

원범이 소성의 손을 덥석 잡았다. 소성은 원범의 손을 뿌리쳤다.

"지금 농을 할 때가 아니옵니다."

"하하하."

원범이 웃으며 물었다.

"넌 갑자기 뭔 쓸데없는 소리냐?"

"쓸데없는 소리가 아니옵니다."

소성의 표정과 목소리가 진지했다.

'내가 언제든, 어디서든 지켜보겠소. 호호호.'

소성은 김 숙의의 말을 되새겼다. 지금이라도 어딘가에서 김 숙의가 불쑥 나올 것만 같았다.

"하오니 전하께오서는 저는 물론이고 사내에게 웃음을 보이시면 아니 되옵니다."

소성이 숨어 있을지 모를 김 숙의의 시선을 찾으면서 주위를 두리번거렸다.

"하여 너도 이제 과인을 보고 아니 웃겠느냐?"

"예, 소신은 이제 전하를 보고 웃지 않겠사옵니다. 하오니 전하께오서도 소신에게는 웃음을 삼가소서."

"내가 많이 웃느냐?"

"예, 많이 웃으시옵니다."

내가 많이 웃는구나, 원범이 긴 꼬챙이로 군밤을 뒤적거리며 생
각했다. 소성이 꼬챙이를 가져오려 했지만 원범이 소성을 말렸다.

"내 원래 웃지 않았다. 아니, 웃지 못했다. 처음 대궐에 왔을 때
는 웃을 수가 없었다. 늘 겁에 질려 주눅이 들어 있었느니라. 그
런 내게 웃음을 주기 위해 조 헌납, 그 친구가 부러 농을 많이 했
다. 한데 이제 그 친구가 농을 하지 않아도 웃게 되었구나. 하하
하. 이것 보아라. 나도 모르게 자꾸만 웃음이 나는구나. 하하하."

"하오나 전하!"

"괜찮다. 하니 너도 날 보고 많이 웃어주면 좋겠구나."

"하오나 소신이 전하께 누가 될까 두렵사옵니다."

원범이 군밤을 꺼내어 호호 불어 식힌 다음 소성에게 건넸다.

"괜찮다. 하니 웃거라."

"웃을 수 없사옵니다."

"날 보고 웃어라."

"아니 되옵니다. 소신 전하를 마주 볼 수도, 웃을 수도 없사옵
니다."

"그럼 내가 널 볼 게다."

원범이 가까이 다가와 소성의 눈에 시선을 고정했다. 소성은 잠
시 숨이 멎었다. 원범도 잠시 숨이 멎었다. 소성이 시선을 피했다.

"보아라."

원범이 그을음이 잔뜩 묻은 시커먼 얼굴에 흰 이를 드러내 보이며 웃었다.

"이래도 안 웃을 테냐?"

"소신, 전하를 보지 않겠사옵니다."

소성은 시선을 피한 채 얼굴까지 돌렸다.

"정말?"

원범이 다시 소성의 얼굴을 잡아 제 쪽으로 돌렸다.

"전하!"

"어떠냐? 욕망이 이글이글 타느냐?"

"전하!"

소성이 눈을 감았다.

"왜 눈을 감느냐? 욕정이 솟구쳐서 마주 보기 힘드냐? 느낌이 이상야릇하냐? 그럼 우리 자리를 옮길까?"

원범이 웃음을 참으며 소성을 놀려댔다.

"전하, 소신을 언제까지 놀리시겠사옵니까?"

"글쎄. 예뻐질 때까지?"

"더 미워지겠사옵니다."

소성이 그을음을 제 얼굴에 묻혔다.

"진짜 밉다, 미워."

원범이 제 손으로 소성의 뺨에 묻은 그을음을 닦아주었다. 그럴 때마다 소성의 얼굴에 그을음이 더 번져갔다.

"저도 닦아드리겠사옵니다."

소성도 제 손으로 원범의 얼굴을 닦아주었다. 원범의 얼굴이 더 시커메졌다. 원범이 소성의 손을 잡았다. 네가 없는 시간엔 웃을 수 없으니까…….

"우리 웃자. 많이 웃자. 함께 있을 때만이라도 실컷 웃자."

원범과 소성이 서로를 보면서 웃음을 터뜨렸다. 두 사람의 웃음소리가 연경당 마당으로 흩어졌다.

"얼씨구, 놀고들 있네."

김 숙의가 연경당 담벼락에 바짝 붙어 서서 벌레 씹은 표정으로 중얼거렸다.

오늘 낮, 김 숙의는 중궁전에 들었다. 궁인들이 다과를 내려놓고 물러나자 김 숙의가 중전 쪽으로 몸을 기울었다.

"중전마마께 긴히 아뢰올 말씀이 있사옵니다."

중전이 찻잔을 들어 차를 한 모금 들이켰다. 그 모습이 고요하고 단아했다. 김 숙의도 중전을 흉내 내며 천천히 찻잔을 들었다.

"앗, 뜨거, 뜨거, 뜨거."

차를 들이켠 김 숙의가 찻잔을 내려놓으며 소리쳤다. 차가 흘러넘쳤다. 중전의 눈치를 보며 김 숙의가 목청을 가다듬었다.

"워낙 중대한 비밀인지라 신첩만 알고 있으려 했으나, 중전마마께서는 따지고 보면 저와 사촌뻘이지 않사옵니까? 호호호. 하여 중전마마께는 아뢰어야 한다고 생각했사옵니다."

중전은 잠자코 김 숙의의 말을 들었다. 김 숙의는 속내를 헤아릴 수 없는 중전의 표정과 눈빛에 괜히 기가 눌려 슬쩍 목소리를 낮추었다.

"신첩의 양부가 김좌근 대감인 건 알고 계시지요?"

중전이 고개를 끄덕였다.

"호호호. 그러니 중전마마는 신첩에게 사촌 동생뻘이지요."

"엄밀히 따지자면 자네의 아버님과 내 아버님이 사촌지간이시니 우리는 육촌지간이라네. 그리고 둘 다 전하의 사람이 되었으니, 대궐의 법도에 따라 내가 자네의 웃전이라네."

"아…… 예."

중전이 차분한 목소리로 조곤조곤 설명하자 김 숙의는 웃음기를 잃었다. 김 숙의는 입을 비죽이며 저러니 주상의 총애를 못 받을밖에, 라고 생각하였으나 곧 중전이 제 신세보다는 낫다는 것을 깨달았다. 성상의 비밀을 알게 되었지만 성상이 한순간도 곁을 주지 않는 저로서는 할 수 있는 일이 없었다. 그래도 중전의 자리에 앉아 성상과 한집에 살고 있는 중전이라면 대책을 마련할 수도 있을 듯했다. 김 숙의는 숨을 가다듬고 입을 열었다.

"전하께오서는 사내를 좋아하시옵니다."

"연시가 잘 익었구먼. 어서 드시게."

중전은 더 들을 필요도 없다는 듯이 말을 돌렸다.

"참말이옵니다. 전하께서는 호위 무관을 은밀히 좋아하고 계시옵니다."

"심히 듣기 거북하구먼. 내 자네의 말은 못 들은 걸로 하겠네."

"마마, 신첩이 소상히 관찰하고 아뢰옵니다. 신첩의 말을 믿지 못하시겠거든 연경당으로 납시어 직접 확인해보소서. 이 시간이면 전하께서는 연경당에서 호위 무관과 함께 계시옵니다."

"자네, 차마 입에 담지 못할 말로 전하를 욕보이는 것도 모자라 전하를 미행하고 엿보기까지 했단 말인가?"

"전하께오서 신첩을 만나주지 않으시기에……. 하온데 그 연유를 알았나이다. 전하께서는 호위 무관을……."

"김 숙의! 그만하시게."

중전이 김 숙의의 말을 가로막고는 책을 한 권 건넸다.

"소혜 왕후께서 지으신 '내훈'일세. 부녀자의 도리와 덕성에 대해 가르침을 주고 있지. 부지런히 읽고 깨치어 전하를 모시는 데 소홀함이 없게 하시게."

'내훈'을 들고 중궁전을 나오던 김 숙의는 답답하다는 듯이 혀를 찼다.

대궐 안팎으로 중전은 현숙하고 온유한 성품이라고 소문이 났다. 그 아비 김문근이 전동 세력으로 급부상하면서 김좌근의 교동 세력을 위협하고 있었지만 중전은 있는 듯 없는 듯 잔잔하게 지냈다. 목소리를 높이거나 표정을 드러내지 않고 늘 언행을 조심하며, 세 분 웃전 마마를 경애하고 아랫사람에게 모범을 보일 뿐이었다.

김 숙의는 달랐다. 중전은 태생부터 사람들의 존경과 공경을 받게 되어 있었고, 가만히 있어도 대비가 되고, 대왕대비가 될 운명이었다. 하나 저는 후사를 생산하지 못하면 대궐에서 살아남을 수 없는 운명이었다. 제 역할을 다하지 못하면 언제든지 김좌근으로부터 내쳐질 수 있었다. 흥! 고귀하신 중전마마께서는 홀로 이딴 책이나 보시라지. 난 주상 전하의 아들을 낳을 테니! 김 숙의가 책을 내팽개치고 연경당을 향해 걸었다. 윤 상궁이 얼른 책을 주워 들고 김 숙의를 뒤따랐다.

김 숙의가 돌아간 후, 중전은 궁인들을 이끌고 대조전을 나왔다. 대궐을 둘러보다가 후원에 다다랐다. 중전은 후원을 거닐었다. 후원의 풍경도 집채도 정자도 나무도 모두 아름다웠다.

"중전마마, 오늘은 어찌 이리 멀리까지 납시셨사옵니까?"

상궁이 미소를 지으며 물었다.

"이제 곧 가을이 저물지 않겠는가? 찬바람이 불기 전에 후원을 보고 싶다네."

중전의 발걸음이 연경당으로 향했다. 중전은 연경당 입구 장락문을 보고서 걸음을 멈추었다. 장락문 앞에는 좁은 개울이 흐르고, 그 위에는 좁다란 다리가 놓여 있었다. 내 마음이 이 개울보다도, 이 돌다리보다도 좁디좁구나. 중전은 김 숙의의 말에 휘둘려 여기까지 온 저를 나무랐다.

"돌아가세."

"중전마마, 성상 전하께서 납시어 계신다고 하옵니다. 예까지 오셨으니 전하를 뵙고 가소서."

상궁이 발걸음을 돌리려는 중전을 막아서며 아뢰었다. 중전이 걸음을 멈추고 다시금 장락문을 바라보았다.

"마마, 전하를 뵙고 함께 돌아가시어 저녁 수라도 같이 드소서."

"전하와 함께 저녁 수라를? 그리하여도 되겠는가?"

상궁이 웃으며 고개를 끄덕였다.

대궐에 온 첫날 밤 이후, 중전이 원범과 함께 할 수 있는 시간은 대왕대비전에 아침, 저녁 문후를 들 때뿐이었다. 대조전에서 오고 가는 원범을 가끔씩 마주치기는 하였으나 별다른 대화 없이 안부 인사 정도만 건넬 뿐이었다. 중전은 원범과 저녁 수라를 들어도 될까, 잠시 망설였다.

중전이 장락문 안에 들어서자 안채로 통하는 수인문 앞에서 대기하고 있던 상선과 민 상궁이 달려와 중전을 맞이했다.

"전하께서는 안채에 계시는가?"

"예, 중전마마."

"누구와 계시는가?"

"호위 무관과 계시옵니다, 중전마마."

"한데 자네들은 어찌 여기 나와 있는가?"

"방해 말라는 어명이 있으셨사옵니다."

중전의 낯빛이 어두워졌다. 중전은 김 숙의의 말을 떠올리며 수인문으로 다가갔다. 자신의 도착을 고하려는 상선을 저지하고 수인문을 살며시 열었다. 열린 문틈으로 웃고 있는 원범의 얼굴이 눈에 들어왔다. 전하께서 웃으시는구나. 원범의 시선 끝에는 금군별장과 호위 무관이 검을 겨루고 있었다. 중전은 저도 모르게 피식 웃음이 나왔다. 다시 한번 김 숙의의 말에 휘둘려 다른 생각을 품은 자신이 부끄럽고 우스웠다.

"고하시게."

중전이 안채로 들어섰다. 심규와 소성이 격검을 멈추고 중전에게 인사했다. 대청마루에 앉아 있던 원범이 뜻밖이라는 얼굴로 물었다.

"어쩐 일이시오?"

"후원 산책을 나왔다가 전하께서 계신다기에 잠시 들렀사옵니다. 혹여 방해가 된다면 이만 물러가겠사옵니다."

"아니오. 마침 중전께 할 말이 있소."

원범이 중전과 함께 대청마루에 자리를 잡았다. 심규와 소성이 몇 걸음 물러났다. 중전은 내색하지 않았지만 궁금증과 기대감을 갖고 원범을 바라보았다.

"과인과 함께 대조전을 쓰니 불편할 것이오. 내일부터 과인은 이곳에 기거하겠소."

"아니옵니다. 불편하시면 신첩이 처소를 옮기겠사옵니다."

"원래 대조전은 중궁전이었소. 과인이 중궁전을 빌려서 쓴 셈이니 과인이 떠나는 게 맞소. 이제부터 중전께서 편히 지내시오."

잠시 머뭇거리던 중전이 나지막이 대답했다.

"예. 성은이 망극하옵니다, 전하."

중궁전 상궁이 원범과 중전에게 함께 저녁 수라를 드시라고 청했다. 하지만 원범의 대답이 떨어지기 전에 중전이 먼저 입을 열었다.

"전하, 허락하신다면 신첩은 연경당을 좀 더 둘러보고 싶사옵니다."

"그리하시오."

원범이 연경당을 떠난 후, 중궁전 상궁은 중전에게 왜 함께 저녁 수라를 들지 않았느냐고 물었지만 중전은 대답하지 않았다. 원범을 배려한 처사였다. 원범은 늘 중전의 체면을 세워주었다. 동뢰연 밤에도 신방의 불이 꺼진 후, 원범은 한 시진을 기다렸다가 중궁전을 나갔다. 오늘도 대조전을 편히 쓰라는 명분을 들어 연경당으로 거처를 옮긴다고 했다. 중전은 원범이 사라진 빈자리를 보면서 생각했다. 중전으로 간택되었을 때, 비록 자신은 안동 김문의 여식이고 제 아버지는 김좌근보다 더한 권세를 누리고 싶어 하지만 그래도 주상 전하와는 금슬 좋은 내외간이 될지도 모른다고 기대했다. 소문으로 들은 주상은 따뜻하고 인자한 사람이라고 했다. 대왕대비를 친어미처럼 극진히 모신다고도 했다. 안김 때문에 허수아비 왕이 되었지만 안김 때문에 왕이 된 것도 사실이었다. 어쩌면 주상이 자신을 반가이 맞이해줄지도 모른다고 기대했다. 그러나 신방에서 처음 원범과 단둘이 마주했을 때, 중전은 제 기대가 파도에 휩쓸린 모래성처럼 무너져 내리는 것을 보았다.

중전이 연경당을 둘러보면서 깊은 숨을 내쉬었다. 연경당은 단청을 하지 않은 민가였다. 원범이 왜 이곳을 좋아하고, 왜 이곳에 기거하려는지 알 것 같았다. 처음부터 주상이 원한 것은 지엄한 왕좌도, 화려한 대전도 아니었으리라. 자신이 중궁의 자리를 원하지 않은 것처럼.

중전이 연경당을 나왔다. 달빛이 연경당 지붕 위로 부서졌다. 장락문 너머 연경당은 정말 달 세상에 있다는, 신선궁처럼 보였다.

4

김 숙의는 혀를 깨물 뻔했다. 중전이 무표정하게 말했다.

"전하와 합궁할 기회를 주겠네. 기회를 주면 전하의 마음을 얻을 수 있겠는가?"

"물론이옵니다, 중전마마. 일단 전하께서 절 한 번만……."

중전이 헛기침을 했다. 김 숙의가 고개를 옆으로 기울이며 웃었다. 웃는 모습이 어여뻤다. 보조개에 자꾸 시선이 갔다. 김 숙의에게는 분명 사내의 시선을 끄는 매력이 있었다. 김 숙의라면 주상의 마음을 잡을 수 있으리라 생각했다.

"아들을 낳게. 단, 그 아들은 내 양자가 되어야 하네. 그래야 그 아이가 보위에 오를 게야."

"그럼 신첩은……?"

"걱정 말게. 임금의 생모로서 부족함 없이 살게 해줄 터이니."

김 숙의가 중전에게 엎드리며 감사 인사를 했다.

원범이 연경당으로 거처를 옮긴 후 중전은 원범에 대한 기대와 미련을 지워버렸다. 하지만 중궁으로서의 소임은 제 어깨를 짓누르고 있었다. 보위를 이을 후사를 생산해야만 했다. 그러나 중전은 원범과의 합궁을 원하지 않았다. 일국의 왕비이기 전에 여인으로서 남아 있는 일말의 자존심이 허락하지 않았다.

중전은 김 숙의를 보내고 대왕대비전으로 향했다.

원범이 저녁 문후에 들었다. 요사이 원범은 저녁 문후는 잘 들지 않았지만 오늘은 대왕대비의 호출이 있었다. 원범이 들자 저녁 문후를 여쭙던 중전이 자리에서 일어났다. 중전은 두 분 마마 편히 말씀 나누시라며 조용히 물러갔다.

원범이 자리에 앉았다. 마음도 표정도 편치 않았다.

"이 어미가 잡아먹습니까? 얼굴 좀 펴세요, 주상."

김 상궁이 다과를 내왔다. 자성 전하의 명으로 주상 전하께서 특별히 좋아하는 것을 준비했다는 말을 덧붙였다. 검은 엿과 꿀을 바른 유밀과였다. 대추차도 있었다. 단것을 좋아하는 원범의 입맛에 맞춘 것들이었다.

"어찌 부르셨사옵니까?"

원범은 다과에 손도 대지 않고 물었다. 대왕대비가 원범에게 두루마리 뭉치를 내밀었다. 원범이 두루마리를 펼쳐보았다. 대혼 전에 강하와 병운, 은규가 준비한 상소였다. 원범이 상소문에서 시선을 떼고 대왕대비를 바라보았다. 무슨 수작인지 묻고 있었다.

"상소에 오른 다섯 명의 목을 잘라주지요."

"조건이 있으시겠지요?"

대왕대비가 미소를 지으며 고개를 까딱했다.

"아들을 낳으세요. 중전이든, 김 숙의든 누구의 아들인지 괘념치 않겠습니다. 내 죽기 전에 주상의 아들로 후사를 정해놓아야겠습니다."

원범은 대왕대비전을 나가던 중전의 얼굴을 떠올렸다.

"소자의 아들이 아니라 김씨의 아들이겠지요."

"김씨의 아들이 싫습니까? 그럼 후궁을 들이세요. 조씨든, 홍씨든, 아무개씨든, 반가의 여식이든 궁녀든 아무나 좋습니다."

"그럴까요?"

"그럴 수 있겠습니까?"

원범이 침묵했다. 대왕대비가 웃었다.

"순진하시기는. 아직도 합궁은 은애하는 여인과만 가능하다고 생각하십니까? 임금의 합궁은 정사(政事)입니다."

"소자의 정사(政事)에 남녀 간의 정사(情事)는 필요치 않사옵니다, 마마."

"그럴까요?"

대왕대비가 웃으며 차를 한 모금 마셨다.

"상소에 오른 당하관 열 명이면 어떻습니까? 이제 정사(情事)에 관심이 좀 생기십니까?"

"당하관 다섯에, 소자가 원하는 당상관 다섯이면 생각을 해볼 수도 있겠사옵니다만."

"당상관 다섯이라……. 내 수족들을 자르시겠다. 이거 내가 너무 밑지는 거래 아닙니까?"

원범이 말없이 차를 들었다. 대왕대비가 원범을 바라보다가 웃었다.

"호호호. 좋습니다. 우선, 내일 당장 당하관 다섯 명의 목을 치세요. 합궁 후, 주상의 뜻대로 당상관 다섯을 유배 보내세요."

다음 날, 아무런 반대에도 부딪치지 않고, 당하관 다섯이 파직되었다. 빈자리는 원범이 원하는 인사로 앉혔다. 원범은 다시 한번 대왕대비의 위세를 실감했다. 그리고 남아 있는 '진짜 거래'를 생각했다. 당상관 다섯이라. 다시없는 기회였다. 의정부와 병조, 호조, 이조, 사헌부의 우두머리를 파직할 수 있었다. 원범의 고민이 깊어갔다.

"당상관 다섯을 파직시키는 건 소신들이 백 통의 상소를 올려도 불가능한 일이옵니다. 그냥 눈 한 번 딱 감으시고……."

병운이 진지하게 말했다.

"그건 아니지. 사내라면 지조가 있어야지. 사랑하는 여인을 두고 그게 말이 되는가? 금수처럼."

오히려 강하가 반대했다.

"예. 혹여 진짜 용종이라도 잉태하면 어찌하옵니까?"

은규가 맞장구쳤다.

"이제부터 씻지 마십시오. 아무리 용종을 욕심내는 김 숙의라도 냄새나고 더러운 전하는 거부하지 않겠사옵니까?"

강하가 말했다.

"마시게."

"이게 무엇이옵니까?"

"아들을 낳게 해주는 탕제라네."

강하가 사발을 들고 탕제를 들이켰다.

날이 저물고 침전에 들어서도 원범의 고민은 사라지지 않았다. 원범이 한숨을 쉬었다. 곁방에 있는 소성이 원범을 불렀다.

"전하."

음성이 무겁고 나직했다. 전에도 들은 적이 있는, 익숙한 목소리였다.

"마음에 없는 소리는 하지도 말거라."

"예. 제 눈에 흙이 들어와도 합궁은 아니 된다 아뢰려 하였사옵니다."

원범이 웃었다.

"그래. 듣기 좋구나. 대신 네 말에 책임은 져야 할 게야."

"누구의 모가지를 원하시옵니까. 말씀만 하소서. 소신이 당장 대령하겠나이다."

"그 모가지는 내가 거둘 터이니 넌 네가 할 수 있는 책임을 지거라. 모가지를 얻는 것보다 쉬운 일이니 염려는 말고."

원범이 웃었다.

며칠 후, 민 상궁이 대전에 들었다.

"전하, 합궁을 준비하라는 대왕대비전의 분부가 있었사옵니다."

"하여 말인데, 민 상궁……."

원범은 김 숙의와의 합궁을 준비하라고 명했다.

합궁 일이 되었다. 원범은 여느 때와 다름없이 지냈다. 날이 저물고 원범이 석복헌으로 들었다. 김 숙의가 성정과 어울리지 않는 해사한 얼굴로 원범을 맞았다. 원범을 보며 배시시 웃었다.

"신첩이 술 한 잔 올리겠사옵니다, 전하."

김 숙의가 술 주전자를 들었다.

'전하, 술은 김 숙의만 마시게 하소서. 곧 잠이 들 것이옵니다.'

민 상궁의 말이 떠올랐다.

"과인이 숙의에게 한 잔 드리지."

원범이 술 주전자를 빼앗았다. 원범이 김 숙의의 술잔에 술을 따랐다. 김 숙의가 술잔을 들고 고개를 돌렸다. 술잔을 입으로 가져갔다.

"마시지 마라."

원범이 소리쳤다. 김 숙의가 놀란 표정으로 원범을 바라보았다. 원범이 밖을 향해 주안상을 치우라고 명했다. 나인들이 들어와 상을 내갔다.

"전하."

김 숙의가 맹한 얼굴로 무슨 영문인지 물었다.

"김 숙의, 대왕대비전에 가서 전하라. 과인이 그대를 안을 일은 결코 없을 테니 꿈도 꾸지 마시라고."

원범이 일어섰다.

"전하!"

김 숙의가 울먹이며 원범을 불러댔다. 원범이 김 숙의를 외면하고 석복헌을 나왔다.

"어찌하여 김 숙의에게 술을 먹이지 않으셨사옵니까?"

민 상궁이 물었다.

"그냥 그러고 싶지 않았네."

원범이 웃었다.

"벗들에게 일을 더 열심히 하라고 해야겠지."

원범이 앞장섰다.

곧 낙선재에도 소식이 날아들었다. 대왕대비는 그럴 줄 알았다는 듯이 고개를 끄덕였다. 김 숙의는 훌쩍거리며 이제 어떻게 하느냐고 하소연했다.

"그만하여라."

"예?"

"너는 주상의 발뒤꿈치 그림자 하나도 잡지 못한다. 윤 상궁, 데려가게."

대왕대비가 귀찮다는 듯이 손을 내저었다. 김 숙의가 나가고 대왕대비가 혀를 찼다. 아무렴, 중전이 낫지. 주상도 사람 보는 안목이 없지 않으니 시간이 해결해주겠지. 그전에 혼은 좀 나야 겠지.

"그럼, 시작해볼까?"

대왕대비가 미소를 지었다.

깊은 밤, 중희당 위로 몰아치는 바람이 제법 쌀쌀했다. 대조전을 비운 원범은 중희당을 대전으로, 연경당을 침전으로 썼다. 도승지 조형복이 만인소를 들고 대전에 입시했다. 만 명이 넘는 유생이 연명하여 올린 상소문이었다.

"유생들은 어찌하고 있는가?"

원범이 물었다. 눈가에 수심이 가득했다.

"여전히 돈화문 앞을 지키고 있사옵니다, 전하."

원범이 김 숙의와의 합궁을 거절한 이후, 대왕대비는 김좌근을 통해 다시금 원범을 압박해왔다. 원범은 중전의 아비인 부원군 김문근과 그를 위시한 전동 세력을 이용하여 김좌근을 견제하려고 했지만 김좌근의 세력은 여전히 막강했다. 김문근도 제 뜻대로 움직여주지 않았다.

김좌근은 편전 회의뿐만 아니라 대간의 상소도 장악했고, 성균관 유생뿐만 아니라 팔도의 유생까지 움직여 제 뜻을 관철했다. 유생들은 만인소니 팔도소니 하는 상소를 올리면서 원범의 뜻에 반대하며 한 달 넘게 권당(성균관 유생이 상소를 하고, 그 상소가 받아들여지지 않을 때 일제히 성균관을 비우고 물러 나가는 일)을 하기도 했다.

"돈화문으로 가세."

원범이 궁문을 나가 유생들 앞에 섰다.

"나라를 위하고 임금을 향한 정성에 있어 조정에 일이 생겨야 옳겠는가? 생기지 않아야 옳겠는가? 과인의 한 가지 걱정은 조정을 안정시키고 신하를 보호하는 것이다. 갈수록 날이 추워지는데 그대들의 건강과 굶주림이 염려스럽도다. 이것이 백성을 위하는 일인가, 나라를 위하는 일인가?"

"하오나 전하, 이 일은 종사와 관계된 일이온데 신들이 어찌 그냥 물러날 수 있겠나이까?"

유생들이 대답했다.

"그냥 물러가게 하면 서운할 터, 상소에서 청한 일은 처분을 내리겠다."

원범이 뜻을 물렸다. 이번에도 김좌근의 승리였다.

소성은 힘없이 늘어진 원범의 어깨가 자꾸만 신경 쓰여 원범의 뒷모습에서 시선을 떼지 못했다. 오늘도 힘겨운 하루를 견디고 연경당으로 향하는 원범의 등을 보며 마음속으로 속삭였다.

'전하, 힘을 내십시오. 언젠가는 전하의 마음이 백성들에게 닿고, 하늘을 움직일 것이옵니다.'

그러나 안김의 벽은 너무나 높았다. 벽에 부딪힐 때마다 원범은 자괴감에 빠져들었다. 나는 진정 안김의 허수아비, 꼭두각시에 불과한가. 내가 할 수 있는 일은 아무것도 없는가. 원범은 저녁 수라도 들지 않고 자리에 누웠다. 그간에 쌓인 피로가 온몸을 짓눌러왔다.

소성이 인사를 하기 위해 침전에 들었다. 초 하나만이 침전을 밝혔다. 원범은 몸을 잔뜩 웅크린 채 잠이 들었다. 병풍에 비친 원범의 그림자가 덩그러니 쓸쓸해 보였다. 소성이 다가가 웅크린 원범의 몸을 돌려 바로 누이고, 이불을 끌어 덮어주었다.

"전하, 부디 이 밤만이라도 편히 쉬십시오."

절을 하고 자리에서 일어나려 할 때, 소성은 제 팔을 휘감는 거친 온기를 느꼈다. 원범의 손이었다. 팔을 감은 원범의 손이 미끄러지듯 내려와 손에 닿았다. 소성이 원범의 손을 물끄러미 바라보았다. 원범이 소성의 손을 움켜쥐었다.

"가지 마라, 별이야. 오늘 밤은 내 곁에 있어."

원범의 간절함이 그의 손끝에서 떨고 있었다.

드러나는 비밀

1

원범의 손이 뜨거웠다. 소성이 시선을 옮겨 원범과 눈을 마주쳤다. 간절함이었다. 원범의 눈빛이 저를 간곡히 원한다 말하고 있었다. 소성이 검은 눈동자를 응시하며 망설였다. 둘 사이에 침묵의 시간이 흘렀다.

"하하하."

소성의 밝은 웃음소리가 정적을 깼다. 소성이 원범의 손을 슬며시 뿌리쳤다.

"이리 사내의 손을 덥석 잡으니 오해를 받으시옵니다."

"무슨 오해?"

"못 들으셨사옵니까? 전하께서 사내를 좋아하신다는 추문 말이옵니다."

"괘념치 않는다."

"괘념하소서. 그 사내가 소신이라는 소문이옵니다."

원범이 몸을 일으켰다. 소성이 뒤로 물러났다. 원범이 소성에게 바짝 다가갔다. 소성이 다시 뒤로 물러났다. 원범이 다시 소성에게 다가가 그녀의 양손을 잡아 합장하듯이 모았다.

"우리 오늘 밤 그 소문을 진실로 만들어보자꾸나."

소성이 마른침을 삼키고 원범의 손을 뿌리쳤다.

"아니 되옵니다."

"네 말에 책임을 지라 했다."

"그 책임이 이 책임이옵니까?"

"그래. 내게 합궁을 하지 말라 아뢸 때는 네가 책임지겠다는 말이 아니었느냐?"

"그게 아닌데……. 하하하. 전하, 잊으셨사옵니까? 소신 겨우 쌀 석 섬 받는 말단 군관이옵니다. 퇴청이라도 칼같이 해야 덜 억울하옵니다."

"지금 그 문제는 중요하지 않다."

"중요하옵니다. 저같이 아무 힘 없는 말단 녹봉쟁이에겐 제일 중요한 문제이지요."

"너 언제부터 그리 재물욕, 명예욕이 있었느냐?"

"전하께서야 지존의 자리에 계시고, 부인도 두 명이나 맞으셨으니 그딴 게 필요 없으시겠지만……."

"하여 속상하냐? 내가 부인이 두 명이나 있어서?"

"속상한 건 아니옵고, 부럽사옵니다. 소신은 언제 장가를 들지……."

"내 앞에서 못 하는 소리가 없구나."

원범이 검지를 들어 소성의 이마를 부드럽게 두드렸다.

"전하께서야 다 가지셨으니 더는 원하는 것이 없으시겠지만 소신은 아니지 않사옵니까?"

원범이 가만히 소성을 들여다보다가 나직이 말했다.

"한데 나도 다 가지지 못했다. 내가 정말 원하는 것을 가지지 못했다. 난 여전히 너를 원한다."

원범이 다시 소성의 손을 잡았다.

"하하하."

"그리 웃지 마라."

원범이 다른 손을 들어 소성의 입을 막았다. 손가락 끝의 온기가 소성의 입술에 묻었다.

"전하의 손이 따뜻하옵니다."

"네 손이 차구나."

"소신, 날이 차지면 손발이 차가워지옵니다."

원범이 무릎을 꿇고 앉은 소성의 발을 잡아당겼다.

"전하, 무얼 하시옵니까?"

소성이 놀라 발을 뺐다.

"따뜻하게 해주려는 게다."

원범이 다시 소성의 발을 끌어왔다.

"아니 되옵니다. 더럽사옵니다."

소성의 만류에도 원범이 소성의 버선을 벗기고 두 손으로 발을 감쌌다.

"오늘 밤은 따뜻한 데서 자거라."

원범이 초를 불어 불을 껐다.

후드득후드득, 빗물이 지붕을 두드리고 있었다. 똑똑, 처마 끝으로 흘러내려온 빗물이 댓돌 위로 떨어졌다. 빗소리를 듣고 살며시 문을 연 소성은 이내 문을 닫았다. 찬 기운이 훅하니 밀려들었다.

"비가 오느냐?"

원범이 나직이 물었다.

"깨셨사옵니까?"

"너는 고단하지 않느냐?"

"소신 일당열, 아니 쉰의 무사이옵니다. 하룻밤을 새우는 것은 일도 아니옵니다. 오늘 밤은 소신이 전하를 안전하게 지켜드릴 터이니 성려 놓으시고 침수 드소서."

원범은 병풍을 향해 옆으로 돌아누웠다. 병풍 너머엔 누마루가 있었다. 누마루는 온돌을 깔지 않고 방이나 대청보다 한 층 높이 지은 마루로, 바람이 잘 통하는 여름용 거처였다. 별이가 입궁하기 전, 원범은 누마루를 볼 때마다 강화 잠저 마당에 있던 들마루를 떠올리곤 했다. 이 가을이 가고, 겨울이 가고…… 내년 여름엔 저 누마루에서 별이와 함께 지낼 수 있을까? 원범은 긴 숨을 내쉬었다. 빗줄기가 원범의 가슴을 내리쳤다.

그날, 강화에서 별이를 처음 만난 그날도 빗줄기가 원범의 가슴을 때렸다. 정말 마른하늘에 날벼락처럼 하루아침에 역적이 되어 강화로 유배되던 날이었다. 죄인의 신분으로 강화에 첫발을 내디뎠을 때 빗물과 눈물이 한데 엉겨 원범의 얼굴과 가슴을 적셨다.

행인들이 힐끔힐끔 자신을 곁눈질하면서 수군대는 가운데 한 소녀가 다가왔다. 소녀는 비를 가리기 위해 쓰고 있던 삿갓을 벗어 씌워주고 저를 바라보았다. 그 시선이 오랜 꿈처럼 아득했다.

"그때부터였다."

"예?"

원범이 소성을 향해 다시 돌아누웠다.

"내가 강화에 유배되던 날, 네가 내게 삿갓을 주고 날 보지 않았느냐?"

"아! 예."

소성이 그때 일을 떠올리며 웃음을 지었다.

"그때부터 넌 내게 반하였다."

"예? 아니옵니다."

소성은 펄쩍 뛰며 원범의 말을 부인했다.

"한데 왜 내게 삿갓을 주고, 날 아련히 보았느냐?"

"그거야……."

별이는 그때까지 그렇게 슬픈 눈을 본 적이 없었다. 그것도 제 또래 소년에게서. 그 소년의 눈은 모든 것을 다 잃은 눈이었다. 맑은 눈 속에 슬픔과 상실감만 그득했다. 별이는 도저히 그 소년을 지나칠 수 없었다.

"전하께서 비를 맞고 계시는 모양이 하도 딱하여 그랬사옵니다."

"단지 딱하기만 하였느냐?"

"예. 단지 딱하기만 하였사옵니다."

소성이 입술을 맞물고 고개를 끄덕였다.

"잘 생각해보고 네 마음의 소리를 들어보아라."

"예, 잘 생각해보아도 딱하다는 것밖에 달리 생각나지 않사옵니다."

"그래. 여인의 입으로 한눈에 사내에게 반했다 시인하기도 어려울 터. 내 다 이해하느니라."

"전하, 밤이 깊었사옵니다. 조금이라도 침수 드소서."

원범이 제 마음을 훤히 꿰뚫자 딱히 할 말이 없어진 소성이 말을 돌렸다.

원범이 다시 병풍을 향해 돌아누워 이리저리 몸을 뒤척였다. 오늘 밤은 쉬이 잠들지 못할 것 같았다.

"우리 내세에는 임금도, 신하도, 벌열 세가도 없는 세상에서 태어나자."

원범이 다시금 입을 열었다.

"그런 세상이 있사옵니까?"

"세상은 가도 가도 끝이 없을 만큼 넓다고 하니, 그런 세상 하나쯤은 있지 않겠느냐?"

"임금과 신하가 없으면 누가 나라를 다스리옵니까?"

"글쎄다, 누가 꼭 나라를 다스려야 하느냐?"

"그런 세상이 올까요? 어쨌든 벌열 세가가 없는 세상은 참 좋겠사옵니다. 백성이 골고루 다 귀하고 다 높고 다 배불리 잘살 수 있을 테니까요."

"그래, 우리 그런 세상에서 필부(匹夫)와 필부(匹婦)로 만나서 함께 살자."

원범이 눈을 감았다.

새근새근, 잠든 이의 숨소리가 고요한 방 안을 흔들었다. 원범이 조용히 일어나 소성에게 다가갔다. 소성이 옆으로 머리를 떨군 채 잠들어 있었다. 일당쉰의 무사라고? 원범이 미소를 지으며 소성의 머리를 제 어깨로 받쳐주었다. 순간, 소성이 자세를 바로 세운 다음 눈을 부릅떴다. 놀란 원범이 숨도 멈춘 채 가만히 있었다. 소성은 원범을 보고 원범의 무릎에 머리를 대고 누웠다. 이내 잠에 빠져들었다. 기분 좋은 꿈을 꾸고 있는 것 같았다. 원범이 안도의 숨을 쉬었다.

"그때 반한 사람은 나였구나. 그때부터 내가 네게 반하였구나."

원범이 잠이 든 소성을 보면서 나직이 속삭였다.

"침전에서 오시는 길이오?"

소성이 걸음을 멈추었다. 김 숙의의 목소리였다. 소성은 몸을 돌려 절을 했다. 몇 걸음 떨어진 곳에 중전과 김 숙의가 함께 있었다.

"우리는 자성 전하께 아침 문후를 드리기 위해 수강재로 가는 길이었소."

김 숙의는 도둑이 제 발 저리는 양 묻지도 않은 말을 내뱉었다.

거짓이다. 소성은 김 숙의의 거짓을 알아차렸다. 근래 대왕대비는 양심합으로 거처를 옮겼다. 이 길이 아니다. 조심해야 한다.

어젯밤 소성이 야간 숙위를 섰다는 소식을 접한 김 숙의는 아침 댓바람부터 중궁전에 가서 호들갑을 떨고 중전을 졸라 함께 산책을 나왔다. 소성이 지나가는 길목을 지키던 중이었다.

"그래, 어젯밤에는 별일 없으셨소?"

"예, 아무 일도 없었사옵니다."

"참말이오?"

김 숙의가 눈을 동그랗게 치켜뜨고 다시 물었다.

"예, 전하께서는 무탈하셨사옵니다."

새벽녘에 눈을 뜬 소성은 잠든 원범이 기침할 때까지 자리를 지켰다. 원범이 일어나는 것을 보고 침전을 나왔다.

"하면 자네는?"

"예, 소신도 별일 없었나이다."

소성은 아무 일도 없던 것처럼 태연하게 대답했다.

"한데 자네 눈빛은 왜 이리 불안해 보이는가?"

"불안하다니요? 그렇지 않사옵니다, 숙의마마님."

김 숙의가 소성을 추궁하며 한 걸음, 한 걸음 다가왔다.

"자네 혹시, 아이고, 엄니!"

김 숙의가 '엄니'를 외치며 미끄러지던 순간, 소성이 한 팔로 김 숙의의 등을 받치고 다른 팔로 김 숙의의 허리를 끌어안았다. 소성에게 안긴 김 숙의가 입을 벌린 채 얼음처럼 굳었다.

"끅."

김 숙의의 목에서 딸꾹질 비슷한 소리가 터져 나왔다.

"아침부터 이 무슨 추태이신가? 어서 일어나시게."

중전이 김 숙의에게 말했다. 그제야 김 숙의가 윤 상궁의 부축을 받아 몸을 세웠다.

"입도 다무시게."

126

김 숙의가 가슴을 쓸어내리며 입을 다물었다. 얼굴이 화끈거리며 가슴이 두방망이질 쳤다.

"미안하네. 방금 본 일은 잊어주시게."

중전이 소성에게 차분히 말했다.

"아니옵니다."

소성이 재빨리 고개를 숙이고 답했다.

"내 자네의 무예가 출중하다는 이야기는 익히 들었네. 늘 지금처럼 전하를 잘 보필하여주시게."

중전이 다가와 소성의 손을 잡았다.

"자네 손이 따뜻하구먼."

소성이 손을 뺐다.

"성은이 망극하옵니다, 중전마마."

소성이 인사를 올리고 자리를 떴다. 김 숙의가 넋을 잃은 사람처럼 소성의 뒷모습을 바라보았다.

"덩치는 작고 피부는 보들보들해도 사내는 사내이옵니다. 힘도 세고, 몸도 단단하고…… 다정하고."

중전은 예의 그 속을 알 듯 말 듯한 표정을 지으며 멀어져가는 소성의 뒷모습을 응시했다.

2

수강재로 가던 김좌근은 방향을 돌려 양심합으로 향했다. 양심합은 대조전 남쪽 별각이었다. 대왕대비는 최근 관상감에서 권한 대로 양심합으로 처소를 옮겼다. 꿈자리가 사납다는 이유를 들었지만 그녀의 속내를 알 길은 없었다. 편전인 희정당과 가까운 곳이라서, 중궁에 힘을 실어주기 위해서 또는 병환이 깊어져서라는 등 여러 가지 추측만 난무할 뿐이었다.

김좌근이 양심합에 들자 대왕대비의 곁을 지키고 있던 중전이 일어났다. 최근 소원해진 주상을 대신하여 중전이 대왕대비에게 지극한 효성을 다하고 있다는 칭송이 궐 내외에 자자했다. 중전이 공손히 물러났다. 중전을 보는 대왕대비의 눈에 흡족함이 그득했다.

"성후는 좀 어떠하시옵니까?"

김좌근이 좌정하고 대왕대비의 안색을 살폈다. 김 상궁에게서 요사이 대왕대비의 기력이 예전만 하지 못하다는 소식을 들었다.

"괜찮습니다. 며느리가 조석을 가리지 않고 살뜰히 보살펴주니 편안합니다."

"중궁이 효를 다한다더니 참말인가 보옵니다."

"예, 내가 자식 복이 많습니다. 호호호."

자식 복이라…… 김좌근이 대왕대비를 말없이 바라보았다. 아들인 왕세자와 어린 딸 하나, 공주 셋을 먼저 보내고 친손자까지 보낸 대왕대비였다.

"아우님!"

대왕대비가 나직이 김좌근을 불렀다. 목소리가 온화했다.

"예, 마마."

"후사는 마땅히 중궁전에서 잇습니다."

지난번 김 숙의와 원범의 합궁이 실패한 이후, 대왕대비는 김 숙의라는 패를 버렸다.

"여부가 있겠사옵니까?"

"김 숙의에게 경거망동 말라 이르세요."

"예. 물론이옵니다, 마마."

"영은 부원군은 영상의 적이 아니라 동지입니다. 쓸데없는 분란은 만들지 마세요."

"분란이라니요? 마마, 당치도 않사옵니다."

김좌근이 손사래까지 치면서 대왕대비의 말을 부인했다.

"이 사람도 이제 늙었습니다. 북망산으로 갈 날이 머지않았습니다. 그날이 오면 왕대비전에서 가만히 있겠습니까? 한 집안사람끼리 교동 세력이니 전동 세력이니 하며 세를 다툴 때가 아닙니다."

"마마, 어찌 그런 말씀을 하시옵니까?"

김좌근의 눈가가 촉촉해졌다. 대왕대비의 눈빛은 여전히 빛나고 있었지만 확실히 지난여름을 넘기면서 기운이 약해졌다.

대왕대비는 안김 세도 정치의 구심점이었다. 조정을 제 마음대로 쥐락펴락하는 여군이지만 친정 일가에게는 한없이 너그럽고 관대했다. 실질적인 정사는 제가 다 보고 있지만 그 배후에 대왕대비가 태산처럼 버티고 있기에 가능한 일이었다. 대왕대비가 떠난 안김 천하는 상상도 할 수 없었다.

양십합을 나오면서 김좌근은 몇 번이고 뒤를 돌아보았다. 오늘

따라 쉬이 떨어지지 않는 발을 옮겨 석복헌으로 향했다.

김 숙의는 양팔과 양다리를 벌리고 큰대자로 누웠다. 가슴을 치며 한숨을 쉬어댔다. 화증이 나서 견딜 수 없었다. 모처럼 석복헌에 손님이 들었다. 김좌근이었다. 김 숙의가 반가운 얼굴로 김좌근을 맞았다. 그러나 김좌근은 노한 얼굴로 김 숙의를 나무랐다.

'투정이나 부리려고 궁에 들어왔습니까? 마마님의 소임은 주상의 총애를 받아 원자를 생산하는 일입니다. 그런데 지금 뭘 하고 있습니까? 한 달 동안 뭘 했습니까?'

'저도 할 만큼 했습니다. 한데 전하께서 눈길 한 번 주시지 않는 걸 어떡합니까?'

'그걸 지금 내게 묻습니까?'

'제 잘못도 아닙니다. 전하께서는 사내를 맘에 품고 계십니다.'

'말도 안 되는 소리!'

'참말입니다. 전하께서는 늘 호위 무관을 곁에 두고 은애하고 계십니다.'

'호위 무관이요?'

'예.'

김 숙의가 고개를 끄덕거렸다.

'지금 호위 무관이라 했습니까? 호위 무관의 하는 일이 늘 주상의 곁에 있는 겁니다. 엉뚱한 생각이나 할 시간에 주상의 마음을 잡을 궁리나 하세요.'

'진짠데…….'

김좌근이 혀를 찼다.

'수단을 가리지 말고, 주상의 마음을 잡으세요. 주상의 마음이 없으면 마마님의 자리도 없습니다.'

김 숙의가 김좌근의 말을 떠올리며 얼굴을 일그러뜨렸다. 아버님이 날 보러 오셔서 얼마나 반가웠는데……. 나도 최선을 다하고 있는데……. 김 숙의는 원범의 시선을 잡아 두기 위해 나름 노력을 다했다.

원범이 오가는 길목에 불쑥 나타나 제 존재를 드러내기를 몇십 번. 가슴을 흔들어 대면서 간드러진 웃음소리와 콧소리로 전하를 불렀건만 고개를 들어보면 원범은 이미 자리를 뜨고 없었다.

옛날 저를 사모한 사내들이 탐하던 머리카락을 길게 풀어 내리고 원범의 앞에 나타나기도 했다. 원범이 절 알아봐주기도 전에 궁녀들이 놀라 소리를 지르며 자지러졌다. 원범의 관심을 얻기는 커녕 호위 별감들에게 붙들려 쫓겨나가야만 했다. 그날 이후 김 숙의는 '바람맞은 귀신'이라는 별명을 얻었다.

하루는 속곳 바람으로 찬비를 맞으며 연경당 앞에서 서성거리다가 원범의 앞에 모습을 드러내기도 했다.

'이 무슨 해괴망측한 짓인가?'

원범의 반응은 차가운 빗물보다 더 싸늘했다. 그날 이후 비가 오면 김 숙의가 실성한다는 소문이 돌았다.

마음은 개풀! 시선 하나도 아니 주는데! 주상인지 성상인지 밥상보다도 못하다. 술상보다도 못하다. 김 숙의가 벌떡 일어나 문밖을 향해 소리를 질렀다.

"여봐라, 여기 술상 좀 들이거라!"

소성은 석복헌 대문 앞에서 숨을 가다듬었다. 퇴청하기 전 석
복헌으로 은밀히, 신속히 들라는 김 숙의전의 전갈을 받았다. 요
사이 저를 보는 김 숙의의 눈빛이 남달리 예민했다. 알아차렸는
가. 소성은 주변을 둘러보았다. 사위는 고요하고 캄캄했다. 대왕
대비가 양심합으로 거처를 옮긴 뒤, 이곳까지는 찾는 이가 없었
다. 숙의전 윤 상궁이 소성을 안내하면서 곁눈질로 흘끔거렸다.
불안감이 엄습해왔다. 진정 알고 있는가.

"어서 오시오, 박 무관."

소성을 맞는 김 숙의의 얼굴이 발그레했다. 방에는 술상이 차
려져 있었다.

"아! 놀라셨소? 주상이 아니 오시기에 내 주안상을 들였소. 호
호호."

김 숙의가 술잔을 들어 보이며 웃었다.

"내 마음이 괴로워 한잔했다오."

"숙의마마님, 무슨 일이시옵니까?"

"일단 앉으시오. 앉으시게."

"궁중의 법도가 아니온지라……."

"망할 법도, 법도, 그 법도 소리 좀 그만하시오. 자, 어서 앉으
시오."

김 숙의가 소성의 손목을 잡아끌며 자리에 앉혔다.

"다 주상인지 주안상인지 그 밥상!"

김 숙의가 말을 멈추고 소성을 노려보았다.

"아니, 그대 때문이오."

소성은 말이 없었다.

"호호호호호호호."

김 숙의가 손을 흔들며 깔깔댔다.

"그 밥상 말이오. 그대에게만 웃어주고, 그대만 곁에 두고, 그대만 총애하니……."

"아니옵니다. 오해이시옵니다."

"이 순진한 사람. 술상의 음흉한 속내를 모르다니, 이 청정한 사람."

김 숙의가 술을 들이켰다.

"숙의마마님, 그만 드십시오."

소성이 김 숙의의 술잔을 받아서 제 앞에 놓았다.

"걱정되오?"

"예, 걱정되옵니다."

"고맙소. 내 걱정을 해주는 사람은 박 무관뿐이오."

김 숙의가 소성이 내민 잔을 받아 물을 마셨다.

"내 중궁전을 멀리할 때부터 알아봤어야 했는데 나는 그것도 모르고 중궁전이 못나서 소박을 맞았다고 생각했지. 남색이 그리 좋으면 후궁은 왜 들였단 말인가?"

"남색이라니요, 당치 않으시옵니다."

소성이 손사래를 치면서 김 숙의의 말을 부인했다.

"그럼 그대는? 그대도 남색이 아닌가?"

"아니옵니다."

"참말?"

"예, 물론이옵니다."

소성의 눈을 지그시 바라보던 김 숙의가 갑자기 술상을 옆으로 밀쳐내고 소성의 가슴팍으로 미끄러졌다. 소성이 얼른 몸을 돌렸다.

"소성!"

김 숙의가 소성의 등에 얼굴을 파묻으며 말했다.

"소성이라고 불러도 되지?"

"그건 좀……."

"거절하지 마오."

김 숙의가 훌쩍이기 시작했다.

"나 너무너무 외롭다오. 대궐의 삶이 이럴 줄 몰랐다오. 이리 외로울 줄 몰랐다오."

김 숙의가 흐느꼈다. 소성은 김 숙의의 마음을 이해했다. 김 숙의가 가엽기도 했다. 원범은 양녀까지 만들어 후궁으로 들인 김좌근에게 크게 노여워했다. 하여 김 숙의를 만나기 전부터 싫어했다. 하나 따지고 보면 김 숙의의 잘못도 아니었다. 김 숙의는 그저 김좌근에게 이용당할 뿐이었다. 소성은 대궐의 여인들이 모두 가여웠다. 소성은 아무 말 없이 김 숙의의 울음이 그치기를 기다렸다.

김 숙의가 눈물을 다 쏟은 뒤 고개를 들어 소성을 바라보았다.

"나 예쁘지 않아?"

"예, 고우십니다."

"반말해도 되지?"

"예, 편하실 대로……."

"그대의 이름은 소성, 나의 이름은 분순."

김 숙의의 얼굴이 더 발개졌다.

"무슨 뜻이야? 소성?"

"'빛나는 별'이라는 뜻이옵니다."

"그대 눈이 반짝반짝 빛나. 별처럼."

"저, 숙의마마님. 밤이 이만 늦었으니 소신은 물러가겠나이다."

"쉿!"

김 숙의가 제 검지로 소성의 입술을 막았다.

"날 외롭게 남겨두지 마, 소성."

"소신은 밝은 날 다시 오겠사옵니다."

"소성, 내 이름 뜻도 궁금하지 않아?"

소성은 이마를 찡그린 채 말이 없었다.

"궁금하다고?"

"아니, 뭐 궁금하기까지야……."

"분수를 알라. 분수를 알고 살라고 지은 이름이야."

"분수를 알라는데 어찌 분순이라고……."

소성이 말끝을 흐렸다. 김 숙의를 상대해야 할지 자리를 박차고 일어나야 할지 판단이 서지 않았다.

"계집의 이름을 분수라 지을 순 없지 않은가? 촌스럽게. 호호 호호호."

"아, 예."

소성이 적당히 대답을 하며 일어서려는 찰나, 김 숙의가 다시 소성의 어깨와 팔에 얼굴을 묻었다.

"나 분수를 안 지켜서 벌 받나 봐."

"주상 전하 납시오."

밖에서 내관의 목소리가 들려왔다.

"뭔 상?"

"주상 전하께서 납시셨사옵니다."

소성이 김 숙의를 물리며 대답했다.

"주안상이든 술상이든 밥상이든 좋다. 들여라."

김 숙의가 밖을 향해 소리쳤다. 윤 상궁이 방으로 들어왔다.

"마마님, 정신 줄 잡으소서. 전하께서 오셨나이다. 밖에 계시나이다."

"아니, 그 밥상이 왜?"

"마마님! 제발 좀!"

"오호라, 내게서 소성을 빼앗아 가려고?"

"숙의마마님, 어서 좌정하소서."

소성이 김 숙의를 말리고 자리에 앉혔다.

"내가 조선의 숙의다. 아무도 내게서 소성을 빼앗지 못한다."

김 숙의가 소리치며 소성의 손을 잡았다.

"소성, 아무도 내게서 그대를 빼앗지 못해. 걱정하지 마."

"이 무슨 추태인가?"

문이 열리고 원범이 모습을 드러내었다.

"전하! 소인을 죽여주소서."

윤 상궁이 바닥에 엎드려 머리를 조아렸다.

"과인, 그대에게 자리를 갈무리할 시간을 주고자 밖에서 대기하였거늘 더 이상 들어줄 수가 없구나."

"소성이 염려되어 예까지 납시셨사옵니까?"

김 숙의의 말에 소성이 얼굴을 찌푸리며 머리를 조아렸다.

"전하, 송구하옵니다. 숙의마마님께서 몸이 편치 않으시니 너무 나무라지 마소서."

"소성……."

김 숙의가 소성을 바라보았다. 소성이 제 편을 들어주었다. 소성. 김 숙의가 그 이름을 다시금 속삭였다.

원범과 소성이 석복헌을 나와 연경당에 도착했다. 달빛이 두 사람의 머리 위로 내리쬐고 있었다.

"칼같이 퇴청한다는 사람이 어찌 김 숙의의 처소에 있느냐?"

원범이 소성에게 눈을 흘겼다.

"소신도 십년감수했사옵니다. 은밀히, 신속히 들라 하여 들킨 줄 알았지 뭡니까?"

"그래, 김 숙의가 안기니 좋더냐?"

"안기지는 않았사옵니다."

"안기지는 않고?"

"소신이 잘 피하였사옵니다. 그냥 기대기만 하였사옵니다. 헤헤."

소성이 능청스레 웃었다. 두 사람이 연경당 장락문을 지나던 참이었다.

"손도 잡히지 않았느냐?"

"여인의 손인데 어떠하옵니까?"

"여인의 손? 잊었느냐? 넌 지금 사내다."

"하여 질투하시옵니까? 김 숙의는 전하의 후궁이옵니다."

"하여 손 좀 잡혀도 된다?"

"김 숙의, 어쩐지 좀 가여웠습니다."

"그럼 네가 품어주지 그랬느냐?"

"무슨 말씀이시옵니까? 김 숙의는 전하의 후궁이지 않사옵니까?"

"그럼, 과인이 품어주랴?"

소성이 꾸벅, 허리를 숙여 절을 했다.

"소신, 이만 퇴청하겠사옵니다."

"못 간다."

원범이 소성의 손을 잡았다.

"전하! 김 숙의가 보면 어쩌려고 이러시옵니까?"

소성이 원범의 손을 뿌리쳤다.

"네 지금 김 숙의를 걱정하느냐?"

"전하를 걱정하옵니다. 김 숙의가 전하를 의심하고 있사옵니다."

"무엇을 의심한단 말이냐?"

"지난번에 말씀 올리지 않았사옵니까? 전하와 소신이 그렇고 그런 사이라고요."

"그렇고 그런 사이가 어떤 사이인데?"

원범이 다시 소성의 손을 잡으며 말을 이었다.

"이렇게 손잡는 사이?"

소성이 눈을 가늘게 찡그리고서는 고개를 돌렸다.

"아니면 이렇게……."

원범이 소성의 뺨에 입술을 가져갔다. 원범의 기척을 알아차린 소성이 뒤로 물러나면서 원범의 몸이 휘청거렸다. 소성이 한 팔을 뻗어 제게로 쏟아지는 몸을 받쳤지만 원범은 기골이 장대한 사내였다. 순간 소성이 중심을 잃자 원범의 몸이 앞으로 쏠렸다. 소성이 원범을 잡으며 함께 나동그라졌다. 원범은 소성의 팔을 베고 옆으로 누웠다.

"우리 어찌 좀 바뀐 것 같지 않으냐?"

"소신, 전하의 호위 무관이옵니다."

"그래, 뭐 이것도 나쁘지 않구나."

원범이 바로 누웠다. 하늘을 바라보았다. 별빛이 가루처럼 쏟아졌다.

"전하?"

"응?"

"전하께서 일어나셔야 소신 또한 일어날 수 있사옵니다."

"그럼, 일어나지 말아야겠구나."

"소신, 몹시 불편하옵니다."

"나는 아주 편하구나. 내 늘 팔베개를 해주기만 했지 내가 벤 적은 없어서 말이다. 이리 좋구나."

"그럼, 소신이 먼저 일어나겠사옵니다."

소성이 일어나려고 몸을 움직였다. 원범이 한 팔로 소성의 몸을 감싸 눕혔다. 다른 팔은 소성의 머리를 받쳐주었다.

"이리 하면 불편하지 않겠지?"

원범은 소성을 제 품에 끌어안았다. 원범의 심장 소리가 소성의 귓가에 들려왔다. 늘 이 소리를 들으면서 잠이 들곤 했다. 언제 들어도 기분 좋은 소리였다.

"우리 잠시만 이대로 있자."

"날이 차갑사옵니다."

원범이 소성을 더 당겨 안았다.

"전하."

"응."

"어찌 되었든 대궐에 보는 눈이 많으니 전하와 소신이 너무 가깝게 지내면 좋지 않사옵니다."

"알겠느니라. 오늘만 가깝게 지내고 내일부터 멀리 지내자꾸나."

"이제 그만 일어나소서. 바닥이 많이 차갑사옵니다."

소성이 일어나 손을 내밀었다. 원범이 소성의 손을 잡고 일어났다.

"네 손이 차갑구나. 들어가서 녹이고 가거라."

원범이 소성의 손을 놓지 않고 웃었다.

"편히 쉬소서. 소신은 이만 물러가겠나이다."

소성이 원범의 손을 밀어내며 물러났다.

"나도 가엽다. 김 숙의만 가여운 줄 아느냐?"

원범이 소리쳤다. 소성이 원범을 바라보았다.

"나도 외롭다."

"심 별장 영감께 전갈을 보내 오늘 밤 전하께서 찾으신다고 아뢰겠사옵니다. 좋은 벗이 되어드릴 것이옵니다."

소성이 물러났다.

"저것이 정말 사내처럼 능청만 는단 말이야."

원범이 멀어지는 소성의 뒷모습을 보며 중얼거렸다.

3

"백지 징세와 도결을 아느냐고 물었소."

원범이 김좌근에게 다시 물었다. 김좌근은 대답이 없었다.

"그럼, 백골징포, 황구첨정, 족징, 인징, 동징은 아시오?"

원범이 서안을 내리쳤다.

"토지도 없는 농민에게 가짜 전적(田籍)을 만들어 토지세를 부과하고, 지주가 내야 할 세를 소작농에게 부과하여 20두의 세가 100두가 되었소이다. 또 군포는 어떻소? 죽은 사람, 갓난아기, 이웃, 친족에게까지 징세를 하였소이다. 백성과 나라는 갈수록 가난해지고, 관리들은 점점 더 부유해졌소. 영상은 책임을 져야 할거요. 영상을 비롯하여 김수근, 김유근, 김원근, 김흥근, 김홍근, 김문근, 김병기, 김병국, 김병학, 김병익, 김병필, 김병철, 김병길, 김병연, 김병덕은 닷새 안에 사직 상소를 올리시오. 그렇지 않으면 대간의 탄핵을 받고 유배를 가야 할 것이오."

김좌근이 소리 내어 웃었다.

"사직 상소를 올리는 일이 무에 어렵겠습니까?"

원범의 신경이 날카로워졌다.

"한데 호위 무관과 남색을 즐기는 임금, 부패한 관리. 이 조선은 누구에게 관심을 더 갖겠습니까? 대간들은 누구를 더 비난하겠습니까? 누가 민심에 더 회자되겠습니까?"

"도대체 무슨 소리를 하오?"

"전하께서 호위 무관을 최측근에 두고 정을 나누는 것을 알고 있습니다."

"무도하오. 어디서 그런 망발을! 여봐라."

원범은 제 측근 호위 무관들을 편전으로 불러들였다. 심규와 그의 심복 내금위 인수와 준호, 소성이 들어왔다. 네 사람은 영문을 모른 채 서 있었다. 원범이 김좌근에게 말했다.

"과인의 최측근 호위 무관이오. 누가 과인의 정인이오? 말해보시오."

김좌근이 네 사람을 둘러보며 웃었다. 김 숙의의 말을 듣고 헛소리라며 나무랐지만 혹시 몰라 이미 저들의 신상에 대해 파악을 해놓은 터였다. 내금위 둘은 혼인하여 자식이 있는 몸, 미취한 자는 심규와 박소성. 심규는 키가 크고 어깨가 넓었다. 피부가 햇볕에 그을려 구릿빛 같았고, 이목구비가 부리부리했다. 김좌근의 시선에 심규가 불쾌한 표정을 지었다. 김좌근의 눈동자가 흔들렸다. 인상이 험하다. 저놈은 아니리라. 박소성을 보았다. 키가 주상보다 작고, 어깨도 주상보다 좁았다. 얼굴이 흰 편은 아니었으나 물 탄 갱엿처럼 보기 좋은 빛을 띠었다. 게다가 강화 출신 무관으로 주상이 강화 특별 과거에 친림하여 선발한 자였다. 김좌근의 시선에 소성이 두 눈을 치떴다. 살기가 느껴지는 눈이었다. 김좌근이 웃었다.

"잘 알겠으니 이들을 물리시지요, 전하."

무관들이 물러갔다.

"닷새 안에 사직 상소를 올리라 하셨습니까? 그 전에 추문의 진상부터 밝히겠나이다."

김좌근이 물러갔다.

소성은 여느 때와 다름없이 아침 일찍 입궐했다. 심규는 소성을 잠시 피신시키자고 하였지만 원범의 생각은 달랐다. 소성이 갑자기 모습을 감추는 것이 더 위험하다고 판단했다.

소성은 연경당으로 가는 길목에서 김 숙의전 윤 상궁을 만났다. 윤 상궁은 난감한 얼굴로 석복헌에 들러달라고 했다. 소성은 망설였다. 때가 때이니만큼 몸을 사려야 할지, 평소처럼 윤 상궁을 따라가야 할지 고민했다. 결국 소성은 윤 상궁을 따라 석복헌으로 갔다.

김 숙의는 상궁과 나인들을 석복헌 대문 밖으로 물리고 소성과 단둘이 남았다. 김 숙의가 소성을 데리고 방 안으로 들어갔다. 소성은 잘못 왔다는 느낌이 들었다. 지금이라도 빠져나가야겠다고 생각하고 돌아서는데 김 숙의가 소성의 손을 잡았다.

"소성, 그대는 사내이지?"

김 숙의가 큰 눈을 들어 소성을 올려다보았다.

"사내가 맞지?"

"하하하. 그럼요, 숙의마마님."

소성은 김 숙의의 손을 뿌리치며 답했다. 김 숙의가 울 듯 말
듯한 표정으로 소성을 바라보며 김좌근의 당부 아닌 분부를 떠올
렸다.

"그럼 용서해."

김 숙의가 소성에게 달려들어 옷고름을 풀었다. 소성이 김 숙
의를 밀치고 옷을 매만졌다.

"미안해. 소성, 난 그 누구보다 자기가 사내라고 믿어. 그리고
자기가 사내였으면 좋겠어. 한데 내 두 눈으로 확인을 해야 해.
부디 확인하게 해줘."

소성이 김 숙의에게 무릎을 꿇었다.

"숙의마마님, 소신을 살려주소서."

"소성."

"소신이 마마님께 확인하게 해드리면 소신은 죽사옵니다."

"내 자네의 목숨은 꼭 살려주겠네. 아버님도 약조하셨다네."

"마마님께서는 지존의 후궁이시옵니다. 후궁의 방에서 옷을 벗
은 사내를 그 누가 살려두겠사옵니까?"

"미안하네. 내 강제로라도 확인할 수밖에 없네. 내 더는 아버님
께 실망을 안겨드리고 싶지 않네."

김 숙의가 다시 소성에게 달려들었다. 소성이 김 숙의의 팔을
잡았다.

"아파."

"송구하옵니다."

소성이 손에 힘을 뺐다. 김 숙의가 몸부림치며 벗어나려 했다. 둘이서 씨름을 했다.

"이 무슨 해괴한 짓인가?"

문이 열리고 중전이 들어왔다. 소성이 중전 앞에 엎드렸다. 김 숙의가 소성의 앞에 섰다.

"소성은 잘못이 없사옵니다."

"자네 죽고 싶은가? 감히 외간 사내를 들여?"

"아니옵니다."

"자네 꼴을 보시게."

김 숙의는 머리도 옷차림새도 다 헝클어져 있었다.

"그런 게 아니오라 소성이 여인이라 하여……."

"뭐라? 사내를 들여놓고 여인이라는 핑계를 대는가?"

"그것이 아니오라, 중전마마, 신첩은 억울하옵니다. 소성이 여인인지 아닌지 확인해보려고 하였사옵니다. 신첩을 믿지 못하시겠거든 마마께서 직접 확인해보소서."

중전이 소성을 쳐다보았다. 소성은 여전히 무릎을 꿇고 있었다. 중전이 밖에 있는 상궁을 불렀다. 노 상궁이 들어왔다. 중전은 노 상궁에게 소성을 데리고 곁방으로 들어가 소성이 여인인지 아닌지 확인해보라고 명했다. 소성은 노 상궁과 함께 곁방으로 들어갔다.

"에구머니."

얼마 지나지 않아 노 상궁이 소리치며 곁방을 나왔다. 곁방 문으로 소성이 옷을 챙겨 입는 모습이 보였다.

"뭔가?"

김 숙의가 물었다.

"사내이옵니다."

노 상궁이 얼굴을 찡그리며 말했다.

"다행이다."

김 숙의가 말했다.

"다행이 아니라 불행이지. 이제 사내를 끌어들인 일이 기정사실이 되었네."

중전이 김 숙의에게 말했다.

"그것이 아니옵니다. 저 사내는 전하의 정인이옵고, 전하께서 남색이시라……."

김 숙의가 무릎을 꿇고 횡설수설했다.

"전하는 남색이 아니시네. 내 중궁의 자리를 걸고 맹세하지."

"중전마마께서 어찌 아시옵니까?"

김 숙의가 눈을 동그랗게 뜨고 물었다.

"부부지간에 그것도 모르겠는가?"

"부부라도……."

"내 지금 전하께서 침전으로 쓰시는 연경당에서 오는 길이네. 이른 아침에 내 어찌하여 연경당에서 오는지는 윤 상궁에게 알아보라 하시게."

중전은 어젯밤 연경당을 방문했다. 늦은 시각이었다. 뜻밖이었다. 중전은 밤이든 낮이든 원범을 찾지 않았다. 김 숙의와 달리 조용히 제 본분을 다할 뿐 원범에게 바라는 점이 없었다. 하여 원

146

범도 중전을 홀대하거나 무례히 대할 이유가 없었다. 원범이 중전을 맞이했다.

원범과 중전이 마주 앉았다. 중전은 궁인들을 물린 후 입을 열었다.

'오늘 밤, 신첩은 전하의 곁에 머무르겠사옵니다.'

'중전께서도 김 숙의처럼 아들을 원하시오?'

'전하의 추문을 잠재워드리겠습니다.'

'중전이 굳이 나설 필요는 없소.'

'서로 도움이 되면 좋지 않겠사옵니까?'

'과인이 중전에게 도움이 될 만한 게 있소?'

'전하께서 곧 안동 김문을 축출하실 거라고 들었사옵니다. 하나 제 친정은 보존해주십시오.'

'지금 과인과 정사를 논하려는 게요? 역시 중전에게도 대왕대비전의 피가 흐르고 있었습니다.'

원범이 미간에 주름을 잡았다. 언짢은 기색이 드러났다.

'황공하옵니다. 하나 신첩 감히 정사를 논하려는 것이 아니옵니다. 그저 신첩이 사랑하는 사람을 지키고자 할 뿐이옵니다.'

'대왕대비마마께서도 시작은 중전과 다르지 않았을 것이오. 중전은 더 이상 이 일에 간여하지 마시오.'

원범이 자리에서 일어나려고 했다. 중전의 목소리가 원범을 다시 잡았다.

'전하의 여인을 지켜드리겠사옵니다.'

원범이 말없이 중전을 바라보았다.

'전하께서도 소중한 사람을 지키고자 분투하고 계시지 않사옵니까? 신첩도 소중한 사람을 지키기 위해 애쓰고 있사옵니다. 전하께는 그 사람이 정인이옵고, 신첩에게는 아비일 뿐, 전하의 마음과 신첩의 마음이 다르지 않사옵니다.'

'과인이 지키고자 하는 여인에 대해 알고 계시오?'

'전하의 호위 무관 박소성이 전하의 여인이 아니옵니까? 여인을 사내로 둔갑시켜 곁에 두셨다면 필히 숨길 수밖에 없는 곡절이 있었을 터이고, 그러한 곡절에 관계된 자라면 전하의 승은 상궁이던 박 상궁이 아니옵니까?'

김 숙의의 말을 듣고 산책 아닌 산책을 나와 소성의 따뜻한 손을 잡던 날, 중전은 김 숙의가 알아차린 비밀이 사실이라는 것을 직감했다. 단, 김 숙의가 인지하지 못한 점이 한 가지 있었으니, 전하께서 좋아하신다는 호위 무관이 여인이라는 점이었다.

원범이 중전을 바라보았다. 어차피 중전의 아비인 영은 부원군은 당분간 김좌근의 견제 세력으로 두고 볼 작정이었다. 하나 김좌근을 쳐내면 영은 부원군이 그 자리를 이을 테고, 끝내 영은 부원군도 쳐내야만 했다. 결국 답은 하나, 김좌근의 음모와 죄상을 밝히고 별이를 하루속히 되살려 놓는 수밖에 없었다. 그래야 영은 부원군까지, 종국에는 외척을 다 쳐낼 수 있으리라.

'영은 부원군께서도 중전만큼 총명하셔야 할 텐데요. 그래야 지켜준 보람이 있지 않겠습니까?'

'아버님께서도 성은을 잊지 않을 것이옵니다.'

'좋소. 내 장인은 지켜드리리다.'

중전이 공손히 고개를 숙였다.

'오늘 밤은 예서 머무르시오.'

원범이 초를 불어 불을 껐다.

중전이 놀란 김 숙의에게 말했다.

"자네 아버님께 전하시게. 박 무관은 사내이며 전하는 남색이 아니시라고."

중전이 나갔다. 김 숙의가 살려달라며 중전을 쫓아 나갔다.

소성은 한바탕 소동을 끝내고 연경당으로 왔다. 원범은 아직 침수 중이었다. 소성은 조용히 곁방 문을 열고 원범에게 다가갔다. 몸을 낮추어 원범의 몸을 요리조리 살펴보았다. 얼굴과 목덜미. 조심스레 원범의 옷고름을 잡아당겼다. 원범의 가슴팍을 살폈다. 소성의 시선이 원범의 복부에 가닿았을 때 원범이 소성의 목을 잡고 제 앞으로 끌어당겼다.

"옷은 네가 벗기었겠다?"

소성이 놀라 숨을 멈추었다.

"숨 쉬거라."

소성이 일어나 숨을 뱉었다.

"뭘 그리 뜯어보고 있었느냐?"

"간밤에 좀 피곤하셨나 보옵니다. 늦잠을 다 주무시고요."

"말도 마라. 한잠도 못 잤느니라."

"중전마마와 함께 계시느라고요?"

원범이 벌떡 일어났다.

"그게 말이다. 그런 게 아니다."

"잘하셨사옵니다. 중전마마가 아니셨으면 큰일 날 뻔하였사옵니다."

소성은 석복헌에서 있었던 일을 들려주었다.

"앞으로도 중전마마와 함께 밤을 보내셔도 괜찮사옵니다. 단, 소신이 곁방에서 야간 숙위를 서겠사옵니다."

"뭘 그렇게까지야……."

"아니요. 꼭 그렇게 하겠사옵니다. 두 분의 밤을 소신이 무탈하게 지켜드리겠사옵니다."

소성이 주먹을 쥐었다.

"진정이냐?"

"농입니다, 농."

소성이 주먹을 풀며 웃었다.

"하온데 중전마마는 어떤 분이실까요?"

"난 모른다. 중전에 대해서 아는 바가 아무것도 없느니라."

"아무튼 적군 같지는 않사옵니다."

그건 모를 일이야. 자리가 사람을 만드니. 원범은 생각했다.

"전하, 아침 문후 드실 시각이옵니다. 중전마마께서 기다리고 계시옵니다."

밖에서 상궁의 목소리가 들렸다.

"중전마마께서 기다리신다고 하옵니다."

소성이 '중전마마'에 힘을 주어 말했다.

"가지 말까? 옷도 벗었는데……."

원범이 소성의 옷자락을 만지작거리며 웃었다. 소성이 원범의 옷고름을 만지작거렸다. 원범과 소성이 눈을 맞추며 미소를 흘렸다.

"다녀오셔요. 중전마마와 함께 문후 잘 드리소서."

소성이 원범의 옷고름을 튼튼하게 여며주었다.

분을 곱게 먹인 대왕대비의 얼굴이 아침 햇살에 빛났다. 입술
은 여느 때보다 더 붉게 연지를 머금었다. 대왕대비는 화장으로
병색을 가리고 건강하고 생기 넘치는 모습으로 주상과 중전의 아
침 문후를 받았다.

"중전, 주상께 강화 시절의 이야기를 들은 적이 있습니까?"

원범의 눈꼬리가 가늘게 올라갔다. 강화 시절 이야기를 꺼내는
대왕대비의 의도를 알았다. 영상과 독대한 일을 들었으리라. 저
에 관한 추문도 해결되었으니 영상과 그 일당은 사직 상소를 올
려야만 했다. 대왕대비로서는 강화 도령의 신분에서 왕위에 올려
준 자신과 안동 김문을 잊지 말라는 경고를 해야만 했다.

"과인은 입궁 전 강화에 유배된 죄인이었습니다. 중전께서도
들은 바가 있으시겠지요?"

"예, 전하."

원범이 먼저 선수를 쳤다.

"헌종 대왕이 승하하시고 내가 주상을 양자로 삼았으니 우리
안동 김문은 주상의 외척이요, 또한 안동 김문의 따님을 중전으
로 맞으셨으니 안동 김문은 주상의 처척입니다."

"알고 있사옵니다, 자전마마."

중전이 미소를 지으며 대답했다.

"고로 안동 김문은 주상을 지탱해주는 튼튼한 반석입니다. 그 반석 위에 주상과 주상의 아드님과 그 아드님의 아드님이, 그 아드님의 아드님의 아드님께서 천년만년 이 나라, 이 강산의 주인이 되어 권세를 누릴 겝니다."

"하오나!"

원범이 입을 열었다.

"그 반석이 부실하다면 들어내야지요. 그래야 이 나라, 이 강산이 진정한 주인인 백성에게 갈 테고, 백성이 그 권세를 누리지 않겠사옵니까?"

"그럼 외숙과 장인마저 들어낼 생각이십니까? 주상."

대왕대비가 목소리를 높이며 속내를 드러냈다.

"사사로운 정을 끊어내는 것이 군주의 도리라 하지 않으셨사옵니까? 자전마마."

원범이 여유롭게 미소를 지었다.

원범이 돌아가자마자 대왕대비가 쓰러질 듯 휘청거렸다. 이제 하루의 시작이건만, 벌써부터 기운이 소진된 듯했다. 김 상궁이 대왕대비를 부축했다.

"나도 이제 다 되었구나. 주상을 상대하기가 힘에 부친다."

대왕대비가 깊은 숨을 내쉬며 자리에 누웠다. 몸이 편치 않았다. 요즈음 한마디도 지지 않고 덤비는 원범의 행태가 화증과 울증을 더 심하게 했다.

원범이 나간 후, 아랫것들에게 갖은 신경질을 부리고 나니 우울감이 밀려들었다. 내 저를 어찌 그 자리에 올리고 키워놓았건만……. 아들 영(旲)도, 손자 환(奐)도, 양자 변(昪)도 대리청정을 시작하고, 친정을 시작하면 외척을 적으로 돌리고 안동 김문을 쳐내기 위해 호시탐탐 기회를 엿보았다.

"저들이 한 게 무에야? 우리가 있어 이 나라, 이 백성이 태평성세를 구가하거늘……."

대왕대비의 얼굴이 짜증으로 일그러졌다.

"깨셨사옵니까?"

깜박 잠이 든 대왕대비가 눈을 떴다. 김좌근이 머리맡을 지키고 있었다.

"여기가 어디야?"

"양심합이옵니다. 마마, 고단해 보이시옵니다. 주상이 또 심기를 불편하게 하였사옵니까?"

"고얀 놈!"

대왕대비가 주먹을 떨며 자리에서 일어났다.

"마마, 때가 왔사옵니다."

대왕대비가 김좌근을 정면으로 응시했다. 김좌근이 대왕대비 쪽으로 당겨 앉아 몸을 낮추었다.

"대처분을 내리소서."

대왕대비의 검지가 움직였다. 톡톡, 방바닥을 내리치는 소리만이 방 안에 울렸다. 잠시 후, 손가락이 멈추고 대왕대비가 입을 열었다.

"희정당에서 보세."

희정당에서 사람이 쏟아져 나왔다. 대왕대비를 위시한 안동 김문의 핵심 인사들이었다. 이들은 희정당 앞에서 원범과 마주쳤다.

"대왕대비마마."

"주상."

"전하."

인사가 오고 갔다. 서로서로 불편한 기색을 감추었다.

"수렴청정을 끝내셨는데 아직도 대신을 편전으로 부르시옵니까? 마마."

"저들이 나를 여전히 여군으로 섬기고 있으니 어찌합니까? 주상."

"그래, 오랜만에 모여 소자를 죽일 궁리라도 하셨사옵니까?"

"못 할 것도 없지요."

대왕대비의 눈가에 가느다란 주름이 졌다. 대왕대비가 원범의 곁을 지키고 있는 심규와 소성을 번갈아 보았다.

"주상을 잘 지키시게. 이 어미가 더 이상 버팀목이 되지 못하겠으니."

대왕대비가 다시 원범에게 시선을 한 번 던지고 자리를 떴다. 신료들이 원범에게 등을 보이고 대왕대비를 따랐다.

4

소성은 내내 뒤가 꺼림칙했다. 퇴궐하고 집으로 돌아가는 길이었다. 소성이 걸음을 멈추었다. 설마, 또 김 숙의? 뒤가 사위스러울 때마다 주변을 살펴보면 김 숙의가 어디선가 방긋 얼굴을 내밀곤 했다. 김 숙의가 여기까지 따라올 리는 없지. 소성의 얼굴이 어두워졌다. 그렇다면 김좌근? 소성은 편전에서 저를 살피던 김좌근을 떠올렸다. 소성은 주변을 한 번 둘러보고 걸음을 서둘렀다. 대로를 벗어나 골목길로 접어들었다. 역시 미행이 있었다. 소성은 골목을 한 번 더 돌아 우측으로 숨어들었다. 단도를 뽑았다. 두 놈이구나. 하나, 둘, 셋. 소성은 제가 있는 쪽으로 돌아드는 미행을 향해 칼을 겨누었다.

"웬 놈들이냐?"

"나다, 이놈아."

심규의 옆에서 원범이 얼굴을 내밀었다.

"전하!"

"이, 형!"

원범이 한 자 한 자에 힘을 주어 말했다.

"이, 형, 대궐 밖이니 이 형이다."

"어쩐 일이시옵니까?"

"잠행을 나왔다가, 물론 민생을 살피기 위해서이지. 급히 가는 널 보았다. 물론 우연이지. 그리고 문득 궁금해졌지. 도대체 무슨 꿀단지라도 숨겨놓았기에 칼같이 퇴청을 부르짖으며 급히 집으로 가는지?"

"예, 꿀단지라니요? 아무것도 없사옵니다."

"녹봉으로 쌀 석 섬을 받는다 했으니 쌀은 있겠구나. 시장하다. 오늘 저녁은 소성이 해주는 쌀밥을 먹어보자. 어서 가자."

원범이 앞장섰다.

"이쪽이옵니다."

심규가 원범을 안내했다. 소성이 고개를 저으며 두 사람을 따랐다.

소성의 집은 웃대골에 자리 잡은 세 칸짜리 초가였다. 원범이 집을 둘러보았다. 방과 건넌방 사이에 작은 마루가 있었다. 마당 가장자리에 꾸며진 꽃밭도, 마당 한가운데 놓인 들마루도 강화의 집처럼 꾸며놓았지만 옛날 그 집이 품고 있던 온기는 없었다. 이곳에서 홀로 지낼 소성을 생각하니 원범은 마음이 아려왔다.

"이곳이 네 방이렷다?"

원범은 부러 밝은 목소리를 내며 방으로 들어갔다. 종일 불을 때지 않은 방은 싸늘했다.

"춥사옵니다. 이불을 덮고 계시옵소서."

소성이 원범을 아랫목으로 안내하며 이불로 원범을 감싸주었다.

"불을 지피겠사옵니다. 잠시만 기다려주소서."

원범이 뒤돌아 나가는 소성을 잡아 제 앞으로 바짝 당겨 앉혔다. 원범이 이불을 앞으로 끌어왔다. 두 사람이 이불 속으로 폭 파묻혔다.

"미안하다."

"미안하다니요? 당치 않으시옵니다."

"널 이리 누추하게 살게 해서 미안하구나."

원범의 입김이 소성의 뺨에 닿았다. 따스한 기운이 소성의 얼

156

굴에 퍼졌다. 전하를 이리 누추한 곳에 모시게 되어 제가 송구하옵니다. 소성이 마음으로 말했다.

"전하, 잊으셨사옵니까? 강화에서 초가삼간에 지내고 보리밥을 먹으면서도 행복하게 산 저이옵니다. 하물며 지금은 쌀밥을 먹사옵니다. 그리고 봄, 겨울에는 녹봉으로 콩 두 석도 받사옵니다."

"오늘 저녁은 콩밥이냐, 그럼?"

"예, 소신이 얼른 밥을 지어 올리겠사옵니다."

소성이 자리에서 일어나기 위해 몸을 움직였다. 원범이 소성을 제 품으로 당겨 꼭 끌어안았다.

"너도 춥지 않느냐? 몸을 녹였다가 나가거라."

소성이 원범의 어깨에 얼굴을 묻었다. 원범의 품이 따뜻했다. 제 몸도, 마음도 녹았다. 이대로 있다가는 영영 일어날 수 없을 것 같았다. 소성이 얼굴을 들었다.

"이제 다 녹았사옵니다. 어서 나가서 밥을 짓겠사옵니다."

원범이 소성을 빤히 바라보았다. 욕망이 이글이글 타는 눈빛, 욕정이 솟구치는 눈빛, 느낌이 이상야릇한 눈빛. 소성은 김 숙의의 말이 떠올라 고개를 저었다.

"전하, 궁 밖이라 하여 다른 생각을 하시지는 않겠지요?"

소성이 눈을 가늘게 뜨고 물었다.

"무슨 생각?"

"꼭 말로 해야 아시옵니까?"

"너야말로 무슨 생각을 하는 게냐? 그분이 오신 게냐?"

"누구……?"

"왜 있지 않느냐? 널 찾아 자주 오셨던 엉큼한 아낙. 아니다. 이제는 엉큼한 아저씨구나. 그분이 오신 게야?"

"아니옵니다. 전하께서 절 은근히 바라보시니……."

소성이 억울한 표정을 지었다.

"널 바라보기는 하였는데 은근한 눈빛은 아니었구나. 그저 거슬린다."

"예?"

"응, 몹시 거슬리는구나."

"무엇이요?"

"그 수염. 수염 말이다. 그 수염 좀 뽑지 그러느냐?"

원범이 소성의 얼굴에 붙은 수염을 가리켰다. 소성이 손으로 제 수염을 가렸다.

"아니 되옵니다. 이 수염은 무관 박소성의 자존심이자 소신을 보호해주는 부적과 같사옵니다. 소신 매사 불여튼튼, 만사 철저하게 대비하고 있사옵니다."

"그래서 중궁에게 들켰느냐?"

"예? 들키다니요? 그럴 리가 없사옵니다. 노 상궁이 소신을 사내라고 아뢰었사옵니다."

소성이 눈을 동그랗게 떴다.

"그 전에 중전이 이미 다 알아차렸느니라."

"다라면……."

"네가 여인임은 물론 박 상궁이라는 사실도 알았느니라."

소성이 놀라 입을 벌린 채 다물지 못했다. 원범이 손가락으로 소성의 입을 오므려주었다. 소성이 다시 입을 열었다.

"어찌하옵니까?"

"그래서 말이다. 사실은 내가 널 데리러 왔느니라. 우리 오늘 밤, 야반도주를 할 계획이다. 아무도 모르는 데 가서 신분을 숨기고 살자꾸나. 뒷일은 심 별장이 다 알아서 처리해줄 게야."

원범이 사뭇 진지하게 말했다.

"전하."

소성이 얼굴을 찡그렸다.

"왜, 좋으냐?"

"지금 농이 나오시옵니까?"

"농인 줄 알았느냐?"

"예, 저 또한 전하에 대해 모르는 바가 없사오니 소신을 속이지 마소서. 하온데 정말 어찌하옵니까?"

"비밀을 지키겠다고 약조하였으니 괘념치 말거라."

"하오나⋯⋯."

"중전은 입이 무거운 사람이니 괜찮다."

소성의 얼굴이 어두워졌다.

"시장하다. 어서 콩밥 가져오너라. 맛이 없으면 내 직접 네 수염을 다 뽑아버릴 테야."

원범이 나가는 소성을 보며 말했다.

"농이 아니다."

"예?"

소성이 원범을 돌아보았다.

"야반도주 말이다. 농만은 아니다. 언제든지 떠나고 싶거든 말하여라."

"싫사옵니다. 소신도 야망이 있사옵니다. 금군별장까지는 하겠사옵니다."

소성이 웃으며 밖으로 나갔다. 소성의 뒷모습을 보며 원범이 속삭였다..

"별이야, 오늘은 십수 년 만에 한 상에 둘러앉아 밥을 먹겠구나."

연경당에서는 은규와 강하, 병운이 독서에 열중하였다. 상선과 민 상궁이 함께 들어왔다. 이어 비자들이 석반 상을 들고 와 내려놓았다.

"전하께서 내리신 어선이옵니다. 오늘 석강은 못 오신다 하시며 어선을 들고 가시라 전하셨습니다."

세 사람이 상을 내려다보고는 감탄사를 내뱉었다. 원범이 먹는 것과 똑같은 수라상이었다.

"한데 요즈음 어찌 이리 학문에 열중하십니까?"

상선이 은규, 병운, 강하가 파고들던 책 표지를 살펴보며 물었다. 세 사람이 멋쩍게 웃으며 밥숟갈을 들었다.

"하하하. 경서를 공부하는 줄 알았더니 소설책입니다."

"워낙 재미가 있다보니……."

잘못을 하다가 들킨 아이처럼 병운이 변명하듯이 말했다.

"'김씨옥수기'. 내관 중에도 즐겨 읽던 자가 있던데 김 지평 나리께서도 탐독하시는 걸 보면 참으로 재미난 책인가 봅니다."

"예, 꼭 읽어보십시오. 대왕대비마마께서도, 궁녀들도 즐겨 읽는다고 합니다."

은규가 대답했다. 그는 일전에 소성이 정 나인이 '김씨옥수기'를 즐겨 읽는다 전한 것을 기억했다.

"궁녀들과 대왕대비마마께서 읽으신다면 언문본도 나와 있나 봅니다."

민 상궁이 흥미를 보이며 말했다.

"궁녀들은 진서를 잘 알고 있지 않습니까?"

"그럴 리가요. 천자문과 효경은 떼었으나 진서로 된 소설을 읽을 만큼 잘 알지는 못할 텐데요."

"그럼 대전 정 나인은요?"

강하가 민 상궁에게 물었다.

"그 아이는 진서 흉내는 곧잘 내는 편이나 문장을 다 이해하지는 못합니다."

"그럼 내관은요?"

"내관이야 시험을 봐야 하니 진서를 읽고 쓰지요."

이번에는 상선이 대답했다.

"혹 이 책을 즐겨 읽던 대전 내관 중에 양 내관도 있습니까?"

"예, 양 내관이 재미나게 읽던 것을 보았습니다."

석반을 들고 세 사람은 다시 '김씨옥수기'에 매달렸다.

"양 내관은 그렇다 치고 진서를 모르는 정 나인은 이 책을 어찌 읽는 게야?"

"이야기를 읽는 것이 아니라 진서를 몰라도 이해할 수 있는 그들만의 암어를 읽는 것이라면?"

"그 암어를 어떻게 찾지?"

"도통 모르겠단 말이야. 거꾸로 봐도, 옆으로 봐도, 똑바로 봐도, 뒤집어 봐도, 어?"

"왜 그러는가?"

"이 글자 말일세."

"응, 그건 오자일세. 아무래도 사람이 일일이 필사를 하다보니 더러 오자가 있네."

강하가 가리키는 글자를 보고, 은규가 대답했다.

"아니, 이렇게 옆으로 돌리면 의미가 통하지 않는가?"

은규가 책을 오른쪽으로 돌렸다. 글씨도 옆으로 누웠지만 분간할 수 있었다.

"살대? 대를 죽여라?"

병운이 음독한 부분에 '殺旲(살대)'라 쓰여 있었다. 은규가 5권을 펼쳐서 오자를 찾았다. 옆으로 돌려서 글자를 읽어나가다가 소리쳤다.

"살산(殺祘). 산을 죽여라."

은규가 가리킨 부분에는 '殺祘(살산)'이라 쓰여 있었다.

"이건 가로 읽기야. 오자가 아니었다고."

"가로 읽기?"

강하가 물었다.

"양국 책에서 본 적 있네. 자, 이렇게 책을 바로 세우고, 좌편에서 우편으로 가로로 읽는 거야."

"그럼 이건 '살대'가 아니라, '살영'으로 읽어야 하네. 익종 대왕의 휘가 '영'이니……."

병운이 말했다.

"이거야, 이거였어. 산을 죽여라, 영을 죽여라."

"비망록을 펴보세. 거기에도 알 수 없는 글자들이 있었어."

은규가 비망록을 펴고 좌편에서 우편으로, 가로로 읽어나갔다.

"군, 왕, 암, 살, 계."

"그래, 박시명은 가로 읽기의 비밀을 알고 있던 거야. 그리고 '군왕암살계'도. 그래서 같은 방식으로 비망록에 남겨놓은 거야."

"한데 우리 전하의 휘가 뭐지?"

"원 자, 범 자를 쓰시잖아."

은규의 질문에 강하가 대답했다.

"아니 그 이름 말고, 즉위하실 때 받으신 이름?"

"'기뻐할 변(昪)' 자를 쓰신다네."

병운이 대답했다.

그 시각, 양심합에서 대왕대비는 서안 앞에 앉아 그 위에 놓인 백지를 내려다보았다. 호호호. 호위 무관을 둘이나 두셨소? 대왕대비가 입꼬리를 실룩거리며 붓을 들었다. 빈 종이 위에 신중하게 한 획, 한 획을 그어 글자를 써나갔다.

殺昪(살변)

글자는 좌편에서 우편으로, 가로로 쓰여 있었다.

군왕암살계

ℓ

10월 22일

殺卞(살변)

변을 죽여라. 대왕대비는 자신이 쓴 글자를 내려다보았다. 이
변. 내 너를 친자처럼 귀애하였거늘⋯⋯. 너 또한 너무 멀리 나아
가고자 하였구나. 내 잘못이 아니니라.

대왕대비는 흰 봉투를 들었다. 봉투는 종이 크기만큼 컸다. 특
별히 제작된 봉투였다. 대왕대비는 종이를 접지 않고 봉투에 넣
었다. 김 상궁을 불러 봉서를 내밀었다.

"교동에 전하라."

김 상궁이 봉서를 받아들고 감빛 비단보에 쌌다.

내 마지막 처분이 되겠구나. 대왕대비가 은미한 숨을 내쉬었다.

깊은 밤, 김 상궁이 은밀히 대궐을 빠져나갔다.

164

10월 23일

이른 새벽, 교동 김좌근 저택 별채에 손이 들었다. 듣지 못하고, 말하지 못하는 자였다. 별채에는 출입 금지령이 떨어졌다. 김좌근의 호위 무사인 솔개만이 방 앞을 지켰다. 아침저녁으로 찬모 하나가 식사를 들여가고 내왔다.

손은 종일 방 안에 틀어박혀서 글만 써 내려갔다. 하루가 지나고, 다음 날이 오고, 그날이 저물고 나서야 사내가 붓을 놓았다. 마지막으로 쓴 글자는 '김씨옥수기 권지십(卷之十)'이었다.

10월 25일

햇살이 문창지를 뚫고 들어와 서고 가장자리에 은은하게 퍼졌다. 부연 먼지가 빛 가운데 떠다녔다.

제일 안쪽 서가에는 대왕대비가 즐겨 읽는다는 소설책이 놓여 있었다. 그중 '김씨옥수기' 10권이 햇살을 받아 반짝였다. 하얀 종이와 산뜻한 묵향이 새로 들어온 책임을 알려주었다. 그러나 언제 어디에서 어떻게 들어왔는지는 아무도 몰랐다.

사내 두 명과 여인 한 명이 차례로 서고에 들었다. 그들은 '김씨옥수기' 10권을 집어 들었다. 한 장, 두 장, 석 장, 넉 장…… 스물다섯 번째 장에 이르러 멈추었다. 곧 책을 덮었다. 제자리에 두고 자리를 떴다.

10월 26일

내시부 상약 양 내관이 탕약 사발을 들고 대전으로 들었다. 내의원 장 어의는 닷새마다 원범의 건강 상태를 문안하고 그에 맞는 처방을 올렸다. 원범은 대전에서 약을 직접 달이라고 명했다. 장 어의의 처방에 따라 양 내관이 탕제를 준비하여 원범의 약시중을 들었다.

양 내관이 상선과 원범 앞에서 기미를 보았다. 상선은 지밀 정나인에게 다시 한번 기미를 보게 했다.

"따뜻할 때 드셔야 하옵니다."

양 내관의 말에 상선이 고개를 끄덕였다. 원범에게 직접 탕약을 건넸다. 원범이 약을 받아 들고서 단숨에 들이마셨다. 양 내관이 빈 약사발을 받아 들고 대전을 나갔다.

10월 30일

장 어의가 대전에 들었다. 원범의 얼굴을 살피며 물었다.

"전하, 용안이 밝지 못하시옵니다. 성후 미령하신 데라도 있으시옵니까?"

"요 근래 음식을 들고 나면 속이 좀 불편하네. 아무래도 체기가 있는 듯하네."

"하오면 소신이 진맥을 보겠나이다."

"가벼운 체증이니 진맥은 되었고, 체증을 해소하는 탕제나 올려주시게."

"예, 오늘 저녁부터 올리겠나이다."

원범이 그리하라 명했다.

11월 17일

후원을 산책하던 원범이 쓰러졌다. 심규가 원범을 업고 연경당으로 뛰었다. 원범을 수행하던 내관과 여관에게 이 사실을 함구하라는 엄명이 떨어졌다. 심규와 소성, 상선과 민 상궁만이 연경당을 지켰다. 병운과 강하, 은규가 이따금 연경당을 찾았다.

김좌근은 후원 연못에 비친 달을 바라보았다. 보름을 갓 넘긴 달은 여전히 풍성했다. 달이 찼으니 곧 기울겠구나. 연못 뒤에 펼쳐진 대숲에서 찬바람이 울어댔다. 인기척에 김좌근이 뒤를 돌아보았다. 병운이었다. 혼례를 올리고 오랫동안 아들을 보지 못하다가 병기, 병익을 양자로 들인 후에야 얻은 아들이었다. 늦둥이로 세상에 나 응석받이로 자랄 법도 한데 병운은 응석은커녕 제 형보다 더 일찍 철이 들었다. 병운은 친자였지만 양자보다 어려운 아들이었고, 양자보다 닮은 데가 없는 아들이었다. 셋 중에서 가장 잘난 아들이지만 가장 염려되는 아들이었다.

"주상은 어떠하시냐?"

"무탈하십니다."

"오늘 낮에 주상이 쓰러졌다는 소식을 들었다."

병운이 잠시 대답을 주저했다.

"곧 일어나시어 평소와 다름없이 지내셨습니다."

"그렇구나."

김좌근이 병운을 바라보았다.

"날이 참다. 그만 들어가십시오."

"그래."

김좌근이 중문을 향해 걸음을 옮기다가 멈추었다. 뒤를 돌아보았다. 다시 연못가로 걸어왔다.

"병운아."

"예, 아버님."

"이 도화나무를 보거라."

김좌근이 연못가를 지키는 도화나무를 가리켰다. 병운이 도화나무로 시선을 옮겼다.

"줄기가 곧은 것이 오히려 잘 부러지지. 바람을 따라 구부러질 줄도 알아야 겨울을 견디고 봄을 맞아 새 꽃을 피우는 법이다."

병운이 연못 너머에 있는 대숲으로 시선을 옮겼다.

"아버님, 소자는 봄 한철 피는 도화이기보다는 사철 푸르른 대나무이고자 합니다. 센 바람에 부러지더라도 휘어지고 싶지는 않습니다. 언제나 하늘을 우러러 곧게 살고 싶습니다."

"대나무라…… 부러지면 아무 쓸모도 없는 것을."

김좌근이 혼잣말처럼 중얼거리며 자리를 떴다.

11월 18일

함구령에도 불구하고 원범이 쓰러졌다는 소식은 대궐 곳곳에 전해졌다. 왕대비의 부름을 받고 왕대비전으로 든 강하는 양과자만 축냈다.

"왕대비전에 오니 양과자도 구경하고 좋습니다. 좀 더 자주 문후를 여쭙겠나이다."

"대왕대비전에서 온 것이다."

과자를 씹던 강하가 멈칫했다.

"왜 그러느냐? 독이라도 들었을까 봐?"

"아니옵니다."

강하가 다시 과자를 씹기 시작했다.

"주상은 괜찮으시냐?"

"그럼요."

"어제 일은 알고 있으니 속일 생각은 말거라."

"속이다니요? 군자는 결코 허언을 하지 않사옵니다. 전하께서는 아주 강건하시옵니다. 소도 때려잡으시겠습니다, 아주."

"녀석, 넌 도대체 어느 집 자손인 게야?"

"어느 집이라니요? 소인은 이 나라 조선의 자손이지요, 왕대비 마마."

"어쨌든 주상의 곁에 꼭 붙어 있거라. 무슨 일이 생기면 왕대비 전으로 곧장 전갈을 넣어야 한다."

"마마께서 그리 명하시니 어쩐지 전하 곁을 떠나야 할 것 같사옵니다."

강하가 능청스럽게 웃으며 과자를 씹어댔다. 왕대비가 강하를 흘겨보다가 목소리를 낮추고 물었다.

"네 혹시 흥선군 이하응을 아느냐?"

"흥선군이라면……."

"아느냐?"

"잘 모르겠사옵니다. 왕손인가요?"

"너는 도대체 무얼 아느냐?"

"이 과자가 참 맛있사옵니다, 마마."

왕대비가 한숨을 내쉬며 과자 함지를 강하 쪽으로 밀어주었다.

11월 19일

아침 일찍, 김좌근이 양심합에 들었다.

"주상은 어때 보였사옵니까?"

김좌근이 물었다.

"참으로 독하더이다. 아무렇지도 않은 척 문후를 들었습니다."

"문후를 들었다고요?"

"예, 쓰러진 다음 날 아침에 왔더이다. 하나 낯빛이 검고 기운이 없어 보이니 얼마 남지 않은 듯합니다. 한데도 성후 무탈하다면서 어의의 진맥도 거부하고, 탕제만 들이라고 했답니다."

"연경당에서 혼자 앓고 있는 게지요. 실수가 없다면 오늘 내일이지 않겠사옵니까?"

김좌근이 몸을 낮추어 속삭이듯 말했다.

"준비는 다 되어 있겠지요?"

"예, 마마. 성려 놓으소서."

김좌근이 양양한 미소를 지으며 양심합을 나왔다. 김 숙의가 그를 기다리고 있었다. 김 숙의는 긴히 아뢰올 말씀이 있다며 김좌근을 석복헌으로 인도했다.

"전하의 동태가 이상합니다."

"왜요? 죽을병이라도 걸렸습니까?"

김 숙의가 눈을 동그랗게 떴다.

"아이고 아버님은……. 전하의 보령 아직 한창때신데 죽을병 이라니요?"

"그럼, 뭡니까?"

"종일 연경당에만 틀어박혀 있습니다. 아침에 한번 대왕대비 전에 문후만 드시고, 편전 회의에도 안 나가시고, 경연도 안 하시 고, 신료들도 접견하지 않으십니다. 연경당을 드나드는 건 하루 세 번 탕제를 들이는 양 내관과 정 나인뿐이고, 전하께서는 사내 애인만 골고루, 그러니까 호위 무관 둘, 좀 들어 보이는, 아니 아 버님의 아드님, 예쁘게 생긴 사내, 고생 많이 한 것 같은 사내만 만납니다."

"그게 죽을병에 걸린 겁니다."

"예?"

"잘 들으십시오. 곧 국상이 있을 테니 숙의께서는 예서 한 발짝 도 나오지 말고 몸을 삼가십시오."

"국상이라면…… 전하께서…… 서, 서, 설마……?"

김 숙의가 입을 벌린 채 눈을 깜빡거렸다.

"하면 저는 어찌 됩니까? 대궐을 나가도 됩니까?"

"평생 먹고사는 것은 마련해줄 터이니 걱정 마십시오."

"그럼 시집을 가도 됩니까?"

"무슨 소리를 하는 게야?"

김좌근이 역정을 냈다. 혀를 차며 김 숙의를 노려보았다. 김 숙 의가 꼬리를 내리고 김좌근의 눈치를 살폈다.

11월 20일

중궁전에 중전의 아비 김문근이 들었다. 김문근은 주위를 물렸다. 목소리를 낮추고 조용조용 말했다.

"주상께서 성후 미령하시다는 소문도 못 들으셨사옵니까?"

"소문이지 않습니까? 전하께서는 강건해 보이셨습니다."

"마마, 잘 들으십시오. 주상께서 곧 승하하실 거랍니다."

"아버님!"

중전의 몸이 움츠러들었다. 평소와는 다른 모습이었다.

"대왕대비전에서 나온 소식입니다. 틀림없사옵니다."

중전의 눈빛이 떨렸다.

"대왕대비전에서 마련한 후계는 반드시 마마의 양자로 들이셔야 하옵니다."

중전이 고개를 떨구고 서안에 손을 짚었다.

"마마, 아비의 말을 명심하세요. 이는 마마와 우리 집안을 위한 일이옵니다. 마마의 행보에 우리 집안의 명운이 달려 있사옵니다."

중전이 천천히 고개를 들었다.

"제가 어찌하면 되나요?"

"주상의 임종을 지키셔야 합니다. 주상께서 승하하시면 대보를 차지하셔야 하옵니다. 대보를 들고 대왕대비전으로 가서 후계를 양자로 삼겠다고 하세요. 대왕대비전의 양자가 아니라 반드시 마마의 양자로 들이셔야 합니다."

중전은 대답이 없었다.

"아시겠사옵니까, 마마."

"예, 아버님."

중전이 대답했다. 좀처럼 속내를 보이지 않는 그녀의 목소리가
떨렸다.

11월 21일

중전과 원범이 대왕대비전에 문후를 드리고 나왔다. 중전이 원
범을 불러 세웠다.

"전하, 성후 미령하시다 들었사옵니다."

"괜찮소."

"어의에게 진맥을 보게 하여 소문을 잠재우소서."

"그럴 필요까지는 없소."

중전이 원범의 앞으로 한 발짝 다가갔다.

"전하, 어의의 진맥을 받고 옥체를 돌보소서."

원범이 잠시 머뭇거렸다.

"좋소. 동온돌로 듭시다."

원범이 대조전에 자리 잡았다. 명을 받고 장 어의가 들었다. 중
전이 원범의 곁을 지켰다. 원범이 손목을 내밀자 장 어의가 맥을
짚었다.

"어떠하시오?"

중전이 물었다. 장 어의가 고개를 갸우뚱하며 몇 번이고 맥을
다시 짚었다.

"어서 고하시오."

중전이 장 어의를 재촉했다. 다시 진맥을 하던 장 어의의 얼굴

이 굳어졌다. 그의 손이 떨렸다. 원범이 미소를 지었다.

"왜, 과인이 너무 무탈하여 놀랐는가?"

"예?"

장 어의가 사색이 되어 원범을 보았다.

"여봐라, 이자를 당장 생포하라."

원범이 밖을 향해 소리쳤다. 곧이어 심규가 들어와 장 어의를 붙들었다.

같은 시각, 양 내관과 정 나인도 추포되었다.

2

한 달 전, 10월 21일

"전하, 퇴궐 시각이옵니다."

대전 곁방에서 호위를 서던 소성의 목소리가 문창지를 넘어왔다. 곁방 너머로 주홍빛 저녁노을이 엷게 번져갔다. 원범이 보던 책을 덮고 곁방을 향해 고개를 돌렸다. 아직도 저를 호위하는 소성이 익숙하지 않았다. 또다시 가슴이 찬 서리를 맞은 듯 시려왔다. 내 근심을 저 아이에게 보여서는 아니 된다. 원범은 짐짓 밝게 대꾸했다.

"박소성 무관, 오늘도 칼같이 퇴궐하시겠습니까?"

문창지 너머에선 바로 대답이 나오지 않았다. 갑자기 존대를 하니 당황하였을 터, 원범이 미소를 지었다. 하지만 이내 씩씩한 소성의 목소리가 흘러나왔다.

"예, 전하."

"매정한 것! 쌀 석 섬 받는 말단 무관이라 퇴청 시간이라도 지켜야겠다?"

"그렇사옵니다, 전하."

"내가 품계를 올려주면 되겠느냐?"

소성에게서 또 대답이 없었다.

"이런, 이제 너도 흔들리느냐?"

소성은 과거 장원 급제자이지만 원범은 소성을 정구품 말단 무관에 제수했다. 소성에게 중임을 맡기고 큰 책임을 안기고 싶지 않아서였다. 원범이 안동 김문의 세도 정치를 끝낼 때까지, 저들을 축출할 때까지, 소성을 제자리로 되돌려 놓을 때까지, 그저 사람들의 눈에 띄지 않고 있는 듯 없는 듯 제 곁에서 조용히 살라는 뜻이었다.

"어찌 대답이 없는 게야?"

원범의 어투는 뾰족했지만 입가에는 미소가 번졌다.

"금군별장은 아니겠지요?"

"뭐라? 이제 갓 들어온 초짜가 금군별장? 심 별장이 그 자리에 오르는 데 몇 년이 걸린 줄 아느냐?"

원범이 웃었다.

"그렇다면, 소신 아직 미취한 몸이라 삼간초가와 쌀 석 섬으로도 충분히 먹고살 수 있사옵니다. 지금처럼 말단 무관으로서 녹봉을 적게 받고 일찍 퇴궐하는 삶이 좋사옵니다."

소성이 얄미우리만치 또박또박 제 할 말을 읊어댔다.

"뭐라? 미쳐?"

"소신이 아뢰고 싶은 바는, 소신은 돌보아야 할 처자가 없는 몸이오니 품계를 올려주지 않으셔도 된다는 말이옵니다."

"처자? 네 나를 두고 장가를 입에 담느냐?"

"예. 일전에도 아뢰었듯이 전하께서는 중전마마, 숙의마마님 두 분을 부인으로 맞으셨는데 소신은 혼자 늙어가고 있사옵니다."

어라, 이것 봐라. 원범이 소성의 말에 귀를 기울였다.

"그럼에도 소신이 장가를 들겠다는 것도 아니고, 전하께서 하문하시니 그저 장가를 들지 못했다 아뢰었을 뿐인데 혼자 늙어가고 있는 소신은 장가라는 말을 입에 담지도 못하옵니까?"

원범이 미소를 지었다.

"담거라. 담는 것은 윤허한다."

"그럼 장가를 드는 일은 전하의 윤허를 받아야 하옵니까?"

"왜? 네가 장가라도 들겠다는 게냐?"

"음……."

소성이 생각에 잠겼다. 원범이 소성의 목소리에 귀 기울이며 조용조용 곁방 쪽으로 몸을 움직였다.

"소신에게 시집올 마땅한 여인이 없으니……."

소성이 뜸을 들였다. 원범은 다음 말이 궁금하여 곁방 문 앞으로 바짝 다가갔다. 원범의 기척을 알아차린 소성이 한숨을 뱉었다.

"독야청청하겠사옵니다."

소성이 어쩔 수 없다는 듯이 다시 한숨을 쉬었다. 원범이 입을 막으며 웃음을 참았다.

"어찌 네 목소리에 아쉬움이 묻어 있구나."

"예, 아쉽다마다요."

"그럼, 내가 중신이라도 서랴?"

"전하께서 나서주신다면 소신 사양치 않겠사옵니다."

"네 상투를 틀고 수염을 달더니 못 하는 소리가 없구나. 내 당장 상투를 풀고 수염을 뽑아버리겠다."

원범이 문을 열었다. 소성이 양손으로 제 수염을 가렸다. 원범이 다가오자 소성이 고개를 돌렸다. 원범이 눈을 가늘게 뜨고 소성과 눈을 마주쳤다.

"수염은 아니 되옵니다."

소성이 수염을 가린 채 웅얼댔다.

"그럼 상투는?"

소성이 한 손으로 수염을 가리고 다른 한 손으론 전립을 눌렀다.

"이 또한 아니 되옵니다."

소성이 고개를 저었다. 원범의 손이 소성의 머리로 향했다.

"전하, 이 상투 전하께서 직접 올려주셨사옵니다. 그때 품은 전하의 대의를 생각하소서. 소신의 맹세를 되새기소서. 종묘사직을 생각하소서."

"결자해지(結者解之)라 했다. 내가 틀어주었으니 내가 풀어주겠다."

"아니 되옵니다, 전하! 소신이 힘으로 전하를 못 막겠나이까?"

"막아보아라."

"전하, 멈추소서. 다가오지 마소서. 소신, 전하를 다치게 하고 싶지는 않사옵니다."

"할 수 있으면 한번 해보아라."

원범이 전립을 잡은 소성의 손을 잡았다. 다른 손은 수염을 가린 손을 잡아끌었다. 원범이 소성의 양손을 가운데로 모았다. 원범의 두 손이 소성의 손에 포개졌다. 소성은 원범을 물끄러미 바라보았다. 원범의 손도, 눈빛도 따사로웠다. 시간이 소리 없이 흘러갔다. 창 너머로 저녁 어스름이 짙어졌다.

"이제 손이 따뜻해졌구나. 가보아라."

원범이 천천히 소성의 손을 놓아주었다. 소성이 인사를 하고 자리에서 일어났다.

"소성아!"

너도, 시간도 더는 붙잡을 수 없구나. 원범의 음성도, 눈빛도 아련했다.

"조심해서 가거라."

예, 전하 오늘 밤도 무탈하십시오. 원범의 마음을 아는 소성이 말없이 자리를 떴다. 문이 닫히고 소성의 뒷모습마저 시야에서 사라졌다. 대전에, 대궐에, 원범의 시간에 다시 쓸쓸함이 내려앉았다.

중희당을 나온 소성은 곧장 금호문으로 갔다. 매일 근무를 마치고 제시간에 퇴청하는 소성은 금호문 앞에서 양 내관이 출번할 때를 기다렸다가 뒤를 밟았다. 지난번 연경당 회합 이후, 소성은 선대왕 헌종을 가까이에서 모셨던 내관과 궁인을 조사하고 있었다. 정 나인과 양 내관이 가장 의심스러웠다. 소성은 그들의 뒤를 밟다보면 또 단서가 나오리라 확신했다.

10월 23일

대궐 문이 열리자마자 소성을 데리고 입궐한 병운과 강하, 은규는 곧장 연경당으로 갔다. 원범에게 지난밤 회합에서 얻어낸 결과를 보고하기 위해서였다.

지난밤, 원범이 잠행을 가장하여 소성의 집을 방문한 날이었다. 원범 없이 연경당에서 회합을 가지던 병운과 강하, 은규는 마침내 '김씨옥수기'와 비망록의 비밀을 풀어냈다.

"자네들 이른 시간부터 어인 일인가?"

아침 수라를 막 물린 원범이 세 사람을 보고 뜻밖이라는 표정을 지었다. 곧 뒤따라 들어온 소성을 보자 짚이는 데가 있었다. 설마 어젯밤 일 때문에? 짧은 시간 동안 원범의 머릿속에 여러 가지 생각이 스쳐 갔다. 어젯밤 일? 그게 아침 댓바람부터 쫓아올 일인가? 그건 과인의 사생활일 뿐인데?

원범이 눈짓으로 소성에게 무슨 일이냐고 물었다. 소성은 고개만 저을 뿐이었다. 소성도 자초지종을 모르고 이들에게 끌려온 듯했다.

"전하! 비밀을 풀었사옵니다."

강하가 말했다.

"비밀이, 소설책의 비밀이, 비망록의 비밀이 다 풀렸사옵니다."

원범은 오전 일정을 모두 취소하고 연경당에 틀어박혔다. 심규와 심복 내금위만이 연경당을 호위했다.

"책에 쓰인 오자는 무심코 생긴 실수가 아니라 의도적으로 넣은 전언이었사옵니다. 글자를 이렇게 좌편에서 우편으로, 가로로 읽어보소서."

강하가 글자들을 가리키면서 말했다.

"살산, 살영?"

원범이 검지로 글자들을 훑으면서 말했다.

"이것이구나. 윤연심이 가지고 있던 책에는 '살산(殺祘)'이라는 전언이, 박시명이 가지고 있던 책에는 '살영(殺昊)'이라는 전언이 담겨 있구나."

"그렇사옵니다. 이 전언이 바로 산을 죽이라, 영을 죽이라는 지령이었사옵니다."

"둘 중 한 사람은 익종이겠구나."

"예, '영'은 익종 대왕의 휘이고, '산'은 정종 대왕의 휘이옵니다."

병운이 고개를 끄덕이며 말했다.

"중요한 사실이 하나 더 있었사옵니다."

은규가 말을 덧붙였다.

"무엇인가?"

"'김씨옥수기'는 총 열두 권의 장회체 소설이옵니다."

"장회체 소설?"

"예, 한 권이 여러 장으로 나뉘어 있사옵니다. 이 책의 경우는 그 장이 30장이옵니다."

"12권 30장이라……."

원범이 잠시 미간을 찡그렸다가 폈다. 그의 눈빛이 밝아졌다.

"열두 달, 서른 날을 뜻하는구나."

"예, 그러하옵니다. 권은 달, 장은 날이옵니다. 그리하여 '살산'은 5권 28장에 '살영'은 4권 6장에 쓰여 있사옵니다."

"그럼 5월 28일, 4월 초6일에 내린 지령이로구나."

"예, 그날부터 한 달 후, 두 분 선대왕께서 승하하셨사옵니다. 정종 대왕께서는 6월 28일 창경궁 영춘헌에서, 익종 대왕께서는 5월 초6일 창덕궁 희정당에서 승하하셨사옵니다."

"지령이 있은 지 한 달 후로구나."

"박시명의 비망록에는 '군왕암살계'라는 글자들이 있었사옵니다."

강하가 비망록을 펼쳐서 글자를 가리켰다. 일전에 신원을 알수 없는, 누군가의 외자 이름으로 오해한 글자들이었다.

"'김씨옥수기'의 전언 방식처럼 좌편에서 우편으로, 가로로 쓰여 있구나."

"예, 박시명은 소설책에 담겨 있는 비밀을 푼 듯하옵니다."

"정종, 익종의 독살 모두 '김씨옥수기'라는 책을 통해 지령이 전달되었고, 지령을 받은 자, 즉 군왕암살계원은 이 지령대로 움직였겠군. 이런 방식을 사용했다는 것은 군왕암살계원은 서로를 알지 못하는 점조직이라는 이야기일 테고."

"예, 그래야 하나가 잡혀도 다른 계원은 무사할 테니까요."

"왕대비마마와 헌종 대왕의 말씀대로 익종 대왕께서는 독살을 당하신 게 분명하였사옵니다."

"익종 독살의 배후는 저들일 터, 그럼 정종 대왕 독살의 배후는 누구란 말이냐? 그때는 저들이 세도를 잡기 전인데······. 배후가 바뀔 수도 있다? 그럼 임금을 독살하는 비밀 조직이 있고, 그때 그때마다 그들에게 청부하는 자들이 있다?"

"익종 대왕 독살의 배후를 잡아들이면 알 수 있지 않겠사옵니까?"

은규의 질문에 원범이 잠시 관자를 누르며 생각에 잠겼다.

"하나 이 책만으로는 명확한 증좌라고 하지 못하네. 우리는 전언만 확인하고 그 배후를 추측했을 뿐, 이 전언이 실제 누구에게서 왔는지, 누구에게 전달되었는지, 누가 이 전언을 실행하였는지, 현실로 실행되었는지 아직 확신할 수 없네."

강하가 병운을 보며 원범의 말에 동의했다.

"그렇사옵니다. 이 전언의 실체를 찾아야 하옵니다. 익종 대왕과 박시명도 의혹만 있을 뿐 실체는 찾지 못한 듯싶사옵니다."

이들이 '저들'이라고만 칭할 뿐, 입에 담지 않는 배후는 병운의 고모인 대왕대비전과 아비인 김좌근이었다. 원범도, 강하도 누구보다 이 일에 열심히 매달린 병운을 위해서라도 확실한 증좌를 찾아야 한다고 생각했다.

"그 실체를 어찌 찾사옵니까?"

"곧 이 전언이 세상에 나올 것이네."

은규의 질문에 원범이 대답했다.

"하오면 다음 표적은······."

"그래, '살변(殺變)'이겠지. 변을 죽여라. 과인을 죽이라는 지령이 나올 게야."

어젯밤 병운과 강하와 은규가 짐작한 대로였다. 진실을 끄집어

내기 위한 미끼는 원범의 목숨이었다. 자칫 잘못하면 이번에는 원범이 죽는다. 방 안의 공기가 무거워졌다.

"하오나 전하께서 위험에 처하실 때까지 무작정 기다릴 순 없사옵니다."

강하가 말했다.

"아니, 저들의 수를 읽었으니 이제 위험하지 않네. 이 책은 대궐 서고에서 나온 책이 아닌가? 그럼 다음 전언도 대궐 서고에 있는 '김씨옥수기'를 통해 나오겠지."

"그럼 대궐 서고에 가서 매일 '김씨옥수기'를 확인해야겠군요."

은규가 말했다.

"매일이라면……."

소성이 말을 하다가 멈추었다. 머릿속에 떠오르는 사람이 있었다.

"역시 정 나인과 양 내관이 계원일까요?"

"진서를 몰라도 두 글자만 확인하면 되니까 정 나인도 가능하다. 자, 이제부터 할 일은 '살변'을 찾는 것."

원범은 은규와 병운, 강하에게 할 일을 명했다.

"그리고 소성은……."

원범이 주변을 둘러보았다.

"신들은 그만 물러가겠나이다."

눈치 빠른 강하가 인사를 올리고 방을 나왔다. 원범과 소성이 마주 앉자 원범이 소성에게 명을 내렸다.

"하던 일을 계속하라."

"하던 일이라면……."

소성이 머뭇거렸다. 원범을 호위하는 일일까, 고개를 갸우뚱했다.

"칼같이 퇴청하고 하던 일 말이다."

원범은 소성이 퇴궐 이후 남몰래 양 내관의 뒤를 밟는 일에 대해 말하고 있었다. 소성은 가끔 출궁하는 정 나인의 뒤를 쫓을 때도 있었다. 원범의 걱정을 덜기 위해 적은 녹봉을 핑계 삼아 제시간에 퇴청하고 하던 일이었다.

"알고 계셨사옵니까?"

"그래, 내 너에 대해서 모르는 바가 있더냐?"

원범이 소성의 손을 잡으며 미소를 지었다.

"내 곁엔 금군별장이 있으니 넌 호위는 그만하고 그 일을 하거라."

"성은이 망극하옵니다, 전하."

"반드시 조심해야 한다."

"예, 성려 놓으소서."

소성이 환하게 웃었다. 원범이 미소로 화답했다. 하지만 내심 불안감이 드는 건 어쩔 수 없었다.

연경당을 나온 소성과 은규는 서고로 향했다.

"이제 머지않아 저들을 잡아들이고 나면 네 고생도 끝날 게다."

"고생이 끝난다고?"

"그래, 다시 상궁 마마님으로 돌아가서 대궐에서 편하게 살아야지. 어쩌면 후궁의 첩지를 받을 수도 있지."

소성은 생각에 빠진 듯 말이 없었다.

"왜? 그때로 돌아가고 싶지 않니?"

"글쎄, 잘 모르겠어."

"잘 모르겠다니, 전하 곁에서 전하의 여인으로 살고 싶지 않니?"

"전하께서는 이미 중전마마와 숙의마마님이 계시니까……."

소성의 얼굴이 어두워졌다. 은규가 소성을 바라보았다.

"전하께서 중전마마와 숙의마마님을 맞으신 일은 정치야. 하지만 너를 후궁으로 맞으시는 건 사랑이야. 전하께는 네가 있어야 해."

"그래, 나도 곧 전하 곁으로 갈 수 있겠지."

소성은 고개를 끄덕이며 중얼거렸다.

은규는 소성과 헤어진 후, 서고로 들어왔다. 그는 서가에 있는 '김씨옥수기' 10권을 다 훑어보았지만 아직까지 '살변'이라는 전언은 발견할 수 없었다.

회합을 끝낸 병운은 연경당을 나와 집으로 돌아왔다. 부친 김좌근을 주시하기 위해서였다. 김좌근은 사랑에 틀어박힌 채 별다른 움직임이 없었다. 평소와 다른 점은 늘 김좌근을 지키고 있던 솔개가 사랑이 아니라 별채에 있다는 점뿐이었다.

10월 24일

김좌근은 서고 앞을 지나다 한 사내를 보고 혀를 찼다. 사내는 궁인들과 희희낙락대고 있었다.

"저건 뭔가?"

김좌근이 사내를 가리키며 지나가던 내관에게 물었다.

"홍문관 한은규 수찬이옵니다."

"저것은 궁인과 노닥거리려고 등과했구먼."

김좌근이 혀를 찼다. 못마땅한 기색으로 은규를 지나쳤다. 은규는 궁인들에게 재미있는 이야기를 해주며 서고를 감시했다. 어제 오늘 이틀 연속으로 서고를 다녀간 자는 각각 정 나인, 양 내관, 그리고 내의원 장 어의였다.

10월 25일

유시(오후 5시~7시), 퇴청 시간이었다. 소성은 창덕궁 서문인 경추문을 나왔다. 가회방을 지나 경복궁을 지나 순화방 효곡으로 접어들었다. 보폭이 좁고 걸음이 조심스러웠다. 소성의 시선 끝에는 양 내관이 있었고, 효곡에는 양 내관의 집이 있었다. 결국 오늘도 집인가. 소성은 양 내관이 대문으로 다가가는 것을 보고 돌아가려 했다. 그때 소성의 눈이 반짝였다. 양 내관이 집에 들어가지 않았다. 대문을 두고 집을 지나쳐 골목을 돌아 나갔다. 소성은 다시 양 내관의 뒤를 밟았다.

양 내관은 백운동으로 가서 북악산 자락에 스며들었다. 날이 어두워졌고 산길에는 인적이 없었다. 나무도 잎을 떨쳐내는 중이었다. 대기가 싸늘했다. 소성이 양팔을 감싸며 몸을 움츠렸다. 그때 편전이 하나 날아들었다. 소성이 재바르게 몸을 움직여 편전을 피했다. 양 내관은 활을 거두고는 숲으로 사라졌다. 소성은 땅에 떨어진 편전을 주웠다. 떠오르는 기억이 하나 있었다.

"네놈이었구나."

지난여름, 연경당에서 제게 편전을 날린, 정체 모를 자객. 궐내 사람이 아닐까 짐작만 하고 있었는데 양 내관이었다.

"어이."

누군가 소성의 어깨를 쳤다. 소성이 몸을 돌려 상대를 향해 편전의 날카로운 촉을 세웠다.

"엄마야."

강하였다.

"미안."

소성이 웃으며 편전을 내려놓았다.

"강 형도 양 내관을 쫓아오셨소?"

"양 내관이 또 왔는가? 낮에 다녀간 것을 확인하였는데…….나는 선대왕을 모시던 내관들을 찾아왔다네. 왜 선대왕들께서 승하하시고, 출궁하여 죽었다고 알려져 있던 자들 말일세. 이곳에 산다네."

"그래서 양 내관이……. 그럼 그들은 양 내관과 연통하고 있었겠군요. 그럼 혹 정 나인 쪽도?"

"김 지평이 쫓고 있네. 선대왕들을 모시다가 출궁하여 죽었다고 알려진 궁인도 역시 살아 있었네. 정 나인의 친척이라 하네."

오늘 아침, 은규는 대궐 서고에 놓인 '김씨옥수기' 10권에서 '살변'을 발견했다. 아직 묵향이 가시지 않은 새 책이었다. 어젯밤에는 없던 책으로 누군가 오늘 새벽에 두고 간 것이 분명했다. 역시 오늘도 정 나인, 양 내관, 장 어의가 각각 서고에 들렀다.

양 내관과 정 나인, 장 어의는 각자 출궁했다. 강하와 병운과 은규가 이들의 뒤를 밟았다. 양 내관과 정 나인이 향한 곳에는 뜻밖의 인물이 있었다. 익종 대왕께서 승하하신 후 출궁하여 죽었다고 알려진 내관과 상궁이 버젓이 살아있었다.

장 어의는 약재상에 들러 약초를 구입했다. 그중에는 부자도 있었다.

11월 21일

장 어의는 성상이 성후 미령하다는 소식을 듣고 대전에 입시했다가 체포되었다. 약시중을 들던 양 내관과 기미를 보던 정 나인도 함께 잡혔다.

지난 10월 25일, 서고에 새로 들어온 '김씨옥수기' 10권 25장에서 정 나인과 양 내관, 장 어의는 '살변'이라는 전언을 발견했다. 대왕대비도 정 나인도 진서를 몰랐지만 '살변'이라는 글자는 알고 있었다. 전언은 그날에 해당하는 장을 펼친 다음 맨 위 좌편에 쓰인 글자를 가로로 확인하면 알 수 있었다.

전언을 읽은 장 어의는 원범을 진맥하고 약재를 처방했다. 원범의 성후가 미령해지면 치료약으로 가장하여 좀 더 대담하게 독초를 쓸 계획이었다. 물론 처방전에 기록으로 남기지는 않았다. 약재 중에 부자를 섞어서 대전에 보냈을 뿐이다.

양 내관은 내의원에서 보내온 약재들을 꼼꼼히 살펴보았다. 개중에는 부자도 있었다. 양 내관은 부자를 빼냈다. 부자는 열을 가하면 독성이 사라진다. 약을 달이고 따로 넣어야 했다. 양 내관은 탕약을 달였다. 하루 두 번, 조석으로 꼬박꼬박 탕약을 대령했다.

'주상께서 탕제를 드실 때는 꼭 네가 기미를 보고, 조석으로 이 약을 꼭 복용해야 한다.'

정 나인은 고모의 말을 떠올렸다. 고모는 선대왕 시절, 지밀상궁이었다. 선대왕께서 승하하신 후 출궁했다. 고모는 제가 기미를 보아야 주상이 안심하고 약을 들 것이라고 했다. 해독약을 잘 챙기라고도 했다. 또 정 나인은 매일 원범의 상태와 동태를 기록하여 고모에게 전하는 일도 했다.

하지만 세 사람의 은밀한 움직임은 그들을 감시하던 소성과 은규, 강하에게 포착되었다. 원범은 장 어의의 처방에 의심을 품고 처방전을 살펴보았으나 별다른 이상을 발견하지 못했다. 하지만 양 내관이 가져다주는 탕제에는 독약이 섞여 있으리라 확신했다.

심규, 소성, 병운, 강하, 은규는 원범을 말렸다. 탕약을 들지 말고, 저들을 잡아들여 심문하자고 했다. 하지만 원범은 위험을 무릅쓰지 않고선 무엇도 얻을 수 없다고 했다. 시간과 노력을 들여 결정적인 순간을 잡아내야 한다고 했다.

원범이 예상한 바, 궁중에서 쓸 수 있는 독은 오두, 부자, 야갈, 비상이었다. 그중 야갈과 비상은 먹는 즉시 반응이 온다. 민간에서 쉽게 구할 수 있고 한 달 정도의 시간을 들여 서서히 죽게 하는 약은 오두와 부자였다. 원범은 오두와 부자의 독성을 중화하는 약을 따로 복용하면서 양 내관이 건네는 탕약을 마셨다.

추포된 정 나인과 양 내관, 장 어의는 의금부로 압송되었다. 세 사람 다 서로의 존재를 알고 놀랐다. 다른 계원이 더 있으리라고 짐작은 하였으나 서로인지는 몰랐다. 양 내관의 거처에서는 편전이 나왔다. 박 상궁을 암살할 때 사용한 무기였다. 정 나인의 방에서는 해독약이 나왔다. 모두 제 죄를 자백했지만 그 배후에 대해서는 한 마디도 토설하지 않았다.

소성은 의금부에 들렀다가 대전으로 향하는 길이었다.

"소성!"

저를 부르는 소리에 소성이 주변을 둘러보았다. 김 숙의가 나무 뒤에서 고개를 내밀고 있었다. 소성이 주위를 살피며 김 숙의에게 다가갔다.

"숙의마마님, 이렇게 소신을 만나면 아니 되옵니다."

소성이 주위를 살폈다.

"대궐에 큰 변고가 생겼다면서?"

김 숙의가 하얀 이마를 찡그리고 물었다.

"벌써 들으셨사옵니까?"

"응. 주상 전하를 독살하려는 음모가 있었다는데……."

"예, 범인들은 다 잡혔으니 심려 놓으십시오."

"그래."

김 숙의의 얼굴에 여전히 근심이 어려 있었다.

"전하를 걱정하셨습니까?"

"응, 아니."

김 숙의가 소성을 보며 고개를 저었다.

"사실은 내 걱정을 했네. 전하께서 승하하시면 나야 당장 대궐에서 내쳐지지 않겠는가?"

소성은 김 숙의의 말뜻을 짐작하고도 남았다. 중전이 아닌 후궁은 임금이 흥서하면 대궐에서 나가야만 했다.

"마마님은 계속 대궐에서 살고 싶으십니까?"

"아니, 딱히 그런 건 아니지만 대궐에서 쫓겨나듯이 내쳐지는 것은 두려워. 그래서 아들을 낳으려고 했는데…….”

“마마님, 전하를 사랑하십니까?”

“나야 사실 전하를 사랑할 틈이라도 있었나? 전하의 용안을 뵌 것도 몇 번 되지 않아.”

“하온데 어찌 후궁으로 입궁하셨습니까?”

“나 하나 입궁하면 우리 어머니, 동생들이 배불리 먹고살 수 있다기에, 또 나도 아들만 낳으면 평생 부귀영화를 누리고 살 수 있다기에…….”

소성은 김 숙의가 안타까웠다. 곧 독살 조직의 배후가 밝혀지면 김좌근의 양녀인 김 숙의는 폐서인이 되어 쫓겨나리라.

“마마님, 한 가지 약조해주십시오.”

“뭐? 나 소성이 원하면 무엇이든지 약조할 수 있어.”

“반드시 옳은 일을 하셔야 합니다. 그릇된 길로 가시면 아니 되옵니다.”

김 숙의가 무슨 뜻이냐는 듯, 의아한 눈으로 소성을 보았다.

“대왕대비마마께서, 영상 대감께서 하명하시더라도 옳은 일이 아니면 해서는 아니 되옵니다. 약조할 수 있으시겠사옵니까?”

“한데 대왕대비마마랑 아버님이 옳은 일만 해서 잘 먹고 잘사는 건 아니잖아.”

소성은 대답할 수 있는 말이 없었다. 아버지도 해원 스님도 그릇된 일을 하지 않았지만 억울하게 눈을 감았다. 제 어머니도 마찬가지였다. 소성은 어두운 표정으로 생각에 잠겼다. 소성의 눈치를 살피던 김 숙의가 대답했다.

"할게."

"예?"

"약조한다고. 옳은 일을 할게. 소성이 원한다면 절대 그릇된 길로 가지 않을게."

김 숙의가 큰 눈을 동그랗게 뜨고 고개를 끄덕였다.

여군(女君)과 여장부

ξ

　달이 기울었다. 시커먼 어둠이 대궐 깊숙이 내려앉았지만 불 밝힌 대왕대비전은 대낮처럼 환했다. 원범이 대왕대비전으로 들어서자 김 상궁이 재바르게 뛰어 내려와 원범을 맞았다. 평소보다 더 친근하게 웃는 얼굴이 비굴해 보였다.

　원범이 방으로 들어섰다. 하얀 분칠을 한 얼굴 위에 검은 눈썹을 그림처럼 그리고 입술연지를 꽃물처럼 들인 대왕대비가 웃었다. 자리보전하고 있다고 들었건만 병환 중인 사람 같지 않았다.

　"기다리고 있었습니다, 주상."

　"이리 반겨주시니 황감하옵니다, 대왕대비마마."

　원범이 자리에 앉았다. 대왕대비를 보았다. 군왕을 향한 암살 음모가 드러났고, 그 수하들이 의금부에 구금되었고, 독을 품은 약재와 밀명을 담은 책이 원범의 손에 있는데도 대왕대비는 당당했다. 거침없이 웃고 있었다. 그 얼굴에 일말의 두려움이나 후회, 걱정은 없었다.

양심합에 들기 전, 대왕대비를 어떻게 상대해야 하나 고민하던 자신이 우스워졌다. 원범의 입에서 실소가 툭 터져 나왔다.

"대왕대비께서는 참으로 여걸이시옵니다."

"과찬이십니다. 힘없는 아녀자에게 여걸이라니요?"

"마마께서 죽이고자 하신 소자가 멀쩡히 살아서 마마의 앞에 있는데도 여전히 위풍당당하시지 않사옵니까?"

"하하하."

대왕대비의 입에서 웃음이 터져 나왔다. 여걸처럼 한바탕 웃고 나서 원범을 바로 응시했다.

"배후를 찾고 계신다고요?"

"예, 혹시 짚이는 데라도 있으시옵니까?"

"있지요, 있다마다요."

"누구이옵니까?"

"누구라…… 주상은 아직 멀었습니다."

원범이 대왕대비의 눈을 응시하면서 어의를 짐작하고자 했다. 역시 그 속내가 쉽게 읽히지 않았다.

"좋습니다. 이 어미가 한 수 가르쳐드리지요. 암살계의 배후라. 그 배후로 사람을 지목하시니 쉽게 풀리지 않을 밖에요."

대왕대비가 미소를 지으며 잠시 원범을 보았다.

"암살계의 배후는 인간의 욕망과 두려움입니다."

"그 무슨 궤변이옵니까?"

"권력을 갖고자 하는 욕망과 권력에서 멀어진다는 두려움. 이 것이 암살계의 배후입니다. 군왕암살계는 이 땅에 권력이라는 괴물이 출현하면서 등장했지요. 권력에 대한 인간의 욕망과 두려움이 사라지지 않는 한, 권모와 술수, 음모와 암살을 도모하는 군왕암살계는 결코 사라지지 않습니다. 어떠한 형태로든 나타납니다. 하니 주상은 결코 나를 이길 수 없습니다. 이제 아셨으면 그만 물러가세요."

"아니요, 마마. 소자가 이겼사옵니다. 소자는 살아남았고 마마의 하수인과 증좌가 제 손에 있사옵니다."

"그래, 그 하수인과 증좌가 나를 지목하던가요?"

대왕대비의 눈길이 거침없었다. 목소리는 흔들림이 없었다. 여전히 위엄 있고 당당한 태도로 원범에게 묻고 있었다. 내가 군왕암살계의 배후라고 하더냐? 내가 죄가 있다고 하더냐? 물론 아니었다. 원범은 대답할 수 없었다.

"주상은 그들에게서 아무런 대답도 듣지 못합니다."

"마마께서 소자를 죽이라 명하실 때도 실패하지 않으리라 장담하셨겠지요. 하온데 결과가 어찌 되었사옵니까?"

"그럼 한번 해보시든가요. 모든 증좌가 이 어미를 가리키고 있을 때, 모든 증인이 이 어미의 이름을 말할 때, 그때 다시 오세요. 그때 와서 나를 단죄하세요. 그 전에는, 군왕암살계의 존재는 세상 밖으로 나올 수 없습니다."

원범이 말없이 대왕대비를 보았다. 한 나라의 임금을 독살하려는 엄청난 일을 벌이고서도 한 치의 죄책감도, 부끄러움도, 미안함도 느끼지 않는 사람이었다. 원범은 대왕대비에게 남은 생이 길지 않다는 것을 알았다. 대왕대비는 하루하루 죽어가고 있었다. 닥쳐온 죽음 앞에서도 아무런 회한 없이 악행을 거듭했다.

"소자, 제 손으로는 대왕대비마마를 단죄하지 않겠사옵니다. 시간이 이미 마마의 죄를 묻기 시작했으니까요. 삶이라는 것은 본디 불공평하여 여염의 백성은 일생을 가난과 곤란 속에서 허덕이고, 유배 죄인이던 소자는 왕족으로 태어난 덕분에 하루아침에 용상에 앉았고, 마마는 처음부터 세도가에 태어나 한평생 금방석에 앉아 계셨지요. 하오나 죽음만은 공평하여 여염의 백성도, 소자도, 마마도 비껴가지 않습니다. 하온데 그 죽음의 시간이 소자보다는 마마께 먼저 찾아온 듯하옵니다."

대왕대비의 눈빛이 처음으로 흔들렸다.

"마마께서는 누릴 것이 많으니 죽음이 얼마나 두렵겠사옵니까? 악업을 많이 쌓으셨으니 죽은 이후가 얼마나 겁이 나겠사옵니까? 지금 제 앞에는 조선국의 여군 대왕대비가 아니라 세월에 패배한 가엾은 여인이 앉아 있을 뿐입니다. 죽음과 대면한 가련한 인간이 앉아 있을 뿐입니다. 부디 남은 생은 속죄하고 사십시오. 그래야 죽음을 받아들이기가 조금은 편할 것이옵니다."

대왕대비가 손끝을 떨었다. 저승에서 오는 사자(使者). 그것은 그녀가 두려워하는 유일한 존재였고, 그녀가 이길 수 없는 유일한 적이었다. 그녀는 죽고 싶지 않았다. 천년만년, 이 나라 이 강산에서 누려야 할 것들이 많았다.

원범이 나갔다. 대왕대비는 고개를 떨구고 앉아 있었다. 김 상궁이 들어와 마른 수건으로 그녀의 얼굴을 닦아주었다.

"이리 다오."

대왕대비가 수건을 받아 들었다. 제 얼굴을 거칠게 문지르다가 고개를 들었다. 주위를 살폈다. 사방이 시커먼 어둠에 잠겨 있었다.

"왜 이리 어두우냐? 어서 불을 밝혀라."

대왕대비가 소리쳤다. 김 상궁이 주변을 둘러보았다. 방 안은 물론 대왕대비전 뜰까지 그 어느 때보다 밝았다.

"자성 전하, 오히려 너무 밝지 않사옵니까?"

"김 상궁! 내 늙고 병들었다 하여 네 지금 나를 업신여기느냐? 사방이 칠흑빛 어둠에 싸여 있거늘, 내 모를 줄 아느냐? 어디 사자라도 부를 참이냐? 당장 불을 밝혀라."

"예, 자성 전하."

김 상궁이 머리를 조아리고서는 밖으로 나갔다.

잠시 후, 궁인들이 들고 온 초가 방 가장자리를 빽빽이 둘러쌌다. 그제야 대왕대비의 얼굴에 희미한 미소가 퍼졌다.

"고얀 것들! 네놈이 뉘 덕에 용상에 앉았느냐? 네놈들이 뉘 덕에 이만한 태평성세를 누리고 있느냐?"

병풍에 어린 자신의 거대한 그림자가 스스로를 삼켜버릴 듯 덤비는 것도 모른 채 대왕대비가 중얼거렸다.

다음 날, 김좌근이 사직 상소를 올렸다. 사직 상소는 세 번을 올리는 것이 관례였다. 첫 번째, 두 번째 상소에서 임금은 사직을 만류해야 했다. 하지만 원범은 단번에 윤허했다.

"윤허하시다니요? 전하."

도승지 조형복이 마른 땀을 닦으며 원범을 말렸다. 원범은 친절하게 설명하고 그를 내보냈다.

편전을 나온 원범은 하늘을 올려다보았다. 어둑해져가는 하늘에서 솜처럼 하얗고 복스러운 눈송이가 내리고 있었다. 원범의 뒤를 따라 나온 소성도 눈을 바라보았다.

"전하, 눈이 오니 오늘은 대조전 동온돌로 드소서."

상선이 원범에게 다가와 아뢰었다. 편전인 희정당과 대조전은 복도로 연결되어 있어 땅을 밟지 않고 이동할 수 있었다.

"아닐세. 연경당으로 가겠네."

"그럼 연을 대령하겠나이다."

"눈을 맞고 싶으이. 그대들은 천천히 오시게."

원범의 뜻을 알아차린 상선이 미소를 지으며 고개를 끄덕였다.

원범이 밖으로 나와 앞장섰다. 젊은 내관이 자루가 긴 비단 일산을 들고 원범의 뒤로 바투 붙어 섰다. 원범이 내관을 물렸다. 소성이 상선에게서 지우산을 받아 들고 원범의 뒤를 따랐다.

후원에 들어섰을 때 눈발이 굵어졌다. 함박눈이 쏟아졌다.

"박 무관은 곁으로 오라."

소성이 원범의 곁에 나란히 섰다. 원범은 우산을 든 소성의 손에 제 손을 포개었다. 온기가 소성의 마음까지 전해졌다.

"팔이 아프지 않느냐?"

"밥 많이 먹어 힘센 소신이 아니오니까. 소신은 괜찮사옵니다."

소성이 씩씩하게 대답했다.

"전하께서는 괜찮으시옵니까?"

"괜찮지 않아 보이느냐?"

"김좌근의 사직을 윤허하신 것은 그자와의 정면 승부를 택하신 것이 아니옵니까? 아직은 그자의 세력이 막강하니 그자를 따르는 무리가 전하를 떠날 것이옵니다."

"그들은 처음부터 내 곁에 머문 적도 없었다."

소성이 원범을 곁눈질했다. 원범의 얼굴에 쓸쓸함이 묻어났다. 소성이 부러 밝은 목소리로 말했다.

"전하께 언제든지 등을 돌릴 수 있는 자들은 영상에게도 언제든지 등을 돌릴 것이옵니다. 대신 전하께는 한결같은 신하가 있지요. 금군별장 영감, 조 형, 김 형, 한 처사, 상선 영감, 민 상궁 마마님…… 이들이 늘 전하의 곁을 지킬 것이옵니다."

"너도 있지 않느냐?"

"예, 그러하옵니다. 소신 한평생 전하께 충과 의를 다하겠사옵니다."

충과 의라…… 원범의 마음 한구석이 허전해졌다. 저와 소성 사이에 가장 중요한 것이 빠졌다. 원범이 제 마음을 숨기고 물었다.

"한평생?"

"예, 소신 전하의 신하로서 영원한 충성을 맹세하옵니다."

원범은 가슴이 울컥했다. 소성이 제게 영원과 충성을 맹세하는 신하일 뿐이라는 사실에 가슴이 저렸다. 원범은 북받치는 감정을 누르고 애써 말을 돌렸다.

"올겨울의 첫눈이구나. 지금은 함께 눈을 맞을 신하가 필요하구나.”

원범과 소성이 나란히 눈을 맞으며 장락문을 넘었다. 연경당 사랑채 앞에 다다랐다. 사랑채 대청으로 발을 들인 원범이 소성을 불렀다.

“예, 전하.”

원범이 몸을 돌려 소성의 눈을 내려다보았다. 원범이 침묵했다.

“전하, 무엇이든지 하명하소서.”

잠시 소성을 응시하던 원범이 웃으며 입을 열었다.

“왕자든, 왕녀든 좋다. 내년에는 우리 아이와 함께 셋이서 첫눈을 맞자꾸나.”

2

소성이 고개를 들었다. 입술을 맞물고 원범을 바라보았다. 원범이 웃는 얼굴로 고개를 끄덕였다. 소성은 돌처럼 굳은 듯, 아무런 반응도 하지 못했다. 원범은 소성의 수염을 부드럽게 쓰다듬고 방으로 들어갔다.

잠시 멍하니 서 있던 소성이 댓돌에서 내려와 뜰로 내려섰다. 뜰에는 하얀 눈이 소복이 쌓이고 있었다.

밖에서 원범을 부르는 소성의 목소리가 들려왔다. 그녀의 목소리가 떨리고 있었다. 떨릴 만도 하겠지. 갑작스러운 고백을 받았으니. 원범이 미소를 지었다.

원범은 오래간만에 안도했다. 저들의 음모를 밝혀내고, 대왕대
비전을 압박하고, 영상 김좌근의 사직을 윤허했다. 늙고 병든 대
왕대비의 시대가 머지않아 끝나리라. 내일이면 김좌근도 조정에
서 물러난다. 안김 도당도 하나하나 제압하고 탐관오리들을 단죄
하리라. 공명정대하게 과거를 실시하여 새로운 인재를 등용하고
나라의 기강을 바로 세우리라. 그리고 별이를 다시 살려내리라.
내년에는, 아니 늦어도 내후년에는 별이와 우리 아이와 함께 첫
눈을 맞으리라.

"들어오너라."

"아니옵니다. 예서 아뢰겠나이다."

"들어오래도."

"아니옵니다. 예서 아뢰겠사옵니다."

"무엇이기에?"

"소신, 그 명 받잡지 못하겠나이다."

원범이 침묵했다. 소성이 고개를 들어 방문을 바라보았다. 원
범과 눈을 마주하고는 차마 말할 수 없을 것 같았다.

"별이야."

원범이 깊은 숨과 함께 그리운 이름을 토해내었다.

"소신, 박소성이옵니다. 별이는 죽었사옵니다."

"그래. 지금은 그러하다만……."

"소신, 전하의 여인으로는 살 수 없사옵니다. 신하로서 늘 전하
곁에서, 전하를 지키겠사옵니다."

"난 네가 필요하다."

"예, 소신 전하의 신하로서 전하께서 원하시면 비든, 눈이든 언제든지 함께 맞아드리겠사옵니다. 햇볕이 뜨거우면 그도 가려 드리고, 바람이 차면 그도 막아 드리겠사옵니다. 아프다 하시면 대신 아프고, 죽겠다 하시면 대신 죽겠사옵니다."

"내가 네게 원하는 바는 그런 일이 아니다. 넌 내게 여인이다. 난 내 여인, 박별이를 원한다."

"소신, 이제 박별이로 살고 싶지 않사옵니다."

원범이 얕은 숨을 토했다.

"들어오너라. 얼굴을 마주하고 이야기하자."

"아니옵니다. 소신, 제 자리에서 제 본분을 다하겠사옵니다."

"하아……."

원범이 길고 깊은 숨을 토해내었다.

"편히 침수 드소서. 소신, 오늘 밤 전하의 숙위에 한 치의 소홀함도 허락지 않겠사옵니다."

네가 밖에 있는데 내가 잠들 수 있느냐? 무정한 것. 원범은 속이 상했다. 소성에게 서운하기도 했다. 내 당장 어찌하겠다느냐? 그저 알았다, 내 뜻을 따라주면 안 되느냐? 매정한 것.

"전하!"

밖에서 소성의 목소리가 다시 들렸다. 원범은 대꾸하지 않았다.

"전하! 침수 드셨사옵니까?"

소성이 다시 원범을 불렀다. 이번에도 원범은 대답하지 않았다. 원범은 소성에게 투정을 부리고 있었다. 그러면서도 손은 자연스레 화롯가로 가져갔다. 따뜻하게 덥힌 다음에 소성의 손을 잡아줄 요량이었다. 손에 열기가 감돌자 원범은 자리에서 일어나 문 앞에 바짝 다가섰다.

"들어오너라."

문이 열리고 사람의 모습이 시야에 들어오자 원범은 곧바로 손을 잡았다. 어라, 이 느낌이 아닌데……

"전하!"

원범이 화들짝 놀라며 손을 뗐다. 심규가 얼굴을 찡그리며 주먹을 쥐고 있었다.

"금군별장, 자네 손이 많이 차네. 하하하."

"송구하옵니다."

심규가 고개를 숙였다. 뒤이어 소성이 들어왔다.

"퇴궐한 줄 알았는데 이 시각에 어인 일인가?"

"전하."

심규의 얼굴이 심각해졌다.

"의금부에 하옥한 죄인이 모두 죽었사옵니다."

"뭐라?"

"장 어의에게 온 사식을 나누어 먹고 죽었사옵니다. 사인은 비상이라 하옵니다. 장위(腸胃)가 다 녹아버렸다고 하옵니다."

원범이 한숨을 쉬었다.

"모든 증인이 사라졌사옵니다. 송구하옵니다."

결국 대왕대비의 승리인가. 원범의 얼굴에 낭패감이 일었다.

"별장은 지금 당장 교동으로 가 증좌를 찾게."

소성이 원범을 바라보았다. 저도 함께 가겠다는 뜻이었다.

"소성도 데려가게."

"명 받잡겠나이다."

"잠깐."

원범이 방을 나가는 두 사람을 다시 불러 세웠다.

"김 지평에게는 함구하라."

"예."

심규가 곧바로 대답했다. 소성은 잠시 머뭇거리다가 말을 삼키고 자리를 떴다.

야삼경(밤 11시~새벽 1시), 교동 김좌근의 저택이 깊은 밤에 잠겼을 때 심규와 소성은 담을 넘었다. 저택은 그 규모가 광대했으나 심규는 오래전 병운의 신행 날 원범과 함께 이곳에 왔을 때 집의 구조를 파악해 놓았다. 심규는 그때부터, 아니 그 전부터 만일을 대비해왔다.

심규와 소성은 곧장 사랑채로 향했다. 누각과 부속 건물까지 갖춘 사랑채는 대궐의 편전을 연상케 했다.

"흥, 예서 임금 놀이를 했구먼."

소성은 김좌근의 사랑채를 보자 다시금 분노가 치밀어 올랐다.

"서두르자."

두 사람은 가장 큰 방으로 갔다. 조심조심 방문에 기대어 인기척을 살피고 문을 열었다. 방은 비어 있었다. 듣던 대로 김좌근은 애첩 나합의 집에서 밤을 지내는 모양이었다. 두 사람은 서안이며 연상, 탁자, 책장, 문갑까지 방을 다 뒤졌지만 증좌가 될 만한 것은 나오지 않았다.

방을 나오려는데 밖에서 인기척이 들렸다. 두 사람은 병풍 뒤로 몸을 숨겼다. 문이 열렸다. 불빛과 함께 사람의 발소리가 가까워왔다. 심규와 소성은 품에 든 단도에 손을 갖다 댔다. 병풍이 열리고 사내의 얼굴이 나타났다. 병운이었다. 세 사람이 말없이 서로를 응시했다.

"서방님! 무슨 일이십니까?"

밖에서 병운을 찾는 목소리가 들렸다.

"아무 일도 아니다. 내 잠이 오지 않아 서책을 보러 왔느니라. 다들 물리거라. 방해받고 싶지 않구나."

바깥을 지키는 이들이 물러가고 병운이 입을 열었다.

"새 증좌를 찾으러 오셨습니까?"

"……."

김 지평에게 함구하라는 명을 받은 소성과 심규는 어찌 답을 해야 할지 난감했다.

"이리 오십시오. 이쪽입니다."

소성은 병운의 안내에 따라 심규와 함께 윗방, 아랫방, 작은 사랑까지 사랑채 전체를 다 뒤졌지만 이번에도 마땅한 것을 찾지 못했다. 결국 심규와 소성은 빈손으로 김좌근의 집을 떠나야만 했다.

소성은 입궐하여 숙위를 서기 위해 후원 연경당으로 향했다. 낯선 나인 하나가 소성을 불러 세웠다.

"자성 전하께서 찾으십니다."

"성상 전하께 가는 길이오만……."

"자성 전하께서 찾으십니다."

나인은 무표정한 얼굴로 같은 말만 반복했다.

소성은 원범을 만나지도 못한 채, 곧장 대왕대비전으로 왔다. 대왕대비는 발을 드리우고 앉아 있었다. 소성은 절을 하고 자리에 앉아 고개를 숙였다.

"자네가 최측근에서 주상을 호위하는 무관이라지?"

대왕대비의 목소리가 부드러웠다.

"예, 그러하옵니다."

"고개를 들라."

"소신, 어찌 감히 자성 전하 앞에서 고개를 들 수 있겠사옵니까?"

소성은 애써 태연한 척 대답했다. 소성은 예전에 대왕대비와 대면한 적이 있었다. 전립과 군복, 수염과 단단한 몸, 낮고 무거운 음성으로 위장하였지만 대왕대비를 정면으로 마주할 용기가 나지 않았다.

"괜찮다. 내 우리 주상을 극진히 보필하는 네 얼굴을 보고 치하하고 싶구나."

"성은이 망극하오나 소신처럼 미천한 것이 감히 자성 전하의 성안을 뵐 수 없사옵니다."

대왕대비가 입꼬리를 올렸다.

"왜? 지난날에는 내 얼굴을 바로 보지 않았느냐? 두 계절 만에 모습은 많이 변했다만 내 명을 거역하는 태도는 그때와 똑같구나."

소성은 숨이 멎었다.

"아니 그러하냐? 박 상궁."

낮고도 묵직한 목소리였다.

"이런, 이런, 떨고 있구나."

소성은 침착하기 위해 애를 썼지만 대왕대비에게 그 속내를 간파당했다. 비록 늙고 병든 여인이지만 대왕대비는 여전히 조선의 여군이었다. 그 위엄과 위의(威儀) 앞에서 소성은 종잇장처럼 여렸다.

"왜? 또 죽을까 봐 겁이 나느냐?"

소성은 손에 힘을 주고 바닥을 짚었다.

"걱정 마라. 오늘은 아니다."

"자성 전하, 소신은 주상 전하의 호위 무관일 뿐이옵니다. 무슨 말씀을 하시는지 모르겠사옵니다."

"상투머리가 제법 잘 어울리는구나. 수염은 좀 아니다만 애는 썼구나. 하나 어찌한다? 그 눈빛은 속일 수 없구나. 내 앞에서 은장도를 꺼내던 네 눈빛. 네 아비의 눈빛과 꼭 닮았더랬지."

소성은 지난 기억을 더듬었다. 호위 무관 박소성으로 입궐한 뒤 대왕대비와 마주친 적이 언제이던가? 언제 나를 알아보았는가?

"우리가 언제 만난 적이 있는지 생각하고 있느냐?"

"……."

"내 그때 경고하지 않더냐? 이 어미가 더 이상 버팀목이 되지 못하니 주상을 잘 지키라고."

그제야 소성은 희정당 앞에서 대왕대비와 원범이 마주친 일을 떠올렸다. 그때 대왕대비는 안김 인사들과 희정당을 나오고 있었고, 소성은 심규와 함께 원범의 호위를 서고 있었다.

"주상이 저리 버젓이 살아있는 걸 보니, 내 경고대로 주상을 잘 지켰구나. 하여 이번엔 네가 사라져야겠다."

결국 나는 대왕대비의 혀끝에 죽을 운명인가. 바닥을 짚은 소성의 손이 떨렸다.

"하나 이번엔 목숨은 살려주겠다. 네 명줄을 두 번이나 끊으려 했는데 실패한 걸 보면 너를 살려두라는 하늘의 뜻이겠지. 내 천명을 거슬러 내 명줄마저 재촉하고 싶지는 않구나."

소성은 얕은 숨을 내쉬고 대왕대비에게 머리를 조아렸다.

"성은이 망극하옵니다. 자성 전하."

"단."

소성이 고개를 들어 대왕대비를 바라보았다.

"주상을 떠난다는 조건이다."

"자성 전하!"

"주상을 떠나거라."

"소신 죽은 듯이 살겠사옵니다. 하오니 주상 전하를 떠나라는 명만은 거두어주시옵소서."

소성이 다시 머리를 조아렸다.

"그래, 죽은 듯이 살거라. 물론 주상에게 떨어져서 말이다. 네가 있는데 주상이 중궁을 품겠느냐, 김 숙의를 품겠느냐, 아니면 다른 어떤 여인을 품겠느냐?"

대왕대비는 사후를 대비하고 있었다. 이제 살날이 얼마 남지 않은 몸. 생전에 다시 주상을 도모할 시간이 없었다. 지금은 안김의 여인에게 후사를 보고, 김씨의 아들을 용상에 앉혀야 했다. 후사가 정해지면 주상은 남아 있는 자들이 마무리 지으리라. 그럼 제 가문은 여전히 외척으로서 조선국을 통치하고, 저는 조선의 여군으로서 역사에 길이길이 남을 것이다.

"소신, 주상 전하의 여인이 되고 싶은 소망은 꿈에도 없사옵니다. 그저 지금처럼 사내로, 무관으로 살겠사옵니다."

"네가 사내든, 여인이든 중요치 않다. 네 존재 자체가 방해가 되는구나."

"소신, 자성 전하의 명은 무엇이든지 받잡겠사옵니다. 부디 주상 전하의 안위를 돌볼 수 있게 해주소서."

"대궐에 무관이 너밖에 없느냐? 너 말고 주상의 안위를 지킬 자들은 얼마든지 있느니."

소성은 안심할 수 없었다. 과연 목숨을 걸고 원범을 지킬 자들이 얼마나 되겠는가.

"그럼, 주상 전하의 안위를 약조해주십시오."

소성이 다시 고개를 들어 대왕대비를 바라보았다. 대왕대비가 기억하는 그 눈빛이었다.

"당돌하기는 여전하구나. 감히 나와 협상을 하려 들다니."

"황공하옵니다, 자성 전하."

"지금 주상에게 위협이 되는 이는 내가 아니라 너다. 일국의 임금이 지엄한 국법을 어기고 총애하던 여인을 무관으로 두었다. 주상이 왕좌를 보전할 성싶으냐?"

소성은 입술을 깨물었다. 대왕대비의 말이 옳았다. 제 존재가 알려지면 유학자들이 가만있지 않으리라.

"주상을 떠나거라. 이는 너 따위가 판단조차 할 수 없는 대명 (大命)이다."

소성은 고개를 떨구었다. 가장 중요한 점만 생각했다. 대왕대비의 명을 어기고 제 목숨을 잃는 일은 두렵지 않다. 중요한 일은 원범의 안위였다. 원범만 안전하다면 자신은 아무래도 좋았다.

"알겠느냐? 나는 너와 협상을 할 수 있는 존재가 아니라 너에게 하명하는 존재다. 하나 네 처지를 불쌍히 여겨 자비 한 자락 베풀어주마. 주상의 안위는 염려 마라. 너만 떠난다면 내 주상의 목숨은 살려주겠느니라."

당분간은 종마의 역할을 해야 하니까. 대왕대비가 입꼬리를 슬쩍 올렸다.

"성은이 망극하옵니다, 자성 전하."

마침내 소성의 입에서 항복이라는 대답이 떨어졌다. 대왕대비가 입가에 옅은 미소를 그렸다. 승리의 미소였다.

3

소성이 대왕대비전에서 나왔을 때는 새벽 어스름이 사라지고 아침이 밝아 있었다. 환한 햇볕 아래 어젯밤에 내린 눈들이 녹고 있었다. 바닥이 질펀했다. 목화(木靴) 아래로 눅눅한 기운이 스며들었다. 소성은 잠시 걸음을 멈추고 제 신을 내려다보았다. 어디로 가야 할지 무엇을 해야 할지 머릿속이 아득했다.

소성은 연경당에 도착했다. 안으로 들어가지는 못했다. 주위를 맴돌았다. 됐다. 됐어. 전하께서 무탈하시면 그걸로 된 거야. 내가 떠나면 그뿐이야. 난 아무렇지 않아. 이미 몇 번 겪은 이별인걸. 괜찮아. 내가 떠나야 전하께서 무탈하시다잖아. 고개를 숙인 채 생각에 골몰하던 소성은 뒷골을 잡아당기는 시선을 느끼고 앞을 보았다.

"이제야 고개를 드는구나."

장락문 앞에 원범이 서 있었다.

"민 상궁, 박 무관에게 그만 방황하고 들어오라 전하시게."

원범이 문 안으로 사라지고, 민 상궁이 소성에게 다가왔다.

"전하께오서 어찌 나와 계십니까?"

소성은 주변을 살피며 목소리를 낮추고 물었다.

"너를 기다리신 듯하구나."

"오래 기다리셨습니까?"

"한 식경은 되었다."

"부르시지 않고요?"

"전하께서 그냥 두라 하셨다. 어서 들어가자. 아직 수라 전이시다."

소성은 무거운 발을 떼 연경당 안으로 옮겼다. 사랑채 문 앞에서 망설였다. 떠나야 한다고 몇십 번 다짐했건만 막상 원범을 대면하니 그를 떠날 수 있을지 자신이 없었다.

"어서 들어오라 하시오."

상선이 방을 나오며 소성을 재촉했다.

방 안에는 자릿조반이 차려져 있었다. 상에는 흰죽, 어포, 자반, 동치미, 맑은 조치 등이 정갈하게 놓여 있었다. 소성은 그제야 시장기를 느꼈다. 소성의 마음을 아는 듯 원범이 죽조반을 권했다.

"시장하지 않느냐? 어서 앉아 죽부터 들거라."

"아니옵니다. 소신, 어찌 전하의 수라를 들겠사옵니까?"

소성이 원범 앞에 놓인 상을 보며 손을 내저었다.

"그래, 내 수라 말고 그걸 들라는 게다."

민 상궁이 소성의 앞에 소반을 끌어다주었다. 소반 위에는 흰죽과 북어 보푸라기, 간장이 놓여 있었다.

"내 특별히 너에게만 내리는 어식이니 사양치 말거라."

"예, 전하. 성은이 망극하옵니다."

따뜻한 죽을 한술 뜬 소성이 눈을 동그랗게 뜨고 원범을 바라보았다.

"어찌 그러느냐? 입에 맞지 않느냐?"

"전하, 구름의 맛이옵니다."

"하하하. 언제 구름을 먹어보았느냐?"

"부드럽고 고소하고 나른하고 포근한 맛, 분명 구름의 맛이 이럴 것이옵니다."

소성이 다시 죽을 떴다. 긴장으로 뭉쳤던 온몸이 노곤하게 풀어졌다.

"타락에 쌀을 갈아 넣어 끓인 낙죽입니다. 평소 전하께오서는

212

초조반으로 미음을 드시는데 오늘은 낙죽을 끓이라 명하셨습니다. 아마 박 무관에게 먹이고 싶으셨나 봅니다."

민 상궁이 설명했다.

"이렇게 맛난 음식은 처음 먹어봅니다."

죽을 맛있게 먹는 소성을 보며 원범은 마음을 놓았다. 어제 오늘 몹시 고단했을 소성이었다. 원범은 민 상궁과 기미 나인을 물렸다. 소성을 좀 더 편하게 해주려는 배려였다.

"너도 알다시피 대궐에는 낙죽 말고도 맛있는 음식이 얼마든지 있다. 내 앞으로 어식을 자주 내릴 터이니 대궐의 음식을 다 맛볼 수 있으리라."

갑자기 어식은 왜…… 소성은 지난밤의 일이 떠올랐다. 우리 아이와 함께, 셋이서 첫눈을 맞자던 원범의 명 아닌 청. 소성의 가슴에서 뜨거운 기운이 차올랐다. 눈가가 시큰거렸다. 소성은 제 마음을 들키지 않기 위해 침을 한 번 꿀꺽, 삼키고서는 부러 밝은 목소리를 냈다.

"전하, 지금 어식으로 소신을 유혹하시옵니까?"

"유혹이라니?"

"소신이 어젯밤 전하의 청을 거절했다고 하여 이러시는 게 아니옵니까?"

"그건 그거고, 이건 이거다. 네 신하로서 내게 충성을 맹세하지 않았느냐? 어식은 충직한 신하에게 내리는 상이다."

"그럼 소신 사양치 않겠사옵니다."

"그리고 앞으로 충직한 신하에서 한 걸음 더 나아가 '가장' 충직한 신하가 되거라. 그럼 내가 먹는 수라상도 내릴 것이다.”

소성이 원범을 바라보았다.

“신하로서 내 곁에 있겠다고 하지 않았느냐? 네 뜻을 존중하겠다. 하니 수라상을 받을 때까지 신하로서 내 곁에서 분골쇄신하란 말이다.”

“예, 전하. 성은이 망극하옵니다.”

소성은 원범에게 절을 하며 다시 수저를 들었다. 원범은 물끄러미 소성을 바라보았다. 소성을 보고 있노라니 가슴이 먹먹해져왔다.

“왜 그리 보십니까?”

“먹는 모습이 참 우직하구나. 사내답게. 충신답게.”

원범이 제 상에 놓인 죽까지 소성의 그릇에 덜어주었다.

“분골쇄신해야 할 테니 많이 먹거라.”

“예.”

“냠냠 씹거라.”

“예.”

소성은 목이 메어왔다. 물기가 눈에 차오를 것만 같았지만 꾹꾹 참고 낙죽도, 원범이 주는 음식도 맛있게 먹었다.

원범은 상을 물리고 나가는 소성을 다시 불러 세웠다.

“교동에 간 일은 어찌 되었느냐? 찾은 것은 있느냐?”

“별장 영감께서 아뢰지 않았사옵니까?”

물론, 금군별장 심규는 원범이 오늘 새벽 기침하자마자 입시하여 보고를 올렸다.

"아니, 아직 보지 못했다. 하니 네가 고하거라."

"아뢰옵기 황공하오나 아무것도 찾지 못하였사옵니다."

"김 지평은 만났고?"

"예, 전하께오서 김 형, 아니 김 지평에게 함구하라 명하셨지만 김 지평은 이미 알고 우리를 도와주었사옵니다."

"그래, 제 아비와 연루된 일이라 고민이 많았을 터. 역시 김 지평이구나."

원범이 잠시 생각에 잠겼다가 고개를 들었다.

"예서 포기해서는 안 된다. 내 이 일은 전적으로 네게 맡기겠으니 앞으로 증좌를 계속 찾거라."

"예, 명심하겠사옵니다."

"반드시 네가 찾아내야 한다."

"예, 전하."

"네가 아니면 누가 진심을 다해 나를 돕겠느냐? 하니 반드시 네가 찾아야 한다."

"예, 하온데 전하 곁에는 금군별장 영감도, 김 지평도, 조 헌납도, 한 수찬도 있지 않사옵니까? 그들 모두 진심을 다해 전하를 보필하고 있사옵니다."

"나도 알고 있다. 그들에게도 따로 임무를 내릴 터, 너는 책임지고 군왕암살계와 관련된 증좌를 찾아내야 한다."

"예, 전하."

"내 곁엔 사람이 없다. 네가 떠나면 나는 아무도 없느니라. 하니 네가 반드시 이 일을 끝내야 한다."

"예, 전하. 그럼 소신 이만 물러가겠사옵니다."

소성이 절을 했다. 자리에서 일어나려는데 원범이 다시 소성을 불렀다.

"내 어식을 더 내릴 터이니 좀 있다 조반도 들고 가거라. 아니다. 아예 낮것상과 석반도 들고 가거라."

원범은 무엇에 쫓기는 것처럼 급해 보였다.

"너 아느냐? 조반에는 전골이 올라온다. 낮것상은 진가루로 만든 면상을 내리겠다. 석반으로는 생선회를 들겠느냐?"

"전하, 어찌 그러시옵니까? 무엇이 그리 급하시옵니까?"

원범이 깊은 숨을 내쉬었다.

"나는 두렵다. 네가 또다시 내 곁을 떠날까 봐 두렵구나."

소성의 얼굴을 담은 원범의 눈빛이 흔들렸다.

"전하!"

원범의 눈빛을 담은 소성의 가슴이 요동쳤다.

"아니냐?"

"어찌 그리 망극한 말씀을 하시옵니까?"

원범의 가슴에서 저도 모르게 한숨이 터져 나왔다.

"그래, 우리가 다시 헤어질 일은 없겠지."

소성의 가슴이 슬픔으로 멨다.

"너와 대왕대비전 사이에 오고 간 대화를 알고 있다."

소성은 그제야 제게 임무를 주고, 저를 종일 대궐에 붙잡아두려는 원범의 언행이 이해되었다.

"내가 너를 지켜주겠으니 너는 아무 염려 말거라."

"하오나 대왕대비전의 명을 거역하다가 또 무슨 화를 당할지 모르옵니다."

"괜찮다. 지금은 우리가 훨씬 더 유리한 고지에 있느니라."

"전하, 소신은 두렵사옵니다. 또다시 소신의 목숨을 담보로 대왕대비전과 맞서고 싶지는 않사옵니다. 소신, 다시는 간두지세(竿頭之勢)에 처하고 싶지는 않사옵니다."

사실 소성이 하고 싶은 말은, 전하를 간두지세에 둘 수 없사옵니다, 였다.

"누가 너를 대막대기 끝에 세우게 둔다더냐? 내가 너를 지키겠다. 너는 무탈하리라. 내 옆이 제일 안전하리라."

소신은 아무래도 좋습니다. 하오나 저로 인하여 또다시 전하께서 위험에 처하시게 할 수는 없사옵니다. 그러나 소성은 제 마음속에 담긴 말을 뱉지 못했다.

"나를 믿거라. 나를 믿는다면 약조하거라."

"전하……"

"내 곁을 떠나지 않겠다고 약조하거라."

소성이 붉어진 눈을 들어 원범을 바라보았다. 원범의 눈가도 붉어졌다.

"왜 약조를 못 하느냐? 네 이미 나를 떠날 마음을 먹고 있느냐? 그러하냐?"

"아니옵니다."

"그럼 약조하거라. 내게, 아니 하늘에, 땅에, 이 세상 천지에 맹세하거라. 다시는 나를 떠나지 않겠다고."

"약조하옵니다."

소성이 눈물을 보이지 않기 위해 축축한 눈에 힘을 주었다.

"네 약조를 어기면 너를 용서치 않겠다. 알겠느냐?"

소성은 말없이 울음을 삼켰다.

"대답하거라. 알겠느냐?"

"예."

"네 약조를 어기면 다시는 너를 찾지 않겠다. 알겠느냐?"

"예."

"네 약조를 어기면 다시는 너를 보지 않겠다. 알겠느냐?"

"예."

"네 약조를 어기면 너를 생각하지도, 추억하지도, 기억하지도 않겠다. 알겠느냐?"

"예."

원범이 고개를 돌렸다. 그의 얼굴도 붉어졌다.

고민의 시간이 흐르고 날이 저물었다. 곁방을 지키고 있던 소성은 고단한 몸과 무거운 마음을 이끌고 자리에서 일어났다. 어젯밤 김좌근의 집을 수색하고부터 지금까지 눈을 붙이지 못했다. 그 어느 때보다 힘겹고 고된 하루였다. 그동안은 곁방에서 근무를 설 때 원범의 배려로 잠깐잠깐 졸기도 하였으나 오늘은 선잠도 들지 못했다. 종일 머릿속이 무겁고 가슴이 답답하고 몸이 곤하였지만 잠이 오지 않았다.

"전하, 소신 이만 퇴궐하겠사옵니다."

원범은 아무 말이 없었다. 소성은 원범이 머무르는 방을 향해 절을 하고 연경당을 나왔다. 사랑채를 벗어났을 때 대전 내관이 바삐 달려와 소성을 막아섰다. 숙위 명령이 떨어졌다.

전하, 이리 해결될 일이 아니옵니다. 소성은 한숨을 내쉬었다. 소성은 숙위를 서는 일이 별로 없었다. 소성이 숙위를 서면 원범은 잠을 이루지 못했다. 이를 아는 심규가 주청을 올려 소성을 숙위 근무에서 제외했다. 한 달에 하루 이틀 정도만 섰다. 그러나 오늘부터 매일 숙위에 들라는 어명이 내려왔다.

소성은 다시 곁방에 들어 숙위를 섰다. 밤은 소리 없이 깊어갔다. 문창지에 비친 원범의 그림자는 서안을 마주하고 꼿꼿이 앉아 있었다. 이따금 책장이 넘어갈 뿐, 말소리도 숨소리도 들리지 않았다.

"전하."

소성이 나직이 원범을 불렀다. 원범은 대답이 없었다. 사위가 적막했다.

"아뢰올 말씀이 있사옵니다."

"나는 오늘 밤 이 책을 다 봐야 하니 너는 눈을 좀 붙이거라."

원범은 소성의 입이 가야 한다고, 떠나야 한다고, 보내달라고 말할까 두려웠다.

"전하!"

소성이 음성에 무게를 덜고 원범을 불렀다. 오랜만에 듣는 별이의 어조였다.

"뭐냐?"

"소신, 여쭈어볼 것이 있사옵니다."

"말하라."

"우리 어린 시절을 기억하시옵니까?"

"하나도 빠짐없이, 모두 다, 전부 다 기억하고 있다."

원범의 입가에 엷은 미소가 떠올랐다. 강화에서 별이와 보낸 유년 시절, 생각만 해도 저도 모르게 웃음이 났다.

"제가 전하께 여쭈었지요. 전하께 한 사람의 정인, 하나의 사랑뿐이냐고요?"

원범은 기억났다. 오랜만에 강화에 들른 민 상궁에게서 임금과 중전, 후궁의 이야기를 듣고 별이가 꺼낸 질문이었다.

"전하께서는 대답을 안 하셨지요. 훗날 다시 만나고 나서야 하셨지요."

그때 원범의 입에서 나올 답은 당연히 그렇다, 였다. 하지만 원범은 미소만 지을 뿐, 대답하지 않았다. 대답을 아껴 두었다가 다음 날 별이에게 고백할 작정이기 때문이었다.

"하여 서운하였느냐?"

"아니요. 전혀 서운하지 않았사옵니다."

"그럼 그 일을 왜 물어보느냐?"

"제가 전하께 답을 드리기 위해서이옵니다. 제게는, 제 일생에는 단 하나의 정인, 단 하나의 사랑뿐이옵니다."

'네 정녕 나를 떠나려 하는구나.'

원범의 가슴에 검은 물이 출렁였다. 소성의 의도를 직감했다.

'전하, 소신을 용서하지 마소서. 소신을 찾지 마소서. 소신을 다

시 보지도, 생각지도, 추억하지도 마소서. 기억하지도 마소서.'

눈물이 소성의 뺨을 타고 흘러내렸다. 소성은 울음을 삼키고 아무렇지도 않은 듯 말했다.

"제게 대궐은 어울리지 않사옵니다. 특히 왕의 여인은 될 수 없사옵니다."

'네 또다시 나로 인해 울고 있구나.'

원범은 소성이 밝은 목소리로 말하지만 그 가슴으로 울고 있다는 것을 알아차렸다.

"소신, 강화도 너무 그립고요, 또 한양은 제게 맞지 않습니다. 사람도 너무 많고, 시끄럽고, 번잡하고요. 소신, 고향으로 돌아가고 싶사옵니다. 윤허해주소서."

"내가 윤허하지 않으면 아니 가겠느냐?"

"……."

"내가 윤허하면 가겠느냐?"

"……."

"내가 윤허하지 않고 있으라 하면 있겠느냐?"

"송구하옵니다, 전하."

"그럼 네 마음대로 하거라. 내 윤허 따위가 무어 그리 중요하단 말이냐?"

"전하, 윤허해주소서. 소신, 전하의 윤허를 받고 기꺼운 마음으로 가고 싶사옵니다."

원범에게선 답이 없었다. 희미한 숨소리조차 들리지 않았다. 소성은 가만히 원범의 그림자를 응시했다.

시간이 가만히 흘러갔다. 어둠이 걷히고 있었다. 원범이 책을 덮었다.

"그래, 가거라."

마침내 원범의 입에서 윤허가 떨어졌다.

"날 두고 가거라."

원범의 눈에서 눈물이 흘러내렸다.

"네가 날 두고 떠나도, 나는 매일매일 널 생각하고, 널 추억하고, 널 기억하리라."

원범이 울음을 삼켰다.

"그리고 나는 매일매일 널 용서하리라."

"전하……."

"이미 용서했으니 마음 편히 떠나거라."

소성이 일어나 절을 올렸다. 소성의 눈에서도 눈물방울이 떨어졌다. 소성이 자리에서 일어났다. 원범이 곁방을 나가는 소성의 그림자를 보고 말했다.

"지금 대답하겠다."

소성이 뒤를 돌아보았다. 저를 바라보는 원범의 그림자가 문창지에 어른거렸다.

"나도 너뿐이다."

소성의 눈에서 다시 눈물이 흘러내렸다.

"내게도 별이 너, 한 사람의 정인, 하나의 사랑뿐이니라."

신새벽, 첫닭이 울기 전에 소성은 조용히 연경당을 빠져나왔다. 장락문을 나가기 전, 소성은 수인문을 넘어 안채를 한 번 둘러보았다. 저와 원범의 초례상이 세워진 마당, 원범과 초야를 보낸 안방이 새벽안개 속에 꿈처럼 펼쳐졌다. 그때 원범이 말했다.

'원래는 먼 훗날, 우리 아들에게 보위를 물려주고 이곳에서 너와 여생을 함께 지낼 생각이었다. 하나 마음이 바뀌었다. 내일부터 우리 이곳에서 함께 살자꾸나. 필부필부처럼 말이다.'

그러나 원범과 함께 이곳에서 평범한 부부처럼 사는 꿈은 끝내 이루지 못했다. 신하로서 원범을 지키겠다는 두 번째 소망도 져버렸다.

"그래도 저는 이곳에서 전하와 행복했사옵니다."

소성이 낮게 읊조렸다.

소성은 연경당 안마당에 제 꿈을 묻고 장락문을 나왔다. 다리를 건너 다시 한번 돌아보았다.

'자, 부인. 모든 걱정과 근심은 내려놓고 안으로 드시지요.'

원범은 소성을 이 문으로 이끌면서 문턱을 넘어서면 모든 근심을 잊고 신선처럼 살라는 바람이 담긴 문이라고 했다.

소성이 몸을 낮추어 큰절을 했다.

"전하, 하루빨리 모든 걱정과 근심을 잊고 지내시길 바라옵니다. 부디 강령하소서."

소성은 온 마음을 모아 원범에게 작별 인사를 건넸다.

소성이 떠나고, 날이 밝았다. 원범은 하루는 여느 때처럼 시작되었다.

"전하, 오늘도 어식을 함께 들이게 하오리까?"

식전에 대전에 든 민 상궁이 원범의 기색을 살피며 물었다. 원범은 간밤에 한숨도 이루지 못한 듯 보였다.

"아니, 오늘부터 어식은 들이지 말게."

민 상궁이 곁방 쪽을 바라보았다.

"이제 어식 먹을 사람이 없으이……."

원범이 혼잣말처럼 읊조렸다.

"박 무관은 퇴궐하였사옵니까?"

원범은 아무 말이 없었다.

"곧 자릿조반을 들이겠사옵니다."

민 상궁은 조용히 일어났다.

"박 무관은 긴 휴가를 떠났다네."

민 상궁이 원범을 물끄러미 바라보았다. 원범의 시선이 닫힌 창 너머 보이지 않는 곳을 향하고 있었다. 원범은 몹시 고단해 보였다. 간밤에 한숨도 이루지 못한 이유를 충분히 짐작할 수 있었다. 소성이 무관으로 처음 입궐했을 때부터 늘 우려해오던 것처럼 원범과 소성에게 또다시 이별의 시간이 찾아왔으리라. 민 상궁은 숨을 삼키며 방을 나갔다.

4

햇빛이 문창지를 뚫고 들어와 소성의 얼굴 위로 흩어졌다. 소성은 문 반대편으로 몸을 돌려 누웠다. 잠시 후 눈을 떴다가 자리에서 벌떡 일어났다. 이미 날이 환히 밝아 있었다. 소성은 나갈 차비를 하려다가 다시 주저앉았다. 오늘부터는 갈 곳이 없었다. 소성은 제 차림새를 훑어보았다. 군복을 입고 있었다. 얼굴 주변을 더듬었다. 수염도 그대로 있었다. 언제 잠들었는지도 기억나지 않았다. 제집으로 오자마자 푹 쓰러졌던 것 같다. 이틀 만에 맞이한 단잠이었다.

소성은 수염을 떼고 군복을 벗고 얼굴을 씻었다. 습관처럼 바지저고리를 입으려다 말고, 실소를 터트렸다. 저는 이제 무관 박소성이 아니다. 치마와 저고리를 찾았다. 연두저고리와 다홍치마가 눈에 뜨였다. 고운 옷감을 부드럽게 쓰다듬었다. 새색시가 입는 녹의홍상. 이제는 입을 수 없으리라. 흰색 저고리와 감색 치마를 입었다. 머리를 땋고 명경을 들여다보았다. 어딘지 모르게 어색했다. 그러고 보니 저는 이제 머리를 땋아 내릴 수 있는 처지도 아니었다. 소성, 아니 별이는 다시 머리를 매만져 쪽을 져 올렸다. 승은 상궁 박별이도 아니었지만 어찌 되었든 이미 출가한 몸이었다.

이제 무엇을 한다? 별이는 한숨을 쉬었다. 조반도 들지 않았지만 배는 고프지 않았다. 아랫목을 찾아 누웠다. 누워서 곰곰이 생각해볼 참이었다. 무엇을 해야 할지, 어디로 가야 할지, 어떻게 살아야 할지를.

이틀 전, 병운은 사헌부 관청 내에 있었다. 눈이다, 라는 구사(관의 노비)들의 음성이 들렸다. 창을 열고 내다볼까 하다가 다시 문서에 시선을 고정했다. 오늘도 할 일이 너무 많았다.

"죄인이 비상을 먹고 다 죽었네."

문이 열리고 강하가 들어와 자리에 앉기도 전에 말했다. 옷소매에는 눈이 묻어 있었다. 강하가 옷소매를 털어 내면서 자리에 앉았다.

"죄인이라면 군왕암살계원들 말인가."

강하가 답하기 전에 은규가 들이닥쳤다. 옷자락에 묻은 눈을 털면서 말했다.

"증인들이 죽었다네."

은규의 옷자락에서 떨어진 눈이 스르르 녹아 자취를 감추었다. 병운이 눈 녹은 자리를 보며 한숨을 쉬었다. 정신이 아찔했다. 분명 제 아비가 모사한 일이리라.

"필시 대왕대비전과 자네 부친께서 행하신 일이 아니겠는가?"

"사람이 죽었으니 이제 사직으로는 끝나지 않을 걸세."

"지금 당장 의금부로 가 소상히 살펴보고 전하께 고해야 하네."

"증인들이 사라졌으니 다시 증좌를 찾아야 하네."

강하와 은규의 말이 병운의 정신을 아득히 헤집고 다녔다.

"어서 서두르게."

강하가 일어났다.

"잠시만, 잠시만……."

병운이 강하와 은규를 막았다.

"내게 시간을 좀 주게."

강하와 은규가 병운을 바라보았다. 그의 눈동자가 흔들리고 있었다.

"시간이 많이 늦었네. 의금부엔 내일 가도 되지 않겠나?"

"자네 설마 다른 마음을 품으려는 겐가? 이제 와서 부친의 일이라 망설이는 겐가?"

은규가 고개 숙인 병운의 어깨를 잡고 흔들었다.

"곧 궁문도 닫힐 걸세. 어차피 입궐은 내일 해야 하지 않겠는가?"

"자자, 이 친구 말이 맞네. 곧 인경이 울리네. 자네 괜한 오해로 흥분하지 말게."

강하가 은규를 진정시키며 병운을 설핏 바라보았다. 병운의 눈동자도, 입술도 떨리고 있었다.

병운은 집으로 돌아와 제 사랑에 앉았다. 불도 켜지 않은 채 우두커니 있었다. 마음이 일렁였다. 증인을 죽여버리다니, 이제 성상께서는 결코 부친을 용서치 않으리라. 병운은 몸을 떨었다.

저택에 불이 꺼지고 식솔들이 모두 잠들었을 때 부친의 사랑에서 인기척이 들렸다. 아버님께서 돌아오시는가, 병운은 일어나 방을 나갔다. 등롱이 필요하였지만 사람을 부르고 싶지 않았다. 달빛에 의지하여 부친의 사랑으로 갔다. 어두컴컴한 방. 부친은 없었다. 대신 심규와 소성이 있었다.

병운은 소성과 심규를 보내고 한잠도 이루지 못했다. 청국에서 들여온 딱딱한 나무 의자에 앉아 입식 서안에 팔을 올린 채 망연히 앉아 있었다. 새벽닭이 우는 소리를 듣고, 어둠이 가고 여명이 오는 것을 보고, 아침을 맞았다.

소성과 심규를 보는 순간 일렁이는 마음을 다잡았다. 부친은 제게 안김의 항렬을 따 '병운(炳雲)'이라는 이름을 주었다. 성상은 제게 곧고 맑은 벗이라는 뜻을 담아 '정담(貞淡)'이라는 호를 주었다. 저는 안김의 아들이기 전에 성상의 곧고 맑은 벗이고 싶었다. 안김이라는 구름(雲) 아래에서 나오고 싶었다.

소성과 심규를 도와 사랑채를 통째로 다 뒤졌지만 증좌가 될 만한 것은 나오지 않았다. 더 찾아야 했다. 부친이라면 훗날을 대비하여 증좌를 남겨두었을 것이다. 증좌는 무기였다. 남의 손에 들어가면 위험하지만 제 손에 있을 때에는 유용하였다. 부친이 위험하다고 하여 유용한 것을 버릴 리는 없었다. 부친은 평소 무엇이든지 충실히 기록하는 사람이었다. 사적 기록은 지혜가 되어주고 공적 기록은 힘이 되어준다고 믿는 사람이었다. 부친이라면 분명 기록을 남겼으리라.

병운은 기억의 강을 거슬러 올라갔다. 내가 놓친 것이 뭐지? '살변'을 발견하고 병운은 곧장 아비의 동태를 살폈다. 아비의 움직임에는 별다른 점이 없었다. 그리고 뭐가 있더라? 솔개! 왜 솔개가 사랑 대신 별채를 지키고 있었지? 솔개는 이 집안에서 오로지 아비 김좌근의 명에 의해서만 움직이는 자였다. 분명 아비의 명을 받고 별채를 지키고 있었으리라. 만약 별채에 지켜야 할 누군가가 있다면? 그 누군가가 죽은 증인을 대신할 만큼 중요한 인물이라면? 생각이 예까지 미친 병운은 자리에서 일어나 별당으로 향했다.

병운은 처가 기거하는 별당에 들어섰다. 처는 초록저고리에 다홍치마를 입고 병운의 앞에 마주 앉았다. 붉게 충혈된 병운의 눈을 보고 긴한 일이라 짐작하였지만 먼저 묻지 않았다. 병운은 처에게 지난날 별채에 든 손님에 대해 알아봐달라고 했다. 손이 있었다면 식사가 나갔을 것이고, 식사를 준비하는 찬모 중 한 사람은 처가 시집올 때 본가에서 데려온 아낙이었다. 처가 밖으로 나갔다가 반 식경 후, 다시 돌아왔다.

"한 달 전, 아버님의 호위 무사가 데려온 손이 들었는데 말하지도 듣지도 못하는 자였다고 합니다. 이틀을 머물렀고, 행색은 초라했으나 양반인 듯 보였답니다."

"어째서요?"

"갓을 쓰고 있고, 글을 안다고 하였습니다."

글을 아는 자라면…… 병운이 미간을 모았다.

처는 병운이 제 말을 들으면서 동시에 무언가를 골몰히 생각하고 있다는 것을 알아차렸다. 그녀는 병운의 기색을 살피며 말을 이었다.

"진서로 책을 쓰고 있었다고 합니다."

필사가! '김씨옥수기'를 필사한 자로구나. 필사가를 별채에 들여 '살변'이 담긴 '김씨옥수기'를 필사시킨 다음, 대궐 서고에 가져다 놓은 것이다. 병운이 생각을 가다듬고 자리에서 일어났다.

"서방님, 진지는 드셨습니까?"

처가 병운을 따라 일어났다.

"고맙소, 부인."

병운이 처에게 고개를 살짝 숙이고 밖으로 나갔다.

별당에서 나온 병운은 강하와 은규를 찾아 함께 대전으로 달려갔다.

"'김씨옥수기'를 필사하던 자를 찾아보려 합니다. 다른 증좌도 찾을 것이고요."

"그래, 소성에게 그 일을 시키면 되겠구나. 소성에게 필사가를 찾으라고 해라. 아니, 과인이 직접 명하겠다."

"전하, 혹 심기 미편하신 일이라도 있사옵니까?"

오늘따라 원범의 표정도, 음성도 전과 달라 보였다. 병운이 조심스레 물었다. 원범이 한숨을 쉬었다. 소성에 대한 걱정을 이들에게라도 털어놓을 수 있어 다행이라는 안도의 한숨이었다.

원범에게서 자초지종을 들은 세 사람도 한숨을 내쉬었다. 조심하고 또 조심했건만 소성의 정체가 이리 빨리 탄로 날지 몰랐다. 그것도 다름 아닌 대왕대비에게.

"전하, 박 무관이 혹여 떠나려고 마음을 먹었다면 이는 제 안위가 아니라 필시 전하의 안위를 염려하고 있기 때문이옵니다."

소성의 마음을 헤아린 병운이 말했다.

"과인도 그리 생각하네. 하여 떠나지 못하게 하려는 것이네."

"전하, 이왕지사 이렇게 된 이상 박 무관을 안전한 곳으로 내보낸 다음, 일을 다 끝내고 정식 후궁으로 입궁하게 하면 어떠하겠나이까?"

"과인의 곁이 제일 안전하지 않겠는가?"

강하의 제안에 원범이 반문했다.

"하오나 대왕대비전에서 목숨은 살려준다 하지 않았사옵니까?"

은규가 물었다.

"대왕대비전을 믿을 수 있겠는가?"

일동 다 말이 없었다. 이 물음에는 누구 하나 속 시원히 답할
수 없었다.

다음 날 저녁, 퇴청하고 집으로 돌아온 병운은 속히 와달라는
강하의 전갈을 받고 어의동으로 발걸음을 돌렸다. 강하의 사랑에
는 은규가 이미 들어 있었다. 강하와 은규가 득의양양한 미소를
지었다.

"찾았구먼."

병운이 눈을 반짝였다. 강하와 은규는 한양 땅을 샅샅이 뒤져
일전에 병운이 말한 필사가를 찾아내었다. 강하는 그에게 필사할
소설책 한 꾸러미와 돈뭉치를 던져주고 제집에 붙잡아두었다.

"그래, 그럼 증인은 다시 확보되었고, 이제 증좌를 좀 더 찾아
보면 되겠구먼."

병운이 말했다.

"증좌는 어디서부터 시작한다?"

세 사람이 머리를 맞대고 있을 때 밖에서 이 집 청지기인 방 서
방의 목소리가 들려왔다.

"도련님, 도련님과 아주 각별한 사이라는 아낙이 도련님을 찾
습니다."

병운과 은규가 동시에 강하를 바라보았다. 강하가 고개를 기울
이며 자리에서 일어났다. 은규도 강하를 따라 밖으로 나갔다. 뜰
에는 아낙 한 명이 두 사람을 보고 반갑게 웃고 있었다.

"자네는 누구…… 박……?"

"별이……?"

강하와 은규가 차례로 눈을 크게 뜨며 아낙의 이름을 불렀다.

"박 상궁?"

두 사람의 반응을 듣고 뒤따라 나온 병운도 아낙의 정체를 알아보았다.

"안녕들 하셨소?"

별이가 싱긋 웃었다. 영문을 모르는 세 사람은 말없이 별이를 바라보았다. 가르마를 탄 쪽진 머리, 두록색 저고리에 감색 치마. 평범한 아낙 차림새의 별이는 무척 생소했다.

"어이, 나리들. 뭘 그리 놀라시오? 높으신 분들께 일자리 좀 부탁하러 왔소."

네 사람은 사랑에 들었다. 별이가 사직을 하고 궁을 나온 사연을 풀어 놓았다.

"그럼 강화로 돌아가지는 않을 텐가, 않을 테요? 이것 참 어떻게 말을 해야 하나?"

병운이 말을 하다 말고 어색해했다.

"예전처럼 편하게 대하시오."

별이가 웃었다.

"이제 사내 박소성도 아니고, 무관도 아니고……. 원래대로라면 성상의 승은 상궁이시니 어찌 하대를 하겠……사옵니까?"

"그래. 별이, 아니 박 상궁 마마님."

강하도 은규도 별이를 어찌 대할지 몰라 갈팡질팡하고 있었다.

"박 상궁도 아니오."

별이의 눈빛에 잠시 어둠이 내려앉았지만 곧 밝은 목소리로 말했다.

"나리들이 하려고 하는 일. 거기에 한 자리 주시오."

별이가 눈을 가늘게 뜨며 웃었다.

병운은 강하의 사랑에서 뜻밖의 손님과 회합하고 집으로 돌아
왔다. 대문간에 들어서자마자 부친의 거취를 확인했다. 사랑에
있다는 하인의 말을 듣고 한숨을 내쉬었다.

병운은 석반을 드는 내내 생각에 잠겨 있었다. 오늘 강하의 집
에서 네 사람이 낸 결론은, 결국 마지막 남은 증좌는 부친 김좌근
에게 있다는 것이었다. 그렇다면 그 증좌를 찾아낼 사람도 결국
병운 자신이었다.

"작은서방님, 대감마님께서 출타하셨사옵니다."

밖에서 하인의 목소리가 들리자 병운은 곧바로 숟가락을 놓고
자리에서 일어났다.

"서방님, 식사를 마저 하시어요."

병운의 처가 함께 일어났다.

"아니오, 내 급한 일이 있어 가봐야겠소."

병운이 처를 뒤로하고 방문을 열려는데 처가 병운의 팔을 잡았
다. 병운이 멈칫했다. 혼례를 올리고 두 계절이 지났건만 아직 처
와 몸이 닿는 것이 어색했다.

"서방님, 소첩도 알게 해주시어요."

병운이 처를 내려다보았다.

"서방님께서 하시려는 일, 아버님께 맞서는 일이 아닙니까?"

병운은 그래서 지금 효의 도리를 따지겠냐고 묻고 싶었지만 아무 말도 하지 않았다. 이 일에 관해서는 집안사람 그 누구에게도 알리고 싶지 않았다.

"미약하나마 소첩이 할 일이 있다면 기꺼이 돕겠습니다."

처의 말은 뜻밖이었다. 병운은 처와 사이가 나쁘지 않았지만 자신의 고민을 함께 나누고 거사를 함께 도모할 동지라고는 여기지 않았다. 그저 내훈을 받드는 규방의 아녀자라고만 여겼다. 대왕대비나 소성이 좀 특별하다고만 생각했다.

"서방님의 짐을 함께 나누고 싶습니다."

병운이 제 팔을 붙든 처의 손을 살포시 잡았다. 잠시 머뭇거리다가 처의 손을 제자리에 내려놓았다.

"아무 일도 없으니 부인은 걱정하지 마시오."

병운은 담담한 미소를 짓고는 방을 나갔다.

별당을 나온 병운은 부친의 사랑에 들었다. 나합의 집으로 간 부친은 오늘도 귀가하지 않을 것이다. 병운은 놓친 곳이 없는지 처음부터 차근차근 다시 찾아볼 작정이었다. 사랑 구석구석을 다 뒤졌지만 역시나 아무것도 발견하지 못했다.

아비의 좌식 서안에 기대어 한참을 고민하던 병운은 방 안을 한 번 둘러보았다. 서가에는 책이 많았지만 부친이 많은 재물을 들여 어렵게 입수한 진귀한 고서나 외서는 없었다. 그렇다면 서가가 또 있다는 건데…… 병운은 방 안을 살피다가 병풍 뒤로 걸음을 옮겼다. 이곳에 숨어 있던 심규와 소성의 얼굴이 잠시 스쳐 갔다. 병운은 바닥에 꿇어앉았다. 바닥은 장판지가 아니라 나무

마루로 되어 있었다. 손으로 바닥을 두드리며 눈으로 유심히 보았다. 아래가 빈 듯한 가벼운 울림. 마루 한구석에 파인 홈이 있었다. 손가락을 뻗어 홈을 들어 올렸다. 아래로 통하는 계단이 나왔다. 병운은 계단을 따라 내려갔다.

"아!"

눈앞에 펼쳐진 광경에 탄식이 새어 나왔다. 궁궐 내수사도 이보다 더하진 않으리라. 방 넓이가 광대했다. 사랑채 전체를 지붕으로 지고 있었다. 내용물도 어마어마했다. 청이나 서역에서 들여온 화려한 도자기이며 장식품이며 비단은 물론 금궤와 진기한 보석이 담긴 상자들이 가득했다. 시중에서는 구할 수 없는 글씨와 그림도 있었다.

한쪽은 서가였다. 서가에는 역시 구하기 힘든 고서와 외서가 있었다. 그리고 부친이 직접 기록한 글이 책으로 편철되어 있었다. 각 지방을 유람하며 쓴 기행록과 '하옥일기'가 있었다. 하옥은 부친의 호였다. '하옥일기'에는 부친의 일상이 모두 담겨 있을 것이다. 병운은 '하옥일기'를 한 권 꺼내 펼쳐보았다. 그날 누구를 만났고, 어떤 대화가 오고 갔으며, 무엇을 했는지가 소상히 기록되어 있었다. 이것이다. 병운은 '하옥일기'의 날짜를 더듬어 증좌가 될 만한 날의 일기책을 찾았다. 하지만 그 책만 없었다. 빈자리로 보아 이곳에 보관하다가 옮긴 것 같았다. 그렇다면 남은 곳은 한 곳뿐이다. 병운은 두 여인을 떠올렸다. 여장부, 강화댁에게 기대를 걸어볼밖에. 그리고 한 사람 더.

ㅎ

강화댁 별이는 나합 집 안채 마당에 서서 나합을 기다렸다. 나
합이 남색 저고리에 붉은 치마를 입고 대청으로 나왔다. 치맛자
락에는 금박으로 꽃무늬가 새겨 있었다. 머리에는 금으로 만든
비녀와 떨잠을 꽂고 있었다. 왕실에서만 쓸 수 있는 치마와 장식
품이었다. 대왕대비보다 더 화려해 보였다.

"그래. 대감의 막내 며느님과 아는 사이라고?"

"아씨를 직접 아는 것은 아니옵고, 쇤네의 어미가 아씨 친정의
침모의 친척의 친척의 사돈의 친척이었습니다. 서방과 이별하고
오갈 데 없는 제 사정을 들으시고 영상 대감 댁 막내 아씨께서 이
자리를 주선해주셨지요."

"그래 어쨌든…… 한데 낯이 익는데?"

나합이 몸을 앞으로 숙이고 별이를 내려다보았다.

"쇤네 평소 마님을 흠모하여 마님이 납시는 곳에 뵈러 가곤 했
지요. 늘 마님을 쫓는 무리에 있었을 겁니다."

"나를 흠모했다고?"

나합이 눈을 깜빡였다.

"워낙 유명하시잖아요."

"그래, 내가 외출할 때마다 나를 따르는 무리가 있긴 있었지."

나를 쫓아오며 흉을 보는 줄 알았는데 나를 흠모한 무리였구
나. 나합이 웃었다.

별이는 과부 강화댁이 되어 나합의 집에 새 둥지를 틀었다. 부엌

일을 하라는 분부를 받았지만 제 일을 재바르게 끝내놓고 소제까지 자처하고 나섰다. 소제를 해야 이 방 저 방을 뒤질 수 있었다.

별이는 마당에 서서 나합의 안방을 바라보고 있었다. 어찌 한다? 지난 며칠, 곳간까지 하여 이 집 전체를 다 뒤졌으나 '하옥일기'는 나오지 않았다. 남은 곳은 단 한 곳, 안방밖에 없었다. 별이는 나합이 외출한 틈을 노렸으나 여의치 않았다. 나합이 집을 나설 때에는 방을 걸쇠로 잠갔다. 앞에는 방을 지키는 사내를 세워두었다. 소제 핑계를 대어도 사내들은 문을 열어주지 않았다. 노비들은 안에 있는 금궤와 패물 때문이라고 했다. 나합이 외출하였을 때는 어떤 수를 써도 방에 출입할 수 없었다. 그렇다면 나합이 있을 때 들어가야 하는데…….

별이는 숨을 가다듬고 안채 대청으로 올라섰다. 방 안엔 나합이 있었고, 제 손엔 걸레가 들려 있었다. 별이가 안방 문을 열었다.

"아이고, 마님. 계셨습니까? 소제를 하러 왔는데 먼지가 많이 날 것이옵니다. 잠시 나가계시지요. 쇤네가 먼지 한 톨 없이 깨끗이 치워놓겠습니다."

별이가 바닥에 앉아 걸레질을 시작했다.

"자네가 온 뒤로 내 집이 아주 깨끗해졌구먼. 하나 내 방은 됐네. 전담으로 소제하는 아이가 있다네."

"예. 그럼 필요하실 때 언제든지 부르십시오, 마님."

"그럼세."

별이가 걸레를 들고 밍기적거리며 일어났다.

"한데 자네 정말 낯이 익단 말이야."

나합이 별이를 가까이 불러 꼼꼼히 뜯어보았다. 눈 아래엔 검은 점, 불에 덴 양 발간 볼, 뺨 위에는 갈색 주근깨, 게다가 눈썹도 몇 가닥 없었다.

"참으로 못생겼구먼. 서방이 도망갔다고 했나? 다른 계집을 보았다고 했나? 이러니……."

"둘 다입니다요, 마님. 그러다가 뒈졌지요. 아이고, 원통해라……."

별이가 눈물을 짜내며 통곡하는 시늉을 했다. 나합이 얼굴을 찡그리고 혀를 찼다.

방을 나온 별이가 정색하고 눈을 부릅떴다. 제 힘으로 저 방을 수색하기란 어려웠다. 병운에게 연통을 넣어야 했다.

다음 날, 찬모가 별이를 불렀다.

"안방에 귀한 손이 오셨으니 다과상 좀 들이게."

"귀한 손이라면 대감마님이요?"

"아니, 왜 자넬 이 댁에 들이신 교동 작은 아씨께서 오셨네."

"아, 예."

별이는 고개를 끄덕이며 다과를 준비했다.

안방엔 병운의 처가 들어 있었다. 나합이 그녀를 환대했다.

'부인이 해주어야 할 일이 있소.'

오늘 아침 조반을 들면서 병운이 조심스레 말했다.

'이번 일은 지난번처럼 사람 하나 넣는 것과는 다르오. 부인께서 이번 일을 돕게 되면 아버님은 화를 입을 것이오. 그럼 우리 가문과 내게 그 화가 미치고 자칫하면 처가까지 해를 입을 수 있소.'

'소첩이 서방님의 충심을 이미 알고 있는데 그만한 각오가 없겠습니까?'

병운이 눈가를 찌푸린 채 처를 바라보았다. 입가엔 미소가 그려졌다. 고맙고 미안하다는 뜻이었다.

처는 병운의 눈 주위에 피던 잔주름을 떠올리며 나합의 말에 응대했다.

"말씀 낮추시어요, 작은어머님."

"작은어머님?"

나합이 어색한 미소를 짓고 되물었다.

"아버님을 모시는 분이니 당연히 작은어머님이시지요. 절 며느리처럼 대해주셔요."

"작은어머님. 호호호. 우리 작은 며느님께서 참으로 영민하시구먼. 호호호."

"저, 작은어머님?"

"무엇이든지 말씀해보시게. 호호호."

"육전을 만드는 데 시간이 오래 걸리나요?"

"시간이 오래 걸리기는 하지만…… 왜? 육전이 먹고 싶은가?"

"예, 아버님께서 작은어머님이 만드시는 육전이 하도 맛나다고 하여 꼭 한번 맛보고 싶었습니다."

"우리 작은며느님께서 드시고 싶다는데 내 당연히 해드려야지. 기다리시게. 내 얼른 만들어 옴세."

나합이 방을 나왔다. 별이가 다과상을 들고 문 앞에서 기다리고 있었다. 나합을 보면서 미소를 지었다. 나합이 별이에게 눈길을 한 번 주고 서둘러 부엌으로 갔다. 별이가 다과상을 들고 안방으로 들어왔다. 병운의 처가 다과상을 받아 내려놓았다. 별이가 밖을 내다보았다. 병운 처의 몸종이 밖을 지키고 있었다.

별이와 병운의 처는 나합의 방을 뒤지기 시작했다. 문갑과 장롱, 병풍 뒤 벽장 안을 샅샅이 뒤졌으나 아무것도 나오지 않았다. 병운의 처가 엎드려 바닥을 살피자 별이가 그녀를 쳐다보았다.

"아버님의 보물 창고도 바닥에 그 입구가 있었다고 했습니다."

별이는 병풍 앞에 놓인 보료를 걷어냈다. 장판지가 불룩하게 올라와 있었다. 장판지를 들어내자 붉은 보자기로 싼 꾸러미가 있었다. 꾸러미를 풀자 책 세 권이 나왔다. '하옥일기'였다. 별이가 병운 처와 눈을 마주치며 미소를 지었다. 별이는 얼른 책을 치마 속에 넣었다. 병운의 처가 치마 속에서 준비해둔 책 세 권을 꺼내 보자기에 쌌다. 책보자기를 장판지 아래에 넣고 장판을 덮었다. 보료를 다시 깔려는데 밖에서 몸종의 목소리가 들렸다.

"마님, 육전은 다 만드셨습니까?"

나합이 방문을 열었다. 병운의 처가 창을 열고 밖을 내다보고 있었다.

"작은어머님, 육전 냄새가 하도 고소하여 창문을 열고 맡고 있었습니다. 아녀자가 경박하다고 나무라지 마시어요."

병운의 처가 창을 닫고는 자리에 앉았다.

"경박하기는? 이제 곧 상을 들일 것일세."

나합이 웃으며 자리에 앉았다. 병운 처를 보며 생각났다는 듯이 말했다.

240

"한데 강화댁 말이야. 며느님께서는 직접 만난 적은 없다며?"

"예. 어찌 그러시어요?"

"낯이 너무 익단 말이야."

나합은 좀 전에 제 방문 앞에서 다과상을 들고 서 있던 강화댁을 떠올렸다.

"그럴 리가요. 시골에 살던 평범한 아낙인걸요."

"그렇지. 유명 인사도 아니고……."

유명 인사도 아니고…… 나합의 뇌리에 번득, 불꽃이 일었다 사라졌다.

'워낙 유명하시잖아요.'

제집에 처음 온 강화댁에게서 들은 말이었다. 그리고…….

'워낙 유명하시니까요.'

오래전 강화 도령의 여인에게서 들은 말이었다. 오호라, 강화댁이 그 계집이구나. 어쩐지 낯이 익다 했어. 나합이 벌떡 일어났다. 병운의 처가 나합을 붙잡으며 무슨 일이냐고 물었다. 나합은 급한 일을 처리하고 올 터이니 육전을 들라 하고 방을 나갔다.

나합은 밖으로 나와 강화댁을 찾았다. 노비가 와서 바깥채로 갔다고 했다. 나합이 치맛자락을 붙들고 대청을 내려가 바깥채를 향해 뛰었다.

"네 이년!"

나합이 소리쳤다. 대문간으로 가던 별이가 돌아보았다.

"네년이 그년이렷다?"

별이가 미소를 지었다.

"어머, 들켰네."

별이가 후다닥 담을 넘었다.

"저년을 잡아라."

나합이 악을 쓰며 소리를 질렀다. 노복 몇 명이 영문도 모른 채 대문가로 뛰어갔다. 대문을 나가 도망치는 강화댁을 쫓았다. 강화댁은 동리 뒷산으로 들어갔다. 노복들은 강화댁을 쫓아 산을 올랐다. 산 중턱에 이르렀을 때 강화댁이 뜀박질을 멈추었다. 노복이 달려와 강화댁의 뒷덜미를 낚아챘다. 강화댁이 뒤를 돌아보며 한쪽 눈을 깜빡였다. 예뻤다. 강화댁이 아니었다. 치마저고리를 입고 쪽을 진 강하였다.

그사이 별이는 강하가 타고 왔던 말을 달려 고을 어귀를 벗어났다. 별이가 두 눈을 깜빡이며 웃었다. 겨울 햇살에 별이의 주근깨가 반짝반짝 빛났다.

6

병운은 미간에 주름을 잡고 눈을 내리깔았다. 병운의 시선 끝에는 서안이, 서안 위에는 다섯 권의 책이 있었다. 부친 김좌근의 죄과를 증명해줄 '하옥일기' 세 권, 그리고 병운이 태어났을 때부터 부친이 기록한 '양아록(養兒錄)' 두 권이었다.

'김 형의 아버님을 겨냥하는 증좌입니다. 어떻게 사용할지는 김 형이 직접 선택하시오.'

나합의 집에서 '하옥일기'를 훔쳐 온 별이는 병운에게 책을 건네주었다. 별이의 뜻이었지만 병운은 성상도 제게 선택권을 주었으리라고 생각했다. 별이와 성상은 닮은 데가 많았다.

　병운은 '하옥일기'를 펼쳐보았다. 선대왕이나 금상과 부친 사이에서 오고 간 갈등, 조정의 향방에 대한 부친의 생각, 대왕대비와의 대화, 안김 유력 인사와의 대화 내용은 물론 부친이 제 권세와 가문의 안위를 위해 도모한 '그 일'에 관한 정황이 소상히 기록되어 있었다. '그 일'에는 제 주군이자 벗인 원범을 암살하려는 음모도 포함되어 있었다.

　병운은 '양아록'을 펼쳤다. '양아록'에는 저를 얻은 부친의 기쁨, 부인과 사별하고 홀로 저를 키워내는 애틋함, 저에 대한 기대와 애정이 구구절절하게 나타나 있었다. 병운의 눈가가 촉촉해졌다. 평소 표현을 많이 하지 않는 부친이었지만 '양아록'에 담긴 아들에 대한 사랑은 그 누구보다 깊었다. 병운은 '양아록'을 쓰다듬으며 숨을 내쉬었다.

　'하옥일기'를 손에 넣고 하루가 지났다. 병운은 증좌를 얻으면 곧장 성상에게 달려가리라 생각하였지만 그러지 못했다. 부친이나 형들과 달리 병운이 삶을 살아가는 원칙은 늘 정도(正道)였다. 하지만 그는 지금 방향을 잃은 새처럼 이리 가지도 저리 가지도 못하고 있었다.

　"서방님, 사랑에 아버님 손님이 많이 오셨습니다. 가서 인사라도 드리고 오시지요."

　병운이 후원 연못을 바라보며 고민에 빠져 있을 때 처가 다가와 말했다. 병운이 말없이 처를 바라보았다. 그녀는 병운의 고민을 아는 듯하였지만 아무 말도 하지 않았다.

병운은 큰사랑으로 향했다. 큰형 병기와 숙부들과 사촌들이 사라진 일기록에 관해 이야기하고 있었다. 그들은 주상의 승은 상궁이 숨어들어 일기록을 빼내 갔다고 분노했다. 강화 도령이 방자하다, 강화 도령은 더 이상 도령이 아니다, 강화 도령을 이대로 두어서는 아니 된다, 성상에 대한 불경한 말들이 터져 나왔다. 잠자코 듣고 있던 부친이 입을 열었다.

"걱정 마시게. 그 일기록이 세상에 나오기 전에 강화 도령이 먼저 사라질 터이니."

아버님, 또 무슨 일을 도모하려 하십니까? 큰사랑을 빠져나온 병운은 밤새 잠을 이루지 못했다. 아무리 고심해도 부친을 막을 수 있는 다른 방법은 없었다. 부친은 끝까지 멈추지 않을 것이다. 부친을 막을 자는 저밖에 없었고, 부친을 막기 위해 제가 할 수 있는 일은 한 가지밖에 없었다. 병운은 날이 밝자마자 입궐했다.

원범은 병운이 놓고 간 세 권의 책을 들여다보았다. '하옥일기'는 독살 음모의 배후로 대왕대비와 김좌근을 가리키고 있었고, 안김 일문이 저지른 온갖 비리의 내막을 기록하고 있었다. 원범은 이 일기록을 이용하여 김좌근과 그의 도당을 이 조정에서 영원히 몰아내리라 결심했다. 저들과의 마지막 전쟁이 되겠구나. 머지않아 별이를 살려 내 곁으로 데려올 수 있다. 원범의 생각이 별이에게 미쳤을 때 민 상궁이 들어왔다. 대왕대비가 찾는다는 전갈을 전했다. 원범의 입꼬리가 올라갔다. 내 손에 일기록이 들어온 걸 아셨구면. 원범이 일어나려는데 노 상궁이 들었다.

"전하, 자성 전하께서 쓰러지셨다고 하옵니다."

원범은 자리에 다시 앉았다.

"아니 가보십니까?"

노 상궁이 물었다. 원범은 생각에 잠겼다.

"전하."

노 상궁이 원범을 재촉하듯 불렀다.

"아니 가겠네."

상궁이 물러갔다. 원범은 홀로 남았다. 오늘 밤 또 많은 생각을 하며 밤을 지새우리라.

소리 없는 역모

Z

열흘이 지났다. 대왕대비는 병석에서 일어나지 못했다. 움직이지도, 말하지도 못했다. 다행히 수라는 잘 들었다. 눈빛만은 살아 있었다. 그녀의 눈이 살려는 의지로 번득였다.

"영상 입시이옵니다."

원범은 '하옥일기'를 덮어 서랍에 넣었다. 김좌근을 들이라 분부했다. 김좌근이 웬일인지 맞은편에 앉지 않고 서편에 앉았다. 이번 독대는 원범이 원했다.

"과인이 영상을 부른 연유를 짐작하셨겠지요?"

원범이 먼저 운을 뗐다.

"이 대전에 주인 잃은 물건이 있다 들었사옵니다."

김좌근의 속은 까맣게 탔으나 겉은 여유로웠다.

"주인 없는 물건이니 취한 사람이 임자 아닙니까?"

246

"위험한 물건이니 소신이 처리하겠사옵니다."

"오히려 과인에게는 적을 막아낼 무기가 될 듯합니다만."

"전투도 여러 번 치러본 자가 이기는 법이지요. 무기도 자주 다뤄본 자가 쓸 줄 아는 법이고요. 전하께서 함부로 다루실 물건이 아니옵니다."

원범은 병석에 누운 대왕대비를 떠올렸다. 남매가 닮은 데가 많았다.

"과인이 다룰 수 있는지 아닌지는 두고 보면 알겠지요."

"소신, 전하께서 그 무기를 잘못 쓰시다가 오히려 상하실까 저어되옵니다."

"과인을 이리 걱정해주시니 고맙습니다, 영상."

"전하께서 소신의 진심을 몰라주시니 참으로 유감이옵니다. 소신 사사로이는 전하의 외숙이 아니옵니까? 진정 전하를 다치게 하고 싶지 않사옵니다."

"그 말씀 진정입니까?"

"그러하옵니다. 원컨대 부디 소신의 충정을 의심하지 마소서. 소신 전하의 외척으로서 전하께 힘을 실어드리겠사옵니다. 전하를 보필하여 전하께서 가고자 하시는 왕도의 디딤돌이 되겠사옵니다."

김좌근의 목소리가 격앙되었다.

"그 말씀이 진정이라면 몸소 보여주세요."

김좌근이 잠시 틈을 두고 물었다.

"어찌 보여드리면 되겠나이까?"

"영상은 물론이거니와 외척들을 조정에서 물리세요. 그리고 가

산의 오 할은 구휼 자금으로 환수하겠습니다. 그 정도만 되어도 여전히 차고 넘칠 테지요. 그리하면 이 일기록이 세상에 나올 일은 없습니다."

"불가하옵니다."

김좌근이 조금도 망설이지 않고 대답했다.

"과인도 하는 수 없지요."

"기어이 소신과 제 가문을 적으로 돌리실 작정이옵니까?"

"우리가 언제 적이 아닌 적이 있었습니까?"

"소신의 불민한 아들, 병운은 전하를 벗으로 알고 있습니다만은."

원범의 눈빛이 흔들렸다. 내내 원범의 머릿속을 어지럽히던 문제였다. 원범의 고민 끝에는 늘 병운이 있었다. 일기록을 처음 손에 넣었을 때부터, 아니 그 전부터 원범은 병운을 살리기로 결심했다. 하여 일기록을 공개하지 않고 군왕암살계와 관련한 죄상은 묻어버리고 김좌근과 그 도당들을 사직케 할 셈이었다. 일기록은 김좌근의 목을 죄는 무기로만 사용할 작정이었다. 그런데 협상은 결렬됐다. 이제 이 일기록을 공개하고, 군왕암살계를 세상에 드러내고, 김좌근을 치고, 그 일가와 그들을 따르는 당여를 축출해야 했다.

"대업을 도모하기 위해서 작은 희생은 감내해야 하는 법. 김 지평, 그 친구도 이해할 겁니다."

"제 자식이 주군만 잘못 모신 줄 알았더니 벗도 잘못 사귀었군요."

"그 친구가 아비를 잘못 둔 게지요."

"아비를 잘못 둔 제 자식을 보아 전하께 마지막으로 충언 하나 드리지요. 전하께오서는 망설이지 말고 하루빨리 그 일기록을 공개하여 소신의 손과 발을 묶으셔야 할 겝니다. 자성 전하께서 자리보전하시는 마당에 소신이 못 할 일이 무어 있겠사옵니까? 소신이 또 무슨 일을 도모할지는 소신도 이제 장담할 수 없사옵니다.”

원범을 향한 김좌근의 선전 포고였다. 자신을 비호하고 원범과 제 사이를 중재하던 대왕대비에게는 이제 아무런 기대도 할 수 없으리라. 지금 김좌근에겐 죽느냐 죽이느냐의 문제만 남아 있을 뿐이었다.

병운은 부친, 김좌근의 방 앞에 섰다. 퇴궐한 부친이 저를 찾고 있다는 전갈을 받았다. ‘하옥일기’가 사라지고, 처는 부친에게 가서 무릎을 꿇었다. 강화댁이라는 아낙이 그럴 줄 몰랐다며 울먹였다. 책임을 묻기 위해 친정에 사람을 보내 침모를 찾았으나 그녀는 자취를 감추었다고 고했다.

‘아가, 네 잘못이 아니다. 그년이 작정하고 널 노린 게야. 여리디여린 네가 무슨 재간으로 주상과 그 계집을 당해내겠느냐?’

부친은 인자한 표정과 음성으로 처를 토닥였다.

다음 날 새벽 처는 정화수를 떠놓고 조왕신에게 빌었다. 시아버님을 속여 죄송하다고. 제 잘못을 한 번만 눈감아주시고, 서방님을 보살펴달라고 기도했다. 병운 처의 ‘죄’ 덕분인지 기도 덕분인지 부친은 병운이 ‘하옥일기’에 연관되어 있다고는 생각하지 않았다. 그저 성상에게만 분노했다.

병운은 깊게 숨을 들이쉬었다가 길게 내쉬었다. 댓돌에 놓인 신을 보니 사랑에 손이 들어와 있었다. 병운은 나중에 올까 망설이다가 신을 보았다. 짚신이었다. 부친을 찾는 조정의 관리라면 백화(白靴)를 신었으리라. 짚신을 신은 자가 부친의 사랑에 들었다면 이는 그냥 지나칠 일이 아니었다. 병운은 대청으로 올라가 방문 앞에 섰다. 대화 소리는 들리지 않았다. 한밤중에 짚신을 신고 부친을 찾아와 은밀히 대화를 나누는 상대가 궁금해졌다.

"아버님, 소자 병운이옵니다."

부친의 대답 대신에 솔개가 나와 병운에게 인사를 했다. '하옥 일기'가 사라진 후 눈에 띄지 않던 솔개가 오래간만에 모습을 드러내었다. 오랜 시절을 봐온 자이지만 마주할 때마다 거리감이 드는 건 어쩔 수 없었다. 병운은 솔개에게 묻고 싶은 것이 많았으나 솔개는 바삐 자리를 떴다.

병운은 석연치 않은 기분을 지우지 못하고 방 안으로 들어갔다.

"찾으셨습니까?"

병운이 자리에 앉았다.

"오늘 주상과 독대하였다."

병운은 차분한 태도를 유지하였으나 가슴은 답답해져왔다. 부친이 주상과 독대했다면 좋은 일은 아니리라. 어쩌면 '그때'가 온 것인지도 몰랐다. 병운은 일기록을 원범에게 넘긴 날부터 연좌되어 죄인의 몸이 될 날을 각오했다.

"주상은 나도, 우리 집안도 그냥 둘 생각이 없더구나. 주상이 그리 나온다면 나도 주상을 그냥 둘 수는 없다."

"무슨 뜻이옵니까?"

"이제 네가 선택하거라. 집안이냐, 주상이냐?"

"아버님, 전하께 무얼 하실 작정이옵니까?"

"그럼, 질문을 쉽게 하마. 이 아비냐, 주상이냐?"

"소자가 아버님을 택하면 불충이고, 주상을 택하면 불효이옵니다."

병운이 말을 멈추었다. 자신은 이미 일기록을 성상께 넘기면서 불효를 저지른 몸이었다.

"병운아, 지금은 네 젊은 치기에 애민과 세도 정치 타도를 부르짖는 주상을 옳다고 여기겠지. 가문의 안위보다 백성이 중하니 백성을 위하는 일이 네 소임이라고 생각하겠지. 네 본분을 다하기 위해 주상을 따르겠다고 결심했겠지. 하지만 백성은 어리석고 주상은 힘이 없구나. 결국 어리석은 백성은 힘을 좇느니라. 우리 가문의 권세를 따르리라. 백성에게 외면당하는 주상이 무엇을 할 수 있단 말이냐? 너라도 힘이 있어야 백성도 주상도 지키지 않겠느냐? 그리고 네게 그 힘을 줄 수 있는 자가 누구이겠느냐? 바로 이 아비니라. 이 아비의 힘은 어디서 나오겠느냐? 바로 우리 가문이니라."

김좌근의 목소리가 격앙되었다.

"주상이 가지고 있는 일기록을 빼내 오너라. 그것이 네게 힘을 실어줄, 우리 가문의 일원으로서, 이 아비의 아들로서 네가 마땅히 해야 할 소임이니라."

병운은 머릿속이 멍해졌다. 결국 부친이 하고 싶은 말은 일기록 때문에 이 아비가 죽게 생겼으니 그것을 훔쳐 오라, 였다.

부친이 자리에서 일어났다. 방을 나가려다 말고 저를 다시 한 번 바라보았다. 부친은 제 어깨를 향해 손을 움직이다가 멈추었다. 대신 입을 열었다.

"병운아, 넌 내 아들이다. 너에게는 자성 전하와 김좌근의 피가 흐르고 있어."

부친의 음성이 부드럽고 따뜻했다. 부친이 방을 나갔다.

병운은 자리를 뜰 수 없었다. 머릿속이 벼락을 맞은 것처럼 혼란스러웠다. 병운은 자리에서 일어나 밖으로 나왔다. 사랑채를 벗어나 안채를 지나 중문을 나와 후원에 섰다. 연못에 달이 떠 있었다. 보름밤이었다.

"서방님, 예서 무얼 하시옵니까?"

정신을 차리고 보니 처가 곁에 와 있었다.

"어디로 가야 할지 막막하여……."

"달빛이 좋습니다. 빛이 이끄는 대로 가시어요."

병운이 하늘을 바라보았다. 달은 말없이 빛을 뿌리며 제 길을 비추었다.

"소첩이 함께 가겠사옵니다."

처가 손을 내밀었다. 병운이 처의 손을 잡고 달빛이 비치는 곳으로 걸음을 뗐다.

날이 밝고 병운은 입궐했다. 원범이 중희당에 있다는 소식을 듣고 그곳으로 발걸음을 옮겼다. 그러나 중희당으로 들어가지 않았다. 저도 모르게 지나쳐 후원으로 난 길로 빠져들었다. 병운은 후원을 걸었다. 부용지를 지나, 길을 따라 걸었다. 느티나무, 굴참나무, 딱총나무 숲길을 지나 애련지 앞에 섰다. 사방을 둘러보았다. 벗들과 함께하던 자리에는 이제 쓸쓸함과 적막만 있었다.

병운은 연경당에 들었다. 내금위 무관들이 전시 태세를 갖추고 사랑채를 요새처럼 방어하고 있었다. 난공불락(難攻不落)이었다. 그간 부친이 '하옥일기'를 빼내 오려고 시도하지 않았다면 거짓말일 터, 부친도 이곳은 뚫을 수 없었으리라. 하여 저를 보냈으리라.

병운이 사랑채에 발을 들여놓았다. 아무도 병운을 막지 않았다. 병운은 원범에게 그런 사람이었다. 언제든지 원범의 요새에 발을 들여놓을 수 있는 사람이었다. 적의 아들이라도 문제 되지 않는 사람이었다. 병운은 원범이 침전으로 쓰고 있는 사랑 안으로 들어갔다. 높지 않은 보료 하나, 크지 않은 서안 하나만 덩그러니 놓여 있었다. 병풍도 없었다. 임금의 침전엔 다른 가구는 놓을 수 없었다. '하옥일기'가 있는 곳은 뻔했다. 이 방의 유일한 가구인 작은 서안 서랍 안.

병운은 자리에 앉았다. 주인 없는 주인의 자리를 바라보았다. 주인 없는 주인의 자리를 바라보면서 빈자리의 주인과 아비와 저를 생각했다. 나라와 가문과 저를 생각했다. 백성과 가솔과 저를 생각했다.

한 식경 즈음 지났을 때 문이 열렸다. 빈자리의 주인이 돌아와 병운에게 물었다.

"물건을 찾으러 왔는가?"

병운은 가슴이 두근거렸다. 얼굴이 뜨거워졌다. 자리의 주인은 제 자리에 앉았다. 서안 서랍을 열고 '하옥일기'를 꺼내 자신 앞에 내밀었다.

2

유시(오후 5시~7시)가 지났다. 어두웠다. 별이는 골목을 돌고 돌아 빈집을 향해 터벅터벅 걸었다. 무관을 사직하고 강화댁이 된 별이는 여전히 한양에 머물렀다. 대왕대비의 병이 위중하여 움직일 수도, 말할 수도 없다고 해도, 대왕대비와 김좌근은 여전히 원범에게 위협이 되었다. 하루하루 김좌근의 동태를 살피는 일이 한양에 남아 있는 표면적 이유였지만 실은 제 마음을 잘 몰랐다.

제집 앞에 다다른 별이는 숨을 한 번 내쉬고 사립문을 밀었다. 순간 별이의 얼굴이 밝아졌다. 빈집에 불이 밝혀 있었다. 별이는 잠시 멈칫했다. 설마, 봉 서방? 별이는 고개를 저었다. 이웃집 홀아비가 죽을 각오를 하지 않고서야 감히 제 방에 들어가 있을 리는 없었다.

그렇다면, 설마? 별이는 다시 고개를 저었다. 기대가 크면 실망도 큰 법이다. 원범일 리가 없었다. 지난번에 이곳에서 밥상을 마주한 이후, 원범은 이곳을 한 번도 찾지 않았다. 제가 여기 남아 있는지도 모르리라. 강화로 돌아갔다고 생각하리라. 그래도, 혹시?

"전하!"

별이는 얼른 툇마루로 올라가 방문을 열었다. 방에는 불빛만 있을 뿐 아무도 없었다. 내가 불을 켠 채로 나갔나? 별이는 고개를 갸우뚱하며 밖으로 나왔다. 부엌으로 가려다 말고 툇마루에 주저앉았다. 피부에 와 닿는 저녁 바람이 쌀쌀했다. 마당에는 자줏빛 백일홍이 웃고 있었다. 강화 살 적 보던 백일홍이었다.

"우리 어머니, 아버지 좋아하시던 백일홍이네. 한데 너…….."

지난여름 별이를 위해 이 집을 장만한 원범은 여러 가지 꽃을 마당에 심게 했다. 덕분에 여름 내내 마당에는 나팔꽃, 영산홍, 봉숭아, 쑥부쟁이, 맨드라미, 해바라기가 꽃잎을 피웠으며 가을에는 국화가 만발했다. 그런데 초여름에 얼굴을 내밀어 백 일 동안 핀다는 백일홍은 심은 기억이 없었다. 봉 서방이 심었나? 이 겨울에? 봉 서방이 심었겠지. 이 겨울에 백일홍은 어디서 났지? 대궐 온실에만 있을 텐데? 봉 서방이 부잣집 온실에서 구했겠지. 별이는 아지랑이처럼 피어나는 기대를 애써 부인했다. 실망하여 쓸쓸하고 싶지 않았다. 그러면서도 가슴이 두근대는 것은 어쩔 수 없었다.

별이는 일어나 주변을 둘러보았다. 그러고 보니 전에 없던 것이 또 있었다. 닭 한 마리가 마당을 어슬렁대고 있었다. 하지만 사람의 흔적은 없었다. 봉 서방이 가져다 놓았나 보네. 별이가 실망한 채 돌아섰다.

"나를 찾느냐?"

별이의 등 뒤에서 그리운 목소리가 날아들어 발길을 잡았다. 매일 그리던 그 목소리였다.

"예!"

별이는 대답해놓고서는 탄식 어린 숨을 뱉었다. 어깨를 늘어뜨렸다. 분명 원범의 목소리였는데 원범이 올 리가 없었다. 별이가 돌아보지 않고 앞으로 한 걸음 내디뎠을 때 그 목소리가 다시 별이의 귀에 흘러들었다. 오래전에 꾸었던, 좋은 꿈 같은 목소리였다.

"돌아보지 않느냐?"

"돌아볼 수 없사옵니다."

"어찌 돌아볼 수 없느냐?"

"돌아보았는데 전하께서 아니 계시면 어찌하옵니까? 이 꿈을 오랫동안 꾸고 싶사옵니다. 돌아보았는데 이 꿈에서 깨면 어찌하옵니까?"

원범이 미소를 지으며 별이의 등 뒤로 다가갔다. 오른손을 뻗어 별이의 손을 잡으며 그녀를 안았다. 한겨울 추위를 날려버리는 부드럽고 따뜻한 포옹이었다. 원범이 별이의 귓가에 속삭였다.

"나야, 별이야. 이건 꿈이 아니야."

별이가 원범을 향해 천천히 몸을 돌렸다. 한 손에 꽃을 한 아름 안은 원범이 별이를 내려다보며 웃고 있었다.

"전하!"

별이가 원범을 불렀다. 하루에도 몇십 번 되뇌던 그 이름이었다. 별이의 눈에 그렁그렁 눈물이 맺혔다. 그녀가 눈을 깜빡거렸다. 원범의 얼굴을 똑똑히 보기 위해서였다.

"정말 전하이시군요."

오랜만에 보는 원범은 전보다 야위었다. 턱선이 더 날렵해지고 볼이 더 패인 것 같았다. 잘 먹지도 잘 자지도 못한 듯하였다.

"강화가 그리워 나를 떠난다던 네가 예서 매일 나를 그리워하였느냐?"

별이가 대답 대신 입술을 맞물었다.

"꿈에서도 보고 싶을 만큼?"

원범이 별이와 눈을 맞추며 미소를 지었다.

"꿈에서 깨고 싶지 않을 만큼?"

"예. 꿈에서도 보고 싶을 만큼, 꿈에서 깨고 싶지 않을 만큼 매일 전하를 그리워하였사옵니다. 하니 어서 그 꽃을 주며 보고 싶었노라. 그리웠노라 고백하시지요."

별이가 원범이 안고 있는 꽃다발을 가리켰다.

"이건 대전에 꽂을 것이다."

"예?"

별이가 이마를 찡그렸다. 원범이 얼른 한 팔로 별이를 꼭 안았다.

"보고 싶었노라. 그리웠노라. 매일매일."

원범의 속삭임이 별이의 귀를 간지럽혔다. 원범이 꽃다발을 별이의 손에 쥐여주었다. 꽃과 원범의 향기가 별이의 코를 찔렀다. 아까부터 마당에 있던 닭이 시끄럽게 바닥을 쪼며 둘의 곁을 지나갔다.

"웬 닭이랍니까? 전하께서 가져오셨습니까? 살이 통통하니 잘 올랐사옵니다."

"봉 서방이 주고 가더라."

"예……? 봉 서방이요?"

별이가 당황한 기색을 띠며 눈매를 찡그렸다.

"별거 아니옵니다."

"그래. 이웃에 사는 홀아비라지? 처는 3년 전에 죽고, 딸이 하나 있는데, 그 아이가 너를 많이 따른다지?"

"어찌 아셨사옵니까?"

"내 너에 대해 모르는 바가 있더냐?"

"아니, 줄곧 떨어져 있었는데……. 설마 간자를 붙이셨사옵니까?"

"간자라니? 호위였다."

"호위요? 아무도 없었사온데……."

별이가 아차, 하고 눈을 크게 떴다.

"옆집 김 서방, 뒷집 이 서방……?"

원범이 눈빛으로 그렇다고 답했다.

"앞집 석이도?"

원범이 빙긋이 웃었다.

"사방을 포위할 걸 그랬구나. 봉 서방이 활개를 치는데……."

"봉 서방과는 진짜 아무 사이도 아니옵니다."

"그래? 이 바닥에선 닭을 주면 다 주는 거라던데?"

별이가 손을 내저었다.

"아니옵니다. 그저 가끔씩, 아주 가끔씩, 아주아주 가끔씩 생선 한 마리, 상실포 한 모……."

별이의 목소리가 점점 작아졌다.

"산나물도, 무도, 배추도, 닭알도……."

"그건 조사해보면 알 터."

"봉 서방을 잡아가셨사옵니까?"

"마땅히! 임금의 여인에게 딴마음을 품었는데 어찌 살려두겠느냐?"

"농이시지요? 죄 없는 백성을 함부로 체포할 전하가 아니시옵니다."

"죄가 없다니?"

원범이 검지를 들어 별이를 가리켰다.

"널 쳐다본 것도 죄."

검지를 올려 별이의 입술을 가리켰다.

"너와 말을 나눈 것도 죄, 네 집에 발을 들여놓은 것도 죄, 여식을 보내어 네 마음을 얻으려 한 것도 죄, 애초에 널 알게 된 것부터 죄이니라."

"예? 그 사람이 어찌 저와 전하의 사이를 알겠사옵니까?"

"그래, 널 그저 과수댁으로 알고 있지. 서방이 여기 멀쩡히 살아 있는데 말이지."

원범이 저를 가리키며 이를 앙다물었다.

"걱정하지 말거라. 죽이지는 않을 테니. 장형 이십 대 정도면 두 다리로 걸어서는 물론 기어서도 이 집에 올 리는 없을 테다."

별이가 가만 생각하다가 미소를 지었다. 원범을 누구보다 잘 아는 그녀였다. 원범이라면 그자에게 도리어 값을 쳐주어 보냈을 것이다. 별이가 원범에게 와락 안겼다.

"전하."

"왜?"

원범의 표정이 부루퉁했다.

"전하께서 오시니 너무너무 좋사옵니다."

원범이 미소를 지으며 별이를 꼭 껴안았다.

"대궐엔 김 숙의, 대궐 밖은 봉 서방, 하나뿐인 내 정인은 여인도, 사내도 홀리니 난 어찌해야 하느냐?"

"제가 전하께만 홀려 있으니 성려 붙들어 매소서."

"별이야."

원범의 목소리가 다정했다.

"예?"

별이가 눈을 반짝이며 산드러지는 목소리로 대답했다. 원범이 웃으며 다시 별이를 불렀다.

"별이야?"

"예?"

"우리 방으로 들어갈까?"

"벌써요?"

"벌써라니? 날이 저물었는데……."

"에이, 그래도 너무 이르지 않사옵니까?"

별이의 얼굴이 발그레해졌다.

"이르다니? 대궐에 있다면 벌써 석반을 들었을 터인데 시장하지 않느냐?"

"아, 그렇지요. 석반을 드실 때가 되었지요. 오늘은 전하 덕택에 닭고기를 먹겠사옵니다."

"봉 서방 덕이지 어찌 내 덕이냐?"

"전하께서 닭값을 후하게 지불하지 않으셨사옵니까?"

별이가 원범의 마음을 다 알고 있다는 듯이 미소를 지었다.

"제가 얼른 때려잡겠습니다. 잠시만 기다리소서."

"설마, 네가 지금 이 닭을 잡겠다고? 때려서?"

"예, 그럼 전하가 잡으시겠사옵니까?"

260

"우리에겐 방자가 있지 않느냐? 방자!"

어둠 속에서 심규가 모습을 드러내었다.

"영감!"

심규가 별이와 인사를 나누고 원범에게 말했다.

"전하, 소신이 아직도 닭을 잡아야 할 위치이옵니까?"

"그럼 물고기를 잡아 올 텐가?"

"두십시오. 영감께 어찌 닭을 잡으라 하겠사옵니까? 제가 잡겠사옵니다. 어렵지 않사옵니다. 양팔로 닭을 잡은 다음에 양다리 사이에 끼워 넣고 모가지를 확 비틀어서……."

"두거라. 아, 니 두십시오."

심규가 별이를 말렸다.

"두거라, 두십시오? 왜 이랬다저랬다 하십니까?"

"나도 네 신분이 뭔지 헷갈리는구나. 전하의 승은 상궁인지 내 수하인지 잘 모르겠……."

심규가 원범을 보며 말끝을 흐렸다.

"과인의 여인이네. 답이 되지 않았는가?"

"예."

심규가 원범에게 대답을 하고 별이를 보았다.

"닭 모가지는 제가 비틀겠습니다."

"저도 돕겠습니다."

심규와 별이가 닭을 쫓아 부지런히 움직였다. 소란스러운 두 사람을 보니 원범의 얼굴에 오랜만에 진짜 웃음이 피어났다. 별이와 심규는 원범에게 가족이었다. 두 사람과 있으니 마치 강화의 집에 와 있는 것처럼 마음이 편안했다. 참으로 오랜만에 맞이한 평온한 저녁이었다.

"잡았다!"

별이가 소리쳤다. 심규가 닭 모가지를 잡아 올렸다. 닭이 소리를 내며 파닥거렸다.

"내 닭을 죽이는 것은 차마 못 보겠구나."

원범이 방 안으로 들어왔다. 별이가 홀로 오랜 시간을 보냈을 방 안을 찬찬히 둘러보고 나서 자리에 앉았다. 별이와 심규가 가족이라면 병운은 강하, 은규와 더불어 원범의 지기지우(知己之友)였다.

원범은 오늘 낮에 연경당에서 병운을 만났다.

"왕도를 따르는 임금이라면 그 임금의 하늘은 백성이어야겠지? 그 임금이 가장 사랑하는 건 백성이어야겠지?"

"예, 전하께서는 인과 덕으로 정치를 하시고, 백성을 가장 우러러보시고, 백성을 가장 사랑하고 계시옵니다."

원범이 큰 눈을 껌벅거리며 고개를 저었다.

"아니야, 이 사람 김 지평. 과인은 왕재가 아니야, 과인은 임금의 자격이 없어."

병운이 원범을 바라보았다.

"종묘사직을 바로 세우고 백성을 구하는 길은 안김의 세도 정치를 끝내는 것이라 믿었네. 그리고 이를 위해 싸워왔지."

"예, 전하께서는 잘해오셨사옵니다."

"그럼 자네는? 과인이 이 일기록을 세상에 공개한다면 자네는 죽어야 하네."

"전하, 소신은……."

"지금 과인이 구하고 싶은 건 자네야. 과인이 지키고 싶은 건 내 벗이야. 열 명의 백성, 백 명의 백성을 구할 수 있다 해도 그것이 자네의 목숨을 희생시키는 일이라면 과인은 자신이 없네. 먼 길을 돌아가야 하더라도 자네를 죽일 수는 없네."

"전하……."

원범의 어의를 헤아린 병운이 말을 잇지 못했다. 원범이 구하고 싶은 건 병운 자신이라는 뜻이었다.

"하니 이 일기록을 가져가게."

병운이 제 앞에 놓인 일기록을 보았다. 잠시나마 부친의 말을 따를까 생각하던 자신이 부끄러웠다.

"전하, 송구하옵니다. 소신을 용서치 마소서."

"아니. 과인이 자네 마음을 아네. 우리 중에 제일 괴로운 사람은 자네가 아닌가."

"전하, 소신은 개의치 마시고, 전하의 뜻대로 사용하소서."

"그럼 자네는……?"

병운의 목이 메어왔다.

"이 일기록이 공개되면 자네 집안이 멸문지화를 당할 게야. 마땅히 자네에게도 화가 미치겠지. 임금을 시해하려 했으니 유배 정도로 그치지 않을 걸세."

"전하, 죄인의 아들로서 소신이 마땅히 받아야 할 벌이옵니다."

"자네는 죄인이 아니라 과인의 신하이고 과인의 벗이고 과인의 형제이네."

'소신에게도 전하는 주군이자 벗이고 형제이시옵니다. 하여 그 일기록을 드린 것이옵니다.'

병운은 차마 마음속에 있는 말을 내뱉지 못했다. 인정에 약한 성심을 더 이상 흔들 수는 없었다.

"이 일기록의 주인은 자네일세. 자네가 없었다면 일기록이 과인의 손에 들어오지 않았겠지. 과인의 뜻이 아니라 자네의 의지대로 사용해야 하네. 곧 능행을 떠날 것이야. 과인이 장릉에서 제를 올리고 김포 행궁에 머무는 동안 심사숙고해보게. 그래도 자네의 뜻이 변치 않는다면……."

원범이 숨을 삼켰다.

"그때 이 일기록을 가지고 과인을 데리러 오게."

"혹 소신이 가지 않으면 어쩌시려고요?"

원범이 미소를 지었다.

"일을 더 열심히 하여야겠지. 자네 부친과 자네 부친의 그늘 아래 있는 자들을 축출하기 위해서 더 분투하여 그들의 죄상을 밝히고 벌을 주어야겠지. 그래도 괜찮아. 죄 없는 자네를 살릴 수 있다면."

원범이 지난 일에 잠겨 있는 동안 석반이 준비되었다. 심규가 밥상을 들고 들어왔다. 원범이 웃음을 터뜨렸다. 금군 병사들이 가장 존경하고 받드는 금군별장이었다.

"과인이 자네에게 못 할 짓을 시키는군."

"제가 한다 하였는데도 영감이 굳이 든다고 하여 이리 되었사옵니다."

따라 들어온 별이도 심규를 보며 웃음을 지었다.

"자네도 같이 드세."

원범이 겸상을 권했다. 심규는 늘 원범의 요구를 묵묵히 들어주고 원범을 위해 희생하는, 고마운 사람이었다. 대궐 밖에서 한 번쯤은 겸상을 해도 될 듯싶었다.

"당치도 않사옵니다. 두 분 마마 모처럼 만나셨으니 회포를 푸소서."

심규가 밖으로 나갔다.

원범이 밥상을 내려다보았다. 밥과 된장국, 닭백숙과 생선구이, 고추지와 호박 나물이 있었다.

"심 별장이 정말 물고기를 잡아왔느냐?"

"매복한 내금위들이 구해왔사옵니다. 전하와 제 상에 물고기가 빠질 수 없다며 별장 영감이 굳이 수하를 보냈사옵니다."

원범이 물고기를 보며 웃음을 지었다.

"물고기가 그리 마음에 드시옵니까? 없으면 큰일 날 뻔했사옵니다."

"마음에 들다마다, 너는 그렇지 않느냐?"

대답 대신 별이도 미소를 지었다. 원범이 또 웃음을 지었다.

"그리 좋으십니까?"

"그래, 좋다. 네가 있어서, 너랑 상을 마주하고 있어서 좋구나. 오늘이 내 탄일이다."

"어서 드소서."

"한데 마음에 들지 않는 게 있다."

"찬이 너무 부족하지요?"

별이가 찬을 보면서 눈가를 찡그렸다.

"아니, 이 닭. 너에게 딴마음을 품은 이웃 홀아비 봉 서방이 갖다 바친 이 닭, 이 닭이 마음에 들지 않는다."

"예?"

원범이 닭다리 사이에 젓가락을 넣어 비틀었다.

"무얼 하시옵니까?"

"주리를 튼다. 닭 주인의 주리 대신 이 닭의 주리라도 틀어야겠다."

원범이 닭다리 하나를 뜯어 별이의 앞에 놓고 나머지를 가리켰다.

"봉 서방이 갖다 바친 이 닭, 꼴 보기 싫다. 밖에 내다주거라."

"참말 아니 드시겠사옵니까?"

"밖에 내다주거라. 장정이 세 명인데 찬이 부족하지 않겠느냐?"

별이가 닭고기를 들고 밖으로 나갔다.

"성은이 망극하옵니다, 전하."

들마루에서 식사를 하던 내금위가 소리쳤다.

별이도, 심규도 웃었다. 원범이 오랫동안 바라던 삶의 모습이었다. 내 사람이 편안하게, 내 백성이 평온하게 저녁 밥상을 누릴 수 있는 삶. 백성의 상에 밥과 찬이 오르고, 그 음식을 함께 들 사람이 있고, 소박한 삶에 감사하고 소소한 일상에서 기쁨을 찾는 삶. 내 다시 방법을 찾으리라. 아무도 다치지 않고, 아무도 잃지 않고, 모두가 행복할 수 있는 방법을 찾으리라. 원범은 밥상 앞에서 웃으며 떠드는 그들을 보면서 다짐했다.

상을 물리고 원범과 별이가 마주 앉았다. 방 안에서 움직이는 것은 촛불밖에 없었다. 별이의 마음처럼 초가 심하게 흔들렸다. 이제 원범과 헤어져야 한다. 원범은 다시 대궐로 돌아가야만 하고, 자신은 예서 과수댁으로 살아야 한다.

"별이야."

원범이 별이를 나직이 불렀다.

"환궁하셔야 하지요?"

"응."

원범이 고개를 끄덕였다.

"배웅하겠사옵니다."

별이가 먼저 일어나 고개를 돌렸다. 눈물이 차오를 것만 같았다. 원범이 일어나 별이에게 다가왔다.

"울지 않아도 된다."

"울다니요?"

원범이 별이를 제 쪽으로 돌려 안았다.

"곧 도성을 떠나야 해서 몹시 분주하구나. 능행을 가야 해. 돌아오면 다시 오마. 그땐 아침까지 함께 있자꾸나. 하니 울지 않아도 된다."

별이가 눈을 동그랗게 뜨고 고개를 들었다.

"아침까지라니요? 저는 그런 생각은 추호도 하지 않았사옵니다."

원범이 웃었다.

"내 이미 그분을 만나 뵈었다."

"누구 말이옵니까?"

"엉큼한 아낙 말이다."

"예?"

"안 본 사이에 교태와 말재간까지 늘었더구나."

별이가 눈을 흘겼다.

"그 아낙에게 전해 다오. 능행에서 돌아오면 데리러 오겠다고. 나와 함께 우리 집으로 돌아가자고."

"전하, 신첩은 아직……."

원범이 별이를 꼭 껴안았다.

"대답은 돌아와서 듣겠다."

원범과 별이가 밖으로 나왔다. 뺨을 두드리는 공기가 간지러웠다. 코를 찌르는 향기가 달보드레했다. 원범이 마당에 피어 있는 백일홍으로 시선을 돌렸다.

"전하께서 가져오셨사옵니까?"

"마음에 드느냐?"

"예, 마음에 꼭 드옵니다. 강화 우리 집 마당에 있던 꽃이랑 똑같사옵니다."

"그래, 옛 생각을 하며 똑같은 것들로 가져와 심었느니라. 날이 차서 얼마 버티지는 못하겠지만. 이번에 김포 행궁에서 유숙하는 김에 강화에도 다녀올 참이야. 혼자 가서 미안하구나."

"전 언제든지 갈 수 있으니까요."

"다음엔 꼭 같이 가자."

"무탈하게 다녀오십시오."

원범이 사립문으로 걸음을 옮기다 말고 별이에게 다시 다가왔다.

"그럼, 다녀오리다. 부인."

별이가 문을 나가는 원범의 뒷모습을 바라보다가 그를 다시 불렀다. 원범이 별이를 돌아보고 미소를 지었다.

"조심하십시오. 솔개가 돌아왔사옵니다."

원범이 고개를 끄덕이고 사립문을 나갔다. 별이는 문을 나가 원범의 모습이 완전히 사라질 때까지 그 자리에 서 있었다.

마당으로 들어온 별이는 가장자리로 가서 백일홍 꽃잎을 어루만졌다. 백일홍은 어머니가 좋아했다고 하여 아버지 박시명이 아낀 꽃이었다. 아버지와 함께 살던 옛집 마당에도 백일홍이 한가득 피어 있었다. 아버지, 저는 어떻게 해야 할까요? 다시 대궐의 여인이 되어 전하의 곁에 살아도 될까요? 별이가 여린 숨을 토했다. 오늘 밤도 잠은 다 잤구나, 싶었다.

3

이틀 후 아침, 별이는 숭례문이 내려다보이는 언덕바지에 올라어가 행렬이 지나가는 것을 지켜보았다. 원범의 모습은 보이지 않았지만 원범이 어디쯤에 있는지는 파악할 수 있었다.

별이는 오랜만에 원범을 만나고 제가 한양을 떠날 수 없는 이유를 깨달았다. 제가 떠날 수 없는 것은 한양이 아니라 원범이었다. 제 발을 묶은 것은 김좌근에 대한 염려가 아니라 원범에 대한 사랑이었다. 그녀가 진정 가고 싶은 곳은 강화가 아니라 원범의 곁이었다. 이제 별이에겐 원범이 제집이고 제 고향이었다.

'전하, 신첩이 엊그제 드리지 못한 대답은 '예'입니다. 전하와 함께 대궐로 가겠사옵니다. 잘 다녀오십시오. 신첩 전하를 기다리고 있겠사옵니다.'

별이가 원범을 향해 속삭였다.

어가 행렬을 배웅하고 도성으로 돌아온 별이는 교동 김좌근의 집으로 갔다. 요즈음 별이는 다시 모습을 드러낸 솔개의 동태를 주시했다. 한나절을 김좌근의 집 주변을 어슬렁대며 솔개를 기다렸지만 그는 나타나지 않았다. 많은 이들이 오고 갔고, 근래에 등장한 새 얼굴도 있었다. 새 얼굴이 돌아갈 때는 김좌근의 아들 김병기가 대문간까지 나와서 마중했다. 김병기의 태도가 공손했다. 중요한 사람인 듯 보였다.

병운이 집 밖으로 나왔다. 별이가 다가갔다.

"김 형은 능행에 함께 가지 않으셨소?"

"예, 저와 조 헌납은 이번 능행에는 동행하지 않았습니다."

병운의 말투가 달라져 있었다. 박별이는 이제 더는 무관 박소성이 아니니 말을 삼가라는 어명이 있었다고 했다.

"전하께서는 무탈하시겠지요?"

별이가 걱정스러운 표정으로 물었다. 별이의 말투도 달라졌다.

"그럼요. 곧 저와 조 헌납이 전하를 뵈시러 갈 것입니다."

"저도 동행해도 괜찮을까요?"

"저희가 마마님을 모시고 가도 될지…… 이제는 전하께 윤허를 구해야 하는 일이 아닌지……. 혹 특별한 용무가 있으신지요?"

병운이 시원스레 대답하지 못했다.

"강화도 둘러보고 싶고……. 이번에 가면 강화와는 마지막이 될 것입니다."

"어디 멀리 가십니까?"

"예, 아마도……. 그리 멀리는 아니고요. 한데 솔개가 보이지 않는군요."

별이가 목소리를 낮추고 주위를 두리번거렸다.

"어젯밤에 아버님을 만난 이후로 돌아오지 않습니다."

"요 며칠은 보였는데……. 수상한 점은 없었습니까?"

"수상한 점이라면……."

병운은 솔개의 모든 점이 수상했다. 어릴 적부터 아비의 은밀한 명을 받아 조용히 아무도 모르게 움직이는 자였다. 그가 한동안 사라졌다가 다시 나타났을 때는 다른 모습일 때가 많았다. 눈 한쪽을 잃어 온 적도 있고, 얼굴에 칼자국을 새기고 온 적도 있고, 가슴에 화살을 맞고 온 적도 있었다.

"강화에 나타나 제 아비를 죽인 자가 솔개입니다. 저도 죽이려 했지요."

"그럼 그때도……."

아버님의 명을 받고 박시명과 박 상궁을 죽이러 갔구나, 라는 말을 병운은 잇지 못했다.

"솔개는 한동안 모습을 보이지 않았습니다. 제가 알아본 바로는 서북 지방에 다녀왔단 소문도 있고, 모처에서 살수를 훈련했다는 소문도 있고, 큰 병을 앓았다는 소문도 있으나 사실인지는 확인할 수 없었습니다. 어쨌든 어젯밤 이후 교동 집에는 오지 않았습니다."

별이의 낯빛이 걱정과 불안으로 어두워졌다. 불안하기는 병운도 마찬가지였지만 별이를 안심시키려 노력했다.

"별장 영감과 잘 훈련된 내금위가 함께 있으니 큰일이야 있겠습니까? 제아무리 솔개라도 별장 영감을 넘을 수는 없습니다."

"제가 우선 전하께 가보겠습니다. 나리께서는 솔개에 대해 더 알아봐주십시오."

"알았습니다."

"그리고 한 가지 더. 근래 새로운 인물이 이 집을 드나들고 있습니다. 대접이 극진한 걸로 보아 중요한 인물인 듯한데 조정에서 본 적은 없습니다. 누군지 알아봐주실 수 있는지요?"

병운이 고개를 끄덕였다.

원범 일행은 김포 행궁에 도착했다. 김포 행궁은 오래전 강화에서 유배 죄인으로 살고 있던 원범이 대왕대비의 명을 받아 임금으로 지목된 후, 한양으로 입성하기 전 하룻밤 유숙한 곳이었다. 그날 원범은 작별 인사도 못 하고 떠나온 별이를 찾아 다시 강화로 돌아가겠다고 하였지만 뜻을 이루지 못했다. 그때 돌아갔으면 어땠을까? 스승님도 지켜낼 수 있었을까? 별이도 모진 고초를 겪지 않았을까? 원범은 상선을 노려보았다. 저 영감, 그때 날

잡지만 않았어도⋯⋯.

"전하, 어찌 그러시옵니까?"

원범의 따가운 시선을 느꼈는지 눈치 빠른 상선이 물었다.

"아닐세."

하긴 그도 그때는 즉위 후에 별이를 대궐로 데려오면 된다는 봉영 대신 정원용의 말을 진심으로 믿었으리라.

"상선."

"예, 전하."

"이번에 도성으로 올라가면 편히 쉬시게. 과인이 더는 자네를 붙잡지 않을 터이니."

"성은이 망극하옵니다, 전하."

상선은 오래전부터 병을 앓고 있었다. 허리가 아파서 몸을 굽히거나 오래 앉아 있거나 서 있는 것이 불편했다. 원범은 상선에게 허리를 굽히지 않아도 된다고 명하였지만 상선은 말을 듣지 않았다. 그는 원범을 처음 만난 그날부터 한결같은 충심으로 원범을 보필했다. 미련한 영감 같으니라고. 그는 지금도 통증을 참아내며 허리를 굽히고 있었다.

상선은 사직을 청하였지만 원범은 허락지 않았다. 지밀에서 제가 진심으로 믿을 수 있는 자들은 기껏해야 상선, 민 상궁밖에 없었다. 하지만 이제 상선은 놓아줄 때가 되었다. 이번 능행엔 동행하지 말라 일렀건만 기어이 따라왔다. 자신의 곁에 있는 한 상선은 제 몸을 혹사하며 소임을 다할 사람이었다.

날이 저물어 갔다. 원범은 심규와 호위 무관 두 명, 은규만 데리고 강화로 잠행을 다녀올 작정이었으나 상선과 민 상궁이 굳이 원범을 수행하겠다고 나섰다. 심규는 별이의 말이 걸린다며 내금위 네 명을 더 데려갔다.

오랜만에 잠저로 돌아온 원범은 일찍 잠자리에 들었다. 집은 옛날 원범이 살던 때와는 부쩍 달라져 있었지만 집은 집이었다. 자리에 들자 그간 쌓인 피로가 한꺼번에 몰려왔다. 대궐을 벗어나니 어깨가 가벼워지고 마음이 편해졌다. 원범은 이내 깊은 잠에 빠져들었다.

"전하!"

심규가 다급히 원범을 깨웠다. 원범이 눈을 떴다. 웬만해서는 저를 깨울 심규가 아니었다.

"무슨 일인가?"

"역도가 들었사옵니다."

4

해초시(밤 9시)

병운은 솔개의 행방을 추적하다가 집으로 돌아왔다. 그자가 있을 만한 곳을 수소문하여 뒤져보았으나 흔적조차 만날 수 없었다. 집으로 돌아온 병운은 부친에게 단도직입적으로 솔개의 행방을 물어볼 참이었다.

큰사랑 문창지에 두 사람의 그림자가 비쳤다. 부친과 형 병기

274

가 대화를 나누고 있었다. 병기는 부친의 뜻을 성심을 다해 떠받들었고, 하여 현재 부친이 가장 믿고 의지하는 사람이었다.

병운은 병기의 신 옆에 제 신을 나란히 벗어두고 대청에 올랐다. 방문 앞에 서서 부친을 부르려는 찰나, 병기의 목소리가 방 안에서 흘러나왔다.

"홍창군 댁도 준비가 다 되었습니다."

"그래. 결국 사도 세자의 후손들이 많은 일을 하는구나."

홍창군? 병운의 미간이 깊어졌다. '흥' 자 항렬을 쓰는 종친이라면 사도 세자의 서자 은신군의 아들을 말하는가?

"아버님, 소자 들어가옵니다."

김좌근의 대답이 떨어지기도 전에 병운이 문을 열고 사랑으로 들어섰다.

"오늘 사랑에 중요한 손이 들었다고 하던데 홍창군이옵니까?"

"네 알 바 아니다. 말한 물건은 가져왔느냐?"

김좌근의 목소리가 날카로워졌다.

"홍창군이면 은신군의 후손이 아니옵니까? 어찌 종친이 대신의 집에 드나든단 말입니까?"

병운이 따지듯이 물었다. 병기가 나섰다.

"아버님을 찾아오는 손이 어디 종친뿐이겠느냐? 대소 신료는 물론, 가세가 어려운 종친, 유생, 시골의 선비까지 아버님을 찾아와 도움을 구하지 않느냐? 손님 접대는 내가 할 터이니 넌 아버님께서 시킨 일을 잘 마무리하거라. 아버님도 나도 네게 거는 기대가 크구나."

김좌근이 못마땅하다는 듯이 헛기침을 했다.

병운은 사랑을 나왔다. 홍창군이 부친을 만났다. 홍창군에게는 어린 아들이 있으리라. 병운의 가슴이 두방망이질 치기 시작했다. 인정하고 싶지는 않지만 머릿속을 세게 두드리는 생각을 뿌리칠 수 없었다. 병운은 대문을 향해 서둘러 걸음을 옮겼다.

해시 이각(밤 9시 30분)

밤늦게 병운이 찾아왔다는 소식을 듣고 강하는 자리에서 벌떡 일어났다. 무언가 심상치 않은 일이 벌어졌으리라는 예감이 들었다.

"솔개가 사라졌네. 아버님이 홍창군을 만났어."

중문을 들어서던 병운은 강하를 보자마자 마음이 놓여 두방망이질 치던 가슴이 진정되었다.

"솔개라니? 자네 아버님의 호위 무사? 홍창군은 종친인가?"

"예전에도 솔개가 모습을 감추었을 때 강화에 있던 박시명이 죽었어. 그때 솔개는 박 상궁도 죽이려 했네. 승려 해원도 그 자의 짓일 게야. 홍창군은 사도 세자의 서자 은신군의 아들이고."

병운이 쉬지 않고 답했다.

"그럼 이번에도 솔개가 누구를 죽이기 위해 사라졌단 말인가? 그게 누군데?"

병운이 숨을 고르다가 멈추고 강하의 곁으로 바투 다가왔다. 낮은 목소리로 말했다.

"성상."

강하가 너무 놀라 병운의 팔을 잡고 물었다.

"그럼, 흥창군이라는 자는 성상 대신 보위를 이을 자고?"

"정확히는 그의 어린 아들이겠지."

잠시 후, 병운과 강하를 태운 말 두 마리가 성문을 빠져나갔다. 그들은 김포를 향해 전속력으로 달렸다.

해시 삼각(밤 9시 45분)

"다 왔습니다."

뱃사공의 메마른 목소리가 별이의 가슴을 조여왔다. 나룻배가 강화 갑곶진에 머리를 대기도 전에 별이가 훌쩍 뭍으로 뛰어올랐다. 뱃사공의 입이 벌어졌다. 치마 입은 아낙의 몸이 너무 가볍고 빨랐다. 별이는 용흥궁을 향해 달렸다.

해정시(밤 10시)

용흥궁 내전을 호위하던 내금위 병사 네 명이 동시에 쓰러졌다. 짧은 애기살이 그들의 가슴으로 날아들었다. 고수의 솜씨였다.

침전을 호위하던 심규가 급히 방 안으로 뛰어들었다.

"전하!"

심규가 원범을 불렀으나 잠에 빠진 원범은 기척이 없었다. 원범의 잠이 너무 곤하고 깊었다. 그렇다고 옥체에 손을 댈 수도 없는 노릇이었다.

"전하!"

심규가 목소리를 높여 다시 한번 원범을 불렀다. 원범이 가늘게 눈을 뜨고 심규를 올려다보았다.

"무슨 일인가?"

"역도가 들었사옵니다."

"역도라니?"

"복면을 쓰고 검을 든 자들이 지금 밖에서 내금위와 맞서 싸우고 있사옵니다."

원범이 자리에서 일어났다.

"반란이라도 일어났단 말인가?"

"아직 어찌 된 일인지는 소상히 모르겠사옵니다. 우선 피하셔야 하옵니다."

내전 밖에서는 화살을 맞은 내금위들이 피를 흘리며 자객들을 상대하고 있었다.

민 상궁과 상선도 침전으로 달려왔다.

"전하, 어서 피하소서."

"어서 가세."

원범이 상선과 민 상궁을 재촉했다.

자객들은 내금위 네 명을 모조리 죽이고 내전으로 향했다. 침전을 지키던 내금위 인수와 준호가 다섯 명의 자객을 막아섰다. 검은 창공에서 은빛 칼날이 날카로운 음을 퉁기며 매섭게 부딪쳤다.

애꾸눈을 한 사내가 내금위를 피해 침전 마루로 뛰어올랐다. 상궁 하나가 방 앞에 서서 두 팔을 벌리고 사내를 가로막았다. 사내의 발길질 한 번에 상궁은 바닥으로 나가떨어졌다. 원범을 보내고 남은 민 상궁이었다. 민 상궁은 걸음이 느린 몸으로 원범의 길을 더디게 만들 수는 없었다.

애꾸눈의 자객, 솔개는 방 안으로 들어가 침상의 이불을 걷어 냈다. 달빛이 침상 위로 스며들었다. 주름이 자글자글하고 머리가 하얗게 센, 늙은 사내가 죽은 듯이 누워 있었다. 이곳을 제 무덤으로 삼기로 작정한 상선이었다.

주상이 아니구나. 솔개가 밖으로 나와 자객들에게 소리쳤다.

"도령이 탈출했다. 어서 쫓아라."

해시 오각(밤 10시 15분)

오랜만에 고향 땅을 밟은 은규는 집으로 가 어머니를 만난 뒤 용흥궁으로 향했다. 손에는 몇 가지 음식을 담은 보따리가 들려 있었다. 용흥궁에 음식을 가져다주고 집으로 돌아와 잠을 청할 작정이었다. 주상을 수발드는 여인네라고는 민 상궁 혼자만 있기에 아무래도 내일 조반상을 차려내기가 여의치 않을 듯싶었다.

"어?"

모퉁이를 지나려는데 용흥궁에서 복면을 쓴 사내 네 명이 달려나왔다.

"흩어져서 찾는다."

애꾸눈을 한 사내의 명에 세 명의 사내들이 사방으로 흩어졌다. 애꾸눈 사내가 은규가 있는 방향으로 고개를 돌렸다. 은규가 얼른 모퉁이 뒤로 몸을 숨겼다. 다리에 힘이 풀려 제 의지와 상관없이 주저앉아버렸다. 불길한 바람이 불어왔다.

잠시 후, 사내가 사라지는 것을 확인한 은규는 가까스로 자리에서 일어났다. 조심스레 용흥궁으로 들어갔다. 마당에는 내금위

네 명이 쓰러져 있었다. 진득한 피를 쏟은 채 숨이 끊어져 있었다. 몸은 아직 온기를 품고 있었다. 은규는 담 밑으로 기어가 협문을 통해 내전으로 슬금슬금 들어갔다.

원범의 침전 문이 열려 있었다. 민 상궁과 상선이 결박을 당한 채 복면을 쓴 사내의 감시 아래 떨고 있었다. 사내는 칼을 들이대며 원범의 거취를 물었지만 상선과 민 상궁은 눈을 감고 주먹을 꼭 쥔 채 한 마디도 하지 않았다.

전하게 변고가 생겼다. 은규의 가슴이 거세게 팔딱거리기 시작했다.

용흥궁을 빠져나온 은규는 몇 발짝 달리다가 발을 멈추었다. 어디부터 가야 할지, 무엇부터 해야 할지 혼란스러웠다. 은규가 우왕좌왕하고 있을 때 웬 아낙이 치맛자락을 펄럭이며 용흥궁으로 달려갔다. 별이였다.

"별이야!"

은규가 별이에게 달려가 그녀를 막아섰다. 별이가 숨을 거칠게 내쉬며 멈추어 섰다. 별이는 은규의 얼굴을 보고 이미 일이 일어났다 직감했다.

"전하께서는?"

별이가 숨을 헐떡였다.

"빠져나가신 것 같아. 아니, 지금쯤 잡히셨을지도……. 아니, 모르겠어. 사내들이 쫓아갔어."

은규가 바닥을 치며 주저앉았다.

해시 칠각(밤 10시 45분)

용흥궁을 빠져나온 원범과 심규는 강화 유수부로 몸을 피하였지만 유수부는 문을 굳게 걸어 잠그고 있었다. 심규가 담을 넘어 안을 살폈지만 유수부는 비어 있었다. 원범의 입에서 피식, 헛웃음이 터져 나왔다. 김좌근이 벌인 일이라면 강화 유수도 가담했으리라. 조선 팔도 김좌근의 사람이 없는 곳이 없었다.

원범과 심규는 뒷산으로 달렸다. 그들은 원범에게 익숙한 지름길을 얼마간 달려 별이가 살던 집에 몸을 숨겼다. 용흥궁을 무사히 빠져나온 뒤 내금위와 다시 만나기로 약조한 곳이었다.

원범과 심규는 마당을 덮은 무성한 잡초들을 밟고 낡은 대장간으로 들어갔다. 구석에 자리 잡았다. 원범은 십수 년 만에 이곳을 다시 찾았다. 박시명이 죽고 폐가가 된 대장간에서는 낡고 축축한 공기가 혼령처럼 떠돌았다.

"반란군이 아니라 자객을 보낸 걸 보면 과인을 은밀히 처리할 생각인가? 그렇다면 반정은 아니라는 말인데……."

"수가 있을 것이옵니다."

하지만 심규도 장담할 순 없었다. 우선 상황이 어떻게 되었는지 정확히 알지 못했다. 더군다나 이곳은 섬이었다. 적들이 뭍으로 통하는 길목을 막고 운송 수단을 장악하면 자신들은 독 안에 든 쥐 신세였다. 어떻게든 섬을 빠져나가야 다음 수를 도모할 수 있었다.

"과인이 너무 안일했군."

"소신의 불찰이옵니다. 돌아가면 꼭 소신의 죄를 물으소서."

"그래, 돌아가면⋯⋯."

원범이 희미하게 웃었다.

"심 별장, 적이 오면 과인을 보내주시게."

"당치도 않은 분부이시옵니다. 소신, 목숨을 걸고 전하를 지킬 것이옵니다."

"과인 때문에 그 목숨을 걸지 말라는 뜻일세."

"전하, 성려 놓으소서. 소신, 전하도 제 목숨도 굳건히 지켜낼 것이옵니다. 소신을 믿어주소서."

원범이 심규와 시선을 맞추었다.

"약조해주게. 결코 과인을 위해 목숨을 내놓지 않겠다고."

심규는 거짓을 약조할 수는 없었다. 하지만 원범을 안심시키기 위해 고개만 끄덕였다.

"어명이네. 자네는 반드시 살아야 한다. 그리고⋯⋯."

원범이 심규를 향해 무릎을 꿇고 앉았다. 심규도 당황하여 원범을 향해 무릎을 꿇었다.

"그동안 감사했습니다."

원범이 고개를 숙였다.

"성은이 망극하옵니다, 전하."

심규가 자리에서 일어나 큰절을 했다. 소신, 전하를 주군으로 모신 것을 후회하지 않사옵니다. 심규의 눈이 말하고 있었다.

마당에서 인기척이 났다. 마당을 덮은 무성한 풀을 헤집고 다가오는 발소리. 심규는 재빨리 단도를 꺼내 원범에게 건넸다. 원범이 단도를 잡고 문 옆으로 몸을 옮기자 심규가 검을 뽑아 원범의 앞에 섰다.

똑 똑똑 똑. 똑 똑똑 똑, 문을 두드리는 소리에 대장간 안을 팽팽하게 조이던 긴장감이 느슨해졌다. 내금위 두 명이 미리 약조한 대로 문을 두드리고 들어왔다.

"다친 데는 없는가?"

원범이 두 사람을 위아래로 살펴보며 물었다.

"예, 소신들은 무사하옵니다."

"살수는 총 다섯이고, 네 명이 지금 이리로 오고 있사옵니다."

"민 상궁과 상선은?"

원범이 물었다.

"잡힌 듯하옵니다, 전하."

원범이 신음을 내뱉으며 어깨를 늘어뜨렸다.

"전하, 도포와 상투관을 벗어주소서."

심규가 원범에게 청한 다음, 내금위에게 각각 명했다.

"자넨 전하를 모시고 반대쪽으로 산을 내려간다. 반드시 오늘 밤 안에 섬을 탈출한다. 그리고 자네는 전하의 도포를 입고 전하의 상투관을 쓰고 나와 함께 적들을 유인한다."

"자네들마저 위험에 빠지게 할 순 없네."

원범이 고개를 내저었다.

"전하, 소신을 믿으신다면 소신의 뜻에 따라주소서. 소신, 무사히 적을 따돌리고 전하를 모시러 가겠사옵니다."

"하지만……."

"전하, 소신 조선 최고의 무관이 아니옵니까? 성려 놓으소서."

원범이 망설였다. 심규가 다시 원범을 불렀다.

"자네 둘, 꼭 무사히 돌아와야 하네."

원범이 심규와 내금위를 번갈아 보면서 당부했다.

"예, 명심하겠사옵니다."

"어명이네."

"예, 소신 어명을 받잡겠사옵니다."

원범이 도포와 상투관을 벗어 내금위에게 내주었다. 심규가 다른 내금위에게 명했다.

"어서 전하를 모시고 가거라."

"예."

"전하, 먼저 가십시오. 곧 따르겠사옵니다."

내금위가 원범을 호위하여 떠나자 심규는 원범으로 위장한 내금위를 데리고 산을 내려갔다.

그 시각, 솔개도 별이도 각각 산을 오르고 있었지만 심규 일행을 먼저 맞닥뜨린 쪽은 솔개였다. 심규가 검을 뽑으며 내금위에게 조용히 말했다.

"자넨 뒤로 빠져. 지금부터 자네는 곧 성상 전하이시다. 죽는 한이 있더라도 저자가 자네를 전하로 오인하게끔 해야 한다."

심규가 내금위의 앞을 막아서면서 재빨리 솔개를 훑었다.

'저 애꾸눈, 김좌근의 호위 무사이다.'

'금군별장 심규, 주상의 호위 무사로구나.'

솔개도 심규를 알아보고 검을 뽑았다.

날카로운 쇳소리와 함께 두 개의 검이 퍼런 밤공기를 흔들었다. 곧이어 누군가 다가오는 발소리가 들리자 위장한 내금위가 검을 뽑았다. 하지만 살수들의 화살이 빨랐다. 내금위의 가슴과 두 다리에 화살 세 개가 날아들었다. 내금위는 화살 두 개를 뽑고 쓰러지면서 옆으로 몸을 돌려 얼굴을 땅에 묻었다.

"활을 쓰지 말거라. 이쪽부터 해결한다."

쓰러진 내금위에 눈길을 준 술개가 미간을 찌푸리며 소리쳤다. 살수들이 검을 뽑아 심규에게 달려들었다. 다섯 개의 검이 엉키며 격전을 벌이고 있을 때, 낯익은 목소리가 심규의 귀에 꽂혔다.

"영감!"

별이였다.

"전하는요?"

"저기 쓰러져 계십니다. 어서 뫼시고 가십시오."

"전하!"

별이가 원범을 부르며 쓰러진 내금위에게 달려갔다. 그를 일으키며 얼굴을 확인한 별이에게 내금위가 속삭였다.

"산을 내려가고 계실 것입니다."

"영감을 돕겠습니다."

별이가 내금위를 놓고 검을 뽑아 살수들과 맞섰다. 심규가 별이를 막으며 소리쳤다.

"어서 전하를 모시고 가십시오."

"함께하겠습니다."

"날 못 믿느냐? 곧 따를 테니 어서 가거라."

심규가 소리쳤다. 별이가 망설였다.

"어서!"

"그럼."

별이가 피를 흘리며 힘겹게 숨을 내뱉고 있는 내금위를 부축해서 자리를 떴다. 살수 둘이 별이를 쫓자 심규가 달려가 그들을 막아냈다. 하지만 곧 표창 네 개가 별이를 향해 날아들었다. 네 개의 표창은 별이를 막아선 심규의 가슴에 꽂혔다.

"영감!"

"어서 가거라."

살수들이 검을 빼 들고 별이를 쫓았으나 심규가 빨랐다. 심규의 예리하고 정확한 칼날이 그들을 베었다. 하지만 솔개의 검을 피하지는 못했다. 솔개의 검날이 심규의 내장에 스며들었다. 심규가 이마를 찡그리며 눈을 깜박였다.

자시 이각(밤 11시 30분)

"돌아가자."

원범의 명에 내금위가 걸음을 멈추었다.

"과인은 가지 않겠다. 가서 별장을 구하라."

"별장 영감은 무사할 것이옵니다. 소신의 임무는 전하를 지키는 일이옵니다."

"인수야!"

내금위, 인수가 고개를 들어 원범을 바라보다가 다시 고개를 떨구었다.

"전하께오서 미천한 소신의 이름을 어찌……."

"용흥궁에서는 창수, 성규, 만길이, 기명이 과인 때문에 목숨을 잃었지. 또 준호는 과인으로 위장하였으니 그 또한 위험해질 게야. 더는 내 사람을 희생시킬 수 없다."

"전하께오서 무탈하신 것이 그들의 바람이옵고, 전하를 위해 목숨을 바치는 것이 소신과 그들의 사명이옵니다."

"아니. 제 목숨을 보존하고자 신하를 버리고, 백성을 버리는 이를 위해 어찌 목숨을 바치라 하겠느냐. 그 어찌 임금이라 하겠으며, 그런 자를 어찌 주군으로 섬기겠느냐? 어서 돌아가자."

인수는 심규에게 주상을 반드시 지켜내리라 다짐하였지만 어명을 거역할 수도 없는 몸이었다. 또한 주상의 성정으로 보아 아무리 청해도 듣지 않을 터였다.

그들은 다시 오던 길을 되돌아갔다. 이각의 시간이 지났을까. 허공에서 검이 부딪치는 소리가 이들의 발걸음을 잡았다.

"저기구나. 어서 가자."

심규 혼자서 살수 두 명을 상대하고 있었다. 바닥에는 다른 살수 두 명이 널브러져 있었다. 검을 휘두르는 심규의 몸이 휘청거렸다. 움직임으로 보아 치명적인 부상을 입은 듯했다. 하지만 그의 칼날은 매섭게 두 검을 상대했다. 그러나 상대도 심규를 너무나 잘 알았다. 오로지 심규를 상대하기 위해 훈련한 것 같았다. 곧 심규가 솔개의 일격에 휘청거리며 힘없이 주저앉았다.

"별장!"

심규가 검에 몸을 기대어 원범을 바라보았다. 원범이 심규에게 시선을 고정하며 달려갔다. 인수가 검을 뽑으며 살수들에게 달려

들었으나 그에게 날아든 표창이 더 빨랐다. 표창은 원범에게도 날아들었다. 인수가 원범에게 쏟아지는 표창을 막아냈으나 곧 살수들의 칼에 쓰러지고 말았다.

십여 개의 표창이 원범의 가슴 정중앙과 옆구리, 다리에 꽂혔다. 원범이 다리를 절뚝이며 심규에게 다가가 그의 손을 잡았다. 맥이 흐릿했다. 가슴과 옆구리에서는 축축한 피가 흐르고 있었다. 원범이 옷깃을 뜯어 심규의 옆구리에 대고 그를 눕혔다.

"어찌 오셨사옵니까?"

"자네를 데려가려고 왔네."

"송구하옵니다."

"여태껏 자네가 과인을 모셨으니 과인도 한 번쯤 자네를 모셔야지."

'소신, 박 상궁을 지키겠다는 전하와의 약조는 지켰으나 전하를 지키지 못해 어찌하옵니까?'

심규가 원범을 향해 엷은 미소를 지었다. 원범이 고개를 끄덕였다. 심규가 눈을 감았다. 원범의 눈에서 뜨거운 눈물이 왈칵 쏟아졌다.

"전하, 저희가 모시겠사옵니다."

솔개와 살수 두 명이 다가왔다. 원범이 자리에서 일어났다.

"움직이지 마시옵소서. 피를 많이 흘리고 계시니 고통스러울 것이옵니다."

"영상이 보냈느냐?"

"송구하옵니다. 편히 보내드리겠사옵니다."

원범이 눈을 감았다. 솔개의 일격에 원범의 목이 나뭇가지처럼 툭 꺾어버렸다.

자시 삼각(밤 11시 45분)

별이는 부상당한 내금위, 준호를 산 아래 마을로 보내고 산길을 달렸다. 하지만 아무리 빨리 달려도 원범의 모습은 잡히지 않았다. 분명 산을 넘는다 하셨는데 혹시…… 별이는 방향을 바꾸어 오던 길을 다시 돌아갔다.

살수들과 맹전을 치르던 곳에서 인기척이 났다. 별이는 조심조심 걸음을 옮겨 숲에 몸을 숨겼다. 사내 셋이 움직이고 있었다. 별이가 놀라 숨을 멈추었다. 원범이 입에 재갈을 물고 손과 발이 묶인 채 쓰러져 있었다. 솔개와 살수 둘이 원범을 들었다. 원범의 몸이 시체처럼 늘어졌다. 그들은 원범을 자루에 넣었다. 전하! 별이는 검을 뽑아 달려나가려다가 멈추었다.

살수들은 원범을 짐짝처럼 등에 지고 산을 올라갔다. 별이는 검에 손을 댄 채 그들을 뒤따랐다. 머지않아 솔개와 살수들은 가파른 절벽에 다다랐다. 저 아래는 강인데…… 별이는 숨을 죽였다.

"독침을 맞고 피를 흘리고 있으니 날이 밝기 전에는 죽을 것이다."

아직은 살아계시다. 별이는 안도했다. 솔개와 살수들은 원범을 넣은 자루를 열어 돌덩이를 집어넣고 자루의 매듭을 단단히 묶었다. 살수 두 명이 자루의 양 끝을 들었다. 안 돼. 저 강은 곧장 바다로 흘러들어가.

"솔개!"

별이가 검을 빼들고 달려나갔다. 살수들이 원범을 내려놓고 검을 뽑았다. 별이와 살수들이 서로를 향해 검날을 휘둘렀다. 세 개의 검은 서로를 베고, 긁고, 상처 입혔다. 솔개가 검을 뽑아 허공에 휘두르며 다가왔다.

"아비와 어미에 이어 그 딸년까지 죽이고 싶지는 않구나. 검을 거두어라."

"아비와 어미와 해원 스님의 목숨값을 이제야 받는구나. 덤벼라."

솔개가 머리를 까딱하고 검을 높이 들었다. 솔개가 별이를 향해 검을 겨누었다. 별이는 솔개의 검을 막아냈다. 두 사람의 검이 부딪치고 떨어지고 부딪치고 떨어졌다.

"도령을 처리하고 어서 내려가거라. 날이 밝기 전에 용흥궁을 수습해야 한다."

살수들은 자리를 빠져나와 원범을 들었다. 벼랑 끝으로 다가갔다.

"안 돼!"

별이가 소리치며 달려갔다. 솔개가 별이의 등 뒤로 검을 휘둘렀다. 별이가 비명을 지르며 달려갔다. 살수들이 바닷속으로 자루를 던졌다.

'전하, 기다리십시오. 신첩이 꼭 전하를 모시겠사옵니다.'

별이가 자루를 쫓아 절벽 아래로 몸을 던졌다. 첨벙 검은 수면 위로 매몰찬 파문이 일었다.

솔개가 벼랑 끝으로 달려가 절벽 아래를 내려다보았다. 까마득한 어둠뿐, 원범과 별이의 흔적은 찾을 수 없었다.

필부필부(匹夫匹婦)

𝄩

윤 상궁이 잠든 김 숙의를 깨웠다. 김 숙의는 얕은 바람 소리만 낼 뿐, 미동이 없었다. 윤 상궁이 잠에 빠진 김 숙의를 잡아 흔들자 김 숙의가 오만상을 찌푸리며 눈을 떴다.

"숙의마마님, 어서 기침하소서. 성상께서 속히 들라 하시옵니다."

"그 술상은 용궁인지 행궁인지 다른 궁에 간다고 하지 않았느냐?"

김 숙의의 목소리가 거칠었다.

"성후 미령하시어 간밤에 은밀히 환궁하셨다 하옵니다."

"한데 나를 찾으신다고?"

김 숙의가 믿지 못하겠다는 듯이 고개를 기울였다.

"예, 그렇사옵니다."

윤 상궁이 고개를 끄덕였다.

"나를 왜?"

"성후 미령하시니 곁에서 돌봐줄 사람을 찾는 게 아니겠사옵니까?"

"그게 나라고?"

"예, 어서 서두르소서."

"명경을 가져오너라. 아니, 씻기부터 해야지."

김 숙의는 허둥대며 몸단장을 끝냈다. 입궁한 이래 주상이 자신을 찾는 일은 오늘이 처음이었다.

"어디로 가면 되느냐?"

"연경당이옵니다."

"연경당?"

소문에 연경당은 아무나 들이는 곳이 아니라고 했다. 신료는 물론 내관이나 궁인, 별감, 호위 무관까지 주상과 각별한 이들만 들어갈 수 있는 곳이라고 들었다. 드디어, 전하께서 날 알아보시는가? 전하도 사내는 사내야. 호호호. 김 숙의는 성상을 어찌 대해야 할지 이런저런 궁리를 하며 연경당에 다다랐다.

과연 연경당은 대조전이나 중희당과는 달랐다. 분위기가 다른 지밀보다 엄숙하고 경계가 삼엄했다. 내관과 궁인은 석상처럼 표정이 없으며 호위 무관은 지옥에서 온 것처럼 눈매가 매섭고 얼굴 근육이 험상궂게 일그러져 있었다. 김 숙의는 연경당의 근엄한 분위기에 눌려 몸을 움츠리며 성상이 계시다는 침전으로 들어갔다.

"아버님!"

김 숙의를 맞은 것은 김좌근이었다.

"앉으세요."

김 숙의는 눈동자를 굴리며 주위를 살펴보았다. 자신을 찾는다던 성상은 침상에 누워 있었다. 민 상궁이 초췌한 몰골로 성상을 돌보고 있었다. 김 숙의가 민 상궁에게 눈웃음을 지으며 알은체를 했으나 민 상궁은 아무런 반응이 없었다. 대신 성상의 머리맡을 지키는 애꾸눈 사내가 사나운 눈빛으로 김 숙의를 힐끔 볼 뿐이었다.

"전하께오서 성후 미령하시다 들었사온데 위중하십니까?"

김 숙의가 주눅이 든 목소리로 김좌근에게 물었다. 김좌근이 침상에 눈길을 한 번 주고는 김 숙의를 보며 입을 열었다.

"전하께오서는 이미 승하하셨습니다."

"승하! 골로? 아이고, 어머니!"

김좌근의 말을 듣고 놀란 김 숙의가 주저앉았다. 민 상궁이 흐느끼기 시작했다. 솔개가 민 상궁의 입을 틀어막았다. 민 상궁의 눈에서 눈물이 하염없이 흘러내렸다.

"하면 저것은, 아니 저분은 전하의 시시시시시, 시신입니까?"

김 숙의가 침상을 흘끔거리며 물었다.

"가서 보십시오."

김 숙의가 침상으로 다가갔다. 성상은 벽 쪽을 향해 모로 누워 있었다. 김숙의가 성상의 얼굴까지 덮은 이불을 걷었다. 성상의 머리가 하얗게 세 있었다. 김 숙의는 몸을 들어 성상의 용안을 확인하고 소리쳤다.

"아이고, 아이고, 전하!"

김 숙의가 곡을 하기 시작했다.

"조용히 하세요."

김 숙의가 곡을 뚝 그쳤다.

"저게 주상으로 보입니까?"

김좌근이 한심하다는 얼굴로 김 숙의를 보았다.

"아니요."

"누군지는 알겠습니까?"

"대전 늙은 내관…… 상선?"

김 숙의가 소처럼 눈을 끔벅거렸다.

"죽었습니까?"

"죽진 않았습니다. 약을 써서 잠만 재웠습니다."

김 숙의가 한숨을 내쉬었다. 김좌근이 몸을 떨며 눈물을 흘리
는 민 상궁을 쳐다보았다.

"주상은 이미 강화에서 죽었네. 이자까지 죽일지 살릴지는 자
네 하기에 달렸네. 아시겠는가?"

민 상궁이 고개를 끄덕였다. 솔개가 민 상궁의 입을 틀어막고
있던 손을 내려놓았다. 민 상궁의 얼굴은 눈물과 콧물로 범벅이
되어 있었다.

"하면 전하의 시신은 어디 있습니까?"

김 숙의가 물었다.

"넌 거기까지 알 것 없다."

김좌근의 말투가 바뀌었다. 입궁한 이후로 '숙의마마님'이라며

294

존대를 하던 김좌근이 '너'라며 하대를 했다. 그러고 보니 민 상궁의 입을 틀어막던 자도 처음 본 자였다. 늘 성상을 호위하던 신분 높은 영감이나 내금위 무관이 아니었다.

김 숙의는 이 엄청난 상황을 파악하기 위해 머리를 굴렸다. 성상은 죽었다. 상선은 인질이고, 민 상궁은 김좌근의 명을 따라야 한다. 그리고 저 애꾸눈. 맞아. 저자는 김좌근의 호위 무사이다. 이제 김좌근이 칼자루를 쥐었다.

"헌종의 유명이 무엇인지 들어보았느냐?"

들어본 것 같기도 하고, 들어보지 않은 것 같기도 하고……. 김 숙의는 너무 놀라고 두려워 제 이름까지도 잊을 판이었다.

"경빈 김씨를 부탁했다."

김 숙의는 잠자코 김좌근의 말을 들었다.

"하하하. 한 나라 임금의 유명이 기껏 후궁을 잘 봐달라는 거라니……. 하니 제 명대로 살지 못하고 일찍 세상을 뜬 게지."

김좌근은 실소를 터뜨리며 김 숙의를 바라보았다.

"너도 그리될 것이다."

"예?"

김 숙의가 영문을 몰라 눈을 껌벅거렸다.

"헌종의 병상을 지킨 이도 중전이 아니라 경빈 김씨였지. 잘 들거라. 김포로 능행을 간 주상은 갑자기 성후 미령하시어 새벽에 급히 환궁하셨다. 하여 네가 주상의 병환을 돌보기 위해 연경당으로 왔다. 그리고 한 달 후 주상은 숙의 김씨를 잘 부탁한다는 유명을 남기고 세상을 떠난다. 알겠느냐?"

"예, 아니요. 전하께서는 이미 승하하셨다고……."

김좌근이 김 숙의를 보며 못마땅하다는 듯이 혀를 찼다. 김좌근은 다시 설명하려다가 말았다.

"내 명을 잘 들으면 국상이 끝나고 출궁시켜주겠다. 평생 먹고 사는 데는 지장이 없을 게다. 알겠느냐?"

"예."

김 숙의가 고개를 숙이며 대답했다. 무언가 엄청난 음모가 진행되는 것 같았지만 제게는 선택권이 없었다. 죽느냐, 사느냐의 문제였다.

김좌근은 솔개와 민 상궁, 김 숙의를 남겨두고 침전을 떠났다.

"저 언제까지……?"

김 숙의가 솔개에게 말을 건네다가 그의 눈빛을 보고 흠칫했다. 김 숙의가 한숨을 쉬었다. 그릇된 일을 하지 않겠다고 소성과 약조했는데…… 김 숙의는 원범을 둘러싸고 일어나고 있는, 이 해괴망측한 음모의 내막을 다 짐작할 수는 없지만 이 일이 옳지 않다는 것은 알 수 있었다. 소성, 나 어떡하지? 김 숙의의 하얗고 반듯한 미간에 깊은 주름이 드리워졌다.

김 숙의가 눈을 떴다. 저도 모르게 앉은 채로 잠이 들었다. 바깥이 소란스러웠다. 사내의 목소리가 들렸다. 김 숙의가 밖을 향해 물었다.

"무슨 일인가?"

"김 지평과 조 헌납이 전하를 알현하겠다고 하옵니다."

문밖을 지키는 윤 상궁이 대답했다.

"김 지평, 조 헌납? 전하의 그 사내들?"

이틀 전 도성을 떠난 병운과 강하는 말을 달리고, 강을 건너고, 다시 말을 달려 다음 날 새벽에 김포 행궁에 다다랐다. 하지만 행궁에서 원범을 만날 수는 없었다. 궁지기로부터 원범이 급히 환궁했다는 소식만 전해 들었다.

"그러실 리가 없을 텐데……."

병운이 의심했다. 제게 알린 계획과 달랐다. 병운과 강하의 이마에 주름이 졌다.

두 사람은 원범을 찾아 강화로 향하는 배에 올랐다. 원범의 잠저인 용흥궁으로 갔다. 용흥궁 궁지기가 나와 병운과 강하를 맞이했다. 그들의 물음에 궁지기가 눈을 동그랗게 뜨고 되물었다.

"전하께서 진짜 오셨습니까?"

"모르고 있었는가?"

"예, 전하께서 미행을 오셨다는 소문은 들었습니다만 진짜인지 몰랐습니다. 그동안도 전하께서 몰래 잠저에 납셨다가 떠나셨다는 소문이 많았거든요. 이번에도 전하께서 조용히 오셨다가 조용히 떠나셨다는 소문만 들었습니다."

"소문이라……. 자네가 직접 본 것은 아니고?"

"예, 소인은 오늘부터 예서 일하라는 명을 받았습니다요. 소인도 전하의 용안을 꼭 한번 뵙고 싶었는데 아쉽습니다."

이미 병운과 강하에게 궁지기의 말은 들리지 않았다. 정말 성후 미령하시어 갑자기 떠나셨는가. 원범은 이미 독살의 위험을 한 차례 겪었다. 군왕암살계원을 색출하고 조심했다고는 하나 모를 일이었다.

병운과 강하는 다시 섬을 떠났다. 뭍에 도착해서 쉬지 않고 말을 달려 대궐로 돌아왔지만 궐문이 닫혀 입궐할 수 없었다. 다만 수문장에게서 성상께서 무탈하게 환궁하셨다는 소식만 전해 들었다.

오늘 아침, 병운과 강하는 궐문이 열리자마자 입궐하여 원범이 있다는 연경당으로 달려왔다. 하지만 지밀을 지키던 내관의 말은 뜻밖이었다.

"전하께서 지금은 성후 미령하시니 차후 부르면 들라 하셨습니다."

병운과 강하는 원범을 만나지 못하고 걸음을 돌렸다. 강하는 연경당을 나오면서 재빨리 주변을 훑었다. 이상한 점이 있었다. 연경당에는 낯선 사람뿐이었다. 상선도, 민 상궁도, 노 상궁도, 심규도 보이지 않았다. 대신 대왕대비전 김 상궁이 있었다. 김 상궁이라면 철저히 안동 김문의 사람이었다. 원범이 김 상궁을 지밀에 들일 리가 없었다.

병운과 강하는 다시 연경당으로 돌아가서 상선 영감과 민 상궁이라도 만나게 해달라고 청하였지만 내관의 대답은 단호했다.

"두 분 다 전하 곁을 지키고 계셔서 나올 수 없습니다."

두 사람은 심규를 찾아 금군청과 대궐을 뒤졌지만 심규를 본 자는 아무도 없었다. 물어본 이마다 대전에 계시겠지요, 라고 대답했다. 두 사람은 별이의 집으로 갔으나 별이도 만나지 못하였고, 은규의 집으로 갔으나 은규도 만나지 못하였다.

"연경당에 꼭 들어가야겠어."

강하가 주먹을 쥐었다.

"방법이 있는가?"

강하가 잠시 생각하다가 미소를 지었다.

날이 저물고 병운과 강하는 내관 복장을 하고 연경당에 들었다. 두 개의 문을 통과하여 대청 앞까지 무사히 올 수 있었다.

"소세 물 대령이옵니다."

병운과 강하가 몸을 낮추며 지밀 내관에게 말했다.

"이리 다오."

지밀 내관이 마당으로 내려와 팔을 뻗었다.

"아니옵니다. 소인들이 직접 들이겠습니다."

"지밀에는 아무도 들이지 말라는 어명이시다."

"하면 소인들이 지밀 앞까지 들어다 드리겠습니다."

"됐다. 내게 건네고 너희들은 이만 물러가거라."

세 사람은 소세 물을 사이에 두고 실랑이를 벌였다.

"지체 높으신 나리들께서 어찌 어명을 어기고 소세 물 수발을 든다 하십니까?"

병운과 강하는 내내 고개를 숙인 채 지밀 내관의 시선을 피했다고 생각하였지만 정체가 들통나고 말았다. 대청 아래에서 병운이 소리쳤다.

"전하, 소신 김병운이옵니다. 무탈하시면 민 상궁이라도 내보내주소서."

"전하, 소신 강하이옵니다. 무탈하신 것을 보지 않으면 돌아가지 않겠사옵니다."

병운과 강하가 방 안을 향해 소리쳤다. 불경의 벌은 나중에 받을 터, 지금은 원범의 안녕을 확인하는 일이 무엇보다 중요했다.

안에서 소란을 듣고 있던 김 숙의가 솔개를 바라보았다. 솔개가 민 상궁에게 지시했다.

잠시 후, 민 상궁이 방에서 나와 강하와 병운을 보고 쓴웃음을 지었다.

"전하께오서는 무탈하십니다."

강하와 병운은 안도하며 미소를 지었다. 두 사람이 인사를 하고 돌아서는데 민 상궁의 목소리가 날아들었다.

"숙의마마님께서 전하를 살뜰히 보살피고 계십니다. 걱정하지 마십시오."

병운과 강하가 다시 민 상궁을 보았다. 민 상궁의 표정이 매우 불편해 보였다.

"금군별장 영감은 안에 계십니까?"

"그분은 금군청에 계십니다."

이리 말하고 민 상궁은 얼른 자리를 떴다. 그러고 보니 방 앞에는 김 숙의전 윤 상궁도 자리를 지키고 있었다. 강하는 병운을 끌고 얼른 연경당을 나왔다. 인적이 드문 곳에 도달했을 때 강하가 입을 열었다.

"확실히 수상해."

"그래. 김 숙의라니? 김 숙의가 연경당에서 전하를 보살핀다?"

"이는 하늘이 두 쪽이 나도 있을 수 없는 일이야."

"민 상궁이 일부러 말한 거네. 우리가 의심을 품을 줄 알고, 일부러 김 숙의의 존재를 알린 거라고."

"대전에 있다는 별장 영감도 금군청에 있다고 했어."

"저 안에서 분명 무슨 일이 벌어지고 있네."

"이제 어떡해야 하지?"

"별장 영감도 박 상궁도 한 수찬도…… 누구든 한 사람이라도 만나야 할 터인데……. 도대체 다들 어디 있는 게야?"

2

잠든 별이의 손에 무게가 전해졌다. 잡고 있던 원범의 손이 움직이기 시작했다. 별이가 일어나 원범을 살펴보았다. 원범이 눈을 떴다.

"전하, 정신이 드시옵니까?"

"……."

"전하, 신첩을 알아보시겠사옵니까?"

"……."

"전하, 말씀하시기가 힘드시옵니까?"

"뉘신지……?"

원범이 두려움이 담긴 목소리로 물었다.

"전하, 신첩을 모르시겠사옵니까?"

원범이 주위를 두리번거리다가 멀뚱히 별이를 바라보았다.

"전하!"

별이의 눈에 눈물이 그렁그렁 차올랐다.

"전하! 어찌 신첩을 못 알아보시옵니까?"

별이가 울음을 터트리자 원범이 미소를 지었다.

"이 상황에 웃음이 나오시옵니까? 설마 천치라도 되셨사옵니까?"

"별이야!"

"예, 예?"

별이가 울음을 그치고 눈을 동그랗게 떴다.

"저를 알아보시옵니까?"

"알다마다, 내 죽어서도 너를 잊겠느냐?"

별이의 눈에서 눈물이 흘러내렸다.

"울지 말거라. 내 은규의 이야기에 나온 인물을 흉내내보았다."

"전하! 너무하시옵니다. 신첩이 얼마나 놀랐는지 아시옵니까?"

"한데 여긴 저승이냐, 이승이냐? 내 죽어서도 너를 잊지 못하니 죽었는지 살았는지 알 길이 없구나."

별이가 눈물을 흘리면서 웃음을 지었다.

"네 웃는 걸 보니 내가 살았구나."

원범이 자리에서 일어나려다 말고 가슴을 쥐었다. 가슴에 날카로운 통증이 있었다.

"일어나지 마십시오. 가슴에 표창을 맞으시고 피를 많이 흘리셨사옵니다."

"기억난다."

"다른 곳도 맞으셨사옵니다. 상처가 아물 때까지 몸을 움직이지 마소서."

"그 또한 기억나는구나. 그리고 물에 빠진 것 같은데……. 용케 살았구나."

"예, 하늘이 도우셨사옵니다."

"그래. 다들 어디에 있느냐?"

갑자기 별이의 얼굴에 그늘이 드리웠다.

"왜 그러느냐? 다들 어디 있느냐?"

원범이 주위를 둘러보았다. 낡고 지저분한 방만 눈에 들어왔다.

"심 별장은? 별장은 어디 있느냐?"

"별장 영감은……."

"많이 다쳤느냐?"

"별장 영감은…… 별장 영감은…… 별장 영감은 돌아가셨사옵니다."

별이의 눈에서 눈물이 떨어졌다.

"돌아가셨다?"

원범이 눈을 크게 떴다.

"어디로?"

별이가 대답하지 못했다. 원범이 가슴을 부여잡고 일어났다.

"심 영감이 죽었다?"

별이가 고개를 끄덕였다.

"심규가 죽었다?"

별이가 말없이 울음을 쏟아내었다.

"그럴 리 없다. 그럴 수 없다. 내게 약조했다. 내게 약조했는데……."

원범의 눈에서도 뜨거운 눈물이 왈칵 쏟아졌다. 원범은 울음을 삼키고 제 가슴을 쳤다. 이 가슴에 표창을 맞던 날의 기억이 살아났다.

"전하, 그러지 마십소서. 상처를 많이 입으셨사옵니다."

별이가 원범의 손을 잡으며 그를 말렸다. 가슴의 상처를 살펴보았다. 다행히 다시 피를 흘리지는 않았다.

원범은 제 품에서 눈을 감던 심규가 기억났지만 그의 죽음은 믿기지 않았다. 이 방에서 눈을 떴을 때 심규도 당연히 살아있으리라고 생각했다. 심규는 궁에 왔을 때부터 제 곁을 지켜주던 이였다. 저에게는 아버지와 같던 스승 박시명의 자리를 대신해주던 이였다. 살아남기 위해 강해져야 한다며 손에 검을 쥐여주던 이도 심규였고, 저를 위해 목숨을 바치겠다고 약조한 이도 심규였다. 제가 별이를 지켜달라고 부탁한 이도 심규였고, 별이를 지키겠다고 맹세한 이도 심규였다.

'자넨 왜 혼인을 하지 않는가?'

'이번 생은 소신 전하를 위해 살겠사옵니다.'

언젠가 혼자 사는 이유를 물었을 때, 농담처럼 대답하던 이도 심규였다. 그와 원범은 군신 이상의 관계였다. 원범은 제 인생의 버팀목 하나를 상실한 듯했다.

"심 별장이 뱉은 말은 농담 한마디에도 거짓이 없었구나."

별이의 눈에서도 눈물이 쉬지 않고 흘러내렸다.

"쉬고 싶구나."

별이가 원범을 부축하여 자리에 눕혔다. 원범은 벽을 향해 몸을 돌려 누웠다. 그의 어깨가 소리 없이 흔들렸다.

별이는 밖으로 나왔다. 원범에게 심규의 죽음을 충분히 슬퍼할 수 있는 시간을 주기 위해서였다. 별이는 쪽마루에 앉았다. 어둠밖에 보이지 않았다. 파도 소리와 물새 소리가 선명히 들렸다. 뺨에 와 부딪히는 바닷바람이 시렸다. 며칠 전 한양 제집에서 맞던 바람과는 사뭇 달랐다. 며칠 사이에 너무나 엄청난 일이 일어났다. 처지는 하늘과 땅의 차이만큼 달라졌다. 별이는 고개를 들어 밤하늘을 바라보았다. 이런 상황을 아는지 모르는지 달과 별은 잔인하리만치 선명한 빛을 냈다.

별이는 부엌으로 들어갔다. 시렁에 둔 약초를 꺼내 부뚜막에 올리고 돌로 빻았다. 솥을 열었다. 은근한 불에서 녹두가 끓었다. 사발에 녹두 달인 물을 담았다. 무명천도 챙겼다. 별이는 녹두 달인 물과 약초, 무명 수건을 들고 부엌을 나갔다.

별이가 들어오자 원범이 눈을 떴다.

"그대로 계시옵소서."

별이는 원범의 곁에 앉아 가슴에 묶인 매듭을 풀었다. 무명천과 약초를 걷어내고, 새 약초와 새 무명천을 얹고 매듭을 묶었다.

"이제 일어나서 이것 좀 드소서. 아직 독이 쌓여 있을지 모르니 해독을 하셔야 하옵니다."

별이가 사발을 내밀었다. 원범이 일어나 녹두 달인 물을 마시고 물었다.

"넌 다치지 않았느냐?"

"전 괜찮사옵니다."

원범이 별이의 몸을 이리저리 살폈다. 별이의 등 쪽 흰 저고리 위로 검붉은 물이 들어 있었다. 원범이 별이의 저고리를 벗기고 등을 살펴보았다. 속곳에는 검붉은 물이 더 넓게 번져 있었다.

"이건 피가 아니냐?"

별이는 그날 밤 벼랑으로 달려가는 제 등을 덮친 날카로운 감각을 떠올렸다. 물에서 빠져나와보니 치마와 저고리가 찢겨 있었다. 원범을 이 집으로 옮겨다 놓고 마을로 가 양식과 약재, 무명천, 원범과 제가 입을 바지와 저고리를 샀다. 옷을 갈아입으면서도 제 상처는 생각지 못했다.

"어쩐지 좀 따끔거리기는 했사옵니다."

원범이 별이의 속곳을 벗겼다. 별이를 엎드리게 하고서는 상처에 약초를 얹었다.

"그건 전하의 다리에 쓸 약초인데……."

"다리에 약초를 바르지 않으면 못 걷는다더냐?"

원범이 약초 위에 무명천을 올리고 주변을 살폈다. 윗목에 옷가지가 있었다. 원범이 옷을 뜯어내어 긴 띠를 만들었다. 엎드린 별이의 가슴 아래로 띠를 넣어 등 뒤에서 동여매주었다.

원범은 별이의 곁에 누웠다. 별이는 바닥을 보고 엎드린 채, 원범은 천장을 보고 누운 채로 둘 다 눈을 감았다.

밤이 가고, 날이 밝아왔다. 원범과 별이는 좁은 방 안에서 새벽을 맞았다.

"어떻게 된 일이냐?"

"깨셨사옵니까?"

별이는 원범이 밤새 한잠도 못 이룬 것을 알았지만 모르는 척
하고 물었다.

"너는 좀 잤느냐?"

"예, 신첩은 푹 잤습니다."

"다행이구나."

원범도 별이가 밤새 잠들지 못한 것을 알았지만 모르는 척했
다. 지금은 드러내놓고 슬퍼하면 안 될 것 같았다. 슬픔을 묻고,
다음 수를 생각할 때였다.

"너와 나는 어찌 예 있느냐?"

"전하께오서는 어디까지 기억이 나시옵니까?"

"음…… 용흥궁으로 와서 일찍 침수에 들었다. 그리고 한밤중
역도가 나타났다는 소식을 듣고 산으로 몸을 피했다. 네 집에 숨
어 있다가 심 별장과 헤어져 산을 넘으려 하였지만 심 별장과 함
께 가기로 마음을 바꾸고 다시 돌아왔지. 그리고 도중에 살수들
을 상대하고 있는 심 별장을 만나고, 심 별장이 많이 다치고, 나
는 그들에게 잡히고, 깨어나보니 예로구나."

"김좌근이 살수를 보냈사옵니다. 신첩이 도성에서 내내 김좌근
의 집을 감시해왔는데 그의 심복인 솔개가 사라졌사옵니다."

"애꾸눈을 한 자."

"예, 그자가 사라진 걸 알고 급히 전하를 뵈러 왔으나 신첩이

도착했을 때는 이미 일이 벌어져 있었사옵니다. 산속에서 별장 영감을 만나 함께 살수들과 맞서다가⋯⋯."

별이는 말을 잇지 못했다. 자신을 대신해 표창과 검을 맞던 심규를 생각하니 목이 메어왔다.

"저를 살리고 죽었사옵니다."

별이가 입술을 깨물었다. 원범 앞에서 약한 모습은 보이고 싶지 않았다.

"다행히 산속에서 살수들이 전하를 데려가는 것을 보고, 신첩이 미행하였사옵니다. 살수들이 전하를 수장하려고 전하의 옥체를 강물로 밀어 넣었고, 신첩이 구해내었사옵니다."

"그럼 그들은 내가 죽었다 믿겠구나."

"예, 당시 전하께서 독을 맞으신 데다 피를 많이 흘리고 계시어 전하의 옥체가 바다로 흘러들어가 깊은 물 아래에서, 망극하게도 숨을 거두리라 확신하고 있었사옵니다."

원범이 고개를 끄덕이고는 잠시 침묵했다.

"그럼 우린 여전히 강화를 벗어나지 못한 게로구나."

"송구하옵니다."

"여긴 어디냐?"

"폐가입니다. 전하를 이런 곳에 모시게 되어 송구하옵니다."

원범은 방 주변을 둘러보고 희미하게 미소를 지었다.

"옛날 생각이 나는구나."

"시장하지 않으시옵니까? 죽을 올리겠사옵니다."

"파도 소리가 들리는구나."

"예, 바닷가이옵니다."

"바람을 쐬고 싶구나."

"좀 더 안정을 취하고 움직이시지요."

"괜찮다."

별이가 걱정스러운 눈길로 원범을 바라보았다.

"물귀신이 될 뻔한 날 구한 네가 곁에 있지 않으냐? 난 이제 너와 있으면 지옥에서 저승사자가 와도 두렵지 않구나."

원범이 별이를 향해 미소를 지었다.

"농을 하시는 걸 뵈오니 다 나으셨나보옵니다."

"농이 아니다. 참말이다."

"예, 신첩 저승사자가 오더라도 전하를 지켜내겠사옵니다. 가소서."

별이가 원범을 부축하여 밖으로 나왔다. 원범이 집을 돌아보았다. 두 칸짜리 초가였다. 지붕의 상태로 보아 버려진 지 오래된 집이었다. 울타리도 여기저기 허물었고, 마당에는 잡초가 허리춤까지 수북이 자라 있었다.

"집이 많이 누추하지요?"

"손을 보면 살 만하겠구나."

별이가 원범을 부축하여 담장 밖으로 나갔다. 원범이 별이의 손을 잡았다. 두 사람은 서걱대는 모래를 밟으며 해변을 걸었다. 비린내가 코를 찔렀지만 싫지 않았다. 원범이 고개를 들어 정박한 고깃배들로 시선을 옮겼다.

"이곳에서 살면 고깃배라도 타면 되니 배는 굶지 않겠구나."

별이가 원범을 바라보았다. 원범의 얼굴이 너무 진지하여 무슨 생각을 하는지 가늠이 되지 않았다.

두 사람은 해변에 자리를 잡고 앉았다. 해풍이 찼다.

"전하, 바닷가라서 아직 춥사옵니다. 안으로 드소서."

"이제 나는 죽은 사람이구나."

"용흥궁 근처에서 한 처사를 만났사옵니다. 한 처사가 이 일을 알고 있사옵니다. 각자 전하를 찾기로 하고 헤어졌사옵니다. 이후 전하도 찾지 못하고 저와 다시 만나지도 못하였으니 제집에 소식을 남겨 놓았을 것이옵니다. 신첩이 다녀오겠사옵니다. 혹 남긴 것이 없더라도 한양으로 소식을 전해 한 처사와 연통해보겠사옵니다."

"아니다. 그러지 말거라."

"다른 방도가 있으시옵니까?"

"나는 지금처럼 이대로…… 이대로…… 죽은 사람이면 좋겠구나."

별이가 잠시 머뭇거리다가 물었다.

"무슨 뜻이옵니까?"

"별이야, 우리 그냥 예서 살자."

"예서 살다니요?"

"우리 이대로 살자. 한양도 대궐도 다 잊고 여기서 이렇게 살자꾸나."

"전하……."

"필부필부로 예서 살자. 한양에서도 대궐에서도 영원히 잊힌 채, 너와 나 둘이서 평범한 지아비와 지어미로 살자꾸나. 내 마지막 소망이다."

원범이 큰 눈을 반짝이며 별이의 손을 잡았다. 아무런 대답도 할 수 없을 만큼, 원범의 눈빛이 간절하고 절실했다.

3

원범은 방문을 열고 내내 밖을 내다보았다. 별이의 모습이 시야에 들어오자 문을 닫고 아랫목에 좌정했다. 별이가 들어오자 짐짓 무심한 듯 물었다.

"어딜 다녀오느냐?"

"시장하시지요? 잠깐 저자에 다녀왔사옵니다."

별이가 평소보다 더 밝게 웃었다.

"새벽에 나갔으니 잠깐이 아니지 않느냐?"

"알고 계셨사옵니까?"

"그래, 새벽녘에 나가는 소리를 들었다. 어딜 갔다 왔느냐?"

원범이 차분하게 물었다.

"혹 한 처사가 우리를 찾고 있을지 몰라 집에 가보았더니 한 처사의 서신이 있었사옵니다. 전하를 찾지 못해 도성에 갔다가 다시 돌아온다 하기에 답신을 남겨두고 왔사옵니다."

"쓸데없는 짓을 하였구나."

원범의 얼굴에 그늘이 졌다.

"그래도 벗들에게는 우리의 생사를 알리긴 해야겠지. 걱정할 테니……. 잘했다."

"전하…… 신첩은……."

"쉿!"

원범이 제 손가락으로 별이의 입을 막았다.

"전하니, 신첩이니 하는 말은 입에 담지 말래도!"

"그래도……."

"우리는 이미 혼인한 부부가 아니냐?"

"예, 뭐, 우리가 혼인을 하긴 하였지요. 하지만……."

"혼인한 사이에 지아비를 어찌 부르느냐?"

"……."

"어찌 부르더냐?"

"서, 서, 서, 방, 님."

"그래, 이제 나를 서방이라 부르거라."

"……."

"어서 불러보아라."

"서, 서, 방, 님?"

별이가 원범의 채근에 못 이겨 이마를 찡그리고 '서, 방, 님'을 소리 내었다.

"임자, 내가 오늘 잡아온 것 좀 보시오."

"임, 자? 하하. 임, 자. 임자라니요?"

별이가 떨떠름한 미소를 지으며 원범이 가리키는 곳을 보았다. 깨진 항아리 뚜껑에서 물고기 두 마리가 파닥거렸다.

"전……."

원범이 별이를 향해 눈을 크게 떴다. 별이가 헛기침을 했다.

"께서 직접 잡으셨사옵니까?"

"어부가 직접 잡은 것을 내가 직접 다시 잡아서 왔느니라."

"예, 그렇지요?"

"이것도 보아라."

원범은 삶아서 말린 나물이 담긴 바가지를 내밀었다.

"내 어부를 따라가 나물도 얻어 왔다. 내일은 채마밭을 만들 농기구랑 모종도 얻어 올 게야. 이제 곧 봄이니 씨를 뿌려야겠지."

"전하."

원범이 별이를 흘겨보았다.

"아니, 서, 방님께서 구걸을 하셨사옵니까?"

"구걸이라니? 이웃을 사귀었다."

원범이 대답하며 제가 하고 있던 동곳과 관자와 풍잠을 별이의 앞에 내놓았다. 모두 금과 옥으로 만든 것이었다.

"이건 왜……?"

"우선 이걸 처분해서 세간을 장만하고 곡식도 좀 사자꾸나."

"진정 예서 사실 작정이시옵니까?"

"그래, 재물을 모으면 좀 더 좋은 집으로 이사 가자꾸나. 아이들을 키우려면 방도 두 칸은 있어야겠지?"

"전하!"

별이의 음성이 높아졌다.

"어허, 서방님이래도!"

"서, 방님!"

"이럴 줄 알았으면 대궐에서 나올 때 한밑천 싸올 걸 그랬구나. 밥주발이라도 들고 왔어야 하는데, 아니 숟가락만 챙겨 왔어도 보탬이 되었을 텐데…… 넌 뭐 가진 게 없느냐? 있는 건 다 내놓거라."

별이가 한숨을 쉬었다. 수중에 갖고 있던 돈은 원범을 치료할 약재와 식량과 의복을 사느라 이미 다 써버렸다. 별이는 생각났다는 듯이 품속에서 염낭을 꺼내 놓았다. 염낭 안에는 쌍지환과 은장도가 들어 있었다. 모두 원범에게서 받은 물건이었다. 원범이 쌍지환을 들어 별이의 손가락에 끼워주었다.

"이건 임자가 끼시오. 그리고 이 은장도는…… 다음에 팔자꾸나."

별이의 코끝이 시려왔다.

"별이야, 그런 얼굴 하지 말아라. 나는 참 좋구나. 요 몇 날 마음 편히 밥을 먹고, 마음 편히 잠을 잤다. 이제야 내가 편히 머무를 수 있는 내 집을 찾은 듯하다."

"하오나 저들로 인해 무고한 사람이 죽었사옵니다. 그들의 한은 어쩌시겠사옵니까? 별장 영감의 한은요? 또 희생될 전하의 사람은요? 백성은요?"

원범의 얼굴이 어두워졌다. 원범은 얼른 고개를 돌렸다.

"송구하옵니다."

별이는 경솔하게 말한 것을 후회했다. 별이는 잘 알았다. 원범은 깨어난 이후로 한시도 그들을 잊은 적이 없다는 것을. 원범이 제 슬픔과 상처를 꽁꽁 싸매고 웃음과 농으로 위장하고 있다는 것을. 자신이 책임져야 할 것과 감당해야 할 것을 번민하느라 밤새 불면에 시달리고 있다는 것을.

"시장하구나. 뭘 좀 먹어야겠다."

"전하……."

"넌 산길을 오르내리느라 고단할 터이니 쉬거라. 내가 밥을 하마."

원범은 물고기와 나물을 챙겨 들고 밖으로 나갔다.

"밥은 제가 더 잘하옵니다."

별이가 원범을 따라 밖으로 나왔다. 원범이 엉거주춤하게 마당에 서 있는 모습이 눈에 들어왔다.

"전하!"

은규가 무릎을 꿇으며 울부짖었다.

"한 처사! 내 답신을 보았구나."

별이가 반갑게 소리쳤다.

은규는 용흥궁에서 원범이 사라진 밤부터 다음 이틀 동안 자지도 먹지도 않고 원범을 찾아다녔다. 비렁뱅이처럼 잠이 쏟아지면 아무 데서나 쓰러져 잤고, 배가 고프면 아무것이나 입에 넣었다. 저는 분명 원범과 함께 강화로 왔다. 분명 그날 밤, 원범을 쫓는 자객들을 보았고, 용흥궁 뜰에 널브러진 시신을 보았고, 방 안에 잡혀 있는 민 상궁과 상선을 보았다. 길목에서 별이를 만나 이야기도 했다.

하지만 별이와 헤어져 원범을 찾다가 다시 용흥궁으로 돌아갔을 때 용흥궁에는 핏자국 하나 남아 있지 않았다. 참 귀신이 곡할 노릇이었다. 강화 어디에서도 원범과 별이의 흔적을 발견할 수 없었다. 혹시나 해서 별이의 집에도 갔으나 아무도 만날 수 없었다. 유수부로 가서 제가 본 일을 다 알렸으나 미친 사람 취급만 당했다.

배를 타고 강화를 떠나 김포 행궁으로 갔다. 전하께서는 환궁하셨다는 소식만 들었다. 아니야, 분명 그날 밤, 전하를 암살하러 자객들이 왔어. 은규는 강화에서도 김포에서도 이제 할 수 있는 일이 없었다. 은규는 걷고 걸어 도성에 당도했다. 제집에 들르지도 않고 곧장 어의동 강하네 집으로 향했다. 대문간을 넘는 순간 기진하여 쓰러지고 말았다. 강하의 방에서 정신이 들었을 때, 눈꺼풀 사이로 강하와 병운의 얼굴이 어렴풋이 어렸다.

'전하는……'

은규가 입술을 열어 힘없이 중얼대다가 벌떡 일어났다.

'전하께오서는?'

'환궁하셨다네.'

강하가 걱정스러운 얼굴로 은규를 보며 대답했다.

'전하를 뵈었는가?'

'아니.'

'환후 위중하시어 신료의 알현을 금한다 하시는데 석연치 않은 구석이 있네.'

병운이 말했다.

'전하께오서는 변을 당하셨네.'

은규의 눈에서 눈물이 뚝뚝, 떨어졌다. 강하와 병운이 마른침을 삼키며 무슨 일인지 물었다. 은규는 강하와 병운에게 그간의 사정을 말하고, 다시 강화로 왔다.

"전하!"

별이까지 본 은규는 더 크게 울부짖었다.

"허허허. 이 친구야. 여기 전하가 어디 있는가? 말조심하게."

은규가 고개를 들어 원범을 바라보았다. 원범은 맨 상투를 틀고 흰 저고리와 흰 바지를 입고 웃고 있었다. 차림새는 허름한 촌부였으나 얼굴과 풍채에서 느껴지는 귀티는 사라지지 않았다.

"전하! 소신이 전하를 모시겠나이다. 전하를 대궐로 모시겠나이다."

은규의 눈에서 눈물이 흘러내렸다. 원범이 은규에게 다가가 그를 일으켜 세우고 손을 잡았다.

"한 처사, 난 돌아가지 않아. 가서 저들에게 전하게. 이원범은 죽었다고. 이 세상에서 영원히 사라졌다고."

은규가 놀란 눈으로 원범을 바라보았다. 원범이 미소를 지었다.

원범과 은규가 방에 들었다. 은규는 원범에게 큰절을 올리고 방 안을 둘러보았다. 낡고 허름한 방을 보니 다시금 감정이 북받쳐와 가슴이 터질 것 같았다.

"방이 좀 지저분하지? 곧 손을 볼 걸세."

원범이 머쓱히 웃음을 지었다.

"전하께오서 어찌 이런 곳에서……."

"그 '전하' 소리 좀 하지 말게. '전하'는 없대도. 이참에 나도 별호를 하나 지어주게. 한 처사, 조 풍운, 김 규수. 자네들끼리 별호를 불러대는 게 어쩌나 부럽던지……. '대용재(大勇齋. 원범의 호)'

같은 거 말고 정답고 친근한 걸로, 그러면서 멋들어지고 아름다운 걸로. 경박하지 않고 우아한 걸로."

은규가 원범을 말없이 바라보았다.

"김 지평에게 지어오라 하게. 내 그 친구의 호를 지어주었으니 그 친구도 내 걸 하나 지어주면 되겠구먼."

은규가 무릎을 꿇고 앉으며 울부짖듯 말했다.

"전하! 이리 살아 계실 줄 알았사옵니다."

"어허, 전하는 죽었대도."

별이가 들어와 은규에게 물었다.

"대궐 소식은 들었니?"

"전하께서 성후 미령하시어 급히 환궁하셨다고 알려져 있었어. 현재 어환이 위중하여 연경당에 칩거 중이시고, 아무도 만나지 않으신다고. 지밀은 영상의 사람으로 채워져 있어."

"김좌근은 도대체 무슨 생각인지……."

별이가 눈썹 사이를 찡그리고 말끝을 흐렸다.

"곧 국상이 공표되겠지. 잘되었네. 난 지금, 여기에서의 삶이 좋다네. 자네는 결코 나를, 우리를 만난 적이 없는 걸세. 훗날 대궐이 안정을 찾거든 벗들과 함께 들러주시게. 내 보리밥에 된장국 정도는 대접함세."

"전하께오서 아니 계신데 어찌 대궐이 안정을 찾는단 말이옵니까?"

원범은 은규의 질문에 개의치 않고 말했다.

"아, 그때쯤이면 내가 직접 낚아 올린 물고기도 맛보게 해주겠네."

"전하!"

은규의 낯빛이 어두워지자 원범이 다가와 은규의 손을 잡았다.

"부디 내 뜻을 따라주게. 그리고 다시 올 때는 내 별호도 꼭 지어와야 하네."

은규가 난감한 표정으로 별이를 바라보았다. 별이가 은규를 보며 고개를 끄덕였다. 일단은 원범의 뜻을 따라 달라는 의미였다.

똑 똑 똑, 빗방울이 섬의 어둠을 두드렸다. 원범과 별이의 머리맡에 놓인 장독 뚜껑에 빗물이 떨어졌다.

"앗!"

별이의 이마에도 빗물이 들었다. 별이가 차가운 빗방울에 놀라 잠에서 깬 눈을 떴다.

"당장 지붕부터 손보아야겠구나."

원범이 일어나 별이의 이마를 닦아주었다.

"저 때문에 깨셨사옵니까?"

"아니다. 빗소리가 잠을 쫓는구나."

별이가 일어나 원범의 손을 잡으며 그를 바라보았다.

"그런 눈으로 보지 말거라."

"그런 눈이요? 제 눈이 어떤 눈인데요?"

"날 지극히 사랑하는 눈."

"하하하. 어두워서 잘 안 보이시나 보옵니다. 이 눈은……."

별이가 눈을 부릅뜨며 두 손가락으로 제 눈을 가리켰다.

"알고 있느니라. 우리 서방님이 무슨 상념에 빠져 오늘도 잠 못 이루는지 염려하는 눈이 아니냐?"

"예, 그겁니다. 맞사옵니다."

별이가 고개를 끄덕였다.

"그래, 그것이 바로 사랑이니라. 원래 사랑이라는 말에는 생각이라는 뜻이 있었다. 사랑하니 생각하는 것이고, 사랑하니 염려하는 것이다."

"하여 전하께서도 두고 온 이들과 버려야 할 백성을 생각하고 염려하시느라 밤마다 잠 못 드시지 않사옵니까? 그들을 지극히 사랑하시니까요."

원범이 별이의 팔목을 잡아끌었다.

"그만 자자. 이리 오너라. 그나마 여기가 제일 안전하구나."

원범과 별이는 빗물이 새지 않는 곳을 찾아 함께 누웠다.

"민 상궁도 연경당에 감금되다시피 했으니 곧 죽겠지?"

원범은 제 품에 안긴 별이의 등 뒤에 대고 속삭이듯 말했다. 별이는 대답 대신 얕게 한숨을 내쉬었다.

"상선은 어찌 되었을까? 몸도 불편한 늙은이가 뭣 하러 나를 따라와서……."

"전하께서 환궁하시어 그들을 구하시면 되지요."

별이가 원범을 향해 몸을 돌려 누웠다.

"안 잤느냐?"

"전하께서 그들을 구해주시면 되옵니다."

"내 무슨 힘이 있어……."

"그들은 전하께서 환궁하실 때까지 무사할 것이옵니다."

별이는 말로는 원범이 안심하게 했지만 그들이 무사치 못하리라는 것을 알았다. 김좌근은 그날 밤 용흥궁에서의 일을 아는 자들을 결코 살려두지 않을 것이다.

"나 때문에 사람들이 너무 많이 죽는구나. 내 성군이나 명군은 못 되더라도 좋은 임금이 되고 싶었는데, 요순시절처럼 함포고복(含哺鼓腹)하지는 못하더라도 내 백성들이 생업을 놓지 않으면 최소한 끼니는 거르지 않고, 추위에 떨지는 않기를 바랐는데……."

"전하의 탓이 아니옵니다."

"아니, 내 탓이다. 가난 때문에 백성들이 병들고, 죽고, 가족과 이별하고……. 이 모두 내 탓이다."

"전하, 그리 말씀하지 마소서. 전하의 잘못이 아니옵니다."

"임금이 무능한 건 잘못이다. 힘이 없는 건 잘못이다."

"전하께서는 그 누구보다 백성을 아끼고 사랑하시옵니다."

"마음만으로는 죽어가는 백성을 살릴 수 없구나. 하여 내 저들의 임금으로서 자격이 없다."

"전하, 지금도 늦지 않았사옵니다. 전하의 손으로 저들의 전횡을 끝내시고 백성의 삶을 돌보소서."

"나는 돌아갈 수 없다."

"그럼 저들의 손에 종묘사직과 백성을 맡기실 작정이옵니까?"

"내 돌아가도 할 수 있는 일이 없구나. 내 온 힘을 다하여 대왕대비와 맞서고 영상과 싸웠지만 달라진 건 아무것도 없었다. 이 나라 조선은 희망이 없다. 진즉에 깨달아야 했거늘, 내 어리석어 소중한 사람만 가게 하였구나."

"저자든, 해변이든, 그 어디든 전하의 시선 끝에는 항상 백성들이 있었사옵니다. 요즈음도 바닷가에 나가 도성 쪽을 바라보시지요. 그 마음으로 전하께서 포기하지 않는 한 희망은 있사옵니다."

원범은 더 이상 말이 없었다. 잠이 든 것 같지는 않았다. 별이는 눈을 감았다. 빗물이 똑똑 듣는 소리가 두 사람의 가슴을 울렸다.

날이 갰다. 섬 하늘은 청명하고, 날은 포근하고, 파도는 잔잔했다. 원범과 별이 부부의 평범한 나날이 이어졌다. 원범은 날이 밝으면 어부를 따라 바다로 나가 물고기를 몇 마리씩 낚아 왔다.

"정말 서, 방님께서 낚으셨습니까?"

"그렇다니까."

"바다에서 낚으셨는지, 아님 어부의 그물에서 낚으셨는지는 잘 모르겠으나 오늘도 감사히 먹겠사옵니다."

오후엔 밭을 갈았다. 지치면 별이와 함께 손을 잡고 바닷가를 거닐기도 했다. 장에도 가고, 집을 수리했다. 저녁이면 부부가 상을 마주하고 밥을 먹었고, 어두워지면 잠자리에 들었다. 날이 밝으면 다시 일어나 바다로 나갔다. 원범이 소원했던 필부필부의 삶이었다.

4

강하가 연경당을 향해 바삐 갔다. 병운이 쫓아와서 강하의 팔을 잡았다. 강하가 병운의 손을 뿌리치고 다시 걸음을 서둘렀다. 연경당 앞에 다다랐다. 장락문을 지났다. 병운이 따라와서 강하의 앞을 막아섰다.

"비켜서게."

"이리 무작정 쳐들어가서 어쩌겠다는 겐가?"

"내 두 눈으로 직접 전하의 생사를 확인해볼 걸세."

"전하께서 부르실 때까지 기다리라고 하지 않으셨나?"

"글쎄. 전하를 직접 뵙고 어명을 듣겠다니까."

은규에게서 원범이 용흥궁에서 변을 당했다는 소식을 듣고 강하는 대궐로 달려왔다. 연경당에 진짜 전하가 계신지 확인해야 했다. 하지만 병운은 강하를 막아섰다. 무작정 쳐들어가서는 안 된다고 하였지만 그 속내는 알 수 없었다.

"비켜서게. 그렇지 않으면 자네를 치고 들어가겠네."

"칠 테면 치게. 난 자네가 어명을 어기는 걸 원치 않으이."

"그렇다면……."

강하가 주먹을 들어 병운의 얼굴에 날렸다. 병운이 눈을 크게 뜨고 제 뺨을 쓰다듬었다. 얼얼했다. 강하가 진짜 주먹을 날릴지는 몰랐다는 듯 얼떨떨한 눈이었다.

"그러게 왜?"

강하가 속상한 듯 병운을 한 번 보고 걸음을 뗐다. 앞장서 사랑채로 통하는 장양문을 넘었다. 병운이 쫓아와 팔을 강하의 목에 걸었다.

"놓게."

강하가 팔꿈치로 병운의 명치를 가격했다. 병운이 몸을 낮추며 팔을 풀었다. 강하가 뒤돌아 주먹을 날렸다. 병운이 왼손으로 강하의 주먹을 막아서며 오른손으로 강하의 얼굴에 주먹질을 했다. 두 사람이 씩씩대며 엉겨 붙어 싸우기 시작했다. 백사모가 땅에 떨어지고 상투가 흐트러졌다. 연경당을 지키던 내관과 궁인이 모여들었다. 내관이 붙어 두 사람을 말렸으나 발길질만 당하고 밀려났다.

"뭣들 하는 게야?"

김좌근이 나와 소리를 질렀다. 두 사람은 여전히 떨어질 줄 몰랐다. 김좌근의 명에 연경당을 지키던 별감이 두 사람을 떼어 놓았다. 병운과 강하가 서로를 노려보며 거칠게 숨을 몰아쉬었다. 강하의 눈에는 핏발이 서고, 입술은 터져 피가 맺혀 있었다. 병운은 눈언저리가 파래지고 있었다. 역시 입술이 터져 선혈을 비추었다.

"너희들이 시정 망나니냐? 어환 중이신 주상께서 머무시는 곳이다. 신하란 것들이 뭐 하는 짓이냐?"

"전하께서 정말 여기 계시옵니까?"

강하가 김좌근을 보며 물었다.

"전하께서 여기 계시지 않으면 어디 계신단 말이냐?"

"한데 왜 소신을 만나주지 않으시옵니까?"

"어환 중이시라 하지 않았더냐? 네 망령을 떨어 전하의 심기를 어지럽힐 셈이냐? 어서 물러가거라."

강하가 김좌근을 보며 서 있었다.

324

"어서!"

김좌근이 소리쳤다. 강하가 신경질적으로 백사모를 주웠다. 병운을 노려보고서는 자리를 떴다. 병운이 멍하니 강하의 멀어지는 뒷모습을 보았다.

한바탕 소동을 끝낸 병운은 밤이 깊자 '하옥일기' 세 권을 품에 안고 아비의 사랑으로 갔다. 표정이 심장했다.

"아버님께서 명하신 일기록을 찾았사옵니다."

김좌근이 병운의 기색을 살피면서 말을 꺼냈다. 병운이 언젠가는 제 뜻을 따라주리라 믿었지만 주상과 관계된 일에는 문득문득 의구심이 이는 것도 사실이었다.

"이 일기록을 내게 내미는 뜻은……."

"예, 소자 아버님의 명을 따르겠습니다."

"불효가 아니라 불충을 선택했구나."

"주상께서 위중하지 않으시옵니까?"

김좌근은 병운의 심중을 꿰뚫어보려는 듯, 말없이 병운의 눈을 응시했다.

"일기록을 주신 분은 주상이십니다. 주상께오서 능행을 떠나시기 전, 일기록을 소자에게 주시며 선택하라 하셨지요. 소자, 주상께서 건재하시다면 이 일기록을 들고 주상께 갔을 것이옵니다. 소자는 충신의 그릇이 못 되옵니다. 그저 주상이라는 사람이 좋았을 뿐입니다. 주상이 아니 계신데 충이 무슨 소용이 있겠습니까? 주상께서 아니 계시면 다 부질없습니다. 하니 이제는 아버님의 뜻대로 하십시오."

"병운아……."

김좌근의 목소리가 한결 부드러워졌다.

"주상께서는 곧 승하하신다."

병운이 놀라 숨을 삼켰다.

"그리 위중하십니까? 내내 강령하셨는데 갑자기 무슨 어환이 드셨사옵니까? 전하를 뵙게 해주십시오."

"불가하구나."

"왜 아니 됩니까? 마지막이 될지도 모르는데……."

병운의 눈에서 눈물이 주르륵 흘렀다.

"주상께서는 소자의 벗이옵니다. 소자는 김씨이니 벗의 마지막도 지키면 아니 되옵니까? 마지막이옵니다. 아니면 아직도 소자를 믿지 못하십니까?"

"그것이 아니라…… 주상은 강화에서 이미 승하하셨다."

병운은 정신이 아찔했다. 넋이 빠져나가는 것 같았다. 몸이 떨려와 손으로 바닥을 짚었다.

며칠 후, 섬에서 봉서 한 통이 날아들었다. 발신인은 한 처사였다. 강하는 봉서를 뜯어 좌편부터 가로로 읽어나가기 시작했다.

강하는 주상을 위해 불공을 드리러 왕대비 조씨를 모시고 금정사로 떠날 계획을 세웠다. 유학이 국시인 나라에서 왕대비가 불사를 행하는 것은 지탄할 일이었지만 김좌근은 이러한 때에 왕대비가 스스로 궁을 비워주는 일이 내심 마음에 들었다.

도성을 떠나기 전 강하는 연경당을 방문했다. 주상을 알현하는 일은 여전히 금지되어 있었다. 대신 연경당 뜰에서 병운을 만났다. 근래 병운은 연경당에 들어 원범을 보살피고 있었다.

"대왕대비의 조카, 영상의 아들은 역시 다르구먼."

강하가 못마땅한 표정으로 말했다.

"비꼬지 말게. 나도 힘들다네."

"그래. 우선은 전하의 안위가 제일 중하니 우리 일은 뒤로 미루세. 전하께서는 어떠하신가?"

"아주 위독하시네."

병운의 눈이 붉어졌다.

"어느 정도로?"

"거의 의식이 없으시네."

"내 전하를 위해 온 정성과 심력을 다해 불공을 드릴 걸세. 인력으로 안 되면 신력으로라도 전하를 살릴 걸세."

강하도 눈시울이 붉어졌다.

"전하를 부탁하네."

"연경당을 잘 부탁하네."

강하가 병운을 잠시 보고 발길을 돌렸다. 병운은 강하의 모습이 시야에서 사라지고도 한참 동안 그 자리에 서서 강하가 가던 길을 바라보았다.

바다 마을의 겨울이 가고 있었다. 산에서 본 바다는 평온했다. 그곳엔 고독한 임금의 번뇌도, 탐욕스러운 세도가의 망념도 없었다. 별이는 바위에 앉아 바다를 내려다보고 있었다. 흰 저고리에 두록색 치마를 입었다. 원범이 제 동곳을 팔아 사준 옷이었다.

원범이 부러진 나뭇가지를 모아 지게에 싣고 별이의 곁으로 왔다. 별이가 지게를 받아 내려주고 수건으로 원범의 이마를 닦아 주었다.

"힘들지 않으시옵니까?"

"응. 전혀 힘들지 않다."

"예……."

별이가 시무룩하게 원범을 바라보았다.

"송충이가 있어야 할 곳은 갈밭이 아니라 솔밭이니라. 송충이가 갈잎을 먹으면 죽게 되지."

"전하는 송충이가 아니시옵니다."

"그래. 송충이가 아니라 내 본디 지게꾼이었지."

원범이 지게를 두드리며 웃었다. 별이가 한숨을 쉬었다.

"왜? 넌 힘이 드느냐?"

별이가 고개를 끄덕였다.

"그럼 넌 내일부터 쉬거라. 낚시도, 농사도, 나무도 내가 다 하마."

별이가 입을 쑥 내밀며 옆에 둔 광주리를 열었다. 주먹밥을 꺼내 원범에게 주었다. 밥 가운데에는 된장이 들어있었다. 된장도 이웃을 잘 사귀는 원범이 얻어왔다. 원범이 제 밥을 별이의 손에 쥐여주고 광주리에서 밥 한 덩이를 꺼내 들었다. 별이에게 먹으라고 권한 뒤 저도 입에 넣었다. 별이가 밥을 먹다 말고 한숨을 쉬었다. 힘없이 밥을 쥔 팔을 내려놓았다.

"왜, 맛이 없느냐?"

"입맛이 없사옵니다."

"회임을 하면 처음엔 입맛이 없다던데……."

별이가 원범을 흘겨보았다. 원범이 웃었다.

"창덕궁 후원에는 새싹이 돋겠지요?"

별이가 보일 듯 말 듯 싹을 틔운 나무에 눈길을 주면서 물었다.

"그렇겠지."

"여름이면 앵두가 열리겠지요? 앵두는 내가 찜해놓았는데……."

별이가 얼굴을 찡그리며 말을 이었다.

"다른 이가 내 앵두 다 따 먹겠네."

"앵두는 여기도 많이 있구나. 여름이 오면 내가 따주마."

"그래도 대궐의 앵두를 꼭 맛보고 싶었는데……. 내 앵두……."

별이가 얼굴을 찌푸리며 입맛을 다셨다.

"가을이 되면 연경당의 감은 누가 따 먹으려나? 발갛게 익은 홍시를 좋아하시는 분이 여기 계시는데?"

"이제 홍시는 좋아하지 않는다고 했느니라. 박씨를 좋아한다 하였지."

"올봄엔 대궐에 꼭 박을 심자고 어떤 분이 말씀하셨는데 결국 못 심었네. 그분은 지금 어디 계시려나? 내년 봄엔 심을 수 있으려나?"

원범이 미소를 띤 채 별이를 바라보았다.

"대궐이 그리운 게냐?"

"전하는 그립지 않사옵니까? 전하를 오랜 시간 동안 보듬어준

집이지 않습니까. 우리가 혼례를 올리고 부부로 살던 곳이기도
하고요."

"그곳에 살 때 힘들지 않았느냐?"

"좋을 때가 더 많았사옵니다. 맛난 것도 훨씬 더 많았고요. 아!
먹고 싶다."

원범이 웃음을 터뜨렸다.

"전하!"

별이의 표정이 진지해졌다.

"내년에는 우리 아이와 함께 셋이서 첫눈을 맞자고 하셨지요?
그 답을 드리겠사옵니다."

별이가 원범과 눈을 맞추었다.

"내년에는 연경당에서 우리 아이와 함께 셋이서 첫눈을 맞겠사
옵니다."

별이가 원범의 손을 잡았다.

"전하, 이제 그만 대궐로 돌아가소서. 이제 이곳은 전하의 집이
아니옵니다. 전하는 더 이상 강화의 지게꾼 소년이 아니옵니다.
전하께서 마땅히 계셔야 할 곳에서, 전하께오서 마땅히 하셔야
할 일을 하소서."

원범이 눈이 촉촉해졌다.

"정녕 너도 원하는 바냐?"

"예."

"정녕 돌아가도 괜찮겠느냐?"

"예."

"내 마음을 들켰구나."

별이가 미소를 지었다.

"저 또한 전하에 대해 모르는 바가 없사옵니다."

원범이 촉촉이 젖어든 눈으로 별이에게 미소를 보냈다.

"전하. 우리, 집으로 돌아가요. 신첩이 함께하겠사옵니다."

"그래, 우리 집으로 돌아가자. 가서 앵두도 홍시도 실컷 먹어보자꾸나. 겨울엔 연경당에서 첫눈을 맞고, 내년 봄에는 박씨도 심자꾸나. 한 처사를 부르거라."

은규는 도성으로 돌아가지 않았다.

'기다려줘. 전하께서는 곧 돌아가실 거야.'

별이는 강화에 머무르겠다는 원범과 작별을 하고 떠나려는 은규를 붙잡았다. 두 사람은 원범에게 시간이 필요하다는 것을 알았다. 그리고 원범이 환궁하리라 믿었다.

은규는 원범이 머무는 낡은 초가에서 나와 저자 주막에서 대기했다. 알아차리지 못하게 숨어 있기는 하였으나 원범을 속일 수는 없었다. 원범은 은규가 가까운 곳에서 자신을 기다리고 있다는 사실을 알고 있었다.

원범 또한 돌아가지 않겠다고 고집을 부렸지만 제 속마음을 감출 순 없었다. 은규도, 별이도 원범의 마음을 알았다. 세 사람은 서로를 너무나 잘 알았다.

원범은 은규가 준비해온 지필묵을 바라보았다. 묵향이 낡고 좁은 방 안을 그득히 채웠다. 잠시 생각에 잠긴 원범이 이내 붓을 들어 글자를 써 내려갔다. 총 두 통의 서신이 완성되었다. 원범이 은규에게 봉서를 내밀었다.

"소신, 목숨을 걸고 어찰을 전하겠사옵니다."

"목숨은 걸지 말게. 이제 단 한 사람도 잃고 싶지 않으이."

"황공하옵니다."

은규는 심규를 잃은 주상의 상심을 짐작하고 있기에 아차, 싶었다. 하지만 원범은 담담히 미소를 지었다.

"설득도 자네 몫이야."

"예, 소신 성심을 다하여 전하의 명을 받들겠나이다."

은규는 원범과 제 운명을 결정지어줄 중요한 서신을 품고 도성으로 떠났다. 은규의 모습이 시야에서 사라지자 원범의 시선이 마당 채마밭으로 향했다. 한동안 갈고 매고 해서 겨우 밭 꼴을 만들어놓았다. 오늘은 씨를 뿌릴 계획이었다.

"싹도 못 보고 가는구나."

"씨를 뿌리고 가시지요. 누군가 싹을 보고, 잘 키우고, 혹 키우지 않아 마구 자라도 누군가에게는 도움이 될 것이옵니다."

원범과 별이는 씨를 뿌리고, 물을 주었다. 원범과 별이는 집을 둘러보았다. 손을 보아서 제법 살 만한 집이 되었다.

"우리 같은 떠돌이 부부가 이 집의 새 주인이 되었으면 좋겠습니다."

"그래. 새 주인을 위해서 우리도 이제 떠나자꾸나."

원범이 별이의 등에 손을 대었다.

"함께 갈 준비가 되었느냐?"

"예."

"일이 잘못되면 너도, 나도 죽을 수 있다."

"전하께서 아니 계실 땐 살아도 산 것이 아니었지요."

"내가 함께 있으면 죽어도 사는 것이라고?"

"물론이옵니다."

별이의 얼굴이 환했다. 음성이 밝았다.

"일이 잘되어도 네게 주어진 삶이 꽃길만은 아닐 게다."

"전하와 함께 가는 길이 제겐 꽃길이옵니다."

"그럼, 가볼까?"

원범이 손을 내밀었다.

"예."

별이가 고개를 끄덕이며 원범의 손을 꼭 쥐었다. 부부는 잠시 쉬던 집을 빈손으로 떠났다.

환궁

1

주상을 위해 금정사로 불공을 드리러 간 왕대비 조씨가 환궁했다. 그녀는 금정사에서 승려 세 명을 데리고 돌아왔다. 주상의 완쾌를 빌기 위해 궁에서 직접 불사를 행하겠다고 했다. 김좌근은 이를 반대하는 유생의 상소를 사전에 막았다. 이러한 때에 굳이 왕대비와 부딪칠 필요가 없었다.

궐문이 닫히고 밤이 이슥했다. 김좌근이 미처 예측하지 못한 일이 일어났다. 한밤중, 왕대비가 금정사 승려들과 함께 연경당으로 왔다. 왕대비가 모습을 드러내자 대왕대비전 김 상궁이 그녀를 맞이했다.

"김 상궁, 자성 전하는 어쩌고 자네가 여기에 있는가?"

"자성 전하께서 회복하시어 주상 전하를 지키라는 명을 받잡고 왔사옵니다."

왕대비는 대왕대비가 여전히 병 중이라는 사실을 알았지만 모르는 척했다.

"그래, 내 주상의 곁에서 스님과 함께 주상의 쾌유를 비는 기도를 올릴 터이니 길을 여시게."

"아니 되옵니다, 왕대비마마."

왕대비가 눈썹을 치켜올렸다.

"아니 된다? 네 지금 아니 된다고 말하였느냐?"

"황공하옵니다, 왕대비마마."

"네 아직도 대왕대비전의 권세를 등에 업고 나를 막느냐? 내 직접 대왕대비전으로 가서 고할까?"

왕대비의 목청이 높아졌다. 김 상궁이 차분히 무릎을 꿇었다.

"송구하옵니다. 아무도 들이지 말라는 어명이 있으셨사옵니다."

"아무도? 이 나라의 왕대비인 내가 아무도라……. 네 언사가 참으로 무엄하고 방자하기 이를 데 없구나. 김 상궁! 네 정녕 내 손에 죽어야 길을 열까?"

왕대비의 목소리가 더 높아졌다.

병운이 방 안에서 소란을 듣고 나와 뜰로 내려섰다. 왕대비를 향해 공손히 허리를 굽혔다.

"왕대비마마, 어인 일로 이리 심기가 불편하시옵니까?"

왕대비의 목소리가 다소 누그러졌다.

"김 지평이구나. 내 주상을 위해 친히 금정사에서 대사님과 스님을 모시고 왔거늘, 이것이 감히 내 앞길을 막는구나."

"황공하옵니다, 왕대비마마."

"들어가자."

왕대비가 앞장을 섰다.

"왕대비마마."

병운이 왕대비의 앞을 가로막고 허리를 굽혔다.

"너도 나를 막을 셈이냐?"

"소신이 어찌 감히 왕대비마마의 길을 막겠사옵니까? 다만……."

"다만?"

"아뢰옵기 황공하오나 전하의 어환이 위중하시어 왕대비마마를 뵙기가 곤란하시옵니다. 병상에서 미편하신 몸으로 왕실의 어른을 맞이하여야 하시는 전하의 고충을 부디 헤아려주소서."

왕대비가 잠시 생각하다가 입을 열었다.

"그래, 네 말도 일리가 있구나. 내 주상께는 사사로이 형수가 되니 아무래도 내가 있으면 주상께서 불편하시겠지. 그럼 나는 물러가겠다. 네가 스님들을 모시고 들어가거라."

병운이 잠시 망설였다.

"왜? 그것도 아니 된다고 할 셈이냐?"

왕대비의 음성이 다시 날카로워졌다.

"아니옵니다. 그럼 승려들은 곁방에 들이겠사옵니다."

왕대비가 물러가자 병운은 승려들을 데리고 곁방으로 갔다. 곁방에는 솔개가 자리를 지키고 있었다. 병운이 어쩔 수 없다는 표정을 지었다. 승려들은 솔개의 뒤편에 자리 잡아 기도드릴 준비를 했다. 한 승려가 목탁을 두드리기 시작했다. 염불 소리가 연경당에 고요히 울려 퍼졌다.

다음 날 아침, 김좌근은 도승지 조형복과 함께 연경당에 들었다. 사왕의 이름 석 자가 적힌 문서를 펼쳐 주상의 옥새를 찍었다. 김좌근이 도승지 조형복에게 교지를 건넸다. 후계를 정하는 주상의 유교가 담긴 문서였다.

"지금 곧 이판과 함께 사왕을 뵈러 가게. 주상께서 승하하셨다는 전갈이 가면 사왕을 모시고 입궐을 하시게."

"예, 대감."

조형복이 나간 다음 김좌근은 방을 한 번 둘러보았다. 김 숙의는 방 한구석에 새우처럼 몸을 웅크리고 잠들어 있었다. 민 상궁은 얼이 반쯤 나간 채 상선의 머리맡을 지키고 있었다. 병운만이 반듯한 모습으로 자리를 지켰다.

"왕대비가 일으킨 소란은 네가 잘 처리했다고 들었다. 네가 있어 이 아비가 시름을 놓는구나. 잠시 따라오너라."

김좌근이 병운을 이끌고 안채 뜰로 갔다. 병운이 사방을 살폈다. 아무도 없었다. 병운은 안도했다.

"오늘 밤이다."

병운의 가슴이 뛰기 시작했다. 예상은 하고 있었지만 막상 때가 되니 가슴에서 전쟁이 났다.

"이경(밤 9시~11시)이 되면 승려들을 내보내거라. 그럼 내가 의관과 함께 들어 상선을 처리하겠다. 그리고 우리가 함께 빠져나오면 연경당에 불이 붙을 게다."

"민 상궁과 김 숙의도 함께 나오시지요?"

"그자들은 이미 너무 많은 것을 알아버렸다. 살려둘 수가 없구나."

"하지만 그들은 무고하옵니다."

병운의 표정이 간절했다.

"한낱 일개인의 사정을 살폈다면 자성 전하나 아비가 이 나라의 종사를 이끌지는 못하였을 게다. 주상을 보아라. 결국 대의멸친(大義滅親, 대의를 위해서는 친족도 죽인다는 말로, 나라나 민족을 위한 일에 사사로운 정은 끊어야 함)하지 못해 대업을 그르치지 않았느냐?"

대의를 위해 사사로운 정을 끊어내지 못한 주상을 비난했다. 병운이 시선을 바닥으로 떨구었다. 그 '사사로운 정'에는 저도 포함되어 있었다.

"물론, 그 덕분에 일기록이 네 손으로 돌아왔다만……."

김좌근이 병운의 어깨를 두드렸다. 병운이 마른침을 삼키고 고개를 들었다.

"하여 연경당에 화재가 나면 미처 빠져나오지 못한 주상께서 승하하시고, 은밀히 주상의 유명을 받들고 사왕을 모시러 간 도승지 영감과 병기 형님이 사왕을 모시고 왔다. 그리되겠군요."

"그래. 너무 갑작스러운 일이라 왕대비전에서는 아무런 대비도 못 한 게지."

"알겠사옵니다."

병운이 마음을 다잡듯 주먹을 꼭 쥐었다. 김좌근이 병운의 어깨를 두드리고 수인문으로 걸음을 옮겼다. 병운이 멀어지는 아비를 불렀다. 김좌근이 돌아보았다.

"아버님, 소자는 이 일이 끝나면 관직에서 물러나 낙향하겠사옵니다."

"무슨 소리냐?"

"어찌 되었든 소자, 죄를 지었으니 마땅히 물러나야 하옵니다."

김좌근이 숨을 내쉬고 고개를 끄덕였다.

"그래, 네 아무리 아비인 나를 따른다 해도 주상과 함께한 세월이 있거늘 마음이 편치 않겠지. 그 이야기는 나중에 다시 하자. 우선은 오늘 밤까지 일을 잘 마무리하는 데에만 사력을 다하거라."

"예."

김좌근이 다시 돌아서서 수인문을 나갔다. 병운이 아비를 쫓아 장락문까지 나왔다. 아비의 모습이 멀어졌다. 병운이 아비의 뒷모습을 오래도록 바라보다가 허리를 깊게 숙여 절을 했다.

밤이 왔다. 시커먼 어둠이 대궐을 뒤덮었다. 연경당은 그 어느 때보다 고요했다. 김좌근이 의관과 함께 연경당에 들었다. 의관의 손에는 탕약이 들려 있었다. 주상의 어환을 낫게 해줄 탕약이라 하였지만 실은 상선을 죽일 독약이었다. 김좌근은 병운을 내보냈다. 아들에게 차마 살인은 보여주고 싶지 않았다. 병운은 상선과 민 상궁, 김 숙의를 한 번 둘러보고서 어깨를 늘어뜨린 채, 밖으로 나갔다.

김좌근은 침상 곁으로 갔다. 상선은 여전히 돌아누워 있었다. 김좌근은 상선의 몸에 손을 대려다가 멈칫했다. 직접 만지고 싶지는 않았다. 민 상궁을 보았다.

"자네가 돌리게."

"시, 시…… 싫습니다."

"어허, 상선을 살리고 싶지 않은가? 어서 돌려."

민 상궁이 온몸을 떨며 천천히 상선의 몸을 돌렸다.

"이불을 걷게."

민 상궁이 손을 떨며 이불로 손을 가져갔다.

"그럴 필요 없네."

이불 속에서 목소리가 들렸다. 상선이 제 손으로 이불을 걷고 자리에서 일어났다. 김좌근과 의관이 놀라 뒤로 물러났다. 의관은 온몸을 떨며 바닥에 엎드렸다. 자리에서 일어난 이는 상선이 아니라 원범이었다.

"솔개!"

원범과 마주한 김좌근이 곁방을 향해 소리쳤다. 곁방의 문이 열리고 승려 둘이 나와 김좌근의 목에 검을 들이댔다. 별이와 강하였다. 솔개는 입에 재갈을 물고 포박당해 있었다. 김좌근이 곧 상황을 파악했다.

"하하하!"

김좌근이 크게 웃음을 내질렀다. 우뚝 멈추고 원범과 별이, 강하를 차례로 바라보았다. 셋 다 승복을 입었다.

"전하께 어울리지 않는 옷이옵니다."

"영상도 그리 생각하시오? 과인 역시 과인에게 어울리는 옷은 용포뿐이라고 생각합니다만."

"이미 전하의 옥새가 찍힌 교지를 받들고 도승지가 사왕을 모시러 갔사옵니다."

"이 옥새 말이오?"

원범이 머리맡에 있는 옥새를 들어 보였다. 김좌근이 원범의 유명을 조작할 때 사용한 옥새였다.

"과인이 진짜를 찍게 했을까."

원범이 여유롭게 웃었다.

"그간 도승지가 과인에게 정이 많이 들었습니다. 지금쯤 도승지가 어명을 받아 이판 김병기를 체포했을겝니다."

김좌근은 눈썹을 꿈틀거렸지만 평정을 잃지 않았다. 미소까지 지었다.

"그래요? 대궐은 소신이 재물을 풀어 매수한 병사들이 장악하고 있습니다만. 소신이 부르면 당장 달려와서 주상의 명줄을 끊어 놓을 것입니다. 여봐라!"

김좌근이 밖을 향해 소리쳤다. 밖에서 힘찬 발소리가 들려왔다. 김좌근이 득의양양한 표정으로 원범을 노려봤다.

"신 금위대장 김문근 대령이옵니다."

"드시오."

원범의 명에 중전의 아비인 김문근이 입시했다.

"죄인을 모두 추포하여 의금부로 압송하였고, 궁은 금위영에서 장악하였사옵니다, 전하."

"고맙습니다, 장인."

원범이 김좌근을 보며 차가운 미소를 지었다.

"보시다시피."

마침내 김좌근의 얼굴이 벌게졌다. 거친 낭패감과 당혹감이 일렁댔다. 이마에 퍼런 핏발이 서고, 숨이 거칠어졌다. 가슴속에서 분기가 치밀어 올랐다.

"이럴 순 없다."

김좌근이 주먹을 쥐고 부르르 떨었다.

"영상께서는 재물로 많은 이들을 매수하였소. 지밀의 상궁부터 나인, 내관, 의관, 말단 관리까지. 하지만 금군은 통하지 않았습니다. 그들은 금군별장 심규가 하나하나 챙겨가며 직접 가르친 자들입니다. 심규를 아비처럼 존경하던 자들이 그 아비를 영상의 손에 잃었습니다. 그들이 영상의 재물을 받을까요? 천만금 억만금을 주더라도 그들을 매수할 순 없습니다. 그들을 움직일 수 있는 건 재물이 아니라 마음, 신의니까요. 노회한 영상께서 이를 모르셨다니 실망입니다."

김좌근이 몸을 떨기 시작했다. 화증이 나서 견딜 수 없는 듯 보였다. 원범은 김문근에게 명했다.

"금위대장, 대역 죄인을 체포하시오."

"안 된다!"

김좌근이 악을 내지르며 몸부림쳤다.

"아버님, 모든 것이 끝났습니다."

병운이 차마 들어오지 못하고 방문 앞에서 무릎을 꿇었다. 김좌근이 병운을 바라보며 소리쳤다.

"네가 어찌, 내 아들인 네가 어찌, 김좌근의 적자인 네가 어찌……"

"송구하옵니다. 불효의 벌, 소자 달게 받겠사옵니다."

"내가 아들을 잘못 키웠구나."

병운이 힘없이 고개를 숙였다. 원범의 시선이 그런 병운을 놓치지 않았다.

2

주상께서 어환을 떨치고 일어나셨다는 소식이 대궐 곳곳에 전해졌다. 강하와 은규가 입궐하여 중희당으로 갔다. 세 사람은 모처럼 환한 미소를 지었다. 미소 너머 긴박했던 며칠간의 사정이 꿈인 양 흘러갔다.

강하와 병운은 거지꼴로 강화에서 돌아온 은규로부터 원범이 변을 당했다는 소식을 듣고, 연경당에 진짜 원범이 있는지 알아봐야 했다. 강하와 병운은 입궐하면서부터 언성을 높이기 시작하여 연경당에서 치고받고 싸웠다.

"전하, 소신은 가짜로 치는 시늉만 하였사온데 김 지평 그 친구는 진짜였사옵니다. 소신 아파서 죽을 뻔했사옵니다."

강하가 제 뺨을 어루만지며 능청을 떨었다. 원범이 미소를 지으며 병운을 생각했다.

"진짜처럼 보여야 했으니까. 덕분에 김 지평이 영상의 신임을 얻었지."

병운은 '하옥일기'를 김좌근에게 바치고 연경당에 들어가 원범의 존재를 확인할 수 있었다.

그 후, 은규는 강화에서 원범과 별이를 만나고 강하에게 서신을 띄웠다. 성상께서 살아 계시니 모실 준비를 하라는 내용이었다. 강하는 왕대비에게 이 사실을 알리고 그녀와 함께 불공을 핑계 삼아 김포 금정사로 떠났다. 강화에 있는 원범과 접촉하기 쉬운 장소였다.

원범은 환궁할 결심을 하고 책략을 짰다. 두 통의 서신을 써서 은규에게 전했다. 한 통은 병운에게, 나머지 한 통은 중전에게 보내는 것이었다. 아비와 집안의 안위를 보장해준다면 중전은 제 편에 설 것이고, 김좌근의 지위를 약조해준다면 김문근 역시 저를 위해 금위영을 움직여줄 것이기 때문이었다.

원범은 별이와 함께 금정사로 와서 왕대비와 강하를 만났다. 원범과 별이, 강하는 승려로 변장했다. 강하는 삭발을 하겠다고 고집을 부렸으나 왕대비가 겨우 말렸다. 세 사람은 회색 승복을 입고 삿갓을 쓰고 입궐한 후, 왕대비와 병운의 도움으로 연경당 내전에 들어 상황을 역전할 수 있었다.

"김 지평은 어쩌고 있는가?"

원범이 물었다. 세 사람의 얼굴이 무거워졌다. 병운은 사직 상소를 올리고 두문불출하며 죄를 청하고 있었다. 병운이 아무리 이번 일에 공을 세웠다고는 하나 김좌근의 자식이라는 사실은 변하지 않았다. 김좌근이 역적이면 병운 또한 역적이었다. 설사 김좌근에게 역모의 죄를 묻지 않는다고 해도 병운의 양심이 이를 허락하지 않을 터였다.

3

대왕대비전에서 만나자는 전갈이 왔다. 대왕대비는 원범이 돌아왔다는 소식을 듣고 기적처럼 자리에서 일어났다. 주상을 봐야겠다, 대왕대비의 첫 마디였다.

원범은 중희당을 나와 대왕대비가 기거하는 양심합으로 향했다.

"그쪽이 아니옵니다."

상선이 말했다.

"하면?"

인정전은 창덕궁의 정전으로 이 대궐에서 제일 크고 높은 전각이었다. 나라의 대사는 모두 이곳에서 치러졌다. 원범은 숙장문을 지나 인정문을 넘었다. 조정 너머 인정전이 환한 빛을 내뿜으며 그 위용을 드러냈다. 원범은 문반과 무반의 품계석 사이에 펼쳐진 왕의 길, 어도를 따라 걸었다. 두 층의 계단을 지나 월대에 올랐다. 문이 열리고, 인정전 어좌가 시야에 들어왔다. 원범이 어좌를 향해 발을 내디뎠다.

수백 개의 초가 인정전 내부를 환하게 밝히고 있었다. 낯선 노랫가락이 흘러나왔다. 대왕대비가 왕의 자리, 어좌에 앉아 노랫가락을 흥얼댔다. 대왕대비가 원범에게 환한 얼굴, 부드러운 음성으로 인사를 건넸다.

"어서 오너라, 아가."

대왕대비는 다시 노랫가락을 흥얼댔다. 원범은 대왕대비에게 시선을 고정한 채 어좌를 향해 성큼성큼 걸어 나갔다. 전돌 위를 내딛는 원범의 발소리와 대왕대비의 노랫가락 소리가 묘하게 어울렸다. 원범이 어상 앞에서 걸음을 멈추었다. 대왕대비가 소리를 멈추었다.

"기해년 천주쟁이들이 목이 잘리기 전에 이 노래를 불렀다더구나. 죽기 전에 부르는 노래치고는 너무 아름답지 않으냐? 아름다워서 더 슬프구나."

원범이 뒷짐을 지었다.

"너 또한 아름다운 아이였지. 이곳에서 즉위식을 할 때 겁에 질린 눈으로 두려움에 떨던 네 모습이 어찌나 아름답던지……. 나는 널 안전하게 지켜줘야겠다고 다짐했단다."

대왕대비가 원범을 향해 미소를 짓고 다시 말을 이었다.

"조선국 이씨 왕은 외자 이름을 갖고 있지. 하여 네게서 '원범'이라는 이름을 지우고 '변'이라는 이름을 주어 널 이 자리에 앉혔지. 한데 내 아름답던 아가, 이변이 위험한 물건을 손에 넣어 장난을 치려 하는 바람에 죽다가 살아났구나. 위험한 건 이 어미에게 가져오지 그랬느냐? 대신 우리 아가가 원하는 걸 주었을 텐데."

'하옥일기'와 증좌 '김씨옥수기'를 뜻하리라.

"유배든 사약이든 네 마음대로 하렴. 대신 그 물건은 돌려주고, 그 물건의 주인은 놔두렴."

"위험한 물건과 그 물건의 주인에 더 흥미가 갑니다만."

"그럼 이건 어떨까? 박 상궁을 살려주마. 그래, 빈의 첩지를 내리자꾸나."

"마음대로 하십시오. 박 상궁이라도 제 몸 하나 지키지 못하는 자라면 제 곁에 있을 자격이 없지요."

대왕대비가 안타깝다는 듯이 고개를 저었다.

"아가, 어미의 말귀를 못 알아듣는구나. 그건 네가 다룰 물건이 아니고, 물건의 주인은 네가 상대할 자가 아니다."

"물건과 주인을 다룰 수 있을지 아닐지는 두고 보소서."

"그 물건으로 네 어미와 외척의 목을 조르려고?"

"아직도 마마께서 제 어머니이시고, 그들이 제 외척이옵니까?"

"그래, 좋아."

대왕대비가 웃었다.

"네 어미와 외척이 아니라 이 나라 여주(女主)와 여주의 집안을 망가뜨리려고?"

"죄인들을 벌할 것이옵니다."

"죄인이라…… 죄인이 맞구나. 그럼 내 목부터 졸라보렴."

대왕대비가 한숨을 쉬었다.

"내 죄가 참으로 크구나."

"마마의 죄를 알고 계시옵니까?"

"알다마다. 이 나라 종묘사직에 씻을 수 없는 대죄를 지었구나. 강화에서 떠꺼머리 무지렁이 지게꾼으로 살던 너를 데려와 용상에 앉힌 죄. 하여 이 나라 종묘사직을 위태롭게 한 죄. 하여 내 집안을 멸문으로 몰아넣은 죄. 결코 용서받을 수 없는 죽을죄이구나. 한데 내가 죽으면 이 자리가 네 자리가 될까?"

"그리 집착하시는 걸 보니 마마의 자리도 아닌 듯싶습니다."

"이변. 아니, 이원범. 순조도, 익종도, 헌종도 이 자리에서 아무것도 못 했단다. 내 말하지 않았느냐? 이 나라는 안동 김씨의 나라이니라. 용상의 주인은 언제든지 바뀔 수 있느니, 내가 이 나라의 진정한 주인이란다. 여주의 허락 없이 네가 용상에서 할 수 있는 것은 아무것도 없구나."

"아니요. 누가 용상의 진짜 주인인지는 곧 알려드리겠사옵니다."

"어찌한다? 주인이 둘일 수는 없는데 둘 중 하나는 죽어야겠구나."

대왕대비가 어좌에서 일어나 어상을 내려와 원범에게 다가왔다. 원범의 앞에 마주 섰다. 어상 뒤 어둠 속에서 내관이 나와 의자와 탁상을 놓고 사라졌다. 대왕대비가 의자에 앉았다.

"주상께도 의자를 내드리거라. 내 목이 아프구나."

내관이 원범의 뒤로 의자를 가져다 놓았다. 원범이 의자에 앉았다.

곧 어좌 뒤편에서 김 상궁이 소반을 들고나왔다. 소반에는 병두 개와 잔 두 개가 있었다. 김 상궁이 병과 잔을 탁상 위에 올려놓았다. 병 하나를 들어 한 잔에 따르고, 다른 병을 들어 다른 잔에 따랐다. 김 상궁이 잔을 옮겨가며 섞었다.

"하나는 독주, 하나는 약주란다. 용상의 진정한 주인은 천명을 받는 법, 누가 용상의 진짜 주인인지는 하늘이 정하실 게야. 네가 먼저 고르렴."

원범이 웃었다.

"독주를 고르면 이 나라는 안김의 것이 되고, 약주를 고르면 이 나라의 임금은 모후를 죽인 폐주가 되니, 이 나라는 역시 안김의 것이 되겠지요. 무얼 선택해도 과인은 잃을 수밖에 없군요. 하여 아무것도 하지 않겠습니다."

"그럼, 내 너를 폐주로 만들 수밖에. 내 한목숨 희생하여 김씨의 나라를 보전하겠다."

대왕대비가 잔 하나를 들고 단숨에 들이켰다. 또 다른 잔을 들었다. 원범이 팔을 뻗어 잔을 쳐냈다. 잔이 바닥으로 굴러떨어졌다. 대왕대비가 미소를 지으며 술병 하나를 들었다. 원범이 대왕대비의 손에서 술병을 빼앗으려 했다. 대왕대비가 술병을 놓지 않았다. 결국 원범이 술병을 내동댕이쳤다. 병이 떨어지며 술이 흐르고 바닥을 적셨다. 대왕대비가 천둥처럼 소리쳤다.

"이놈!"

원범이 대왕대비를 바라보았다. 주름과 시름을 가득 안은 늙은 여인이 온몸으로 발악하고 있었다. 원범은 남은 술병을 들었다. 대왕대비의 앞에 놓인 잔을 가져와 술을 따랐다. 술잔을 들어 맛을 본 다음 바닥으로 잔을 내던졌다. 술병을 들어 바닥으로 술을 따라 버렸다.

"부자이군요. 마마 덕분에 독에 일가견이 생겨서 말이지요. 과인이 장담하건대, 이 정도로는 죽지 않습니다. 양심합으로 어의를 보내겠습니다. 해독하소서."

"그래, 이놈아. 내 너를 두고 혼자 죽지는 않겠다."

원범이 밖을 향해 소리쳤다.

"여봐라. 대왕대비를 모셔라."

원범의 목소리가 뇌성처럼 인정전을 울렸다. 궁인들이 들어와 대왕대비를 부축하여 나갔다.

양심합으로 돌아간 대왕대비는 며칠간 일어나지 못했다. 어느 날 저녁, 대왕대비가 눈을 뜨고 몸을 일으켰다. 보랏빛 저녁노을이 양심합 지붕을 휘감고, 보랏빛 하늘은 회색 눈발을 힘없이 뿌려대는 날이었다. 곧 꽃이 필 텐데 웬 눈발이람? 날도 참 얄궂네, 추위가 꽃을 샘하는 게지, 궁인들이 수군댔다.

"김 상궁, 대궐을 둘러보고 싶구나."

"날이 차옵니다. 따뜻해지면 나가시지요, 자성 전하."

"시간이 없네. 내 오늘 보고 싶으이."

김 상궁의 눈시울이 뜨거워졌다.

"얼른 차비하겠나이다."

대왕대비가 화장을 하고 옷을 제대로 갖춰 입고 밖으로 나왔다. 바람이 훅 불어왔다. 찬 기운이 뺨을 치고 가자 대왕대비는 몸을 휘청거렸다. 김 상궁이 대왕대비를 부축했다.

"괜찮다. 소란 떨지 말라."

대왕대비가 손을 내젓고서는 대조전을 바라보았다. 그녀는 이곳에서 훗날 조선의 왕세자가 된 아들을 낳았다. 대왕대비는 걸음을 옮겨 동궁으로 갔다. 아들과 손자가 정사를 돌보던 중희당이 눈에 들어왔다. 그녀의 눈이 촉촉이 젖어들었다.

'주상은 내가 그들을 죽였다고 하지만 내가 죽인 게 아니야. 다만 지키지 못했을 뿐이야. 종묘사직을 위해서 어쩔 수 없었어.'

대왕대비는 낙선재와 석복헌을 지나 수강재로 들어섰다. 손자 헌종이 자신을 위해 중수한 거처였다. 이곳에서 조선의 여군으로 군림했다.

"김 상궁, 처음 이곳에 오던 날이 꿈같구먼."

"앞으로도 꿈같은 날이 많을 것이옵니다, 전하."

"김 상궁, 나는 복 많은 여인이야. 참으로 복 많은 여인일세."

"이르다뿐이옵니까?"

"왕세자를 낳았고, 그 아드님은 훗날 왕으로 추존되셨지. 친손은 왕이 되었고, 양자를 왕위에 앉혔지. 아들이고 손자고 모두 효자, 효손이었어. 양자마저 효자였지. 내 한평생 태평성세를 구가했으니 더 이상 바랄 것이 무엇이겠나?"

"예, 자성 전하의 성은으로 소인 또한 태평성세를 살았사옵니다."

"아무렴, 태평성세지. 태평성세야. 지금 이 시절을 태평성세라 하지 않으면 어느 때를 태평성세라 부르겠나? 태평성세야. 아무렴, 태평성세지."

찬 바람이 불어왔다. 대왕대비는 두 눈을 부릅뜨고 바람을 거스르며 태평성세라 되뇌었다.

"김 상궁, 내 영상에게 일러놓았네. 한평생 내 시중을 들고 살았으니 여생은 남의 시중을 받으며 편히 살게."

김 상궁의 눈에서 눈물이 떨어졌다.

"이 사람, 왜 눈물을 보이는가?"

"송구하옵니다. 바람이 하도 차서 그만……."

"그래, 들어감세. 바람이 아주 얄궂구먼."

대왕대비는 양심합으로 돌아왔다. 김 상궁이 지필묵과 흰 수건을 가져와 서안 위에 놓았다. 대왕대비는 김 상궁을 물리고 홀로 남았다. 붓을 들어 글을 썼다. 붓을 놓고 오랫동안 종이를 내려다보았다.

흰 수건을 들어 얼굴을 덮은 분칠을 지웠다. 명경에 비친 얼굴에 주름과 얼룩이 드러났다. 주름 사이로 먼저 간 아들과 딸 넷과 손자의 얼굴이 스쳐 갔다. 눈에서 눈물이 흘러내렸다.

"눈물이 뭐람? 이 좋은 세상에, 이 좋은 날에."

대왕대비는 자리에 누웠다. 피로가 파도처럼 밀려왔다.

"난 아무런 회한이 없다. 난 아무런 과오가 없다. 내가 있어 이 나라 이 강산이 태평성세를 누렸거늘……."

대왕대비는 스스로를 변명하며 눈을 감았다. 이내 잠이 쏟아졌다. 숨이 느려졌다. 절명. 숨이 끊어진 대왕대비의 얼굴에는 감추지 못한 오점처럼 분 자국이 얼룩덜룩 남아 있었다.

원범이 중희당을 나왔다. 몇 발짝 뗐을 때 곡소리가 들렸다. 소리는 점점 뚜렷해졌다. 대왕대비전 내관 하나가 달려가 원범의 앞에 머리를 조아렸다.

"자성 전하께서 승하하셨사옵니다."

원범을 따르던 내관과 궁인들이 엎드려 통곡하기 시작했다. 대왕대비전 내관이 원범에게 문서를 하나 내밀었다. 원범이 문서를 펼쳐보았다.

모정과 천륜을 지키는 것은 범인(凡人)의 일이니
여군(女君)은 이 나라 이 강산을 지켜냈느니라.

원범이 하늘을 올려다보았다. 가는 눈발이 흩날리고 있었다.

'그리하여 지켜내신 이 나라 이 강산의 꼴이 어떠합니까?'

원범이 하늘에서 시선을 거두고 대왕대비전 내관을 내려다보았다.

"갑자기 날이 차졌구나. 따뜻하게 모셔라."

원범이 앞으로 걸어 나갔다. 크고 검은 그의 눈에서 눈물 한 방울이 뚝 떨어졌다.

4

원범은 병운을 생각하며 길고 깊은 숨을 내쉬었다. 이제부터 병운을 지켜야 했다. 원범은 내관과 궁인이 통곡하는 가운데 홀로 후원으로 향했다. 원범은 연경당 너머에 있는 폄우사로 갔다. 폄우사는 관람지 서쪽 언덕에 있는 작은 전각이었다. 원범은 잠시 폄우사를 바라보았다. 먼저 떠난 이들을 생각했다. 걸음을 옮길수록 작게 들려오던 곡소리가 점점 커졌다. 각 전각에 대왕대비의 홍서 소식이 전해졌으리라.

"무슨 소리냐? 이 무슨 소리냐? 곡소리 아니냐? 누가 죽었느냐? 주상이 죽었느냐? 주상이 죽었구나! 주상이 죽었어! 어서 포박을 풀어라."

김좌근의 목소리가 들렸다. 폄우사 안에는 김좌근이 눈을 가리고 포박당한 채 좌정해 있었다. 원범은 안으로 들어갔다.

"누구냐? 나를 살리러 왔구나. 어서 이 눈부터 풀어라. 답답하다. 어서 풀어라."

원범이 눈짓을 하자 지키던 내금위가 김좌근에게 다가가 안대와 포승줄을 풀었다. 원범은 내금위를 물렸다. 전각 안에는 원범과 김좌근 둘만 남았다. 김좌근은 눈을 찡그리며 어둠에 익숙해지고자 하였다.

"누구냐? 주상이 죽었느냐?"

"대왕대비께서 훙서하셨소."

"뭐라? 이제 헛것이 들리는구나."

김좌근의 눈에 원범이 들어왔다.

"주상!"

"예가 어딘지 아시오?"

김좌근이 사방을 둘러보았다. 조카인 익종이 밤을 새워가며 책을 읽고 공부를 하며 개혁을 구상하던 곳이었다.

"알다마다요."

"경의 그릇된 욕망과 간악한 죄과가 이곳의 주인으로부터 시작되었지요."

"권력에 대한 바람이 그릇된 욕망입니까? 인간이라면 누구나 가지게 되는 자연스러운 희원입니까?"

"김 지평을 보시오. 그 친구가 경처럼 권력에 대한 욕망을 가지고 있소?"

김좌근의 입술이 희미하게 씰룩거렸다.

"그 아이는 이 사람이 제대로 키우지 못했습니다. 그놈이 불민하여 아비의 대업과 가문의 영광을 망쳤습니다. 이제 그 아이는 이 사람의 자식이 아닙니다."

"경은 제대로 키우지 못해 불민한 그 아들 덕분에 목숨을 부지할 것이오."

"이 사람을 살려주겠다는 겁니까?"

"그렇소. 목숨뿐만 아니라 경의 대업과 가문의 영광을 망친 이유로 내치려는 그 아들 때문에 경의 명예도 지켜주겠소."

김좌근은 원범의 어의를 이해할 수 없었다. 눈을 치켜뜨며 따지듯이 물었다.

"왜요? 어째서 능지처사해도 시원찮을 대역 죄인의 죄를 덮고자 하십니까?"

"과인이 다시 돌아온 것은 사람을 살리기 위해서이지 죽이기 위해서가 아니오."

"사람을 살리기 위해서라. 정적을 살리는 정치는 없습니다."

"그럼 경의 말대로 정적을 죽였다고 칩시다. 그럼 끝이 나오? 왕대비는 제이(二)의 대왕대비가 되고, 김문근은 제이의 김좌근이 되어 과인을 압박하겠지요. 그들을 죽이면 또 제삼(三)의 대왕대비, 제삼의 김좌근이 나타나 세도를 부리겠지요. 종국에는 우리 조선국의 꼴이 어찌 되겠소? 과인의 치세를 그들을 축출하는 데 낭비하고 싶지 않소. 과인에게는 시간이 없소. 굶주리고 헐벗은 백성들을 돌봐야 하오. 하여 과인은 그대를 살리고 그들을 포용하고 백성을 돌보는 정치를 하고자 하오."

김좌근이 눈을 한 번 감았다가 떴다.

"그들이 전하의 뜻을 헤아려야 할 텐데요. 안타깝습니다. 인간의 마음이 전하의 마음 같지는 않지요. 신의 눈에는 보입니다. 전하께서는 결국 아무것도 하실 수 없을 겁니다."

원범이 일어났다.

"김 지평이 사직하여 낙향하겠다는 뜻을 전해왔소. 국상을 치른 후에 그 친구의 청을 받아들일까 하오. 경도 우선 국상을 치르시오. 그 후에 모든 것을 내려놓고 산수를 벗하며 은자(隱者)의 도를 즐겨 보는 것이 어떻겠소? 사직 상소를 기다리겠소."

"국상이라니?"

"대왕대비께서 훙서하셨소."

"참말입니까? 정말 대왕대비께서 승하하셨습니까?"

"착각하지 마시오. 대왕대비 때문에 그대를 살려두는 게 아니오."

원범이 돌아섰다.

"전하께 감읍해 하지 않을 겁니다. 전하께서는 소신을 살려주시는 게 아니라 소신을 죽이지 못하시는 겁니다."

"감읍하다는 말보다 낫구려."

김좌근이 방을 나가는 원범의 뒷모습을 무표정하게 바라보았다. 김문근에게 이끌려 이곳에 올 때까지 내내 이 상황을 어떻게 모면할 수 있을지, 주상과 어떤 거래를 해야 할지, 어떻게 살아남아야 할지, 다시금 주상의 처리를 어떻게 도모해야 할지만 생각했다. 하지만 원범의 반응은 뜻밖이었다. 김좌근은 원범의 자비와 관용에 난생 처음으로 전의를 상실했다. 그의 적은 연약하면서도 강인하였고, 무르면서도 단단했다. 병운이 왜 주상에 대한 충의를 저버릴 수 없었는지 어렴풋이 이해할 수 있을 듯했다.

원범은 김좌근을 석방했다. 김좌근이 궐을 나오자 청지기가 교자를 대령해놓고 있었다.

"대감! 자성 전하께서……."

청지기와 가마꾼이 무릎을 꿇고 통곡했다.

"울지 마라. 어서 가자."

김좌근이 교자에 올랐다. 가마꾼들의 발이 분주히 움직이기 시작했다.

"어디로 가고 있느냐?"

"교동으로 가고 있사옵니다, 대감마님."

김좌근의 물음에 청지기가 당연하다는 듯이 대답했다.

"멈춰라."

교자가 멈추었다. 청지기가 김좌근을 올려다보았다.

"아니다, 가자. 아니, 작은집으로 가자."

교자가 다시 출발했다.

"멈추어라. 집으로 가자. 아니, 작은집으로, 아니……."

김좌근이 고개를 내저으며 말을 잇지 못했다. 전의를 상실한 김좌근은 더 이상 김좌근이 아니었다. 멀지 않은 곳에서 인경을 알리는 북소리가 울리기 시작했다.

김좌근은 교동 제집으로 왔다. 사랑에서는 병운이 상복을 입고 그를 기다리고 있었다. 김좌근이 좌정하자 병운은 큰절을 했다.

"너는 오늘부터 내 아들이 아니다. 날 아비라 부르지 말거라.

날이 밝는 대로 네 가솔을 이끌고 이 집을 나가거라. 이 집에, 안동 김문에 이제 너의 자리는 없다."

병운은 큰절을 하고 사랑을 나왔다. 제 방으로 돌아왔다. 불도 밝히지 않은 채 앉았다. 어둠 속에서 자리를 지켰다.

새벽닭이 울기 전에 병운이 마당으로 나왔다. 사위는 어둑하고, 병운은 고독했다. 그는 대궐을 향해 섰다. 몸을 낮추어 절을 했다. 대왕대비를 보내는 절이었다. 대왕대비의 승하에 분명 제 탓도 있으리라. 그리고 원범을 생각하며 절을 올렸다. 네 번 절을 했다.

"먼 길이라도 떠나려는가?"

적막을 깨는 목소리에 병운이 고개를 들었다. 원범이 백포와 백립을 쓰고 백화를 신고 서 있었다.

"전하!"

"설마 황천길은 아니겠지?"

"전하, 야심한 시각에 어이 궐을 벗어나셨사옵니까? 이제 심 영감도 없는데 어찌 또 이리 위험천만한 잠행을 나오시옵니까?"

"걱정하지 말게. 지옥까지 따라와 과인을 구해갈 무사를 데려왔으니."

원범이 가리키는 곳에 소성이 검을 차고 서서 병운에게 인사를 건넸다.

"박 무관, 아니 박 상궁은 그래도 여인의 몸이 아니옵니까? 심 영감만 한 무관을 거느리실 때까지 잠행은 나오지 마소서. 아니, 앞으로 대궐을 벗어나지 마소서."

"자네 이리 과인의 걱정을 많이 하는데 과인을 두고 떠날 생각을 하였는가?"

"전하, 소신은 죄인이옵니다."

병운이 무릎을 꿇고 원범의 발치에 엎드렸다. 병운은 더 이상 얼굴을 들고 하늘을 바라볼 수 없었다. 이런 병운의 성정을 잘 알고 있는 원범은 어둠 속에서 내내 병운을 지켜보았다.

"죄인이지. 과인을 두고 다시는 돌아올 수 없는 길을 떠날 결심을 한 죄인이지."

"전하, 소신의 아비가, 소신의 아비가 대역죄를 지었사옵니다. 소신, 살아서는 전하를 뵈올 수 없사옵니다. 부디 통촉하여주소서."

"하니 살아서 과인을 지켜야지. 자네가 없으면 자네의 부친을 누가 막겠는가?"

"전하……."

원범이 몸을 낮추어 병운과 눈을 맞추었다.

"과인을 두고 먼저 눈을 감는 것이 대역죄다. 자네는 결코 과인보다 먼저 죽어서는 아니 된다."

병운의 눈에서 눈물이 흘러내렸다.

"알겠는가?"

"망극하옵니다."

"어명이다. 자네는 오래오래 살아 과인이 만들어 나가는 새로운 역사를 보아야 한다. 알겠는가?"

병운이 붉은 눈을 들어 원범을 바라보았다.

"알겠는가?"

"예, 전하. 성은이 망극하옵니다."

원범이 병운의 손을 잡았다.

"그리고 과인의 어머님이자 자네의 고모님을 잘 보내드려야지. 이럴 시간이 없네. 어서 차비하게."

원범이 병운의 손을 마주 잡고 그를 일으켰다.

ㅎ

대왕대비가 세상을 떠나고 다섯 달이 흘렀다. 원범은 지난 다섯 달 동안 여막에 거처하면서 하루에 다섯 번 곡하며 울었다. 대행 대왕대비의 시호를 '순원'이라 천망했다. 졸곡(곡을 끝낸다는 뜻으로 지내는 제사)을 끝내고 거친 베옷을 벗었다. 백포를 입고 베로 싼 익선관을 쓰고 베로 싼 오서대를 차고 백피화를 신고 정사를 돌보았다. 그리고 날이 가고 달이 차고 해가 지나고 국상이 끝났다. 그간 소성은 무관으로서 원범을 곁을 지켰다.

원범과 소성은 밤길을 걷고 있었다. 원범은 모처럼 잠행에 나섰다.

"이제 한시름 놓았구나. 과제 하나만 해결하고 좀 쉬자꾸나."

"예? 또 하실 일이 있사옵니까?"

소성, 별이가 눈매를 찡그렸다. 별이는 원범의 잠행이 여전히 불안하였다.

"너!"

원범이 걸음을 멈추고 손가락으로 별이를 가리켰다.

"예? 그건 내일 하면 안 되겠사옵니까? 소신 졸려 죽겠사옵니다. 제대로 자본 지가 언제인지 모르겠나이다."

"그래. 그럼 눈부터 좀 붙이고 과제는 내일 하자. 우리가 함께할 날은 저 별처럼 많으니."

원범이 하늘을 올려다보았다. 수천 개, 수만 개의 별이 한양의 여름밤 하늘을 빛내주었다. 그리고 저를 빛내주는 또 하나의 별. 원범이 웃으며 별이를 내려다보았다.

"익숙한 눈빛이옵니다."

원범이 시선을 낮추며 별이와 거리를 좁혔다.

"지금은 아니 되옵니다."

별이가 웃으며 원범에게 손을 내밀었다. 원범이 별이의 손을 잡고 걸음을 뗐다.

"하온데 어디로 가시옵니까?"

"오늘은 너희 집으로 가자. 대궐은 보는 눈이 너무 많구나."

별이가 걸음을 멈추었다.

"아니, 자리를 비우다가 저승 문턱까지 다녀오신 분이 어찌 겁이 없으시옵니까? 이제 그만 대궐로 납시소서."

"지난번에 약조하지 않았느냐? 다음에는 아침까지 함께 있겠다고."

"그 약조는 이미 강화에서 넘치게 지키셨사옵니다."

"강화랑 너희 집은 엄연히 다르다. 오늘은 네 집에서 그 약조를 지키겠다."

"그 약조 지킨 걸로 하겠사옵니다. 어서 환궁하소서."

"싫다."

"전하의 집은 대궐이지 않사옵니까? 소신이 모셔다드리겠사옵니다."

하지만 원범은 꿈쩍하지 않았다.

"전하."

"싫다."

별이가 눈으로 웃음을 그리며 원범을 달랬지만 원범은 한 걸음도 떼지 않았다.

"어째서요?"

"대궐은 무섭다."

"그래도 대궐이 제일 안전하옵니다."

"아니, 무섭다. 대궐엔 내 몸을 노리는 자들이 너무 많으니라."

"누굽니까? 아직도 영상의 잔당이 남아 있사옵니까?"

별이가 정색하고 진지하게 물었다.

"아니. 영상보다 더 무서운 자들이 내 몸을 원하고 있다."

"그럼, 그들도 발본색원해야지요."

"그건 어렵다."

원범이 고개를 저었다.

"소신이 반드시 발본색원하겠사옵니다. 맡겨주소서."

원범이 한숨을 쉬었다.

"중전, 김 숙의, 그리고 오백여 명의 궁녀를 어찌 발본색원한단 말이냐?"

"예? 그걸 지금 농이라고 하시옵니까?"

별이가 고개를 젓고 대궐을 향해 앞장섰다. 원범이 달려와 별이의 앞을 가로막았다.

"농이 아니래도. 오늘 밤은 절대 대궐로 돌아가지 않겠다."

"대궐로 모시겠사옵니다."

별이가 부드럽게 말했다.

"싫다. 혼자서는 못 간다."

"가셔야 하옵니다."

"그럼 네가 내 침전에 들겠느냐?"

"소신이 침전까지 안전하게 모시겠사옵니다."

"침전 안까지 함께 가자."

"침전 밖까지 함께 가겠사옵니다."

"안으로 들어야 한다."

"아니 되옵니다."

"너 아느냐? 현종의 왕비이신 명성왕후께서는 국상 중에 회임하시어 숙종 대왕을 출산하셨다. 국상 중에 왕가에서도 역사는 이루어지느니라. 하물며 국상이 끝났거늘…… 응?"

"소신은 역사를 모르옵니다. 아무것도 모르옵니다."

"그래? 하면 내 오늘 밤 소상히 알려주마."

원범과 별이가 티격태격하며 걸음을 옮겼다. 달과 별이 두 부부의 실랑이를 흐뭇하게 지켜보았다.

가느다란 빛발이 별이와 원범의 얼굴 위로 부서졌다. 별이는 몇 번 몸을 뒤척이다가 눈을 떴다. 원범은 아직 잠들어 있었다. 결국 어젯밤 원범은 대궐로 돌아가지 않았다.

별이는 팔을 위로 뻗어 온몸을 죽 늘어뜨렸다. 아주 오랜만에 단잠을 잤다. 별이는 몸을 일으켜 제 옆에 잠들어 있는 원범의 얼굴을 바라보았다. 원범도 그 어느 때보다 편안해 보였다. 별이는 손가락으로 가만히 원범의 얼굴을 쓸었다. 반듯한 이마, 짙은 눈썹, 긴 속눈썹⋯⋯.

"내가 그리 좋으냐?"

별이가 놀라 손가락을 뗐다.

"깨셨사옵니까?"

원범은 대답이 없었다.

"아니시옵니까?"

원범은 대답이 없었다. 별이가 원범의 얼굴 위로 손을 흔들어 보았다. 원범은 미동도 없이 잠에 푹 빠져 있었다.

"전하야말로 제가 그리 좋으시옵니까? 꿈에서도 제 생각을 하시옵니까?"

"⋯⋯."

"한데 무슨 꿈을 꾸시옵니까?"

"⋯⋯."

"잠깐 저 대사는⋯⋯ 어머."

별이는 잠들어 있는 원범에게 혼잣말을 건네다가 얼굴을 붉혔다.

"전하, 지금은 아침이옵니다. 다른 꿈을 꾸소서."

별이는 원범이 깨지 않게 조용히 문을 열고 밖으로 나갔다. 몸

여기저기를 비틀면서 툇마루에 발을 딛고 고개를 들었다. 순간 별이의 눈이 휘둥그레졌다. 좁은 마당에 사람이 가득 들어차 있었다.

"뉘신지……."

어색하게 웃던 별이의 눈이 더 커졌다. 분명 어디선가 마주친 적이 있는 사람들이었다. 별이는 얼른 방으로 들어가 원범을 깨웠다.

"전하."

"안 돼."

"전하! 전하!"

"혼자서는 안 간대도."

원범은 눈을 감은 채 잠꼬대를 하며 별이를 당겨 안았다.

"전하, 큰일 났사옵니다. 어서 기침하소서."

별이가 안긴 채 고개를 들고 원범을 흔들어 깨웠다.

"왜? 살수들이라도 왔느냐?"

"그게 아니라 대궐에서 사람들이 왔사옵니다."

"지금은 바쁘니 기다리라고 하여라."

원범이 제 품으로 별이를 바짝 당겨 안았다. 별이의 입술에 제 입을 맞추었다. 별이가 원범의 양 볼을 감싸고 고개를 들었다.

"전하, 대전 상궁과 내관들이 밖에서 기다리고 있사옵니다. 좀 일어나보소서."

원범이 눈을 떴다.

"꽃가마도 왔느냐?"

"예? 그건 잘 모르겠……."

그러고 보니 사립문 밖에 가마가 대령해 있는 것도 같았다. 말도 있는 것 같았다.

"널 데리러 왔느니라."

"절, 왜요?"

별이가 벌떡 일어났다.

"잊었느냐? 넌 이 나라의 임금이 가장 사랑하는 여인이 아니냐? 승은을 많이 입은……."

원범이 눈을 찡긋하며 웃었다.

"너무 갑작스럽사옵니다."

"갑작스럽다니. 함께 우리 집으로 돌아가겠다고 하지 않았느냐?"

"하여도……."

별이가 제 옷고름을 만지작거렸다.

"전하께서 함께 계시니 좀 민망하기도 하고요."

"승은을 입는 일은 부끄러운 일이 아니옵니다, 마마님."

원범이 별이의 볼을 꼬집었다.

"그렇긴 하지만 이렇게 갑자기……."

"그럼, 내 매일 찬 이슬을 맞으며 환궁해야겠느냐?"

원범이 일어나 옷을 찾아 입기 시작했다. 별이가 원범을 거들었다.

"출궁을 안 하시면 되지요."

"나를 노리는 대궐의 여인들에 대해서 말하지 않았느냐? 나는 네가 없는 밤이 무섭다. 너 없이는 대궐에서 하룻밤도 보낼 수 없느니라."

원범이 별이가 건네는 갓을 쓰고 별이를 보았다.

"잊지 않았겠지? 내게 정인은 너 하나뿐이다. 상궁을 들여보낼
터이니 어서 차비하고 나오너라."

"예, 그럼 입궐해서 다시 뵙겠사옵니다."

별이가 고개를 숙여 원범에게 인사를 했다.

"같이 가느니라."

"먼저 안 가시옵니까?"

"그래."

"그럼 소신이 얼른 차비하고 전하를 뫼시겠사옵니다."

"소신이 아니라 신첩, 넌 이제 내 여인이다."

별이가 고개를 끄덕였다.

"늘 내가 연에 오르고 네가 말에 올라 나를 호위했지. 하나 오
늘은 아니다. 넌 내가 지켜야 할 내 신부이니라."

신부라는 말에 별이가 맑은 웃음을 지었다.

"오늘은 신랑인 내가 말을 타고 신부인 네가 가마를 타거라. 내
가 너를 대궐까지 안전하게 인도할 게야."

"신랑이 임금이시니 신첩은 황송할 따름이옵니다."

원범이 나가고 노 상궁이 들어왔다.

"마마님, 이제 법도에 맞게 의복을 정제하셔야지요."

노 상궁이 한쪽 눈을 깜박거렸다. 별이가 노 상궁의 손을 마주
잡으며 웃었다.

노 상궁은 가져온 옷과 장신구를 풀었다. 연두저고리와 다홍치

마가 별이의 시선을 끌었다.

"녹의홍상이 아닙니까?"

"예, 전하께서 새색시는 1년 동안 녹의홍상을 입는다는 사실을 들으시고는 준비하라고 명하셨답니다."

별이는 수줍으면서도 기분 좋은 미소를 지었다. 노 상궁의 시중을 받아 몸단장을 끝냈다.

"잠시 후에 나오십시오."

노 상궁이 나가고, 원범의 목소리가 들렸다.

"부인, 갑시다."

별이가 밖으로 나와 마루에 섰다. 마당에 있던 사람들은 모두 대문 밖으로 나가 두 사람을 기다리고 있었다.

"헌 색시가 새색시가 되었습니다, 부인."

"그만큼 자태가 아름답다는 말씀이시지요? 서방님."

별이가 웃으며 걸음을 뗐다. 원범이 손을 들어 별이를 막았다.

"잠깐, 뭔가 부족한데?"

"무엇이요?"

별이가 미간을 찡그렸다.

"음…… 부족해. 모자라. 완벽하지가 않아."

원범이 별이를 위아래로 살펴보며 고개를 저었다.

"어디가 잘못되었사옵니까? 노 상궁이 해주는 대로 한 건데요."

별이가 제 옷매무새를 살펴보면서 자신 없는 목소리로 말했다.

"머리가……."

"예? 머리 모양이 잘못되었사옵니까?"

"자세히 봐야겠구나. 이리 와서 앉아보거라."

별이가 앞으로 나와 마루에 걸터앉았다. 원범이 별이에게 다가가 머리 모양을 살펴보았다.

"찾으셨사옵니까?"

"아니."

"혹 너무 완벽해서 못 찾으시는 건 아니옵니까?"

"그건 아니니라."

원범이 정색하며 고개를 저었다.

"어쩔 수 없구나. 어디 헌 색시가 새색시가 되기가 그리 쉽더냐? 그냥 가야겠다."

원범의 말에 별이가 입술을 앞으로 내밀었다. 별이가 신을 신으려는 찰나 원범이 몸을 낮추고 별이의 발을 제 무릎에 올려놓았다.

"전하!"

별이가 당황하며 주변을 살폈다.

"전하, 왜 이러시옵니까?"

"이것이야. 이게 빠졌어."

"찾으셨사옵니까?"

별이의 눈에 반가운 빛이 돌았다. 원범이 고개를 끄덕였다. 별이의 발을 들어 당혜를 신겨주었다. 붉은 바탕에 연둣빛 무늬가 있는 꽃신이었다. 새신부의 녹의홍상에 딱 어울리는 신이었다.

"이건……."

오래전에 별이가 야장 소성이던 시절, 원범과 함께 저자에서

고른 신이었다. 별이가 원범을 물끄러미 바라보았다.

"다 되었다. 꽃신을 신어야 새색시이지."

원범이 웃었다.

"전 정말 시집을 잘 왔사옵니다. 전하는 이 세상천지에서 가장 따뜻하시고 자상하시고 세심하시고 낭만적이신 낭군이옵니다."

별이도 원범을 향해 활짝 웃었다. 원범이 몸을 굽혀 별이의 귀에 대고 속삭였다.

"겨우 이까짓 거에? 아직 한참 더 남았느니라. 기대하거라."

원범이 댓돌에 내려서는 별이의 손을 잡아주었다. 별이가 원범의 손을 잡고 마당에 내려섰다. 기분 좋은 햇살이 두 사람 앞으로 쏟아졌다.

보경당이 다시 주인을 맞았다. 승은 상궁 박씨가 입궁했다. 별이는 첫 입궁 때에는 대궐이 낯설고 두려웠지만 지금은 달랐다. 이제 이곳이 제 뼈를 묻을, 제집이라는 확신이 들었다. 지아비인 원범과 함께.

"박 상궁?"

별이가 뜰에 내려와 보경당 전각을 바라보고 있을 때 귀에 익은 목소리가 들렸다.

"숙의마마님!"

별이가 활짝 웃으며 김 숙의를 불렀다. 별이는 궐 밖에서도 가끔 김 숙의 생각을 하곤 했다.

"나를 아시는가?"

별이가 다시 얼굴빛을 고쳤다.

"아니요. 오늘 처음 뵙사옵니다."

"한데 마치 나를 꼭 아는 사람처럼 반기는구먼."

"오늘 처음 뵈어도 숙의마마님에 대한 소문은 익히 들었사옵니다. 대궐에서 천상의 선녀처럼 아름다운 분을 만나면 그분이 숙의마마님이시라고요. 하여 한눈에 알아보았사옵니다."

나도 이제 대궐의 여인이 다 되었구나, 별이는 제 임기응변에 스스로 감탄하며 미소를 지었다.

"그랬는가? 선녀는 무슨……."

김 숙의가 새하얀 얼굴에 진달래빛 홍조를 띠우며 말을 얼버무렸다. 김 숙의는 전과는 달리 풀이 많이 죽어 있었다.

별이가 김 숙의를 방으로 안내했다. 다과를 앞에 놓고 두 사람이 마주 앉았다.

"자네가 전하의 첫 정인이자 전하께서 사랑하시는 유일한 여인이라지?"

"황공하옵니다."

"사랑을 이룬 전하와 자네가 부럽구먼."

"숙의마마님……."

별이는 더 이상 말을 잇지 못했다. 대궐의 여인인 김 숙의가 숙명적으로 간직한 고독과 공허, 갈망과 절망을 누구보다 잘 이해하기 때문이었다.

"나도 사랑하는 이가 있었는데……."

김 숙의가 말을 맺지 못하고 흐느끼기 시작했다.

"하필 그이가 전하의 사내였던 게야. 흑흑흑……."

별이가 김 숙의를 달래러 가까이 갔다. 김 숙의가 별이를 보며 눈을 맞추었다.

"아, 소성!"

별이가 흠칫거리며 뒤로 물러났다.

"숙의마마님, 소첩은……."

"이게 다 밥상 전하 때문이야. 밥상이 소성을 어심에 두고 있었으니 그 속이 얼마나 괴로웠겠나? 소성은 분명 내게 마음이 있었는데 밥상의 연정을 거부할 수도 없고……. 그래서 자취를 감춘 게야."

"숙의마마님, 그건 아닐 것이옵니다."

별이가 눈썹 새를 찡그리며 고개를 저었다.

"아니야. 소성도 내 마음과 같았어. 그 눈빛을 보면 알아."

김 숙의의 울음소리가 더 커졌다. 별이가 숙의의 어깨를 토닥이며 달랬다.

"소성의 그 눈빛, 나를 바라보는 그 눈빛이 얼마나 따뜻했는데……. 그러고 보니 이 눈, 이 눈빛 어디서 본 적이 있네."

김 숙의가 검지를 치켜세워 별이의 눈을 가리켰다. 별이가 애써 눈을 작게 오므렸다.

"기억난다. 기억나. 아, 소성. 자네의 눈빛도 소성의 눈빛이랑 닮았구면."

"숙의마마님, 지금 그깟 사내 때문에 우실 때가 아니옵니다. 숙의마마님께서도 곧……."

별이가 말을 잇지 못했다.

"알아, 나도 곧 벌을 받겠지. 전하를 시해한 역모에 가담했으니……. 나쁜 짓을 하지 않겠다고 소성과 약조했는데 약조를 지키지 못했어. 나 사실 너무 무서웠거든. 그래도 내가 나빠. 약조했는데, 그건 옳은 일이 아닌데. 잘못했어, 소성!"

김 숙의가 바닥을 치며 목 놓아 울었다. 김 숙의의 앞날을 생각하니 별이의 마음도 편치 않았다. 별이가 김 숙의를 안고, 등을 토닥였다. 그 손길이 따스했다.

귀인별

*

　원범은 왕의 일상으로 돌아와 1년을 보냈다. 오전에는 상참을 끝내고 공문서와 상소문을 처리했다. 오후에는 주강에 임하고 각사(各司)의 관원과 윤대했다. 유시(오후 5시~7시)가 되고 궐내외 각사의 관원이 퇴청하면 원범은 연경당으로 향했다.

　연경당에는 원범과 강하, 은규가 남았고 심규와 병운이 떠났다. 그럼에도 원범과 남은 자의 회합은 끝나지 않았다. 백성을 위해 머리를 맞대고 의논해야 할 일은 여전히 많았다. 회합은 날이 저물고도 계속되었다.

　회합이 끝나면 안채로 건너갔다. 흙을 밟지 않고 복도를 지나면 곧장 안채로 갈 수 있는데도 원범은 장양문을 나와 수인문으로 들어섰다. 수인문을 넘으면서 소리쳤다.

　"부인, 서방 돌아왔소."

원범의 목소리가 들리면 안채의 주인이자 원범의 부인인 별이는 벌떡 일어났다. 일어나면서 노 상궁을 흘깃했다. 노 상궁이 웃으며 고개를 끄덕였다. 이제는 박 귀인마마님인 별이가 무사히 돌아온 것만으로도 감사했다.

"그래도 뛰시는 건 아니 되옵니다, 귀인마마님."

별이가 고개를 끄덕이고 천천히 걸어 나가 원범을 맞이했다.

"전하, 오늘은 일찍 오셨군요."

별이가 웃었다. 날이 저물어도 오지 않는 원범을 기다리며 담 너머 사랑채를 기웃거린 건 원범이 이미 눈치챈 비밀이었다.

"어허, 부인."

원범이 못마땅한 표정을 지었다.

"예, 서방님."

별이가 웃었다. 어느새 '서방님' 소리가 '전하'만큼 자연스러워졌다.

별이의 방에서는 앵두 향기가 났다. 대궐의 앵두란 앵두는 모두 박 귀인의 차지가 되었다.

"전하, 앵두 좀 그만 보내시면 아니 되겠사옵니까?"

"왜? 내 앵두, 내 앵두 하더니 실컷 먹거라."

"빨리 가을이 왔으면 좋겠사옵니다."

"나 이제 홍시는 아니 좋아한다고 했느니라."

별이의 의도를 알아차린 원범이 선수를 쳤다.

"예, 예. 박씨를 좋아한다고 하셨지요?"

두 사람이 마주 보며 웃었다. 올봄에 연경당 안채에 박씨를 심어 박이 지붕 위에 달처럼 떠있었다.

원범과 별이는 매일 아침, 저녁 수라를 같이 들었다. 저녁 수라를 들고 나면 원범과 별이만의 시간이었다. 두 사람은 평범한 부부처럼 사는 것이 소원이었지만 이 시간만큼 두 사람은 평범한 부부보다 더 다정하고 더 곰살궂고 더 친밀했다.

원범이 별이의 서안 위에 놓인 책을 집으며 누웠다. '낭간 거사'가 썼다는 '귀인전'이었다. 원범이 책을 펼쳐보았다.

"다 읽었느냐?"

"읽다가 덮어버렸사옵니다."

"재미없더냐?"

"아니, 귀인이라는 여인이 아름답고 우아하고 조신하고 엄전한 데가 있어야지, 이건 뭐 미색도 별로고, 밥만 많이 먹고, 힘도 웬만한 사내보다 더 세고, 사내 대여섯은 한 번에 때려잡고……. 도저히 공감이 안 돼서 읽을 수가 없었사옵니다."

"하여 궁녀들 말이, 아주 멋있는 여인이라고 하더라. 여인이라고 늘 사내보다 연약하고, 사내에게 보호받아야 하느냐며……. 검을 차고 임금을 지키는 여인이 너무 근사해서 본받고 싶다고 하더구나."

"그랬사옵니까?"

별이가 눈을 반짝이며 물었다.

"내 생각도 같다. 나도 그렇게 멋있는 여인을 부인으로 두고 있지."

원범이 팔을 뻗었다. 별이가 원범의 팔을 베고 누웠다.

"그렇게 멋있는 여인을 부인으로 두고 있는 분은 더 멋있는 분이시겠지요?"

별이가 원범을 향해 돌아누웠다.

"그래도 정 재미없으면 궁녀들에게 주거라. 읽고 싶어도 구하기 힘들다더구나."

"아니옵니다. 신첩이 읽을 것이옵니다."

별이가 원범의 가슴 위에 놓인 책을 가져와 제 품에 안았다. 저도 모르게 피식 웃음이 나왔다.

"한데……."

별이가 책을 놓고 원범을 쳐다보았다.

"왜?"

원범이 별이의 뺨을 쓰다듬었다. 별이가 원범의 손을 덥석 쥐었다. 평소보다 몇 배의 힘이 들어간 듯했다.

"전하께서는 궁녀들과 이 책에 대해서 이야기를 나누셨나 보옵니다. 늘 바쁘시다는 분께서 궁녀들과 이야기를 나누실 틈은 있으셨나 보옵니다."

"그건 아니다."

"하하. 괜찮사옵니다. 궁녀들과 이야기를 나누실 수도 있지요. 책에 대해 하문하실 수도 있지요. 그럼요. 하, 하, 하."

별이가 호탕하게, 하지만 띄엄띄엄 웃었다.

"내 이 책을 지은 이, '낭간 거사'를 좀 아느니라. 하여 이 책에 관심이 좀 생긴 것이다."

별이가 벌떡 일어났다.

"그 '낭간 거사'라는 놈, 역시 한 처사이지요?"

"아니."

원범이 고개를 저었다.

"한 처사가 아니라면 전하께서 굳이 궁녀들에게 이 책에 대해 하문하지 않으셨겠지요?"

"안다고 해도 문제, 모른다고 해도 문제. 진퇴양난이로구나. 내 할 수 있는 대답은, 그저 그 '낭간 거사'라는 이를 조금만 안다는 것뿐이니라."

"한 처사, 이 자식! 뭐? 박 귀인이 잠꼬대를 할 때도 밥통을 외친다고?"

"뭐? 한 처사, 이 자식! 그건 좀 너무했네. 아니 그 '낭간 거사'라는 자가 너무하였구나."

두 사람이 깔깔 웃었다. 별이가 다시 원범의 팔을 베고 누웠다. 두 사람은 그리운 이들에 대해서도 이야기를 나누었다.

원범을 대신하여 북망산으로 갈 뻔하였던 상선은 명예롭게 은퇴했다. 그는 오랜 세월 내시인 제 곁을 지켜준 아내와 함께 낙향했다. 양자와 며느리와 손자, 손녀도 그와 함께 갔다고 했다.

민 상궁은 용흥궁에서 죽기를 각오하고 솔개에게 맞섰으나 살아남았다. 하지만 솔개에게 잡혀 연경당에서 고초를 당한 탓인지 연경당을 벗어나자마자 그 자리에 고꾸라졌다. 병든 닭처럼 열흘을 앓다가 벌떡 일어났다.

'내 아플 새도 없다. 내가 아프면 누가 성상을 지키리?'

민 상궁은 지밀로 복귀하겠다고 고집을 부렸으나 원범의 청이자 대왕대비 조씨의 명으로 감찰 상궁이 되었다.

이따금 두 사람은 침묵하곤 했다. 그리운 이름을 입 밖에 내진 않았지만 같은 마음으로 같은 사람을 그리워했다. 침묵이 길어지면 둘 중 하나가 다른 이의 안부를 물어 서로의 슬픔을 위로했다.

"김 규수도 잘 지내겠지?"

"하온데 왜 김 지평 별호가 '규수'이옵니까?"

"나도 잘 모르겠구나. '규수'를 닮은 데가 하나도 없거늘, 조 헌납이 그리 지어 불렀단다."

"김 지평이 '규수'처럼 얌전하고 조신한 데가 있어서 그런 게 아니올지요?"

"네 얘기를 듣고 보니 그런 것도 같구나."

"김 규수, 보고 싶군요."

원범과 별이는 동시에 병운을 생각했다.

병운은 누마루에 앉아 서신을 읽었다. '규수'처럼 움직임이 조심스럽고 우아했다. 산바람이 불어와 한여름 더위를 식혀주었다. 처가 식혜를 들고 올라왔지만 병운은 알아차리지 못했다.

"서신이 뚫리겠습니다, 서방님."

"부인."

병운이 서신을 내려놓고 식혜를 받았다.

처가 품에서 새 봉서를 꺼내 병운 앞에 내밀었다. 병운이 반갑게 봉투를 열었다. 처가 병운이 내려둔 봉투를 보았다. 발신인은 '조풍운'이었다. '풍운'은 바람처럼 구름처럼 살겠다는 강하의 호였다.

"서방님 얼굴이 오늘따라 더 즐거워 보입니다. 재미난 소식이라도 있습니까?"

"대왕대비마마께서 순원 왕후를 닮아 가신다고 하오."

병운이 웃었다.

강하는 대왕대비전에서 있었던 일을 소상히 전해왔다.

'김 숙의 그 요망한 것을 살려두다니?'

대왕대비 조씨가 소리쳤다.

'대왕대비마마, 화는 옥체에 좋지 않사옵니다. 오래오래 사셔서 소신이 장가드는 것도 보시고, 아들딸 많이 낳는 것도 보셔야지요.'

강하가 노기를 띤 대왕대비를 능청스레 달랬다.

'장가는 들 생각이 있고?'

'그거야 뭐, 대왕대비마마보다 아름다운 여인을 만나면……. 아님 주상 전하처럼 아름다운 사내를 만나거나……. 아니다. 소신, 이제 박 귀인처럼 씩씩하고 용감한 여인을 만나고 싶사옵니다. 소신이 말씀 올렸지요? 자객을 만나 죽을 뻔하였사온데 박 귀인이 검을 귀신처럼 휘두르며 사내들보다 더 잘 싸웠다고요.'

대왕대비가 눈을 흘기며 말을 이었다.

'사직 상소로 김좌근과 그 아들들을 마무리한 것도 시원찮은데 김 숙의마저 살려두어서야 되겠느냐?'

'김 숙의는 어리석어 김좌근에게 이용당한 것뿐이옵니다. 폐서인이 되어 쫓겨난 것만으로도 충분히 벌을 받은 것이옵니다.'

'그럼 김좌근을 죽였어야지.'

'전하의 성정을 잘 알지 않으시옵니까? 전하께오서는 피 흘리는 이가 많아지는 것을 원치 않으시옵니다. 그래도 김좌근을 위시한 안김 수뇌부들이 사직하였으니 남는 거래이옵니다.'

'이 녀석, 누가 거래를 했다고 하느냐?'

대왕대비가 다시 눈을 흘겼다. 밖에서 상궁의 목소리가 들렸다.

'대왕대비마마, 조 대교 들었사옵니다.'

'들라 하라. 너는 이만 물러가고.'

대왕대비의 명에 조성하가 사내 하나를 데리고 들어왔다. 강하가 성하에게 인사를 하고 물러났다. 강하가 왕대비전을 나오면서 상궁에게 물었다.

'저분은 누구신가?'

'흥선군이옵니다.'

강하는 이야기 끝에 흥선군이 어떤 인물인지 아느냐고 물었다. 병운이 그 답을 생각하고 있을 때 처가 물었다.

"또요? 또 무슨 소식이 있습니까?"

병운이 서신을 읽어 내려갔다.

"솔개가 참수형을 당했다 하오. 조 풍운과 한 처사가 박 귀인을 모시고 궐을 나가 형 집행을 보았다고 하오."

"솔개의 손에 두 부모님과 어머니처럼 여겼던 스님을 잃었다고 하였지요? 이제 귀인마마님의 한이 좀 풀렸겠군요."

병운이 고개를 끄덕였다.

"그리고 박 귀인께서 회임을 했다고 하오."

"어머! 드디어 대궐에 아기씨께서 탄생하시는 건가요?"

"그런가 보오. 한데……."

병운이 양미간을 모았다.

"근심거리라도 있으십니까?"

"전하께서 조 풍운 이 친구의 서신을 통해 뜻을 전하셨소. 아기씨께서 탄생하시면 상경하라는 명이시오. 아기씨의 스승이 필요하다시며……."

"예?"

병운의 처도 미간에 주름을 드리웠다.

"서운하시오?"

"제가 왜 서운할 거라고 생각하십니까?"

"이곳에 온 이후로 부인의 얼굴이 더 밝아졌소. 채마밭을 직접 가꾸는 걸 좋아하지 않았소? 아무래도 한양으로 돌아가면 또 규방에 갇히다시피 지내야 하니……."

병운이 처를 바라보며 말끝을 흐렸다. 처를 바라보는 그의 눈빛이 따뜻했다.

"이곳에서의 날이 행복한 이유는 서방님 때문이지요."

병운이 부끄러운 듯, 말없이 웃었다.

"아십니까? 혼례를 올리고 나서 처음으로 우리가 함께 시간을 보낸 것을요. 매일매일 함께 아침을 맞고, 함께 식사를 하고, 함께 산책을 하고, 함께 잠자리에 들었지요."

병운이 처를 보며 고개를 끄덕였다.

"한양으로 돌아가면 서방님을 또 성상께 빼앗기겠지만 어찌합니까? 잘난 서방님을 둔 탓이려니 해야지요. 하여도 아직 시간이 많이 남았습니다. 그동안 아버님께 드릴 선물이나 준비해야겠습니다. 그래야 집에서 쫓겨나지 않을 테니까요."

"무슨 선물을 드린들 아버님의 마음을 돌리기는 쉽지 않을 것이오."

"설마 손자를 문전박대하시겠습니까?"

"아!"

병운이 부끄러운 듯이 웃었다.

2

별이는 단도와 표창을 챙겼다. 단도는 다리에 묶고, 표창은 주머니에 넣어 허리춤에 찼다. 그런 다음 흰 치마를 입었다. 노 상궁이 입을 벌린 채, 별이가 하는 양을 지켜보았다. 별이가 검을 들었다.

"귀인마마님, 검은 좀……."

"그렇지? 검은 어울리지 않겠지?"

별이가 검을 내려놓았다. 치마와 저고리를 벗어 던졌다. 노 상궁이 반색했다. 별이는 겨우 두 달 전, 2월에 몸을 푼 산모였다.

"잘 생각하셨사옵니다. 좀 더 보신(補身)을 하셔야지요. 대궐 안이 제일 안전하기도 하고요."

별이가 밖에 있는 나인을 향해 남복(男服)을 가져오라고 명했다. 노 상궁의 눈이 커졌다.

"남복을 입고 가시겠다고요?"

"내 이미 전하와 한날한시에 가기로 맹세하였거늘, 먼 곳까지 전하를 보내고 나만 어찌 안위를 도모하겠는가?"

"그럼, 아기씨는요?"

"염려 말게. 내 전하를 모시고 무사히 다녀올 테니……."

"그래도 아기씨께서 어머니와 떨어져서 지낼 수 있을지……."

"아직 내가 제 어미인 줄도 모르신다네. 그리고 중전마마께서 우리 왕자님을 친아들처럼 어여삐 여겨주시지 않는가? 중전마마께서 잘 돌봐주실 걸세."

별이가 바지와 저고리로 갈아입고, 검을 들었다.

"이제 좀 어울리는가?"

"예, 뭐 아까보다는 낫사옵니다."

노 상궁이 얼굴에 주름을 가득 드리웠다.

"내 실력을 모르는가? 저승에서 전하를 구해온 실력이야. 걱정 마시게."

"예, 부디 무탈하게 다녀오소서."

"왕자님을 잘 부탁하네."

"예, 두 분 마마나 부디 무탈하게 다녀오셔야 하옵니다."

별이는 걱정 말라며 노 상궁의 어깨를 가볍게 두드렸다.

별이는 며칠 전 서신을 한 통 받았다. 별이는 서신을 읽자마자 일어났다. 복도를 지나 연경당 사랑채로 달려갔다. 별이의 치마가 마룻바닥을 쓸었다. 틈만 나면 지밀로 오는 민 상궁이 별이를 보고 눈을 동그랗게 떴다. 별이가 울고 있었다.

"전하!"

문이 열리고 별이가 들어왔다. 별이의 눈도 코도 뺨도 벌겠다. 눈물과 콧물을 쏟고 있었다. 원범과 병운, 강하, 은규의 시선이 동시에 별이를 향했다. 네 사람 다 놀라 입을 벌린 채 눈을 멀뚱히 떴다. 원범이 맨 먼저 입을 열었다.

"무슨 일이오?"

별이가 바닥에 주저앉으며 원범에게 서신을 내밀었다. 원범이 서신을 펼쳤다. 서신은 한 달 전, 강화에서 원범과 별이의 옛 친구, 귀순이 보낸 것이었다.

귀순 아비는 두 해 전 겨울, 산에 나무를 하러 갔다가 별이의 옛집에 들렀다. 잡초나 뽑아줄까 해서였다. 귀순 아비가 풀을 베고 있는데 발아래에서 물컹한 느낌이 들었다. 처음엔 뱀인 줄 알았다. 눈을 내리깔고 발밑을 내려다보는데 사람 팔이 보였다. 웬사내가 온몸에 피를 흘린 채 쓰러져 있었다.

귀순 아비는 그를 방으로 데려가 눕히고 의원에게 보였다. 의원은 곧 죽으리라 하며 돌아갔다. 귀순 아비는 서양에서 온 신부에게도 병자를 보였다. 신부는 서양 약재로 병자의 외상만 치료했다. 그 또한 병자의 목숨은 천주님의 뜻이라고 했다.

며칠이, 몇 달이, 몇 해가 지나도 병자는 죽지 않았다. 보통 사람처럼 숨을 쉬었다. 맥도 뛰었고 몸도 따뜻했다. 다만 눈을 뜨지 않았다. 귀순 아비는 숨이 붙어 있는 사람을 내버려둘 수가 없어 매일 물과 미음을 먹였다. 약재도 구해 달여 먹였다. 지난해 여름과 가을을 보내고 겨울을 맞으면서 병자가 팔다리를 움직였다. 여전히 눈은 뜨지 못했다. 그래도 귀순 아비는 너무 반가워서 병자의 손을 잡고 눈물을 흘렸다. 그리고 올봄, 뭍으로 시집간 귀순이 강화로 돌아왔다. 지난겨울부터 집에 다녀가라는 어미의 전갈이 있었다.

'아이고, 귀순아. 네 아버지가 두 집 살림을 한단다. 어디다 시앗을 감춰 놓고 몰래몰래 양식을 퍼 나른다.'

귀순을 보자마자 어미가 바닥에 주저앉아 울부짖었다.

귀순은 아비를 추궁했다. 아비는 아무에게도 말하지 말라며 '두 집 살림'의 전말을 털어놓았다.

'죽어가는 모양새가 큰 죄인이지 싶더라. 혹여 들통이 나면 네 어미에게까지 불똥이 튈까 봐 말을 안 한 게다.'

귀순은 아비와 함께 병자를 보러 갔다. 병자는 몹시 마른 사내였다. 수북하게 자라난 수염이 골격만 남은 앙상한 얼굴의 반을 덮고 있었다. 귀순은 칼을 가져와 병자의 머리카락과 수염을 잘랐다. 아비가 눈을 동그랗게 뜨고 귀순을 말렸다.

'괜찮아. 양국에선 다 이렇게 한대.'

병자의 머리와 수염을 정리하고 보니 그의 낯이 익었다. 귀순 아비도 귀순의 말을 듣고 보니 그런 것 같다고 했다. 귀순과 귀순 아비는 병자를 돌보면서 내내 누굴까 생각했다.

'아! 몇 해 전 여름에 별이 마마님이 훈련하러 왔을 때 모시고 온 스승님이잖아.'

귀순의 말에 귀순 아비가 무릎을 쳤다. 그때도 그는 이 집에 묵었고, 귀순 아비는 이 집에 몇 번 양식을 날라대면서 그를 본 적이 있었다.

'그러면 임금님 모시는 높은 나리일 텐데 왜 여기서 이런 꼴로 있는 게냐?'

'글쎄. 그 나리가 아닌가?'

귀순이 고개를 갸웃거렸다.

자기를 알아봐주는 것이 고마웠던지 며칠 후 병자가 눈을 떴다. 입을 열었다.

'전하.'

그의 첫마디였다.

서신을 읽고 원범과 병운, 강하, 은규도 눈물을 흘렸다.

"사람의 목숨을 귀히 여기는 전하의 뜻이 하늘에 닿았나 보옵니다. 하여 심 영감을 살려 주셨나 보옵니다."

강하가 코를 풀며 말했다.

원범은 우선 은규와 내의원 어의를 강화로 보내고, 강화 잠행을 계획했다. 오전 상참을 끝내고 궁을 나와 전속력으로 말을 달리면 그날 안에 김포에 도착할 수 있었다. 좀 더 서두르고, 배만 구할 수 있으면 강화에도 도착할 수 있을 듯했다. 하지만 원범의 계획은 별이의 반대에 부딪혔다. 별이는 강화에서 당한 지난 참변을 떠올리며 목소리를 높였다. 제가 다녀오겠다고 했다. 이미 별이는 원범을 구하기 위해 하루 만에 강화에 도착한 경험이 있었다.

병운과 강하 앞에서 원범과 별이가 서로 가겠다고 실랑이를 벌였다. 둘 다 고집을 꺾지 않았다. 병운과 강하가 조용히 방을 나왔다.

"자네 부부도 저리 다투는가?"

강하가 물었다. 병운이 잠시 생각하다가 고개를 저었다.

"다투지는 않지만……. 내자가 회임을 한 이후로 목소리가 좀 커지긴 했네."

결국 원범과 별이의 부부 싸움은 비겼다. 같이 가는 것으로 결론이 났다.

원범과 별이와 병운과 강하가 숭례문을 나섰다. 내금위 두 명이 함께했다. 그중에는 내금위 준호도 있었다. 지난번 용흥궁 사건 때, 원범으로 위장한 그는 별이가 산 아래 마을로 안내한 덕분에 살아남았다.

원범 일행은 양화 나루에서 한강을 건너 양화도로, 양화도에서 말을 타고 김포로 들어갔다. 이미 날은 저물었지만 일단 통진 나루까지는 계속 가기로 했다. 집 한 채 보이지 않았고, 사람 하나 눈에 띄지 않았다. 원범은 지난날 저를 찾기 위해 별이 혼자 이 길을 달려 강화로 왔다고 생각하니 새삼 가슴이 뜨거워졌다.

사내 한 무리가 원범의 맞은편에서 왔다. 원범 일행은 사내들이 지나갈 수 있도록 말을 일렬로 몰아 길을 터주었다. 사내 무리가 원범 일행과 스쳐 지나갔다. 원범과 맨 마지막에 선 사내의 눈이 마주치자마자 사내들이 원범 일행을 향해 칼을 뽑았다.

"또 역도인가."

원범이 한숨을 쉬면서 검을 뽑았다.

"제가 이래서 기어이 오겠다고 했사옵니다."

별이도 검을 빼 들었다. 이어 내금위도 검을 뽑았다.

"무겁군."

병운도 검을 뽑았다.

"내 이럴 줄 알고, 오늘은 비싼 갓과 도포를 두고 왔지."

강하도 검을 뽑았다.

"육 대 팔, 해볼 만합니다."

별이가 사내들을 훑으며 소리쳤다.

"우리가 육(六)이옵니다."

병운이 얼굴을 찡그렸다.

"아, 몰라. 시작!"

강하의 외침과 동시에 별이와 내금위 둘이 말에서 뛰어내렸다. 세 사람이 검을 들었다. 자객들이 칼을 부딪쳐왔다. 원범과 병운, 강하도 말에서 내렸다. 검과 칼과 말과 사람이 엉키면서 길은 아수라장이 되었다. 원범 일행도 자객들도 지쳐 갈 때, 아수라장을 향해 표창이 날아들었다. 사내 둘이 말을 타고 달려오고 있었다. 사내 하나가 자객들을 향해 표창을 던졌다. 표창이 자객들의 팔목에 정확히 내리꽂혔다. 자객들이 칼을 놓쳤다.

"오호, 우리 편 두 명! 팔 대 팔."

강하가 말 탄 사내들을 보면서 말했다. 표창 사내가 검을 뽑으며 말에서 뛰어내렸다. 무시무시한 속도로 달려왔다. 바람처럼 검을 휘둘렀다. 자객들이 바로 칼을 내려놓았다. 무릎을 꿇고 빌었다.

원범이 검을 든 사내에게 시선을 고정했다. 사내가 원범에게 가까이 왔다. 사내가 무릎을 꿇었다.

"전하, 너무 늦었사옵니다. 용서하소서."

심규가 원범을 향해 부복했다. 원범이 몸을 낮추어 심규의 어깨를 잡았다. 원범과 심규가 시선을 마주했다. 둘 다 말이 없었다.

자객은 역도가 아니었다. 자객도 아니었다. 지방 수령의 횡포와 굶주림과 빚에 시달리다가 고향을 버리고 산으로 숨어든 자들이었다. 지금은 산적이었지만 원범의 백성이기도 했다.

"과인의 탓이구나. 미안하다."

원범이 그들에게 사과했다. 그들은 돈과 패물을 받아서 돌아갔다.

원범 일행은 김포 행궁에 여장을 풀었다. 함께 석반을 들고, 원범과 별이, 병운, 강하, 은규가 각자의 처소에 들었다. 방의 불이 꺼지고, 모두 잠에 빠져들었다.

쾅쾅쾅, 거칠게 나무문을 두드리는 소리가 났다. 소리는 끊이지 않고 이어졌다. 원범의 방 앞을 지키던 심규와 내금위들이 신경을 곤두세웠다. 방 안에 있던 사람들이 눈을 뜨고, 밖으로 나왔다. 내금위들이 대문간으로 달려나갔다. 궁지기가 대문을 열었다가 얼른 닫았다. 단단히 걸어 잠갔다. 내금위들이 검을 뽑고, 대문 앞에 섰다. 궁지기가 내전으로 들어가 보고했다.

"사람들이 몰려왔사옵니다."

심규가 검을 챙기고 일어섰다. 병운이 심규의 앞을 막았다.

"영감은 두 분 마마 곁을 지키십시오. 자네도."

은규가 고개를 끄덕였다. 병운은 강하와 함께 방을 나갔다.

대문이 열리고 병운과 강하의 시야에 사람들이 들어왔다. 맨상투를 틀어 매고 베나 무명옷을 걸친 사내들이었다. 그들 중 몇몇은 횃불을 들고 있었다. 사내들 뒤로 낡은 치마저고리를 걸친 여인들이 보였다. 머리는 쪽을 졌으나 비녀 하나 꽂지 않았다. 더러는 아이를 들쳐 업고, 더러는 아이의 손을 잡고 있었다. 근처 동리 백성들이었다.

"무슨 일인가?"

강하가 물었다.

"임금님께서 오셨다는 소식을 들었습니다. 임금님을 만나게 해주십시오."

"임금님이라니? 대궐에 계신 분을 어찌 이곳에서 찾는가?"

"안에 계신 거 다 알고 왔습니다요. 한 번만 만나게 해주십시오."

백성들이 웅성댔다.

"무슨 일 때문에 그러는가?"

병운이 물었다.

"만나서 꼭 드릴 말씀이 있습니다."

"하나 여긴 아니 계시네. 우린 조정의 관리이네. 우리가 대궐로 돌아가서 전해드리겠네. 우리한테 말해보게."

"높으신 나리들은 믿을 수 없습니다. 직접 임금님께 말씀드려야 합니다."

"예. 관리들을 어찌 믿습니까? 임금님께 말씀드릴 겁니다."

"임금님을 뵙게 해주세요."

"임금님! 여기 있는 거 다 압니다."

사람들이 소리쳤다. 사내들도 여인들도 아이들까지 한목소리로 임금을 찾고 있었다. 강하와 병운이 난감한 표정으로 마주 보았다. 일단 돌려보내자, 강하와 병운이 눈빛으로 뜻을 맞추었다. 병운이 입을 열었다.

"일단, 오늘은……."

"나다. 내가 바로, 그대들이 찾는 조선국의 임금이니라."

원범이 모습을 드러내었다. 별이와 심규, 은규가 긴장한 얼굴로 원범의 뒤를 지키고 있었다. 사람들이 멀뚱히 원범을 올려다보았다. 그중 하나가 소리치며 엎드렸다. 머리칼이 엉성하고 이가 빠진 노인네였다.

"아이고, 임금님."

다른 이들도 노인을 따라 엎드렸다. 원범은 그들에게 일어나라고 말했다. 사람들이 서로를 힐끔대며 쭈뼛쭈뼛하다가 하나둘씩 일어났다.

"말해보라. 내게 하고 싶은 말이 무엇인가?"

사람들이 머뭇거렸다. 원범과 눈이 마주치자 고개를 숙였다. 모두 눈치만 보면서 주저하였다. 팔꿈치로 서로의 옆구리를 찌르기도 했다. 아이가 고개를 들고 원범을 바로 응시하자 어미가 아이의 고개를 낮추기도 했다.

"내 약조한다. 그대들이 바라는 삶을 위해 최선을 다하리라."

사람들이 고개를 들었다. 서로 웅성댔다.

"많은 것들을 장담할 수는 없다. 기와집을 줄 수도 없고, 고기 반찬을 줄 수도 없다. 비단옷을 줄 수도 없고, 보옥을 줄 수도 없다. 하나 내 약조하마."

사람들이 시선이 원범을 향했다. 원범의 말에 귀 기울였다.

"그대들의 삶이 지금보다는 조금 나아지리라는 것을. 그대들의 시름이 지금보다는 조금 줄어들리라는 것을. 그대들의 잠자리가 지금보다는 조금 아늑하리라는 것을. 그대의 아이들이 그대들보다는 조금 더 나은 삶을 살리라는 것을."

사람들이 멀뚱히 원범을 바라보았다. 원범이 고개를 끄덕였다.

"내 그대들이 하려는 말을 이미 알고 있다."

사람들이 하나씩, 둘씩, 서넛씩 짝을 지어 앞으로 나왔다. 원범의 앞에 엎드려 절을 하고서 물러갔다. 그들이 떠난 자리에는 감자 몇 개, 칡뿌리 한 덩이, 개떡 한 개, 무 몇 개, 산나물이 있었다.

3

원범이 편전에 들었다. 원범은 그 어느 때보다 강건한 태도와 간절한 마음으로 상참을 주재했다.

"민생이 거꾸로 매달린 듯이 위태로운 지 오래되었소. 민정(民情)을 생각하니 걱정스럽고 안쓰러운 심정을 견딜 수 없소. 고달프고 초췌한 민생을 어루만지지 아니하면 민(民)은 곧 폭도로 변할 것이오. 백성이 선민이 될지, 폭도가 될지는 오롯이 위정자의 손에 달려 있소. 하니 과인과 경들은, 우리는 곤궁해진 민정을 수습하여 백성의 삶이 안락해지는 데 심력을 다해야 하오."

"성은이 망극하옵니다, 전하."

대신들이 한목소리로 원범의 뜻을 받들었다.

연경당이 밤낮으로 팔딱팔딱 뛰었다. 원범, 별이, 심규, 병운, 강하, 은규가 연경당에 다시 모였다. 원범과 병운, 강하, 은규는 백성과의 약조를 지키기 위해 밤낮없이 일했다.

오늘 밤은 별이도 분주하게 움직였다. 심규와 내금위들이 별이를 도왔다.

"자, 야참들 드셔요."

별이가 사랑채를 향해 소리쳤다. 원범과 별이, 병운과 강하, 은규, 심규가 연경당 안채 뜰에 둘러앉았다. 그들 가운데에는 모깃불이 타닥거리며 타고 있었다. 연기가 높이 솟아 대궐의 밤하늘을 두드렸다. 달빛은 넉넉하게 웃으며 매운 연기를 품어주었다. 별빛이 재채기를 하며 부서졌다.

"아 뜨거, 뜨거, 뜨거, 뜨거."

강하가 모깃불 위에서 구워지고 있는 물고기를 잡다가 호들갑을 떨었다.

"물고기 말고 앵두 드셔요. 자, 다들 자기 앞에 있는 건 남기지 않으셔야 합니다."

별이는 앵두가 가득 담긴 함지를 가리키며 말했다. 병운이 앵두를 씹으며 시선은 물고기에 둔 채 물었다.

"물고기는 웬 겁니까? 대궐에서 물고기를 구워 먹는 게 처음이라……."

"두 분 마마께서 좋아하시는 거라 특별히 준비했다네."

심규가 대답했다.

"두 분 마마께서 언제부터 물고기를 좋아하셨사옵니까?"

은규가 고개를 갸우뚱했다.

"우리 전하께서는 홍시를 좋아하시는데?"

강하의 말에 별이가 대답했다.

"박씨 좋아하신답니다. 이제."

"그럼 귀인마마님께서는요?"

은규가 물었다.

"박 귀인께서는 앵두를 좋아하신단다."

원범이 제 앞에 놓인 앵두 함지를 별이에게 내밀면서 대답했다.

"두 분 마마 좋아하셔서 소신이 직접 잡아온 물고기이옵니다."

심규가 말했다. 병운과 강하와 은규가 심규를 바라보았다.

"두 분의 역사에 이 물고기가 빠져서는 아니 되네."

심규가 원범과 별이를 바라보았다. 다른 이들의 시선도 원범과 별이에게 모였다.

"그게 말이지. 자네들도 성년이 된 과인과 박 귀인이 저자에서 재회한 날을 기억하는가? 그때 박 귀인이 과인을 보고 한눈에 반하였지. 하여 과인에게 고백하기 위해 만나자는 서신을 보내고, 과인을 계곡으로 유인하였는데……."

"아이, 참. 그게 아니옵니다. 전하, 아직도 그리 생각하고 계셨사옵니까? 신첩이 오늘 그 오해를 꼭 풀어드리겠사옵니다. 저자에서 우리가 만난 이후, 전하께서 절 다시 만나러 야장간으로 오셨지요. 왜냐? 피할 수 없는 운명을 느꼈으니까……."

별이가 이야기를 시작했다. 사내들이 귀를 열고 별이의 이야기를 들었다.

원범이 미소를 지으며 지난날을 생각했다. 지난겨울에는 별이와 별이가 복 중에 품은 아이와 함께 연경당에서 첫눈을 맞았다. 올봄에는 아이를 만났고, 박씨를 심었다. 올여름에도 별이의 입에 앵두를 많이 넣어주었다. 올가을에는 홍시든, 박나물이든 많이 먹을 테고, 올겨울에도 제 식구와 첫눈을 맞으리라.

그리고 지금 이 순간을 생각했다. 모닥불은 타고, 물고기는 익어 가고, 앵두는 달고, 벗들은 웃고, 모든 것이 다 좋은 밤이었다. 세상에서 가장 귀하고 아름답고 사랑하는 별이 제 곁에서 반짝이고 있었다. 모든 것이 감사한 밤이었다.

"귀인마마님, 전하께서 연경당으로 드시랍니다."

나인의 목소리에 별이가 눈을 떴다. 눈을 한 번 깜빡거렸다. 여기가 어디인지…… 서고였다. 책을 읽으려고 서고에 온 기억이 났다. 책을 고르고, 가져와서 책상 앞에 앉았는데 그만 잠이 들었다. 별이가 일어섰다.

별이는 서둘러 연경당으로 갔다. 장락문을 넘었다. 생각시 하나가 다가와 별이에게 절을 했다. 말은 없었다. 비단 염낭만 주고 장락문 밖으로 사라졌다.

"저기……."

별이가 생각시를 불렀다. 생각시는 도망치듯 내달렸다. 별이가 고개를 갸웃거렸다.

별이가 수인문을 지나 안채로 들어섰을 때 다른 생각시 하나가 다가와 절을 하고서는 머리꽂이를 건넸다. 그 아이 역시 도망치듯 사라졌다. 별이가 어리둥절해 하며 몇 걸음을 더 옮겼다. 이번에는 다른 생각시가 다가와 절을 했다.

"무슨 일인지 말하지 않을 테지?"

생각시가 고개를 끄덕였다. 별이에게 노리개를 건네고 사라졌다.

별이의 얼굴에 미소가 피어올랐다. 이 염낭과 머리꽂이, 노리개에 얽힌 추억이 되살아났다. 다음엔 무엇이더라? 비녀던가, 하고 기억을 더듬고 있을 때 생각시가 다가와 비녀를 주고 사라졌다. 마지막으로 나타난 생각시는 별이의 발 앞에 푸른 당혜를 두고 사라졌다.

별이가 웃음을 지으며 주위를 두리번거렸다. 어디선가 원범이 저를 보고 있으리라. 원범은 소성인 저와 재회했을 때 어머니의 생신 선물을 산다는 핑계를 대며 저자로 나갔다. 원범은 그때 염낭과 머리꽂이, 노리개, 비녀, 당혜 두 켤레를 샀다. 한 켤레는 박상궁으로 재입궁할 때 받았고, 나머지는 한 켤레는 지금 발 앞에 있었다.

별이가 안채로 들어갔다. 안방에는 비단 치마와 저고리, 당의가 놓여 있었다. 나인 하나가 들어와서 별이의 시중을 들었다. 별이는 원범이 보내준 의복과 장신구를 걸치고 신을 신었다. 몸에도, 마음에도 꼭 맞았다.

"사랑채로 드시라 하셨사옵니다."

별이는 천천히 사랑채로 걸어 나갔다. 한 걸음 한 걸음 디딜 때마다 한양에서 원범을 다시 만나 헤어지고, 또다시 만나 헤어지고, 또다시 만난 기억이 꿈처럼 흘러갔다. 별이가 사랑채 뜰에 발을 디뎠을 때 방 안에서 원범이 나왔다. 두 사람이 눈을 마주하며 서로를 향해 미소를 지었다. 사랑한다는, 소리 없는 고백이었다.

원범이 댓돌로 내려와 천천히 별이에게 다가왔다.

"그 물건이 길고 긴 시간을 돌아 이제야 주인을 찾았구나."

"전하."

별이의 눈에서 눈물이 흘러내렸다.

"울지 마라."

원범이 손으로 별이의 눈물을 닦아주었다.

"나도 주인을 찾았다."

별이가 눈물이 글썽한 얼굴을 들어 원범을 바라보았다.

"내 귀인, 별이야. 어제도 그제도 십 년 전에도 백 년 전에도 내 주인은 너였다. 이제 다시는 내 주인을 잃지 않으리라."

"이 세상천지에서 가장 따뜻하고 자상하고 세심하신, 제 낭군의 낭만은 정말 끝이 없으시군요."

별이가 원범의 가슴에 얼굴을 묻었다. 별이의 눈물이 원범의 가슴에 촉촉이 잦아들었다.

화원이 연경당 대청 아래에서 붓을 들었다. 손이 떨렸다. 화원은 지금껏 여러 장의 어진을 그려 왔지만 오늘만큼 떨린 적이 없었다. 임금과 그의 후궁인 귀인을 한 화폭에 담는 것은 난생처음 해보는 일이었다. 들은 적도, 본 적도 없었다.

임금의 옆에 나란히 앉아 있는 여인은 작금의 임금이 가장 사랑한다는 귀인 박씨였다. 귀인 박씨가 낳은 아들이 세 돌을 맞이하였고, 그 아들이 원자가 되리라는 소문이 궁 안팎에 나돌고 있었다.

박 귀인에 대한 임금의 순애보는 세간에 널리 전해져 회자되었다. 임금이 유배 시절 가까이한 첫 정인은 독살되었고, 박 귀인은 그녀를 닮은 여인이라는 소문도 있었다.

임금은 익선관과 용포 대신에 전립과 군복을 입었다. 여인은 금박으로 꽃잎이 새겨진 당의를 입었다. 복장은 범상치 않았지만, 두 사람은 민가의 부부처럼 편안해 보였다.

"귀인마마님, 전하의 곁으로 움직이소서."

화원이 제 손을 움직이며 박 귀인에게 말했다. 박 귀인이 임금의 곁으로 바투 다가갔다.

"좀 더 가까이 다가가소서."

화원의 말에 박 귀인이 임금의 몸에 바짝 붙었다. 화원은 무언가 모자란다는 듯이 고개를 갸웃거렸다.

임금이 박 귀인의 얼굴을 제 얼굴 옆으로 당기고는 그녀의 손을 잡았다. 임금과 박 귀인이 달맞이꽃처럼 웃었다.

화원이 고개를 돌리며 미소를 지었다. 화폭에 담긴 부부의 모습이 다정했다.

〈完〉

외
전

폄우사 하일(夏日)*

　빗방울이 굴러갔다. 곧 마른 땅을 적시기 시작했다. 새들은 날개를 파닥거렸고, 나뭇잎들은 몸을 떨었다. 내관과 궁인들은 하늘을 바라보며 눈을 깜빡였다.

　연심의 얼굴에도 빗방울이 듣었다. 하지만 그녀의 시선은 흔들리지 않았다. 그녀의 눈길은 한 곳으로 모였다. 왕세자였다. 흑색용포가 잘 어울렸다. 왕세자는 폄우사 대청에 앉아 독서에 몰두하고 있었다. 왕세자가 책장을 넘겼다. 그 움직임이 고요하고 그윽했다.

　"일곱."

　왕세자가 책장을 넘길 때 연심이 조용히 속삭였다. 왕세자의 미간에 가느다란 주름이 잡히자 연심의 이마도 가늘게 일그러졌

* 여름날

다. 왕세자의 입가에 엷은 미소가 떠오르자 연심의 입매도 완만하게 길어졌다. 맞은편에서 박시명이 눈을 가늘게 뜨고 연심을 바라보았다.

"들켰다."

옆에 있는 혜심이 연심의 귀에 소곤거렸다.

"뭘?"

연심이 왕세자에게서 시선을 거두지 않은 채 혜심에게 물었다.

"네 마음."

연심이 잠깐 숨을 멈추었다. 그럴 리가 없었다. 세자 저하는 제 이름도 모르리라.

"아니야."

'저하 말고 좌익찬 나리.'

좌익찬 박시명은 젊은 나이에 무과에 장원 급제하여 왕세자의 최측근 호위 무관이 되었다. 세자에게 때 이른 대리청정을 맡긴 임금의 특별한 배려였다.

혜심이 대답 대신 미소를 지었다. 생각시로 처음 입궁하였을 때부터 정을 나눈 동무에게 걱정거리 하나를 더 안겨주고 싶지는 않았다.

더 굵어진 빗방울은 이내 빗줄기가 되어 후드득거렸다. 내관과 궁인들은 서둘러 폄우사 처마 아래로 스며들었다.

"여덟."

연심은 처마 아래로 달려가면서도 눈 끝으로는 왕세자를 좇으며 속삭였다.

404

빗줄기는 쉬이 그치지 않았다. 물기를 머금은 숲의 향취가 맑았다. 해거름 속에 잠긴 무성한 잎사귀는 더욱더 선명하고 싱싱해졌다.

"열둘."

비가 그쳤다. 하늘에는 별들이 모습을 드러내었다. 동궁전 송 내관이 왕세자에게 다가갔다.

"저하, 밤이 깊었사옵니다."

왕세자에게서는 대답이 없었다. 여전히 온 감각을 서책에 집중하고 있었다.

"저하."

송 내관이 목소리를 조금 더 높여 왕세자를 불렀다.

"무슨 일인가?"

왕세자가 고개를 들고 차분하게 물었다.

"밤이 깊었사옵니다."

왕세자가 밖을 살폈다.

"그렇구나."

왕세자의 시선이 처마 아래 몸을 낮추고 있는 내관과 궁인들에게 향했다. 그 눈길이 부드럽고 다사로웠다.

"자네들 고단하겠구먼. 좌익찬만 남고 물러들 가라."

"황공하옵니다, 저하."

송 내관의 얼굴에 애매한 표정이 떠올랐다. 왕세자가 미소를 지으며 물러가라는 손짓을 했다.

"저하, 아직은 밤 기온이 서늘하옵니다. 혹여 고뿔이라도 드실까 저어되옵니다."

"나는 괜찮으이. 어서 물러들 가게."

송 내관이 머뭇거렸다.

"그편이 나도 좋아."

왕세자가 고개를 끄덕였다. 시명과 송 내관만 남고서 다른 이들은 모두 물러갔다. 왕세자는 한 시진이 더 지나고서야 책장을 덮었다.

왕세자가 폄우사 뜰에 내려섰다. 그의 얼굴에 물방울이 떨어졌다. 왕세자가 손바닥으로 물방울을 닦아내고서는 하늘을 보았다. 비가 다시 내리기 시작했다.

송 내관이 다가와 팔을 들었다. 제 옷자락으로 왕세자에게 떨어지는 비를 막으려는 찰나, 무언가 눈 깜짝할 사이에 나타났다가 사라졌다. 송 내관의 손에는 지우산이 하나 쥐여 있었다. 송 내관이 우산을 펴고, 왕세자의 머리 위로 들었다.

"누구더냐?"

왕세자가 우산을 바라보며 물었다.

"그것이……."

송 내관이 말을 잇지 못했다. 너무나 순식간에 일어난 일이라 확인하지 못했다.

"견습 나인 윤씨이옵니다, 저하."

시명이 대답했다. 왕세자가 보일 듯 말 듯 고개를 살짝 끄덕였다.

"이름이 연심, 윤연심이옵니다, 저하."

시명이 윤연심, 이름 석 자를 또박또박 발음했다.

왕세자가 무심히 고개를 끄덕이고서는 앞장섰다. 연심이 폄우사 기둥에 몸을 숨긴 채, 왕세자의 뒷모습을 눈에 담았다. 빗방울이 그녀의 얼굴을 적시고 있었다.

왕세자의 모습이 시야에서 완전히 사라졌다. 연심이 기둥 뒤에서 나와 폄우사로 시선을 옮겼다. 왕세자가 떠난 빈자리를 바라보다가 대청으로 올라갔다. 연심은 왕세자가 앉아 있던 서안 건너편에 앉았다. 책을 제 쪽으로 돌려 제목을 읽었다.

"'홍재전서.'"

연심은 책 표지를 손으로 천천히 쓸어내렸다. 아직도 왕세자의 온기가 남아 있는 듯했다. 책장을 펼쳤다. 한 장, 두 장, 석 장…… 왕세자가 몇 번이고 다시 읽던 부분을 찾아내었다. 연심은 손가락으로 한 글자 한 글자를 짚으며 시를 읽어 내려갔다.

"전랑희보루성장(殿廊稀報漏聲長),
전랑(殿廊, 전각의 복도)에 드물게 알리는 누수 소리는 길기도 한데"
"옥서하생만병향(玉澋荷生萬柄香),
옥지(玉池)에 만 그루 연꽃은 향긋하구나."

연심이 고개를 들었다. 어느덧 왕세자가 맞은편에 앉아 다음 시구를 읽고 있었다. 주변이 환해졌다. 연심의 얼굴도 밝아졌다. 연심이 다음 시구를 읽었다.

"뢰유단양여월삽(賴有端陽如月箑),

단오라 다행히 달 모양 부채 있어."

"염운불감근서상(炎雲不敢近書床),

무더운 기운이 감히 책상 근처엔 얼씬하지 못하는구나."*

왕세자가 맑고 검은 눈을 들어 연심을 바라보았다. 연심도 왕
세자의 눈을 응시했다. 하얀 뺨이 붉어졌다.

"여기 있을 줄 알았어."

혜심의 목소리와 함께 왕세자가 사라지고, 사위는 다시 어둠과
적막에 휩싸였다. 연심이 혜심을 바라보며 수줍은 미소를 지었
다. 자리에서 일어나 댓돌에 발을 디뎠다.

"가자."

혜심이 연심에게 손을 내밀었다.

"응."

연심이 혜심의 손을 잡고 걸음을 옮겼다.

"아! 곤하다. 내일은 비번인데 뭐 할 거야?"

혜심이 하품을 하면서 연심에게 물었다.

"난 그냥 대궐에 있어야지……."

연심은 가족이 없어 비번이라도 딱히 찾아갈 데가 없었다.

"그러지 말고, 우리 집에 같이 가자."

"다음에……. 내일은 대궐에 있을래."

"대궐을 떠나기 싫은 게지?"

---

* 정조, 「폄우사 사영(砭愚榭四詠)」 중 「하일」, 『홍재전서』 1권.

혜심이 연심과 시선을 맞추며 물었다. 연심이 혜심의 시선을 피해 고개를 돌렸다. 연심의 새앙머리 위에 핀, 붉은 댕기가 하늘거렸다.

"과연 네가 대궐을 떠날 수 있는 그 '다음'이 오려나……."

연심의 마음을 알아차린 혜심이 놀리듯이 말했다. 연심이 눈을 흘겼다.

밤이 깊었건만 둘의 걸음이 더디었다. 발끝에 스미는 습기가 싫지 않았다. 윤사월 밤공기가 향긋했다.

연심은 사가로 나가는 혜심을 배웅하고, 후원 폄우사로 왔다. 대리청정을 하느라 바쁜 왕세자는 대신들과 편전에 들어있었다. 편전 회의가 끝나면 중희당에서 규장각 각신들과 소대(임금이 아무 때나 신하들을 불러 경전에 대해 물어보거나 의견을 듣는 일)할 예정이었다. 폄우사는 저녁 무렵에나 들를 것이다.

폄우사를 둘러싼 숲의 소리와 대기의 냄새가 연심을 편안하게 해주었다. 연심은 대청으로 올라가 어젯밤에 읽었던 '홍재전서'의 책장을 들추었다. 연심은 갖고 온 종이를 꺼내 지난 밤 읊던 시를 베끼기 시작했다.

"그 시를 아느냐?"

연심이 시 쓰기에 열중하고 있을 때 맑고 부드러운 음성이 연심의 손끝을 붙잡았다. 고개를 드니 왕세자의 얼굴이 있었다. 왕세자는 몸을 낮추고, 제가 베끼고 있는 시를 보고 있었다.

"또……."

연심이 한숨을 쉬었다. 왕세자가 연심의 옆에 앉았다.

"이번에는 너무 가깝잖아."

연심이 왕세자의 눈을 정면으로 응시하면서 고개를 저었다.

"무엇이?"

"목소리도 들려."

왕세자가 연심과 눈빛을 마주했다.

"아…… 눈도 마주쳤어."

연심이 다시 한숨을 내쉬었다. 양 손바닥으로 왕세자의 뺨을 어루만졌다. 부드럽고 따뜻했다. 왕세자가 눈을 내리깔았다. 제 볼을 쓰다듬는 연심의 손바닥을 내려다보았다.

댓돌에서 이를 지켜보던 시명이 숨을 삼키고 웃음을 참았다. 곧 연심의 눈이 동그래졌다. 숨이 멎을 것만 같았다. 두 뺨은 물론 목덜미까지 붉어졌다.

"저하."

연심이 멎었던 숨을 토해내며 왕세자의 앞에 납작 엎드렸다.

"저하."

연심은 너무 놀라 온몸이 망부석처럼 굳었다. 떨리지도 않았다.

"고개를 들라."

"죽을죄를 지었사옵니다, 저하."

"내 말이 어려우냐? 고개를 들라 했다."

왕세자의 목소리에는 아무런 감정도 실려 있지 않았다. 노한 것 같지는 않았다.

"저하, 소녀, 아름다우신 세자 저하를 가까이서 대하니, 귀신에

홀린 듯, 아니 저하가 귀신은 아니오옵고, 어쨌든 아름다우신 저하의 모습에 혼이 잠깐 나갔나 보옵니다. 부디 용서하여주소서."

"연심아."

연심아, 왕세자가 제 이름을 부르고 있었다. 연심은 놀라 눈을 동그랗게 뜨고 고개를 들었다.

"그래, 고개를 드니 좋구나. 마저 쓰거라."

왕세자가 연심의 손에 붓을 쥐여주었다. 연심은 붓을 쥔 채 온몸을 떨기 시작했다. 왕세자가 연심의 손에서 붓을 도로 가져와 남은 시를 마저 썼다.

"다 되었구나. 한데 이 시를 어찌 아느냐?"

왕세자는 시를 다시 연심의 앞에 놓으며 물었다.

"저하께서 즐겨 읽으시는 걸 보았사옵니다."

"어떤 시인지도 아느냐?"

"정종 대왕께오서 지으신 편우사 사계절 시로 알고 있사옵니다."

"그래, 이 시는 그중 하일(夏日), 여름날을 노래한 시이지. 물론, 내가 왜 이 시를 즐겨 읽는지도 알고 있겠지?"

왕세자가 연심의 표정을 살피며 넌지시 물었다.

"저하께서는 정종 대왕을 흠모하시어 정종 대왕의 시문을 읽는 것을 좋아하시며, 그중에서도 이 시를 즐겨 읽으시는 까닭은 저하께서 여름을 가장 좋아하시기 때문이옵니다."

왕세자가 부드럽게 웃었다.

"그래. 남들은 봄꽃과 가을 낙엽, 혹은 눈 내리는 정취가 아름답다고들 하지만 나는 잎들이 짙어지고 무성해지는 여름날이 제일 좋구나. 너무 평범해서 자세히 음미하지 않으면 지나쳐버리기 쉽지만 알고 나면 쉬이 떨쳐버릴 수 없지. 이제 얼마 남지 않았구나."

왕세자가 꽃잎을 떨구어내고 짙어가는 녹엽으로 갈아입은 나무를 바라보았다. 연심이 그런 왕세자의 모습을 눈과 마음에 담았다. 왕세자가 고개를 돌려 연심과 눈빛을 마주했다. 연심이 얼른 고개를 숙였다.

"진서를 잘 아는구나."

"그저 흉내만 낼 뿐이옵니다."

"흉내 정도가 아니다. 아주 정확히 알고 있구나. 어찌 배웠느냐?"

연심이 머뭇거렸다.

"괜찮다. 답해보거라."

"저하께서 강학하실 때 어깨너머로 배우고, 홀로 익혔사옵니다."

"어깨너머로 배운 실력이라니, 영민하구나. 이거 내가 긴장해야겠다."

"황공하옵니다, 저하."

"나무라는 것이 아니니 두려워 말거라."

왕세자가 몸을 떨고 있는 연심의 어깨를 다독였다. 연심의 몸은 다시 망부석처럼 굳었지만 심장은 파도처럼 출렁이기 시작했다.

"세자, 저 아이의 진서 실력이 출중하오?"

왕세자의 모후 중전 김씨의 목소리였다. 중전과 빈궁이 댓돌로 오르고 있었다. 왕세자와 연심이 얼른 자리에서 일어났다.

"예, 어마마마. 궁녀 중에서 이 정도로 진서를 잘 아는 아이는 드물 것이옵니다."

"그래요?"

중전의 시선이 연심에게 향했다.

"연심이는 그만 물러가보거라."

연심이 일어섰다. 왕세자가 연심에게 시를 쓴 종이를 건넸다. 연심이 종이를 받아 들고 몸을 낮추며 물러났다. 중전이 연심의 모습을 바라보았다.

중희당에 든 왕세자는 독서를 하고 있었다. 책을 꼼꼼히 읽다가 이따금씩 무언가를 기록하곤 했다. 밖에서 인기척이 들렸다.

"저하, 소신 박시명이옵니다."

"들라."

시명이 왕세자의 책상을 내려다보며 물었다.

"찾으신 것이 있사옵니까?"

"아직은……. 그저 평범한 소설이야. 재미는 있어. 자네도 읽어볼 텐가?"

"소신, 독서는 좀……."

시명이 고개를 저으며 말을 얼버무리자 왕세자가 웃었다.

"계속 파보면 무언가 나오겠지."

왕세자가 책에 시선을 고정하면서 말했다.

송 내관이 각신들이 들었다고 알려왔다. 왕세자가 책을 덮었다. 표지에는 '김씨옥수기 권지오(卷之伍)'라고 쓰여 있었다. 책상 한쪽에는 같은 제목의 소설책이 1권부터 12권까지 쌓여 있었다.

"들라 하라."

"저하, 많이 고단해 보이시옵니다. 오늘 소대는 미루시는 것이 어떠하겠나이까?"

"그럴 수가 있나? 자네도 알다시피, 해야 할 일이 너무 많아."

시명이 걱정스러운 눈빛으로 왕세자를 바라보았다.

"괜찮으이. 어서 들라 하라."

왕세자가 미소를 지으며 시명을 안심시켰다.

왕세자의 웃음소리가 중희당 담장을 넘었다. 왕세자가 젊은 관료들과 함께 중희당을 나와 후원으로 향하고 있었다. 먼발치서 한 무리의 중신들이 왕세자 일행의 모습을 지켜보고 있었다. 이들의 얼굴에는 못마땅한 기색이 역력했다.

"외척을 이리 홀대할 수는 없는 법입니다."

그중 누군가 말했다.

"조부이신 정종 대왕을 꼭 빼닮은, 명민하신 조선의 새 희망이 아니십니까?"

또 다른 이가 말했다.

"장차 보위를 이어받으시면 분명 성군이 되실 겝니다. 이 외숙, 아주 기대가 큽니다."

왕세자의 외숙이라는 자가 말했다. 그 눈빛이 날카로웠다. 중전의 아우 김좌근이었다.

"저하, 무얼 쓰고 계시옵니까?"

"공주, 왔느냐?"

왕세자가 일필휘지로 시를 써 내려가고 있을 때, 복온 공주가

왔다. 그녀는 후원을 거닐다가 폄우사에 있는 왕세자를 발견했다. 복온 공주는 왕세자의 동생으로 곧 길례를 올릴 예정이었다. 공주가 더듬더듬 시를 읽어 내려갔다.

"궁사. 궁, 정, 춘, 초……? 무슨 시입니까?"

"길례 전까지 한번 연구해보거라."

"길례 전까지 알아내면 상을 주시렵니까?"

"그래, 내 상을 내리마."

공주가 이마를 찡그리고 시를 들여다보았다.

왕세자가 앞뜰에 정연해 있는 궁인들에게 무심히 시선을 돌렸다. 연심이 왕세자와 눈을 마주치고는 얼른 고개를 숙였다.

복온 공주가 후원 관람정으로 연심을 불러들였다.

"공주 아기씨, 소녀를 찾으셨사옵니까?"

공주가 연심에게 문서를 한 장 내밀었다. 연심이 문서를 들여다보았다. 반가운 필체가 쓰여 있었다. 연심의 눈이 반짝였다.

"이것은……."

"네가 진서를 잘 안다지? 한번 풀어주겠느냐?"

연심이 고개를 끄덕이고는 시를 읽어 내려가며 그 뜻을 말했다.

궁정에 봄풀이 우거져 푸른데(宮庭春草綠萋萋)

마구간에 조련한 만 필 말이 가지런하구나(天厩新調萬馬齊)

옥재갈로 홍도(紅桃) 무늬 말을 다스려 돌리니(玉勒斗廻紅吡撥)

깊숙이 진 꽃잎이 가벼운 말발굽에 흩어지네(洛花深處散輕蹄)

시를 듣고 공주가 고개를 갸웃거렸다.

"제목이 '궁사(宮詞)'라 하니, 궁의 일을 다룬 듯한데 내 도통 뜻을 헤아리기 어렵구나."

"소녀의 짧은 소견으로는 궁녀의 사연을 노래한 듯하옵니다."

"맞구나. 연심이 잘 알고 있구나."

왕세자의 목소리였다. 후원을 산책하던 중전과 왕세자가 공주의 곁으로 다가왔다. 공주가 중전과 왕세자에게 인사를 했다.

"하온데 저하께서는 언제 궁인에게까지 마음을 쓰시고 시에 담으셨사옵니까?"

왕세자가 대답 없이 웃었다.

"하여튼 우리 저하 세심하신 건 알아줘야 하옵니다."

"한데 네 숙제는 연심이 푼 듯하구나."

"그럼, 제 상은 연심이 받아야겠사옵니다."

복온 공주가 연심을 보았다.

"연심아, 원하는 것을 말해보아라. 내 숙제를 대신 풀었으니 저하께서 상을 내리실 것이다."

"황공하옵니다. 소녀는 아무것도 원치 않사옵니다, 저하, 공주 아기씨."

연심이 얼굴을 붉히며 고개를 숙였다. 중전이 연심에게 눈길을 주며 세자에게 물었다.

"세자, 이 어미, 비록 숙제는 풀지 못했으나 상을 하나 청해도 되겠습니까?"

"어마마마, 숙제며 상이라니, 받자옵기 민망하옵니다. 무엇이든지 하명만 하소서. 소자 따르겠나이다."

"내 마침 이야기책을 번역해줄 자가 필요하던 터, 이 아이 이 어미가 데려가도 괜찮겠습니까?"

중전이 연심을 가리키며 왕세자에게 물었다.

곁에 있던 시명의 시선이 연심을 향했다. 연심의 얼굴에 그늘이 졌다.

'저하, 소녀가 바라는 상은 저하의 곁에 오래오래 머무는 것이옵니다. 제발, 소녀를 보내지 마소서.'

연심이 눈을 감고 기도했다.

"예, 어마마마의 뜻대로 하소서."

왕세자가 미소를 지으며 공손히 답했다. 연심의 가슴이 묵직한 돌덩이를 삼킨 듯 무거워졌다.

"네 이름이 무엇이냐?"

중전이 연심을 보며 물었다.

"윤연심이옵니다, 중전마마."

"그래, 윤가 연심은 내일부터는 중궁전으로 들거라."

"예, 중전마마, 명을 받잡겠사옵니다."

시명의 시선이 다시 연심에게 향했다. 연심은 금방이라도 울음을 터뜨릴 것만 같은 얼굴로 고개를 숙인 채 바닥을 응시하고 있었다. 왕세자는 이런 연심의 마음을 아는지 모르는지 중전을 향해 미소만 지었다.

연심이 중궁전에 든 지 며칠이 지났다. 연심은 다과상을 들고 중궁전 복도를 걷고 있었다. 달빛이 봉창으로 어슴푸레 스며들었다. 방 안에는 중전의 아우인 김좌근이 들어있었다.

"왕세자가 대리청정을 한 이후, 우리 가문의 설 자리가 좁아지고 있사옵니다, 중전마마."

김좌근의 입에서 '왕세자'라는 말이 나오자 연심은 머뭇거렸다. 김좌근의 목소리가 편치 않았다.

"풍양 조씨들과 이들을 지지하는 김노경, 김정희 부자와 권돈인의 세상이옵니다."

"소론, 남인, 북인까지 등용하고 있으니 특정 가문만의 세상이라고는 할 수 없네."

김좌근의 성토에 중전이 왕세자를 비호했다.

"마마께오서는 어느 편에 서시겠사옵니까? 아드님이옵니까, 가문이옵니까?"

"세자와 우리 가문은 한편일세."

"소신도 그런 줄 알았는데 아니니 드리는 말씀이 아니옵니까? 가문이 있기에 중전마마도, 세자 저하도 계시는 것이옵니다."

"물론 알고 있네. 그러니 자네가 세자를 지켜줘야지."

"예. 중전마마께서는 성려 놓으소서. 소신이 다 알아서 조치하겠나이다."

"설마 세자를 어찌하려는 건 아니겠지?"

중전의 목소리가 가늘게 떨렸다.

복도에 있는 연심은 한 발자국도 움직이지 못한 채 마른침을 삼켰다. 김좌근의 목소리가 이어졌다.

"어찌하다니요? 세자 저하께서 외척인 우리 가문을 내치고자 밤낮없이 저리 날뛰고 계시지만 이 외숙이 아니면 누가 우리 저하를 지키겠사옵니까?"

"날뛰다니, 언사가 방자하구먼."

김좌근이 헛기침을 했다.

"나도 다 알고 있네. 노론이 어떻게 그 자리를 지켜냈는지……."

"중전마마, 말씀을 삼가소서. 어찌 위험천만한 말씀을 입에 담으시옵니까?"

"세자를 지켜주시게. 세자는 아니 되네. 절대 세자는 아니 되네."

"성려 놓으시라 말씀드리지 않았사옵니까? 소신이 다 알아서 조치하겠다고요."

소반을 든 연심의 손이 떨려왔다. 정확히 헤아릴 수는 없지만 정체 모를 불안감이 밀려들었다.

"아직도 안 들이고 뭐 하는 게야?"

어느새 나타난 중궁전 김 상궁이 인상을 쓰며 연심을 나무랐다. 연심이 김 상궁을 따라 걸었다.

연심이 소반을 들고 방 안으로 들어섰다. 상을 내려놓지 못한 채 손을 떨었다. 김 상궁이 연심에게 눈치를 주며 상을 받아 내려놓았다.

김좌근의 시선이 연심에게 향했다. 김좌근과 눈이 마주친 연심은 시선을 피하며 몸을 떨었다. 김좌근이 쓴웃음을 지었다.

중궁전에서 나온 김좌근이 주위를 살폈다. 걸음을 재바르게 놀려 서고로 들어갔다. 그를 뒤쫓던 연심도 서고까지 따라와 복도에 몸을 숨겼다. 연심은 문창에 구멍을 뚫어 그의 동태를 살폈다.

김좌근은 책들을 뒤지며 좀 전에 중궁전 김 상궁과 나누었던 대화를 떠올렸다.

'내가 중궁전에 들면서 아랫것들에게 주위를 물리라 하였거늘, 혹시 좀 전에 다과상을 들인 아이가 중전마마와 나의 대화를 들은 것 같은가?'

'송구하옵니다, 나리. 소인이 미처 그 명을 전달받지 못하고 그 아이를 단속하지 못하였나이다.'

'대화를 들었는지는 알 길이 없고?'

'확인해 보오리까?'

'아닐세, 됐네.'

김좌근은 보던 책을 제자리에 놓고서 밖으로 나왔다. 연심은 그가 사라지자 서고로 들어갔다. 주먹을 꽉 쥐고 걸음을 옮겼다. 김좌근이 책을 보던 서가 주변을 위에서부터 차례로 훑었다. 서가에는 소설책만 있었다. 왕세자께서 때때로 보시는 '김씨옥수기'라는 소설도 있었다. 여기가 아닌가. 연심이 고개를 갸웃거렸다.

한 칸, 두 칸, 세 칸…… 입구에서부터 서가를 셌다. 이 자리가 맞았다. 연심이 다시 서가를 훑었다. 소설책만 있을 뿐, 김좌근이 관심을 둘만 한 책은 없었다. 연심이 다시 고개를 갸웃했다. 김좌근이 정확히 무슨 책을 보았는지 알 수 없었다.

서고를 나온 연심은 동궁전으로 향했다. 뒷덜미가 서늘했다. 연심은 걸음을 서둘렀다. 연심을 쫓는 검은 그림자도 걸음이 빨라졌다. 연심은 중희당을 향해 뛰기 시작했다. 검은 그림자도 연심을 쫓아 뛰기 시작했다.

연심은 온 힘을 다하여 동궁전으로 달렸다. 숨이 차올라 죽을 것 같았지만 죽어도 세자 저하를 뵙고 죽어야겠다고 생각했다. 중희당 뜰에 서 있는 시명을 발견한 연심은 숨을 헐떡이며 달려 갔다.

"나리!"

연심의 목소리에 시명이 뒤를 돌아보았다. 연심이 땀을 흘리며 숨을 고르고 있었다. 시명이 무슨 일이냐는 듯 연심을 바라보았다.

"세자 저하를 뵙게 해주십시오."

시명은 얼굴이 붉게 상기된 채 숨을 헐떡이는 연심을 보고 이상하다고 여겼지만 거절했다.

"너무 늦었네. 내일 오게."

"부탁입니다."

연심의 목소리가 그 어느 때보다 간절하고 다급했다.

"꼭 뵙고 아뢸 말씀이 있습니다."

시명이 잠시 주저하다가 입을 열었다.

"따라오게."

시명의 안내를 받고 연심이 중희당에 들었다. 왕세자가 연심의 이야기를 들었다. 고개를 끄덕이면서 때때로 기침을 했다. 연심의 이야기를 다 듣고 난 왕세자가 서늘하게 미소를 지었다.

"다 알아서 조치하겠다?"

"예, 저하. 그러고는 홀로 서고로 갔사옵니다."

연심은 왕세자를 만나고 목소리와 몸가짐은 차분해졌지만 아까부터 기침을 하는 왕세자가 신경 쓰여 마음은 조마조마했다.

"서고……."

왕세자가 다시 기침을 했다. 연심이 얼른 무명 수건을 꺼내 왕세자에게 건넸다.

"괜찮다. 내 요새 과로한 탓이야. 연심은 계속 말해보거라."

왕세자가 따뜻한 차를 한 모금 들었다. 연심은 걱정스러운 낯빛으로 말을 이었다.

"이 책 저 책을 뒤지다가 한자리에 머물러서 책을 보았습니다."

"그래, 무슨 책을 보더냐?"

"그것이…… 정확하지는 않사오나 소설책인 것 같사옵니다."

연심은 사대부인 김좌근이 소설책을 보았을 리가 없다고 생각하면서도 소설 서가 앞에서 책을 보던 김좌근의 모습을 떠올렸다.

"하온데 무슨 책인지는 정확히 알아내지 못하였사옵니다."

왕세자는 서랍에서 책을 꺼내 연심에게 보여주었다.

"이 책이리라."

"이 책도 있었사옵니다. 알고 계셨사옵니까?"

"그래."

연심이 숨을 얕게 토했다. 안심이 되었다. 왕세자께서 다 알고 계시니 잘 처리할 것이다.

"그보다 네가 더 위험해 보이는구나. 미행이 있었다니……."

왕세자가 연심을 보며 부드럽게 말했다. 눈빛도 음성도 연심의 숨을 멎게 할 만큼 아름다웠다.

"소녀는 괜찮사옵니다. 부디 저하의 안위를 도모하소서."

"음…… 네 잠시 궐 밖으로, 피신해 있어야겠다."

연심의 눈빛에 불안감이 서렸다.

"모든 상황이 정리되면 너를 다시 부를 테니, 그때까지 대궐을 떠나 있거라."

연심은 대답이 없었다.

"걱정하지 말거라. 이 친구가 너를 안전하게 피신시킬 게야."

왕세자가 시명에게 말했다.

"끝까지 네가 챙겨주거라."

"예, 저하."

시명이 연심에게 나가자는 눈빛을 보냈다. 하지만 연심은 자리를 뜰 수 없었다.

"두려워 말거라. 이 친구가 널 안전하게 인도하리라."

"저하……."

'소녀가 두려워하는 일은 누군가 저하를 해하는 일이옵니다.'

하지만 연심은 하고 싶은 말 대신에 인사를 건넸다.

"부디, 옥체를 보중하소서, 저하."

연심은 큰절을 올리고 밖으로 향했다.

"잠시."

연심이 다시 몸을 돌려 왕세자를 바라보았다. 왕세자는 아까 연심에게 보여주던 책을 내밀었다.

"이 책은 잠시 네가 보관하거라."

연심은 책을 품에 안고 다시 한번 허리를 굽혀 절을 했다.

"연심아!"

왕세자의 따뜻한 목소리에 연심이 고개를 들어 왕세자를 바라보았다. 눈을 마주치고서 다시 고개를 숙였다.

"우리, 곧 다시 만나자꾸나."

연심의 눈가가 촉촉해졌다. 눈동자에 맺힌 왕세자의 얼굴이 흐릿해졌다.

연심이 나가고 시명이 왕세자에게 말했다.

"내일은 꼭 약원에 알려 진찰하게 하소서, 저하."

"자네, 저 아이를 피신시키고 오늘은 집에 들어가게."

"환궁하여 보고 올리겠사옵니다."

"보고는 내일 하게. 오늘은 집으로 가서 자네도 좀 쉬고. 별이라고 하였지? 별이가 아비 얼굴을 잊겠구먼."

시명이 나갔다. 왕세자는 참았던 기침을 쏟았다. 연심이 건넨 하얀 무명 수건에 검붉은 핏물이 스며들었다. 왕세자의 얼굴에 핏기가 사라졌다.

두 마리의 말이 어둠을 가로지르고 달려나갔다. 살기를 품은 세 마리의 말이 이들을 쫓았다.

시명과 연심이 산 초입에 들어섰을 때 시명이 말에서 내렸다.

"내 저들을 따돌리고 쫓아갈 테니, 먼저 가게."

연심이 눈빛을 떨었다. 왕세자도, 시명도, 자신도, 이 모든 상황이 불안했다.

"저기 저 별이 보이는가?"

시명이 가리킨 곳에는 무수한 별이 은사처럼 반짝이고 있었다.

"저기, 가장 밝게 빛나는 별이 보이는가?"

연심이 고개를 끄덕였다.

"북극성이네. 저 별을 따라가면 숙정문이 나오지. 그 문 앞에서 기다리게."

연심은 발걸음이 떨어지지 않았다.

"어서 가게. 별을 쫓아가면 길을 잃지는 않을 걸세."

연심이 고개를 끄덕이고는 샛길로 달리기 시작했다. 연심이 시야에서 사라지자 시명은 연심이 타던 말을 큰길로 보내고서 길을 막아섰다.

잠시 후 복면을 쓴 사내 세 명이 말을 달려왔다. 한 명은 연심의 말을 쫓았고, 두 명은 말에서 내려 검을 뽑았다. 시명이 연심의 말을 쫓는 사내를 향해 단도 두 개를 던졌다. 단도는 말과 사내에게 날아들었다. 사내가 말에서 떨어졌다. 말은 어둠 속을 향해 미친 듯이 달려나갔다.

한 사내가 시명에게 검을 휘둘렀다. 시명이 빨랐다. 시명의 검이 사내의 가슴에서 복부까지 긴 금을 그었다. 사내가 쓰러졌다.

"죽지는 않을 것이다."

시명이 말했다. 다른 사내가 시명에게 검을 들이댔다. 시명이 빠르게 검을 놀려 사내의 복면을 벗겼다.

"솔개! 역시 너로구나."

"박시명!"

"네 재주가 아깝구나. 어찌 안김의 개 노릇을 하는 게냐?"

"나를 알아주는 주군에게 충의를 다할 뿐이다."

"개에게도 충의가 있는지 몰랐구나."

솔개가 먼저 시명을 공격했다. 두 개의 검이 흑빛 어둠 속에서 날카로운 소리를 내며 맞부딪쳤다. 시명의 공격에 솔개의 검이 튕겨 나갔다. 솔개는 재빨리 품속에서 백분을 꺼내 시명을 향해 뿌렸다. 하얀 가루가 시명의 시야를 막았다. 그의 자세가 흔들렸다. 솔개가 검을 주워들어 시명을 베려는 순간 시명의 검 끝이 솔개의 눈을 겨누었다. 솔개가 고통스러운 비명을 지르며 눈을 감쌌다. 시명이 산 위로 달리기 시작했다. 솔개가 눈에서 핏물을 쏟으며 시명을 쫓았다. 쓰러져 있던 사내 둘도 일어나 시명을 쫓았다.

시명이 벼랑 끝에 다다랐을 때 솔개를 향해 몸을 돌렸다. 시명이 미소를 짓고서는 사뿐히 날았다. 바람이 불었다. 솔개가 벼랑 끝으로 다가가 아래를 내려다보았다. 까마득한 어둠뿐이었다.

"우린 다시 계집을 쫓는다. 어서 말을 쫓아라."

솔개가 사내들을 이끌고 산을 내려가 말을 달리기 시작했다.

시명의 말대로 연심은 북극성만 보면서 산을 내려갔다. 숙정문에서 시명을 기다렸다. 두 손을 꼭 모아 쥐었다. 왕세자가 무사하기를, 시명이 빨리 오기를 기도했다. 동이 터오고, 새벽닭이 울기 시작했다. 시명은 오지 않았다.

2

폄우사에서 보는 여름 풍경이 좋았다. 왕세자가 제일 좋아하는 계절이었다. 녹엽이 무성했다. 풀벌레들이 시끄럽게 울었다. 왕세자는 중전과 빈궁과 함께 다과를 즐기고 있었다.

"원손의 학문이 일취월장한다지요?"

"예, 어마마마. 저하를 쏙 빼닮았사옵니다."

중전과 빈궁이 웃음을 머금고 왕세자를 바라보았다. 고개를 끄덕이던 왕세자의 눈빛이 흔들렸다. 왕세자가 손에 힘을 주고 상을 짚었다. 찻잔이 흔들리고, 찻물이 흘렀다.

"어마마마……."

왕세자가 희미한 미소를 짓고서는 바닥으로 고꾸라졌다.

"저하! 저하!"

빈궁이 소리를 지르며 왕세자를 부축했다. 내관과 궁인들이 왕세자의 주변으로 모여들었다.

"어서 어의를 부르거라, 어서."

"세자! 세자!"

애타게 세자를 부르던 중전의 뇌리에 번득, 스쳐 가는 목소리가 있었다.

'소신이 알아서 조치하겠나이다.'

"세자!"

중전이 왕세자의 손을 잡았다. 그녀의 미간이 깊어졌다.

박시명이 연심을 피신시키기 위해 함께 궐을 나간 후, 보름의 시간이 흘렀다. 그간 시명에게서도 연심에게서도 아무런 소식이 없었다.

왕세자는 송 내관에게 의지하여 아픈 몸을 이끌고 폄우사로 갔다. 그새 후원의 나무들은 잎이 더 짙어져 있었다. 왕세자는 늘 책을 읽던 자리에 앉았다. 이 자리 맞은편에서 몰래 '홍재전서'를 꺼내 정종 대왕께서 쓰신 '폄우사 사영' 시를 베껴 쓰던 연심이 떠올랐다. 뜰에서 자신을 몰래 보던 연심의 눈빛도.

"연심아, 잘 있느냐?"

왕세자가 나직이 속삭인 후, 붓을 들었다.

여름날 쓰르라미 소리 정(正)히 긴데(夏日秋蟬響正長)

연꽃이 푸른 물에 피니 푸른 향이 어렸구나(荷生綠水凝淸香)

하늘 높아 담담(淡淡)하니 뜨거운 구름도 물러나(天高淡淡炎雲退)

채각(彩閣, 아름답게 단청한 누각)의 발 걷으니 바람이 침상에 드누나(彩閣
捲簾風入床)

연심이 베껴 쓰던 조부의 '폄우사 사영' 중 '하일(夏日)' 시를 차운한 '하일'이었다.

닷새 후, 왕세자가 창덕궁 희정당에서 숨을 거두었다. 검붉은 피를 쏟아내던 그의 손에는 무명 손수건이 꼭 쥐여 있었다. 손수건에는 '연심(戀心)'이라고 쓰여 있었다.

참고 자료

도서

김경준, 『철종 이야기』, 아이올리브, 2006

김용숙, 『朝鮮朝 宮中風俗硏究』, 일지사, 1987

민승기, 『조선의 무기와 갑옷』, 가람기획, 2004

박영규, 『조선의 왕실과 외척』, 김영사, 2003

박희병, 『한국고전인물전연구』, 한길사, 1992

변원림, 『순원왕후 독재와 19세기 조선사회의 동요』, 일지사, 2012

변원림, 『조선의 왕후』, 일지사, 2006

신명호, 『조선 왕실의 의례와 생활, 궁중 문화』, 돌베개, 2002

신명호, 『조선왕비실록 : 숨겨진 절반의 역사』, 역사의 아침, 2007

심재우 외, 『조선의 왕으로 살아가기』, 돌베개, 2011

윤정란, 『조선왕비 오백년사』, 이가출판사, 2008

윤정란, 『조선의 왕비』, 이가출판사, 2003

윤호진, 『역주교감 패림 13-15』, 민속원, 2009

이덕일, 『이덕일의 여인열전』, 김영사, 2003

이덕일, 『조선 왕 독살사건 1-2 (개정증보판)』, 다산북스, 2009

이세영, 『조선후기 정치경제사』, 혜안, 2001

이승희, 『순원왕후의 한글편지』, 푸른역사, 2010

전경욱, 『한국의 전통연희』, 학고재, 2004

정원용, 『국역 경산일록 세트 : 세계에서 가장 오래 쓴 개인 일기』, 보고사, 2009

지두환, 『순조대왕과 친인척』, 역사문화, 2009

지두환, 『철종대왕과 친인척』, 역사문화, 2009

지두환, 『헌종대왕과 친인척』, 역사문화, 2009

최범서, 『야사로 보는 조선의 역사 2』, 가람기획, 2003

논문

김경순, 「추사 김정희의 한글 편지 해독과 의미」, 『어문연구』, 75권, 어문연구학회, 2013, p. 199-229

이기대, 「한글편지에 나타난 순원왕후의 수렴청정과 정치적 지향」, 『국제어문』, 47권 47호, 국제어문학회, 2009, p. 199-229

이기대, 「한글편지에 나타난 순원왕후의 일상과 가족」, 『한국고전여성문학연구』, 18권 18호, 한국고전여성문학회, 2009, p.315-349

이종묵, 「효명세자의 저술과 문학」, 『한국한시연구』, 10권 10호, 태학사, 2002, p.315-346

임혜련, 「19세기 수렴청정(垂簾聽政)의 특징 : 제도적 측면을 중심으로」, 『조선시대사학보』, 48권 48호, 조선시대사학회, 2009, p. 255-289

기타

조선왕조실록 http://sillok.history.go.kr/main/main.do